博学文库
BOXUE WENKU

文艺学与民间情怀

方守金／著

北京师范大学出版集团
BEIJING NORMAL UNIVERSITY PUBLISHING GROUP
安徽大学出版社

图书在版编目(CIP)数据

文艺学与民间情怀/方守金著. —合肥:安徽大学出版社,2014.4
(博学文库)
ISBN 978-7-5664-0508-1

Ⅰ. ①文… Ⅱ. ①方… Ⅲ. ①文艺学—文集 Ⅳ. ①I0—53

中国版本图书馆 CIP 数据核字(2013)第 228908 号

文艺学与民间情怀

wenyixue yu minjian qinghuai

方守金 著

出版发行:北京师范大学出版集团
安 徽 大 学 出 版 社
(安徽省合肥市肥西路 3 号 邮编 230039)
www.bnupg.com.cn
www.ahupress.com.cn
印　　刷:合肥远东印务有限责任公司
经　　销:全国新华书店
开　　本:152mm×228mm
印　　张:27.75
字　　数:332 千字
版　　次:2014 年 4 月第 1 版
印　　次:2014 年 4 月第 1 次印刷
定　　价:55.00 元
ISBN 978-7-5664-0508-1

策划编辑:卢　坡　　装帧设计:李　军
责任编辑:卢　坡　　美术编辑:李　军
责任校对:程中业　　责任印制:陈　如

目　录

第三编　仰望古典

第四编　悠游现代

第五编　人物春秋

第六编　特区文评

第七编　艺文杂谈

第八编　民间情怀

第九编　母语习得

两个世界(代序)

在我们这颗美丽的蓝色星球上,人类自打诞生那天起,就一直穿行于相互辉映又独立运行的两个世界,一个是由山岭、河海、原野的自然和熙攘纷扰繁复的社会组成的物理世界,一个是比那物理世界还要丰富多彩浩瀚神奇,且更能让人自由腾越的另一天地,即由人的心灵和才智构建的精神世界。在这样一个横无涯际、云诡波谲的精神空间,人类在无限追索的生命活动中,借助想象和智慧的伟力,垦植出一片又一片茂密的森林:宗教、哲学、道德、历史、文艺,等等,它们均以自己的独特方式,赋予人类历史与存在以各种意义、价值和风采。风景这边独好,又不断给那物理世界增添美妙。精神世界的演化变迁,已成为人类知识层层累积及人类灵魂不甘沉沦的形象表征。两个世界和谐均衡地发展,人类才能得到永久福祉。

而文学,凭其语言精灵的神奇创造,显然在人类精神空间里辟出一块审美天地。语言交流的普泛性和语言保存的便利性,使得文学比其他任何门类艺术所拥有的审美空间都要广阔。自从盘古开天地,三皇五帝到如今,文学从未间断地一边从生活的沃土里汲取营养，一边直接或间接地影响、参与着人类生活的方方面面：有人为它献出毕生精力与心血，有人向它索取永恒真理与温馨；有人视它为圣灵，也有人把它作为工具。总之，文学与人生，文学与历史，文学与现实，都有着千丝万缕的血肉联系。哪儿有人，有语言的交流，哪儿就有文学的窈窕身影。

一般来说，文学审美空间主要由历代名家名作和对名家名作的研究评说所构成。

首先，文学空间的审美铺展，是由作家极富个性与才情的心灵来完成的。作家是文学之母。他们用自己的生命热枕和心灵拥抱社会生活，便每每闪发出耀眼的艺术火花。然而，追求高品位文学创造的作家们，又不大满足于对美的物象、对有意义事件的发现、捕捉和表现，而是长久地谛视着自己的心灵世界，一旦情沛意浓、感兴勃发，便撷取客观世界的种种物象作为自己情感抒发的符号，或依凭某种故事事件来演示自己的心灵戏剧。文学创造工程非常伟大，也极其艰苦，而作家们一旦穿过沼泽林莽，通达文学殿堂，其自由自觉的主体心灵与客观世界融为一体，便会“从心所欲，而不逾矩。师天写实而犁然有当于心，师心造境而秩然勿倍于理”①，从而达到我中有你、你中有我那样一种天人合一的审美境界。李杜诗篇，莎翁戏剧，雨果小说，鲁迅杂文，还有《神曲》、《十日谈》、《浮士德》、《红楼梦》、《战争与和平》、《老人与海》……所有这些卓然于最高审美境界的名篇佳构，无不以作家的身世经历、个性情怀与社会世相交融浑合而彪炳千秋。大师们的艺术创造，之所以价值连城，令后人激赏不已，就在于他们在展示自我生命体验的同时，与整个世界乃至人类的前途、命运连结在一块，以博大的人文情怀，担当着文学参与生活、干预生活的历史责任。而且，他们

① 钱锺书：《谈艺录》第2版，北京：生活·新知·读书三联书店，2008年，第155～156页。

在进行文学创造的同时,也在用激情、良知、信仰、责任心和道德感,从事自身生命和精神人格的塑造。这,就是文学崇高感与永恒魅力的由来。像维克多·雨果"献身给善、献身给真、献身给正义"的激情追求,列夫·托尔斯泰对人生永恒意义的道德追寻,鲁迅"实实在在的忧国忧民"的广阔襟怀,等等,本身就是审美空间的壮丽风景。

当然,文学审美空间的主体风景还是作品。作品,无论是洋洋数十万字的长篇巨制,还是几十字甚至几个字的隽永小诗,只要你沉浸其中,都会感叹这是人类多么美妙的精神塑造!作家把艺术想象输入到语音—语义层面,同时就把他的心灵图景凝结到艺术的语象系列层面,还把他对人生、历史和世界的总体思考及审美倾向潜隐到艺术的整体意蕴层面。这样,我们就看到了一个个由多层面结构而成的审美复合体,熠熠闪发着真理、思想、情感与美的形式的光芒。这是人类认识自然和社会的知识宝库,是人类直观自身的审美创造,更是人类愉悦情感、净化灵魂的精神熔炉。在这个"人化的自然"亦即人造的"第二现实"中,我们可以检视人类和自然奋战与命运抗争的历史业绩,可以目睹社会文化背景的奔突转换,亦可以巡视社会生活的各个方面,甚至还可以潜入人类心灵的隐秘一角,倾听生命意识的本能呼喊。特别是20世纪以来的现代后现代文学作品,无论在反映科学技术的迅猛发展、社会生活的快节奏方面,还是在表现现代人的智能、意识、性格、心理即纷繁复杂的"内宇宙"方面,均达到了一个崭新阶段:其中所蕴含的社会、历史、民族、文化、民俗、道德、宗教、思想、情感以及自然景观等等,简直成了一个个可以折射七彩阳光映照大千世界的多棱面钻石。是的,徜徉在文学作品的审美世界,我们感受到大海般的浩渺深沉、汪洋恣肆与气象万千……其间那一个个艺术造型,由于贯注了作家的心血,故而千姿百态,各具风韵,魅力无穷。

然而，这些千姿百态、魅力无穷的艺术造型在作品中皆处于“沉睡”状态，本身此时还不是审美对象。这意味着文学作品在审美空间的艺术实现，并对人类精神施以影响，还有赖于读者参与其中的接受活动。倘不阅读，任何文本符号哪怕它是最辉煌的世界名著，也只不过是一个物态化的物理性存在。作品是受动体，其中的故事、意蕴和情调不会主动逸出并迎合人们的欣赏。而读者运用自己的心智将其转化为审美对象，他们的慧眼旋即穿透文本，字句消失了，闪现在大脑的是那个隐匿在字句后面的、有声有色有形状有动作的艺术世界。进入这个世界，才是审美接受的发生。然后我们才能浚通文学的历史河道，从中了解人类祖祖辈辈所曾经历的豪壮和悲凉，并搞清楚这部历史在今天的价值和意义；我们也才有可能通过这个世界，踏遍人类聚散生息的高山大川、城市乡村，追溯人类意识的原始形象及其演化变迁的过程，品味自然环境和民族性格的微妙关联，并亲历当下社会的生活发展。当然，这一切都是文学审美接受的理想水平。事实远非如此美满。饥而不知择食，食而不知其味，甚至视精美的菜肴为毒药，把臭气冲天的垃圾当宝贝的现象，至少在我们这个国度还时有发生。因此，提升我们的接受水平迫在眉睫且任重道远。其中关键在于读者是否具备审美主体的资格，亦即是否具备将作品转化为审美对象的能力。就读者大众而言，若使审美空间的风景常新，就需要借助于读者与作品对话交流的先验性文化契约，亦即作家与读者在正式具备创作或欣赏的经验之前，就被历史规定好了的文化心理定势，也就是把那时的文化背景内化为自身的精神结构。确实，和任何作家一样，所有读者也“都是不声不响地借助于法规、习俗、某种压迫和冲突的形式、智慧、青春的狂热、持久的热情、一时的执拗、迷信、最近获得的见识、明显的事实、愚昧无知的表现，新科学使之风行一时并在各个领域里应用的特别推理方法、希望、恐惧、敏感和想象以及感知的习惯。总而言之，求助于风格,固有的价值,作者和读者所共有的整个世界”[①]来解读文本,驾驭情节,把握主题,并领略个中情调与意味的。面对当今铺天盖地而来且又良莠不齐的种种作品,若作志趣高雅、品位超俗的接受者,我们就得不懈地学习文化史和艺术形式史,以此来提高审美素养,完善文化心理结构,以消弭文学接受中由不同地域、国度或民族所造成的文化位差,以及由不同历史时期所造成的文化时差。这就使得专家接受——文学批评在接受空间变得尤为重要。

抛开那些非文学非艺术非审美的冒牌“批评”不谈,真正的文学批评实在是一种最高层次最有成效的接受方式。“因为批评家首先是读者,他是立足于自身隐秘的审美经验,再去公开评判或论述作品的倾向、风格、价值乃至在文学史上的地位。艺术感觉迟钝,无论如何也写不出漂亮的批评。但也不能过分迷信自己的艺术感觉。批评作为一种后审美效应,本就蕴蓄着一种对艺术感觉的理性超越,它不应把自己流于对在脑海闪灼的审美光斑的及时摄录,而应将光斑结聚成思想的光束,从而照亮埋在媒介、语象外壳中的作品底蕴及其作品赖以产生或走运的文化背景”[②]。是的,批评尤其是那些旨在着力发现并阐释文学生命之迷的研究型批评,就这样拉起了一个在创作与接受间最富于情思、最血肉相连的审美智力圈。这个圈子以执着的追求、生命的感悟、浓郁的兴趣、深厚的学养以及辛勤的钻研,在文学发展史上形成一个个波及社会思潮的浪头,一边相互撞击着,在审美范围内选择与重构;一边涌向四面八方,流进历时态和共时态交织而成的大文化空间。文学批评,历史地筛选着作家与作品,决定着作品的影响范围和程度,也就是说决定着

---

① [法]让·保尔·萨特:《为谁写作》(节选),杨剑译,引自中国社会科学院外国文学研究所编:《文艺理论译丛》第2辑,北京:中国文联出版公司,1984年,第377页。

② 夏中义:《艺术链》,上海:上海文艺出版社,1988年,第198页。

它在文化传播系统中所占的时间和空间。

认为批评是创作的附庸，肯定是十足的偏见。因为文学批评，说到底也是批评家与世界的一种对话方式，是对历史人生的一种审美交流。出色的批评家们，在各式各样的理论、世界观、美学观和方法论的簇拥下，进入作品又走出作品，深情抚动着作家的心弦，弹奏出来的却是自己对世界、人生乃至整个存在的理解和把握。真正的批评家崇奉真理，不畏强暴，不趋时尚，永不屑于与棍棒式或吹捧式的恶劣批评为伍。他们用自己的职业操守、自己的理性思维，在文学审美空间构筑辉煌殿堂。因此，他们的每一次研究、评说，无论是对某些美学课题，对某些作家作品的具体解读，乃至对批评本身，都浸润着自身的精神思想与价值观念。这是灵魂的自我探险，也是智慧与体验的联手创造。其结果，与创作上的"百花齐放"，欣赏中的"一千个哈姆雷特"一样，批评界也是歧见纷呈。这，并不是智力的局限，恰恰相反，它再好不过地展示了人类精神生态的绚丽多姿。我们这么说，并非认可批评家可以在作家作品之上为所欲为。事实上，时代、国家、民族的文化背景、价值规范和审美倾向一直在暗中制导、调度着批评的大方向。当 19 世纪初的浪漫派认为莎士比亚犹如雄鹰展翅翱翔时，怎会预料到世纪末的托尔斯泰竟在莎士比亚身上看到的全是荒唐？当批判现实主义宗师巴尔扎克不无自豪地宣称自己是一个称职的社会书记官时，也想不到 20 世纪初的詹姆斯、伍尔夫、罗布·葛里耶和萨罗特对他不屑一顾。时代变了，文学的意义、格调和文体也在变。浪漫主义、现代主义、后现代批评很难认同同一种文学现象。同理，喝惯了稀粥的胃口也难以适应牛奶、面包和黄油。研究评判一种文学，只能用与其对应的文学规范和价值系统去衡量、把握。因此，我们在推崇大批评家的超前意识与全球意识的同时，主张把大力气用在文学生命的阐释上，即用在作品的合目的性与接受的合对象性的双向诱发上。

还有,我所理解的批评是一种大视野批评,理所当然地也包括对文学基础理论的探讨,对文学系统活动的追踪,对文学经验技巧的爬梳。这绝非雕虫,同样是极富有价值的"文学的"研究,而且由于沾溉了时代之惠,当今这方面的文学研究,更显蓬勃之势。我们看到,时代列车驰入20世纪以来,东西方文化的碰撞与融汇,科学精神与人文精神的冲突与沟通,各学科间的交叉与互渗,各艺术间的影响与融合,已成为现代文化艺术的总体氛围。它像雨露甘泉,不仅哺育出现当代文学的全新态势,而且给文学的批评研究注入了勃勃生机,还使得中西文学间的互相参照与比较,横向联系和发展,不仅成为可能,而且已成必然。

事实上,在这种现代情势下,中外很多聪敏的作家批评家,已把各民族的文学作品视为世界的公共财产,来共享艺术价值。他们看到了不同国别和民族文学的"同",即"在描写具体民族人民的生与死、爱与恨、荣与辱、愁与乐、兴与衰、伟大与渺小、奋进与颓废等种种情感和事变时,要表现触动每个人心灵的深刻的人道主义精神和对人类处境(社会现实)的独到理解"①,并从中端详其世界意义和人类共性。同时他们也看到了"异",即仅属一己民族的独特生存样态、精神风格及情感表达方式。既求同,又存异,并以对方的异来补充丰富自己,这样才能更全面地把握文学的特征,更多样地发展本民族文学的表现内容和艺术技巧,来丰盈本民族的精神世界。当今各民族文学的交流与发展,就是这么"一个不断地扩大各民族文学互识度和交叠面中抽绎、概括出人类文学共同规律的过程"②。用这样的世界眼光看文学,我们就可尽情领略其中的精神气度和美学风采,并最终为文学艺术的人生化和人生的艺术审美化贡献力量。

---

① 钱念孙:《文学横向发展论》,上海:上海文艺出版社,1989年,第147页。
② 钱念孙:《文学横向发展论》,上海:上海文艺出版社,1989年,第356页。

第一编

理论撷英

文学形象的心理流程

从学科建设的意义讲，概念无疑是极其重要的，但它之所以能够充任理论大厦的条石，就是以割舍大量毛茸茸的原生质素为代价的。“文学形象”，作为文艺学的一个核心概念，更是如此。这就意味着，形象概念天生不能使执着于追求艺术幽微和理论透彻的人们满足。加之新中国成立以来流行的文论教材，对文学形象定义的众口一词和阐说方式的大同小异，更使得上述“不满”加剧了。因之，在文学观念与文学实践深刻变革的今天，形象理论的丰满和具体化，便成了建设新文艺学的一个迫切课题。事实上，自 1985 年文艺学方法论热兴起以来，已有不少锐意创新的学者和批评家各以自己的优势，从不同的角度，在不同的层面上，开始了对形象理论的多元探索，并且取得了可喜的成绩。其中，特别令人耳目一新的，有孙绍振关于形象三维结构的新说，严云受、刘锋杰关于具象文学形象和喻象文学形象的探究，王元骧关于叙事类文学形象和抒情类文学形象的区分，还有本文着重探讨的、夏中义在《艺术链》中体现出来的形象流程论。

作为一部内容丰富、新意迭出的心理美学著作,《艺术链》并不是研究形象理论的专著,然而作者却在无意间帮助我们打通了一条走向文学形象新天地的路子。这似乎是顺理成章的。与传统文论实际上只垂青于静态的文学文本不同,《艺术链》把文学看成一种多方面介入的精神活动,一条绵绵流经作家、读者和批评家心灵的艺术长河,即由作家造型、读者接受和专家批评所构成的长距文化心理流程,其中每一个阶段又由若干心理环节有机相衔。如是观之,《艺术链》则自然而然地把我们的视野大大地扩展开来。进入《艺术链》,你不得不由只瞅一面而转为眼观八方,由眼观八方而转为鸟瞰文学的整个进程。弥漫着20世纪科学哲学精神的《艺术链》,顺应当代注重过程、走向过程的美学新潮,高度重视并发掘过程的方法论价值,正确指出"任何事物都是其形成过程的结果,事物的任何属性的由来都可以从这个过程中找到依据,找到某种循序渐进式的轨迹"[①]。确实,我们循着艺术链的轨迹,不仅能清晰目睹形象在文学流程的各个阶段里的不同芳踪和倩影,而且不难考辨形象内涵的来龙去脉及美学特性。

在步入形象旅程的时候,我们不禁想起郑板桥在《题画》中的那段精妙之言:"江馆清秋,晨起看竹,眼光日影露气,皆浮动于疏枝密叶之间,胸中勃勃,遂起画意。其实胸中之竹,并不是眼中之竹也。因而磨墨展纸,落笔倏作变相,手中之竹又不是胸中之竹也。"[②]这或许是我国艺术家从心理流程的角度,描述形象在艺术创造的各个阶段形态变化的端倪。《艺术链》中不少论述不仅与郑板桥所论声息相通,而且还把形象的"变相"绵延到接受阶段。这就是说,《艺术链》体现出来的形象流程论,完全可以视为郑氏"竹"论的科学化、体系化和具体化。让我们

---

① 夏中义:《艺术链》,上海:上海文艺出版社,1988年,第13页。

② 转引自赵则诚等主编《中国古代文学理论辞典》,长春:吉林文史出版社,1985年,第157页。

看看二者是怎样声息相通的：

眼中之竹——印象。此乃构成形象的原料和基础，在文学造型阶段，它以记忆性素材身份率先扑入作家的怀抱，与原野上自生自灭的草木不同，关于草木的印象是作家“心与物化”的结晶。《艺术链》对著名的《契诃夫手记》作了翔实的定量分析后，就确证印象是一种既包含客观物象、同时又凝聚着作家对现实的感知，是理解、想象和感情的心理复合体，故名之谓“知情意多元心理融合的统觉经验”①。这就是说，印象作为创作素材在本体属性上呈主观形态，而不是传统文论一再坚执的“原始生活材料”，不经心理内化无论如何是进不了创作的，犹如石头垒成的巴黎圣母院如不经过雨果的心理内化是怎么也变不成作者笔下的巴黎圣母院的。印象也不是表象，因为作为知觉记忆痕迹的表象只侧重于对客体的完全认识，是某种不动情怀的对象性心理内容，如同科学挂图上的马在农业大学畜牧系师生脑中的留影。而印象却不同了，它不仅受到作家心理定势的暗中诱导和制约，而且分明染上了主体心灵的色彩，从而熔铸成情意缱绻的个性化心理内容。作家确与心理学意义上的净化形态的知觉无缘。故《契诃夫手记》里占一半的日常场景、事件、对话和人物肖像的实录，无一不是有感而发，亦庄亦谐，妙趣盎然，渗入了作家特有的褐色幽默和道德批判。像“彼得鲁沙的母亲，已经到了做祖母的年纪了，还要涂黑眼圈”②这则社会现象的客观描述，虽无一字涉及主体，我们还是能够从那不动声色的字行里悟出作家对粗俗女人虚荣心的含蓄嘲讽。《艺术链》说得好：作家的印象的确“有点像热恋青年对意中人的印象：此印象不仅包含恋人的面容、形体、神情、风度、品性、家境和地位等对象性内容，同时也融入了对恋人的爱，对初次幽会

---

① 夏中义：《艺术链》，上海：上海文艺出版社，1988 年，第 5 页。

② ［俄］契诃夫：《契诃夫手记》，贾植芳译，杭州：浙江人民出版社，1982 年，第 6 页。

的深情回味和对美满家庭的甜蜜憧憬等个性化内容。这两个侧面互相交流合一,如胶似漆,难分难解,以致你中有我,我中有你"①。这就启发我们:形象,文学世界里这个迷人而神秘的精灵,不是来自上帝冥冥中的赐福,更不是对生活的呆板机械的拍照。形象来自印象,来自作家那颗活泼的灵心与自然物象的遇合。虽说文学造型初始阶段的这种遇合,往往还是琐屑零碎、时断时续的,可作家一旦将它们聚合并加以提炼,便有可能形成生动的形象。

胸中之竹——心象。《艺术链》没有"心象"这个字眼,但细心的读者一定会发现,作者是用"心灵图景"或"内在的艺术图景"的概念来充当它的代名词。心象是形象在作家心中的受孕和生长。如果说,碎片状的印象不过是文学造型的构件,那么,心象则是完形,是形象生成并获得自足体资格的发端。这有赖于作家想象机能对素材所进行的切割、组合和重塑。在这项工作中,作家有充分的自由。为了描绘安娜·卡列尼娜这一绝色佳人,托尔斯泰就不惜"捣碎"两个贵妇人的肖像再合二为一;司汤达则相反,他将自己情妇的故事一分为二献给了《红与黑》的两个女主角。然而在心象生成阶段,这一切都在作家头盖骨下悄然进行,就是说完形过程中的心象虽有声有色、气韵生动,但只有作家本人独领风姿,犹如放映给自己看的"内部电影"。有时它是远景,影影绰绰不甚分明,但当灵感突发时它又似异常清晰的电影特写,以至于运思良苦的托尔斯泰终于邂逅他想象中的安娜,这是"一个坦胸裸臂的优美动人的贵族女人的手肘。我不由自主地谛视这个幻影。于是,肩膀、脖子,最后,一个穿着舞衣的漂亮妇女的完整形象逐渐清晰起来。她仿佛用忧郁的眼色端详着我"②。你看,构思中的心象竟出落得如此成

---

① 夏中义:《艺术链》,上海:上海文艺出版社,1988年,第7~8页。

② [苏]符·日丹诺夫:《〈安娜·卡列尼娜〉的创作过程》,呼和浩特:内蒙古人民出版社,1980年,第211~212页。

熟和丰满，只差借用作家手中的笔来签发社会通行证了。

描绘心象的自在生成并非难事，很多作家和文论在这方面都有生动的解说。但对于提高创作水平来说，更重要的还是要说明作家心灵图景或博大或平庸的底蕴何在。这不容易，《艺术链》以其独到的见解作出明确的回答：心象的美学价值不在于表现对象本身的贵尊与低下，而是取决于作家在构思中有没有涵盖世界的总体思考。所谓“总体思考”，是作家介入生活后颖悟到的某种独特的对人生、世界和历史的一般态度或观念。就是它牵引着作家向那纯净高洁的审美碧空飞升，并在无形中制导着作品构思的全过程，于是心象便赋予了深邃的意蕴。凡文学大师莫不如此。从题材角度看，鲁迅写的全是小人物，愚民、村妇、酸秀才和小书生，作为生活原型的他们琐屑得不值一提，可一旦辉映上标志着汉民族先进意识的鲁迅精神，这些小人物形象即刻被提升到中国文艺界至今还难以企及的美学高度。是的，鲁迅对封建文化传统的总体性历史批判，他在现代世界文化背景下对自身精神结构作沉痛解剖后达到的历史性反省，遂使作品融入了巨大的理性意蕴。又如司汤达之所以如此干练地把那个哄传一时的神学院学生伯尔岱·次第引诱他人妻女且终食恶果的下贱故事，看成一种“美好的罪恶”，并赋予一种崇高的意味，从而刻画出于连·索黑尔的智慧、勇气和性格来，这也应归因于作家在那些动荡岁月里获得的各色各样的人生体验，其中最关键的则是积郁在他胸中的对现存社会秩序的不满和反抗。反过来看也是这样。倘若海明威酝酿《老人与海》时，不把自己从第一次世界大战中悟到的现代人生悲剧意识融化其中，生活中那位沾满海腥和铜臭且动辄流泪的哈瓦那渔夫，怎能在小说中出落成一个沉着刚毅、可以被毁灭但绝对不能被战胜的现代硬汉？总之，作家的总体思考或情志，是其心灵图景或曰心象的美学之魂。

画中之竹——语象。严格说来，文学语象与板桥所云画中之竹，仅仅在形象发生的程序上类似，而在传达媒介以及由此而来的造型特点上根本不同。搞清这种区分，也就大致把握了语言艺术的特性。这是因为：绘画造型的线条色彩与日常视像有某种外观性同构，以致非盲人都能“看”懂，而文学造型的文字构成却不具有此种外观性。它靠文字符号的刺激而幻化成像，只可能调动识字者的心智即再造性想象机能，从字里行间唤出形象。这就是语象。从文本实现的意义看，“语”和“象”须臾不可分离，两者浑一才有生命。晋代王弼在《周易略例·明象》所述“意以象尽，象以言著”，即透露出这么一个信息：属于作家个体财富的心象，要靠文字间的结构性粘连即有序结合才得以定型为能被公众接受的艺术品，而日常词语只有进入文本结构里，即置于艺术语境的上下文关系中，才能被赋予审美性。这就意味着，从心象到语象，仍需作家呕心沥血、不惜余力地去艰难跋涉。艺术传达一关不好过。读《艺术链》的“文学传达论”，我们更坚信歌德所说的“即使是最优秀的艺术家也不是常常都能够把许多张草图变成一幅完整的作品”实乃至理名言。而别林斯基、克罗齐等人轻视艺术传达真是大师的失误。君不见像《红楼梦》、《复活》、《约翰·克利斯朵夫》、《浮士德》这些文学丰碑，哪一部不是作家用十年乃至数十年的心血铸成？而且在压缩式（提纲、手稿）到展开式（初稿至定稿）的传达动态中，其造型的千变万化乃至最终面目，往往作家本人也难以预料。这里有浮士德式的作家的深层情怀对表层意图的不断拓展和完善；有安娜·卡列妮娜式的深层意图对表层意图的推翻重建；还有美蒂克式的深层意图对表层意图的局部调整。所谓作家与笔下人物的矛盾，看来只有从主体创作意图在传达过程中的变迁里，才能获得比较圆满的解释。

作家将心灵图景物态化为文本语象的劳动，是极其艰苦的。然而话说回来，艺术对献身于它的人也不亏待。文学的传达媒介就有这种天性：词语在艺术语境里确能生发出神奇的语象造型功能。夏中义指出，这是一种“构功能”，即文本的整体结构所派生出来的比“原功能”大得多的功能。巨如洋洋百万言的《战争与和平》，小若数十字的精致七绝，无不依赖语象造型功能获得美学生命。《艺术链》为了阐述文学创造的这一艺术规律，对王安石的诗歌炼字作了一番令人叫绝的艺术分析：“‘春风又绿江南岸’是千古佳句。诗眼‘绿’不仅展现出一派明媚而空灵的春景，其中还流溢着诗人的喜悦和欣慰，那是一种耳目为之一新的振奋，一种熬过万里冰封的严寒而盼来大河解冻、春心勃发的生命律动。后人也正是在这个意味上吟叹此句的。但综览全篇，吟到‘明月何时照我还’，‘绿’的诗味又更添一层眷恋，某种难分难舍的伤感和惆怅，淡淡的哀愁。‘绿’的色彩也就从明丽转为黯然，趋向于‘寒山一带伤心碧’的‘碧’，但不至于沮丧或哀痛。假如让‘绿’跳出绝句框架而独自回到辞典中去，它又复归为单一色感，即变成对波长为五百毫微米光波的视感觉。这是‘绿’的纯语义。‘绿’从语义性辞典到王安石的单一诗行再到整体七绝的旅行，也就是其含义的美学增殖过程，层层加码，步步滋润，最后陶冶成为一个意味深蕴、用来传达喟叹人生莫测之春愁的绝妙诗眼。”①这段分析还给我们一个启发：语象的有机构成，不仅在于语言符号的意义，更在于它的意味。因为作家在独立叙述正在其脑海浮沉的艺术图景时，必然会使这一叙述染上他的心境色调。所谓风格、个性皆源于此。而文本的词汇、句式、语段中所逸出的独特情调，又无不蕴含着作家在特定历史时期的文化背景，这与作家构思中的总体思考遥相呼应。

读者心目之竹——意象（我们在这里讨论的“意象”，与诗学范畴里的意象，在意涵与指涉方面均不同）。谁没有这样的阅读体验呢？当你翻看并领会《水浒传》二十三回的字句时，眼

① 夏中义：《艺术链》，上海：上海文艺出版社，1988年，第129页。

前即刻出现景阳冈上武松打虎的勃勃英姿，而"不知有所谓文字也"。这便是伴随接受发生而来的意象或艺术图景重建。意象是形象旅程的终点站。显然，形象的发生有赖于欣赏主体与文学文本的双向交流，因为沉睡在文本中的语象，只有待读者感知其字句时才能被激活，并幻化为接受者意识中的艺术图景。然而读者心目中的意象，既不是语象中的机械翻版，也不同于作家的心象。它是在文本语象基础上的二度造型。这是因为接受主体的想象机能一旦介入语象到意象的有机转换，势必不经意地把自己的思想、情感、智慧、欲望、风格、习规等掺和其中。如果说郑板桥对流动在艺术家本人创作过程中的形象的变化之大感到惊奇，那么，这种变化发生在作家（语象）读者双向流程之间，则更显得奇妙快捷。无怪乎冈察洛夫由衷叹服杜勃罗留波夫（我们不妨把批评家视为特殊的接受者）对奥勃洛摩夫性格的天才理解。"一千个读者有一千个哈姆雷特"，就在于每一个哈姆雷特身上都打上了仅属于那个读者的印记。而且，语象为之藏身的文本确系英伽登科学论证的多层面的复合结构，任何人只能渐渐逼近却永远不可能穷尽它的内涵。前人所谓莎士比亚、歌德和曹雪芹等大师"永远说不完"，道理多半就在这里。

作为"心目之竹"的意象，说到底是接受主体借助文本而主动展开的审美心理体验。这是接受美学研究的广阔领域。现在我们只能就谁最感兴趣的一个问题作进一步探讨：究竟是什么促使欣赏者和作家在"语象场"中互相发现并达到精神沟通的？《艺术链》别有新意地回答道：是那个能驱使读者在正式具备创作或欣赏经验之前，就被历史规定了的文化心理定势。这种先在的文化心理同构，默默指引读者去唤醒与其文化基因一致或相近的语象和意蕴。具体说来，作家凝结在文本符号中的图像情思，和读者的期待视野，只有处于共同的文化背景之下，才能交融璧合，共识共鸣。鲁迅对二三十年代中国青年的深刻影响，海明威对美国“迷惘的一代”所起的精神作用，正是如此。然而，这毕竟是文学接受的最佳状态。审美文化史上更为常见的，或许是读者同作品的文化基因并不相谐。这时候读者或是浮游在情境圈里不解其“味”，或是一派迷茫乃至歪曲走样。《艺术链》认为，造成接受困惑的原因大体有二：一是不同地域、国度或民族所造成的文化位差，一是由不同历史时期所造成的文化时差。其间起决定作用的仍是植根于人的价值观念的日常情感和对世界的总体态度。假如说，美国人对张洁《爱，是不能忘记的》的主角形象钟雨刻骨铭心的恋情始终不得倾吐而深深不解，确系文化位差所致；那么，当代国人感到庄子、屈原难懂，则应归因于文化时差。要拉平文化上的这种位差和时差，以顺利地在读者心目中再建意象，接受主体就不应乞求作家的迁就，而应提高自身文化修养，并全面调整其审美心理结构以与文本的声音—意义、语象系列和整体意蕴一一对应。《艺术链》发现，以第一次世界大战为标志的世界性文化断裂即文化时差，在全球范围内引起了审美规范乃至文体句式的激变，于是，有些对巴尔扎克、托尔斯泰的传统小说引语性接续模式一见如故的读者，一碰到乔依斯、福克纳的意识流小说非引语接续模式便傻了眼。这就提出了接受的合形式性问题。作为审美原则，接受的合形式性不仅要求读者熟稔各种文体语言惯例（包括语句接续模式），还要求他们不应拘泥于单一审美框架，以尽可能从各个不同的文学造型中领略千姿百态的风采和意蕴。如此看来，面对洋洋大观千窗百门的文学殿堂，追求高格调的读者最好去配一大串钥匙。办法有两条，一条是努力学习艺术形式史，以“熟识各种文体规范的发生、发展及其互相消长、融合的规律和特征，也就是全方位地拓展审美空间。将自己所偏爱的文化规范仅仅作为特例保留在格局中，不搞‘一夫当关，万夫莫开'"[1]；再就是努力学点文化史，因为无论是作家、批评家还是读者的主体审美心理结构，都是由社会所决定的、以价值观念为核心的文化背景凝铸而成的。在历史长卷中逐次更迭的历史文化，内积淀为其主体人格，外积淀为以审美情趣为意味的形式。文学史上令人眼花缭乱的文体嬗变，说到底是由作家的文化态度和审美情趣的历史转换所发动的，因此，读者若提高其审美能力，除具备艺术史素养外，还须有深一层的文化史素养才行。

印象→心象→语象→意象，借助《艺术链》，我们终于对形象在诸流程中的各阶段具体形态作了一番饶有兴味的快速巡礼。我们不否认这种巡礼的"形而下"色彩。当今形象理论研究的生机，不正是来自扎扎实实的"形而下"的学术建设吗？这情形恰如19世纪晚期引发的那场"自下而上的美学"运动，当那么多的美学家眼盯着美的定义、属性、本质而纷纷陷入窘境的时候，费希纳倡导放开眼光"自下而上"地研究美学的具体形态和类型，终于迎来20世纪色彩斑斓的美学新生面。夏中义、孙绍振、严云受、刘锋杰、王元骧等人对形象模式、结构、类型、流变的具体研究，是否也预示着形象理论研究在整体上的一次飞跃呢？我们期待着。

---

① 夏中义：《艺术链》，上海：上海文艺出版社，1988年，第189页。

试论艺术幻觉与文艺创作

幻觉是人在没有外物刺激的情况下产生的假定性知觉。其心理内容是主体在没有知觉刺激来自何方的情况而仍感到某种东西好像存在，而且这种知觉如同被物象刺激一样感到真切。撇开精神虚妄患者不谈，在现实生活中，神经健全的人往往也有幻觉体验，尤其是在极度兴奋或过于悲伤的异常情绪状态下，容易产生幻觉。大量实证表明，在艺术活动中，幻觉的出现更为频繁和活跃，且具有不可忽视的审美功能。

一

文艺活动中的幻觉，是与生理幻觉类似但又有别的审美幻觉。它是人在如醉如痴、似梦非梦的情境中，全神贯注于审美对象，在感觉和情感上都与对象完全契合的一种精神状态。在创作过程中，审美幻觉每每担任作品的助产婆和艺术自身内容的双重职能。这在伟大艺术的产生中尤为如此。失聪的贝多芬自述其神奇的乐思来自于“直接地出现”的幻听；天才舞蹈家邓肯一直把幻觉当作创作的源泉，她听着美妙的音乐，便产生舞蹈的幻觉，并能从这个幻觉出发，在舞蹈中把音乐的光芒和颤动表现出来；画家作画亦需幻觉，达·芬奇说得好："你凝视一堵污渍斑斑或嵌着各种石子的墙，而正想构思一幅风景画，那么你会从墙上发现类似一些互不相同的风景画面，其中点缀着山、河、石、树、平原、广川，以及一群的丘陵。你也会看到各式各样的格斗，许多人物的疾速动作，面部奇异的表情，古怪的服装，还有无数的事物，这时候你就可以把它们变化为若干个别形象，并想象出完美的绘画。"[①]文学创作，由于艺术的表现媒介和形象思维的直接展现同为语言本身，故作家的幻觉来得更为丰富、频繁、清晰和细腻。作家面对着还未诉诸语言的审美对象之时，就是说当"他还没有拿起笔来的时候，他已经清楚地看见他们，已经可以数清他们衣服上的褶襞，他们额上犁刻着热情和痛苦的皱纹，已经熟识他们，比你熟识你的父亲、兄弟、朋友、母亲、姐妹、爱人更清楚些……清楚得如同白昼迎面相逢"[②]。就是这样，作家凭其非凡的心智活动，打通了现实与想象的屏障，往还于实景与幻境之间，恍兮惚兮，神与物游，"自始至终生活在幻觉中"。冈察洛夫说他在构思时，"人物就不让我安宁，总是纠缠不休，做出各种姿态，我听得见他们谈话的片断——愿上帝宽恕，我常常感到，这都不是我凭空虚构出来的，而是在我周围的空间活动着的，我做的只是观察和思索而已"[③]。托尔斯泰的体验还要真切，在《安娜·卡列尼娜》的创作中，有一天，"是在午饭后，我躺在一张沙发上，抽着烟。当时是在沉思，还是在和瞌睡作斗争，现在记不清了。忽然在我眼前闪现出一双贵妇人的裸露的臂肘，我不由自主地凝视着这个幻

---

① 龙协涛编著：《艺苑趣谈录》，北京：北京大学出版社，1984 年，第 13 页。

② 《别林斯基选集》第 1 卷，满涛译，上海：上海译文出版社，1979 年，第 178～179 页。

③ 山东师范大学中文系文艺理论研究室编：《外国作家谈创作经验》上册，济南：山东人民出版社，第 367 页。

象，又出现了肩臂、颈项，最后一个完整的穿着浴衣的美女子的形象，好像在用她那忧郁的目光恳求式地凝望着我。幻象消失了，但我已经不能再摆脱这个幻象"①。光彩照人，魅力永恒的安娜造型，就从这里出发，走进了世界文学殿堂。不仅如此，强烈的幻觉体验甚至还使作家达到不知庄周梦蝶还是蝶梦庄周的地步：狄更斯走在路上，居然看见他作品中的人物向他走来，并煞有介事地要躲开。福楼拜写到爱玛·包法利服毒自杀，接连几天口中都填满了砒霜的苦味。巴尔扎克散步回来，走近家门发现他自己写的拒访的字条，竟遗憾地叹道："唉，原来巴尔扎克先生不在家！"转身离开。不要笑话大作家们走魂失态，他们的创作实绩业已证明，这当儿正是他们艺术情思奔涌澎湃、创造力高度勃发的绝佳状态。可以说，他们的审美幻觉就是难能可贵的艺术素质和创造才能的形象表征。对此，歌德看得透："每一种艺术的最高任务，即在于通过幻觉，达到产生一种更高真实的假象。"②阿·托尔斯泰甚至认为，学习创作，就是学习产生幻觉，他主张每个作家对自己要写的东西都应达到产生幻觉的地步，并在自己身上发展这一素质。

二

作家通过想象和幻觉走进作品审美空间艺术形象，显然也带上了幻觉的神奇色彩。就是说，幻觉对于作品情感意蕴的表现和人物心灵奥妙的展示亦具审美功能。屈原《九歌·湘夫人》云："鸟何萃于苹中，罾何为兮木上？""麋何食兮庭中，蛟何为兮水裔？"这四句历来令人费解，在"嫋嫋兮秋风，洞庭波兮木叶下"的眼前实境下，鸟儿怎么栖身于水草中？渔网怎么张挂在树上？麋鹿怎会跑到庭院里讨食？蛟龙为何不深藏水中却搁浅在岸旁？这些在现实中全然不可能出现的种种事情，实际上

① 龙协涛编著：《艺苑趣谈录》，北京：北京大学出版社，1984年，第158页。

② 伍蠡甫主编：《西方文论选》(上)，上海：上海译文出版社，1979年，第446页。

皆发自湘君的心中。他约湘夫人相会不遇而长久焦灼等待，愈益强化了情感的痛苦，便催生出如此不可思议的幻觉。一切都不是地方，正比况湘君约期错过的淹蹇时运。这些节奏急切的幻觉表现，清晰地道出湘君在难熬的等待中，如何由忧愁而悲伤，终至于懊恼异常的情感历程。李贺的《梦天》世界则是另一番瑰奇的幻觉天地：

老兔寒蟾泣天色，
云楼半开壁斜白。
玉轮轧露湿团光，
鸾珮相逢桂香陌。
黄尘清水三山下，
更变千年如走马。
遥望齐州九点烟，
一泓海水杯中泻。

诗人在梦幻中遨游月宫，看到居住在那儿的老兔和寒蟾，对着凄惨的天色哭泣。月中嵯峨的高楼，由于斜斜的云影遮掩，只能见到半开的白壁。月亮像一盘玉似的车轮，带着飞旋的光晕，犹如露水沾湿了一般。月中神女翩翩走来，所饰玉珮碰撞叮当，好似鸟儿鸣唱；桂花的香气一同在月宫幽径中飘荡……人说长吉诗想象奇崛，奇就奇在每每表现了“玉轮轧露湿团光”和“空山凝云颓不流”、“昆山玉碎凤凰叫，芙蓉泣露香兰笑”那样在现实和自然中都不可能存在的幻觉感受。

小说中的幻觉描写比之诗歌更为普遍。《西游记》、《聊斋志异》这样整个儿表现奇幻世界的小说自不待言，就像《红楼梦》这样的写实小说，倘抽取其中大量的梦境幻景，也会定然丧失其伟大和空灵。是的，不要说浪漫主义作品，就是现实主义小说，也注意通过逼真的审美幻觉，来刻画性格，表现人物心灵深处的巨大震颤。肖洛霍夫《静静的顿河》描写葛里高利抱着阿克西尼亚的尸体时，抬头看到一轮黑色的太阳。莫言《透明的红萝卜》中的小黑孩，在铁匠棚的铁砧子上，突然看到一个金色的红萝卜。“红萝卜的形状和大小都像一个大个阳梨，还拖着一条长尾巴，尾巴上的根根须须像金色的羊毛。红萝卜晶莹透明，玲珑剔透。透明的，金色的外壳里苞孕着活泼的银色液体”。照理说，黑太阳和金萝卜在生活中是不可能见到的，然而我们一旦知道这不过是作家运用幻觉准确而生动地揭示人物在异常状况下的变态心理，就不会感到困惑了。葛里高利把太阳看作黑色，这是一个极度悲痛、绝望且近乎疯狂的人的错乱感觉；那个始终无言的小黑孩，在铁砧子上看到一个透明的金萝卜，分明表现了一个过早也过多承受苦难的孩子，在动乱年月里渺茫却又美好的追求和希望。现代意识流小说，更多运用审美幻觉来塑造形象。《墙上的斑点》、《追忆流水年华》可以说整体都是建筑在幻觉描写的基础上的。王蒙《蝴蝶》的开头，写主人公从山村回来，坐在北京吉普的前排向城里疾驶——

那是什么？忽然，他的本来已经粘上的眼皮睁开了。在他的眼下出现了一朵颤抖的小白花，生长在一块残破的路面中间。这是什么花呢？居然在初冬开放、在千碾万轧的柏油路的疤痕上生长？抑或这正是他的幻觉？因为等到他力图再把捉一下这初冬的白花的时候，白花已经落到了他乘坐的这辆小汽车的轮子下面了。他似乎看见了白花被辗压得粉碎。他感到了那辗压的痛楚。他听到了那被辗压的一刹那的白花的叹息。啊，海云，你不就是这样被压碎的吗？你那因为爱，因为恨，因为幸福和因为失望常常颤抖的，始终像儿童一样纯真的、纤小的身躯呀！而我仍然坐在车上呢。

主人公张思远此刻的情绪状态，表现出审美幻觉的典型特征，真假相交，幻觉与实觉融合，路面中间颤抖的小白花是作为心灵的幻象在张思远的眼前出现的。小白花在他乘坐的小汽车下面被辗压的痛楚和叹息，显然也是幻觉。但他坐在车上却是实觉。由小白花的惨遭碾压联想到海云的凄惨命运，是张思远在幻觉中由潜意识向意识的转化。从这里，读者可以看到他的内心深处充满着对亡妻海云的歉疚、悔恨和无尽的思念。这段幻觉描写触及人物内心，感人至深，悬念亦深。

三

文学欣赏，虽说是与创作过程方向相反的审美创造，但由于其心理活动机制及表现形式与后者大略相同，因而读者的心灵一旦浸润作品之境，也会产生审美幻觉，并在幻觉中实现与作品的形象以及它的创造者（作者）在情感上的融合。所谓“入迷”、“出神”云云，即为这种审美的幻觉描述。当高尔基被《纯朴的心》完全迷住的时候，“好像聋了和瞎了样——我面前的喧嚣的春天的节日，被一个普通的、没有任何功劳也没有任何过失村妇——一个厨娘的身姿所遮掩了”[①]。还有，他读巴尔扎克《驴皮记》时眼前浮现的银行家盛筵的场景，耳中同时听到几十个不同人物的嘈杂声音，亦为真正小说迷的审美幻象。是的，感觉纤敏的欣赏者，一旦跃入审美幻境，便会忘却周边的一切，像托尔斯泰描述的那样，在想象中体验着人物的感受和情绪，过着人物所过的生活，往往产生如醉如痴、化身于作品中人物的幻觉。[②] 他与作品中人物俱荣俱损，往往情不由己、情不自禁地哈哈大笑，或伤心抹泪，以致面红心跳呼吸急迫。显然，此刻的他已非“己”身，虽说还隐藏着行为的目的性和自觉性的动机，但在很大程度上却表现为心理行为的无目的性和非理性。如何把这对心物矛盾调整到高品位的审美平衡态，确是欣赏主体能否食而大得其味的关键所在。倘若欣赏主体有着过强的

---

① 高尔基：《论文学》，北京：人民文学出版社，1978 年，第 182 页。

② 详见中国社会科学院文学研究所编：《古典文艺理论译丛》第二册，北京：人民文学出版社，1961 年，第 172～173 页。

目的性和自觉性，势必造成欣赏出现偏差；但完全失去目的性和自觉性，也会致使欣赏者沉迷其中而不能自拔，完全被审美幻觉所左右，甚至导致某些病理性幻觉。清代乐钧《痴女子》记载："昔有读汤临川《牡丹亭》死者，近时闻一痴女子读《红楼梦》而死。初，女子从其兄案头搜得《红楼梦》，废寝忘食而读之。读至佳处，往往辍卷冥思，继之以泪。……乃病矣。父母觉之，急取书付火。女子乃呼曰：'奈何焚宝玉、黛玉？'自是笑啼失常，言语无伦次，梦寐之间未尝不呼宝玉也。延巫医杂治，百弗效。"这位耽迷于宝黛爱情悲剧里的痴女子，竟把书本中的人物视作宝黛形象的化身，甚至临死前还连语"宝玉宝玉在此耶"。这表明，在她眼前的宝黛幻象，是多么强烈、逼真和感人，但她全身心陷入幻觉，竟一点不能回来，也就成了病态。中国美学十分强调"入乎其内，出乎其外"的审美态度，当可有效抑制审美幻觉的这种盲目超越性。

此外，把握幻觉的艺术心理学特征，有时还可帮助我们透过貌似纷乱的文本表层，去探寻作家独运的匠心。为了涵盖当代中国多变纷繁的大千世界，王蒙就多次有意运用快速扫描式的幻觉描写来表现之。在《铃的闪》中，赵诗人过去因打不上电话而苦恼，此时却因家中装了电话而不知如何摆弄好它更加苦恼了。阵阵铃声终于缠得他精神亢奋诗兴大发：

> 我写新的诗篇……白天鹤宫殿打败古巴女排，水鱼专业户获得皇家学位之后感到疏离。我写波音767提升为副部级领导，清真李记白水羊头魔幻现实主义，嘉陵牌摩托车发现新元素，番茄肉汤煮中篇小说免收外汇券……我写常林钻石被第三者插足非法剽窃……社会主义现实主义与意识流无望的初恋没有领到房证悲伤地分手……一个短途倒卖连脚尼龙丝裤的个体户喝到姚文元的饺子汤……

用传统欣赏眼光即从人物、情节、环境的视角来看这段叙述，确有理由责备王蒙胡说八道似疯人的谵言昏语。然而，当我们调整“焦距”，也用幻觉眼光视之，就不能不佩服这“诗篇”于怪异中含着深意。机敏的作家利用赵诗人变态的亢奋心理，运用类似高速飞行得来的异样感觉，形象而宏阔地概括了当前社会生活的总生态、总心态，即王蒙不止一次描绘的那股“乱忽劲儿”。找准了感觉，即把小说扭曲、变形、紧缩的感觉即幻觉拉开、展开、还原，再来赏读之，就不仅可以似有所悟，而且可以尝试着具体阐释了。譬如“波音 767 提升为副部级领导”显然是作家对机构改革中出现的“升格”、“提级”风气的婉讽，“常林钻石被第三者插足”，常林钻石当然可以象征夫妻或恋人中最宝贵的爱情，也可看作国家传统美德、党的优良作风、人的高尚情操等等，明乎此，“第三者”也就易于辨识了。

四

与幻觉相近且容易混淆的是错觉。错觉是在刺激物直接作用下所产生的对时间、速度、距离、方位、形状等不准确的知觉。然而在人们的感知活动中，“错觉与幻觉很难明确划分，我们永远不能判断某些感官印象在产生幻觉中不发生作用。实际上感官印象比较明晰时，我们称为错觉，而当感官印象不那么确定、不那么重要时，我们说它是幻觉”[①]。错觉和幻觉一样具有审美功能且更为明显。从高高的飞机上鸟瞰城市原本相距甚远的高大建筑，此刻却感到很近；夜晚那排得很长很长的盏盏街灯，在空中看来，竟是一流光柱。如此美妙的景观，就得之于速度和距离造成的错觉。众所周知，电影艺术的“似动”，就是由飞旋的拷贝使应接不暇的视觉后象诱发错觉，才将高速接替的静止定格误认为活的画面的。在文学的创作和欣赏中，错觉亦可审美。鲁迅小说《明天》中，写单四嫂子死了宝儿，独

① 转引自吕俊华：《艺术创作与变态心理》，北京：生活·读书·新知三联书店，1987 年，第 78 页。

自待在屋里，突然感到这“屋子不但太静，而且也太大了”、“太空了”。她的这个错觉，深刻表现了内心的悲哀和空寂。现代作家知道，人对实际时间和空间的感知总是减少些什么、增添些什么，或改变些什么、创造些什么，这就带来了心理时空对物理时空的变形，进而产生错觉。故王蒙要在《春之声》中将圆月写成“方方的大月亮”，以此强调主人公坐在闷罐车里接触新奇而富有意趣的事物时的感性特征。古代作家不可能明白现代心理学的原理，然而却凭他们的艺术直觉，也能创造出妙不可言的审美错觉。李白的《朝发白帝城》，今天咏吟仍能产生那种飞驰前进的速度感，难怪某外国评论家读这首诗的时候，竟产生了类似晕船的感觉，想象中的速度，仿佛把我们带进三峡那险要奇异的瑰丽世界中去，诗篇的永恒艺术魅力，即表现人类一往无前的气魄，正产生在这愉悦的错觉之中。王维诗句“山中一夜雨，树杪百重泉”造句更奇：远处的流水都悬挂在树梢上，不向下流而向上溯，不向远去而向近来。这种移远就近的错觉表现，确与遵循近大远小构图原则的绘画，表现流水在地平线上渐渐缩小远去的状况截然不同，较之却更为空灵邈远，更显出山势之峻和流水之秀。张若虚《春江花月夜》，起笔即通过特定的错觉感受，把读者带入清丽阴柔的优美之境：“春江潮水连海平，海上明月共潮生。”诗人在那空濛的月夜，远观春江潮涨，只见一轮皎月冉冉升起，好像海潮推涌出来似的。远距离空间和观潮人特定情境中的情感，交织成“明月共潮生”的奇异景观。可以说，《春江花月夜》深远、轻柔、静谧的意境，缠绵、幽婉、怅然的情思，皆由这“海上明月共潮生”的错觉意象派生出来的。

五

审美幻（错）觉在什么情况下容易出现？或者说产生审美幻觉的精神诱因及心理条件是什么？古往今来，人多论之。其中要数吕俊华的“炽情”说和“虚静”说最中肯綮。

所谓“炽情致幻”，是指人在悲哀或喜悦等强烈情绪的支配下，易使视听模糊产生幻觉。莎士比亚说得好，激情状态下的“疯子、情人和诗人，都是满脑子结结实实的想象。疯子看见的鬼比广大的地狱里所能容纳的还多。情人和疯子一样癫狂，他从一个埃及人的脸上会看到海伦的美。诗人转动着眼睛，眼睛里带着精妙的疯狂，从天上看到地下，地下看到天上”[①]。的确，在炽情的强烈推动下，想象就会如此这般地歪曲或夸大事物，进而产生种种幻象。张承志《北方的河》中的主人公，历尽万难，终于来到了魂牵梦萦的黄河的岸上，此刻，他心中燃烧着爱国激情，鼓荡着昂扬豪迈的男子汉雄风，竟把滚滚的黄河看成燃烧的烈火！“铜红色的黄河浪头现在是线条鲜明的，沉重地卷起来，又卷起来，他觉得眼睛被这一派红色的火焰灼痛了”。“在他年轻的眼睛里，黄河像北方大地燃烧的烈火，对岸山西境内的崇山峻岭也被映红了，他听见这种神奇的大河正在向他呼唤”。小说如此宏阔劲健的幻觉描写，非“炽情致幻”的精神状态而不可为。

所谓“虚静致幻”，是指人在身心闲逸或感官倦怠时，即处于清醒世界的边缘与梦中世界的边境相连之际，“凝神入混茫，万象成空虚”，忘却现实而走入幻境。这是创作的最好时刻，气质高雅的安娜姗姗而来，正是托尔斯泰陷入“沉思”或“和瞌睡作斗争”的时刻。《约翰·克利斯朵夫》的主角幻象，也是在罗曼·罗兰处于虚静状态时出现的。作家后来回忆道：“一八九〇年三月，在霞尼古勒山上，我沉浸在遐想中，夕阳照耀，罗马城上红光闪闪。围绕着城市的田野如同一片汪洋。天上的眼睛吸饮我的灵魂。我立足不定，失去了时间概念。”在这天人合一、物我两忘的刹那间，他看见克利斯朵夫这个人物从地平线

---

① 中国社会科学院外国文学研究所编：《外国理论家作家论形象思维》，北京：中国社会科学出版社，1980 年，第 21 页。

上"站立着涌现出来，额头先出土，接着是眼光，克利斯朵夫的眼睛，身体的其余部分，慢慢地，从容不迫地，年长日久地，都涌现出来了"①。

中国古典美学十分强调虚静对艺术创作的作用。陆机《文赋》云："伫中区以玄览。"意谓伫立天地之中，而起幽玄之观览。就是说创作之先必须净化思想感情以达到虚静境界，这样才能心神专一，思虑清明，统观全局，使万象萌生、千景浮现，进而写出与日月同辉的佳作来。《文心雕龙·神思》说得更明白："陶钧文思，贵在虚静，疏瀹五藏，澡雪精神。"要求作家创作时抛开一切思虑欲念，使心神专注于一，丝毫不受外界的干扰，便能达到"寂然凝虑，思接千载；悄焉动容，视通万里"的创作佳境。千百年来，人们不停地赞美王维诗画高绝，说到底是他在创作时能保持虚静的心理状态。恰如明人吴宽在其《书画筌影》中所说："右丞胸次洒脱，中无障碍，如冰壶澄澈，水镜渊渟，洞鉴机理，细观毫发，故落笔无尘俗之气……自非天真烂漫，牢笼物志，安能匠心独妙耶？"

表面看来，虚静与炽情一冷一热，似是情感之轴的两极。炽情致幻易解，虚静者心静如水，何以也会产生幻觉？究其原因是在虚静中，意识的控制力减弱，潜意识得以涌现，自觉性降低，非自觉性提高；世俗利害的影响变小，精神审美的天地变大。这一切都为情思的奔涌、幻觉的产生创造了心理前提。心理学也已证实，凝神静虑确能使大脑思维异常敏锐和沉着，即使遇到麻烦也可使神经系统的兴奋和抑制得到平衡，从而保持创作的旺盛势头。这样看来，虚静的实质乃在于心灵摆脱世俗的物欲、个人的利害以及实用的束缚而获得精神的洒脱与自由。"淡泊以明志，宁静以致远"，诸葛武侯的这句隽语，对于做人和创艺来说，都应是至理名言。

---

① 龙协涛编著：《艺苑趣谈录》，北京：北京大学出版社，1984年，第157页。

忧郁气质与道德重建

写这篇短文之前，我有意征询了一些朋友和学生对忧郁气质的看法。他们或对其含义不甚了了，或认为它是一种消极、颓废的情结，甚至还有人疑疑惑惑地说："忧郁？是一种精神病态吧。"由此可见，这种偏见是相当普遍的。当代中国的文学和影视作品就少有忧郁气质的艺术表现，即使有，也是作为否定和嘲讽的对象而存在的。学术界的情况也大抵如此，除路文彬两年前从文学角度发表过长篇专论外，半个世纪以来，包括心理学、美学与伦理学在内的专家学者几乎还没人对此进行过专门研究。作为现代伦理构成中的基本素质和具有独立审美价值的情感形式，忧郁气质在当今文化语境与精神生活中的缺席竟如此严重，值得我们关注和思考。

与一般人的庸常认识相反，忧郁其实是一种高贵的精神品性，是一个良知者应有的文化品格，故在美学和哲学上都具有不可估价的意义与价值。从美学上看，忧郁情结同浪漫的悲剧感休戚相关。朱光潜说："浪漫主义作家突出的特点之一是热衷于忧郁的情调，叔本华和尼采的悲观哲学可以说就是为这种倾向解说和辩护。”他在《悲剧心理学》中系统阐释了忧郁的美学意味，并令人信服地论证了它的合理性：“忧郁是一般诗中占主要成分的情调。”[①]“在忧郁情调当中有一种令人愉快的意味。这种意味使他们自觉高贵而且优越，并为他们显出生活的阴暗面中一种神秘的光彩。于是，他们得以化失败为胜利，把忧郁当成一种崇拜对象”[②]。从哲学高度看，忧郁产生于“人对日常世界的神圣的不满和对另一个更高世界的渴望”[③]。

提出这一深刻见解的别尔嘉耶夫说：“忧郁是指向最高的世界，并伴随着地上世界的毫无价值、空虚、腐朽的感觉。忧郁面向超验的世界。但同时它又意味着不能和超验世界汇合，意味着在我和超验世界存在着鸿沟，为超验世界而忧郁，为与地上世界不同的另一个世界而忧郁，为超越地上世界的限制而忧郁。”[④]在这里，朱光潜从对人的隐在心理的揭示而显示出忧郁的美学魅力，而别尔嘉耶夫则从对人的灵魂深处的阐明而显示出忧郁所担当的神圣使命。人类超越现世的庸俗与丑陋，多半要借助于忧郁这样的情绪。相对快乐来讲，忧郁是更深刻、更沉重的一种情绪。前者趋向于肤浅和遗忘，而后者趋向于高贵和救赎。明乎此，我们就不难理解为什么从古到今有那么多的巨匠大师，或本身具有忧郁气质，或在作品中表现出忧郁风格。屈原、曹操、杜甫、李清照、辛弃疾、曹雪芹、王国维等历史文化名人深沉博大的忧郁情怀自不用说，单单从“五四”时期作家作品中普遍流行的忧郁情绪里，我们就能分明感受到一颗颗最为敏感的心，其间蕴含的苦闷、感伤、孤独、迷惘和彷徨，无不折射出那个特定时代的典型精神状态。这是步入新阶段后的必然精神反应，亦即个人主体意识崛起之后的现代性焦虑。愈是时

---

① 朱光潜：《悲剧心理学》，合肥：安徽教育出版社，1996年，第221页。

② 朱光潜：《悲剧心理学》，合肥：安徽教育出版社，1996年，第208页。

③ [俄]别尔嘉耶夫：《论人的使命》，张百春译，上海：学林出版社，2000年，第235页。

④ [俄]别尔嘉耶夫：《自我认识》，上海：上海三联书店，1997年，第390页。

代前驱者，其忧郁感就愈是浓重。譬如常感深陷“无物之阵”的鲁迅，在现实中不仅看不到光明，也找不到真正的敌人，只感到“惟‘黑暗与虚无’乃是‘实有’”[①]。而正是这些感觉与情怀成就了鲁迅作为一个作家、一名文化批判者的伟大。他的绝望感，他对历史与现实的洞察力，因带有浓重色调和坚硬质地的忧郁气质而显得更为深广和彻底。而他的笔锋，亦因此更加犀利。巴金亦是现代作家中忧郁气质极为鲜明的一位。他的小说和散文流贯着哀婉、感伤的情绪，在温和、优柔的忧郁之中，既有作为一个具有良知者的道德取向，又不断拷问着民族的精神和灵魂。鲁迅和巴金体现出20世纪中国文化和文学的高贵的忧郁气质。然而，遗憾的是，20世纪40年代后，作为审美情趣和道德取向的忧郁，却遭到了被放逐的命运。新中国成立后，文艺作品和文化生活中的忧郁气质更是几近销声匿迹。考其原因，一是抗日救亡的民族战争，势必要求全民族集体的战斗激情，取代忧郁这种极度个人化的诗意情绪；二是在“左”的思潮影响下，主流话语将忧郁气质视为知识分子个人主义患得患失的性格表现，进而将其意识形态化，即同无产阶级的气质情感对立起来。1959年由中宣部和作协党组发动的对郭小川诗作《望星空》的“围剿”，就是剪除忧郁气质的典型案例。如果说，抗战时期在文艺被看成“帮助人民同心同德地和敌人作斗争”的武器的情况下，忧郁受到挤压，当属不得已而为之；新中国成立后变本加厉地将这一具有丰富内涵和审美价值的情感形式当作假想敌歼而灭之，则毫无道理可言了。我们今天的文化氛围和精神生态中，有那么多空洞的豪情壮志，那么多浮浅的集体狂欢，那么多暴戾的整人欲望，那么多虚伪的崇高和庸俗的满足，除了市场经济必然带来的弊端之外，是否还与我们长期以来缺失忧郁品性的培育有关？为此我们呼吁在文化建设和道德重建中，给予忧郁气质以应有的关注和尊重。

---

① 鲁迅：《鲁迅全集》第11卷，北京：人民文学出版社，1981年，第21页。

形式:把握现实主义的一个新路径

一

在20世纪文学话题里,没有什么比“现实主义”更为深入人心而又令人迷惑不解的了。中外如此多的理论家年复一年地或从哲学本质、或从流派思潮、或从文学精神等等方面贡献了“无边的”理论话语,其含义的广阔、丰富与歧义,简直形成了一道蔚为大观的风景。然而过多注目于哲学、思潮方面,虽说对于现实主义文学的发展与研究不无启迪,但仅仅陶醉于逻辑演绎或抽象概念的游戏之中,而忽视对于创作及其文学作品的具体研究,这样的现实主义理论终究有点儿模糊和虚飘。譬如共和国成立后的中国文坛上,一谈起“现实主义”,往往就被视之为一种“创作方法”,被看作一种僵硬的东西,并无限地应用于各种理论的或创作的场合。这就极大地增加了这一概念的复杂性和不确定性,使得它越来越摇晃而终于飘荡在文学世界的天空之上了,特别是又加上某些教条主义、公式化、概念化和简单化倾向,以及形形色色的极“左”思潮的影响,“现实主义”

理论已被折磨得面目全非、不成样子了。到了世纪之交，我们高兴地看到许多理论家对“现实主义”作出了廓清、梳理和具体化的努力。譬如针对“现实主义”被规范化和公式化的简单理解，就有人结合创作实际提出了“现实主义审美精神”——它所强调的，不仅仅是洞察历史的深刻性与观照生活的独到性，“而且是这种洞察与观照过程中的审美理解或富有艺术目的的把握，这就必然导致传达的顺应问题，并最终涉及作品构造中的诸如氛围、情调、故事、人物，以及时空关系、细节选择之类的形式因素”[①]。

诚然，时至今日，多数读者都已知道直面人生、不作假、不粉饰，是现实主义的根本精神，也能够大致不差地把那些不是按照生活的本来样态来描绘生活的作品，把那些倾向性不是通过场景和人物的描写自然而然地流露出来，而是通过一些别的什么渠道直接宣泄或暗示出来的作品，统统请出现实主义的家园。但是，“请出”之后你还会发现仍有许多问题牵扯不清。撇开一些理论家有意无意制造的阴云雾障不谈，我们还会发现，在这个“家园”里，现实主义绝非单门独户，而是家族兴旺、人丁众多，彼此血脉相通而又容貌各异，不经过一番精细的美学梳理，你很难在把握现实主义共相的同时一一认清它在不同时空情境下所呈现出来的千姿百态的殊相。而文学接受达不到解读殊相的程度，所谓鉴赏和批评云云，则难免流于空泛和无稽之谈。

领略现实主义的殊相风采，仅仅依据教科书所指出的它与浪漫主义相区别的基本特征显然是不够了。循着周政保先生提出的“现实主义审美精神”的线索，我们能不能在此基础上再进一步，通过探索作品的形式特征，来厘定和把握现实主义的不同形态与风姿呢？美国斯坦福大学教授伊恩·P. 瓦特早在

---

① 周政保：《精神的出场——现实主义与今日中国小说》，太原：山西教育出版社，1999 年，第 59 页。

50年代中期就对此作出了可贵的尝试。这位以擅长社会学批评而在英语世界享有崇高声誉的理论家，同时也特别关注小说尤其是现实主义小说形式上的特征。他主张，“现实主义的特殊与叙述技巧的某些特定方面的关系必须首先确定起来”[①]，并且认为“小说赖以体现其详尽的生活观的叙事方法，可以称为形式现实主义；之所以是形式上的，是因为现实主义这个术语并不涉及任何特定的文学教条或目的。而是仅仅与一套传统叙事方法有关，这套传统作法在小说中如此常见，而在其他文学样式中如此罕见，以致它可能会被认为是这种形式本身的象征。形式现实主义，事实上是一个笛福和理查逊确实予以承认的、通常是小说形式中固有的前提的叙述体现：这个前提，或者说是基本常规，就是小说是人类经验的充分的、真实的记录。因此，出于一种义务，它应该用所涉及人物的个性、时间地点的特殊性这样一些故事细节来使读者得到满足，这些细节应该通过一种比通常在其他文学形式中更具有参考性的语言的运用得到描述出来”[②]。这一思路，对于我们贴近文学作品实际来研究现实主义有很大的帮助意义。不过，在沿着瓦特先生所指出的这条“旅游路线”开拔之前，我得说明，此处所谓的“形式”，与传统文论所阐释的形式概念在含义上有所不同。它既指文体、结构、语言等技巧性因素，也指性格、情节、场景等题材性因素。这是因为，从作家与作品的艺术关系来看，除了主体意欲传达的内在情思（或曰情趣、意蕴）之外，作品中的一切要素均为显现这一主体“内容”的“形式”。这一极富美学启迪的“双重形式观”，早在20世纪初王国维就提出并纯熟地运用于他的诗学研

① ［美］伊恩·P. 瓦特：《小说的兴起》，北京：生活·读书·新知三联书店，1992年，第11页。

② ［美］伊恩·P. 瓦特：《小说的兴起》，北京：生活·读书·新知三联书店，1992年，第27页。

究中了[①]，过了一个世纪我又将形式赋予如此宽泛的理解，实在是因为，通过语言的排列组合，来拟定自己的艺术想象和情思的现实主义作家，是那么自觉甚至偏执地恪守一己选材和造型的规范，在创作中表现出鲜明的形式特征。

二

曾有论者很有见地地指出，在欧洲批判现实主义小说中，巴尔扎克、狄更斯为代表的一派叫“行为现实主义”[②]。徜徉于这一派小说家譬如巴尔扎克的艺术世界，你会发现这位批判现实主义的鼻祖，在其人物型造如葛朗台身上堆砌了那么多的事实碎片：鼻尖上的肉瘤、黑色领带、条纹背心、银扣短裤及他的楼梯、烛台、地窖、金币……巴尔扎克还特别热衷于“场景”描绘：为了推出珠光宝气的女儿把父亲挤榨成柠檬皮以后弃之不顾的惨剧，他不惜笔墨、不厌其烦地细致描绘这一故事发生地——伏盖公寓，从其方位、环境写起，再写门窗、地板、楼梯、客室、饭厅，一直写到每位房客的服饰模样、身世经历乃至用具陈设。另一位现实主义大师福楼拜在叙述上则简约得多，他将巴尔扎克拥塞在人物过道上的杂物清除得干干净净，进而更突出了人的日常行为：包法利夫人在农展会上傻乎乎地被罗道尔弗所勾引的情景，被公认为现实主义最出色的场景描写；而《一颗简单的心》更是用最司空见惯的对话、动作和细节，连缀成一个底层厨娘平淡的一生生活图景，简练而有力地勾勒出一个平庸到令人忧郁的世俗之魂。尽管笔墨一为繁缛一为洗练，但巴、福二氏，还有狄更斯、莫泊桑和屠格涅夫等人，之所以被称作行为现实主义作家，就在于他们在处理人物的行为与动机的

---

① 佛雏：《王国维诗学研究》，北京：北京大学出版社，1987 年。佛氏在其中《评王国维“第二形式之美”说（即“古雅”说）》中，对王国维的“双重形式观”的渊源及其理论内涵有较精细的分析，参见该书第 90～99 页。

② 夏中义：《艺术链》，上海：上海文艺出版社，1988 年，第 42 页。

组合方面，都主张现实主义不要铺展开人物的心理动机，而只要写出足以暗示这种心理状态的行为就够了。他们崇尚的逼真，也不过是逼近日常直观经验之真罢了。当然，他们在精确描述人的起居、饮食、服饰、谈吐和动作之外，还强调用十分纤细、隐蔽的线索将上述富于特征的事实细节交织出一幅世俗画面。这就是行为现实主义的形式特征。

巴尔扎克很少写甚至不写人物的心理，而同为现实主义大师的司汤达、托尔斯泰、陀思妥耶夫斯基和茨威格却恰恰相反，他们对看不见的精神世界似更有兴趣，认为事实和行为只不过是承载人物心灵的骨架，描写事实行为的价值就在于展现人的灵魂。他们都有一双透视灵魂的慧眼，善于揣测，以己度人，把自我体验作为洞察他人的手段。描写和分析心理遂成为心理现实主义的形式特征。在人物的选材和造型上，这一派作家的偏向是十分明显的：在长达七百页的《红与黑》法文原版中，司汤达只用一页篇幅飞快地写出于连在他一生中最重大事件里的动作系列：他读完瑞那夫人的信后，急忙离开了玛特尔，搭邮车直赴维立叶尔，在那儿买了手枪，跑到了教堂，向正在祈祷的瑞那夫人开了两枪；然而，誓要征服玛特尔芳心的于连，怎样把一场野心勃勃的赌博变成了独特的爱情，作家却用了一百多页的篇幅加以描绘，主人公那心思的盘算、欲火的烧灼、占有之后的狂喜与踌躇满志，无不写得惊人的精确与细腻。与之相媲美的，还有安德烈公爵阵亡前弥留时刻的遐思，安娜·卡列妮娜自杀前在颠簸的马车里的臆想，等等。读过《战争与和平》、《安娜·卡列妮娜》和《复活》之后，你或许会对小说中阔大的场面和曲折的情节记忆不清，但对作品中人物心灵的奥秘与幽邃一定会印象很深，拂之难去。是的，托翁笔下的男女主人公，在其独特的人生旅途中所展开的思想的漫游、情感的卷涌、理性的沉思和精神境界的升华，往往成为小说中最为华彩的乐章。

三

从中国新时期小说的流变中，似乎更能看清形式特征对解读现实主义作品的独特作用。20 世纪 80 年代中后期至 90 年代前期，继先锋小说的式微而兴起的“新历史小说”和“新写实小说”，与当代中国以往的小说相比，就体现出了新的鲜明的现实主义形式特征。让我们先来看“新历史小说”。比较以《红旗谱》、《保卫延安》、《青春之歌》、《红日》、《红岩》、《黎明的河边》为代表的、聚集在“革命现实主义”旗帜下的十七年的中长篇小说，你会看到发轫于张炜的《古船》，而由陈忠实的《白鹿原》来集大成的新历史主义小说潮流，在审美精神和叙述特征上，似乎和前者有某种“对着干”的味道。

首先，十七年革命现实主义小说在题材上以事件规模的宏大与主题的严正，以及在人物造型上以性格的传记化非人文化为其明显的“正史”特征，而“新历史小说”则以“野史”、“稗史”等民间历史来与“正史”构成了补充、偏离甚至消解的关系。[①]故用家庭史替代重大的政治历史事件成为“新历史小说”所青睐的主要题材。像《古船》(张炜)、《红高粱家族》(莫言)、《苍河白日梦》(刘恒)、《旧址》(李锐)、《灵旗》(乔良)、《活着》(余华)、《故乡天下黄花》(刘震云)等“新历史小说”的扛鼎之作，无不是以家庭性、私人性的题材完成了对重大题材的更迭与置换。譬如，对十七年革命现实主义小说的经典之作《红旗谱》，文学史的评价是：“小说以朱老忠、严志和两家三代同冯老兰一家两代的斗争为主线，描写了中国共产党领导下的反割头税运动和保定二师学潮斗争，艺术地概括了大革命前后中国北方农村和城镇的阶级斗争和革命运动，反映了中国农民革命由自发反抗到有组织的斗争的历史进程……形象地说明了中国农民只有在

① 孙先科：《颂祷与自诉——新时期小说的叙述特征及文化意识》，上海：上海文艺出版社，1997 年，第 210～214 页。

中国共产党的领导下，组织起来，斗争才会胜利。”[1]而《白鹿原》仅内封上的“内容说明”，就与此形成了鲜明的对照：“这是一部渭河平原五十年变迁的雄奇史诗，一部中国农村斑斓多彩、触目惊心的长幅画卷。”“一个家族两代子孙，为争夺白鹿原的统治代代争斗不已，上演了一幕幕惊心动魄的活剧：巧取风水地，恶施美人计，孝子为匪，亲翁杀媳，兄弟相煎，情人反目……大革命、日寇入侵、三年内战，白鹿原翻云覆雨，王旗变幻，家仇国恨交错缠结，冤冤相报代代不已”。“新历史小说”如此用家庭性的世俗生活置换重大的政治事件，用宗法关系、血亲关系和性别关系来取代阶级关系，使得小说的描写内容就不像唯表现“阶段关系那样被直接地表述为压迫、反抗这样简单明晰的因果关系，不会必然性地得出‘一个阶级消灭了，一个阶级胜利了，这就是历史，这就是几千年的文明史’这种乐观的理性主义历史进步论思想。宗法关系、血缘关系与性别关系是复杂的非因果关系的关系，所以并不一定同‘必然性’和决定论思想相联系。‘新历史小说’对重大政治事件的悖离，对家庭性题材的亲和所包含的潜在的文本价值，是对因果关系的更替，是对世界、生活、经验内容的重新解构、重新解释，也是对决定论的思想体系的消解”[2]。

其次，革命现实主义小说大都采用第三人称全知全能的叙事视角。“全知全能第三人称叙事，给人以事件在某一时段自然发生、发展、结束的客观性的印象，而且全知全能的叙述人在文化上的‘代言人’身份也给人以庄重、神圣，值得信赖的语态感觉”[3]。在这一叙事方法的背后，明显有一种盲目的、自信的、

① 汪名凡主编：《中国当代小说史》，南宁：广西人民出版社，1991 年，第 98 页。

② 孙先科：《颂祷与自诉——新时期小说的叙述特征及文化意识》，上海：上海文艺出版社，1997 年，第 21 页。

③ 孙先科：《颂祷与自诉——新时期小说的叙述特征及文化意识》，上海：上海文艺出版社，1997 年，第 223 页。

虚妄的“上帝”感觉。“新历史小说”则要清醒得多，大都以第一人称“我”和第三人称替代叙事人的有限内视觉来叙述故事，从而变“客观呈现”为“主观呈现”，使历史事件的关系性质被重新叙述和解释，历史事件的意义内涵被翻新或改写。乔良的《灵旗》让全知全能的叙述人退出文本，由参加过湘江之战的青果老爹即“那汉子”来回忆那场战争。这种个人性的叙述加上漫长的年代间隔，使得“湘江之战”的性质已不像“正史”所描述的那样清晰明确了。蒋军和民团甚至一些老百姓对红军的残酷杀戮，“那汉子”——这个具有红军身份，后又逃跑，堕落为赌徒、无赖的人，同样残酷的报复行为，更使那段历史充满了血腥。在这里，如同肖洛霍夫的《一个人的遭遇》所显示的那样，历史进步论观念引导下的战争合理论，受到了人道主义的严厉诘问和挑战。通过个人性的第三人称叙述人的出现，乔良巧妙地改变了历史叙事的传统模式及其结论，将人道主义导入历史领域，使人们看到了小说家难能可贵的终极的人文价值立场。而莫言的《红高粱》则通过“我爷爷”、“我奶奶”这一独特的第一人称叙事，将历史和现实置于同一空间，“历史”失去了原来的起源、发展和结束的时间链条以及因果逻辑，也失去了历史的庄严凝重色彩，使得小说对生命原本及其活力的赞颂更加酣畅淋漓，对“种”的退化的隐忧更为深沉。同时，由于“我”的叙述，在民族与阶级的历史关系中强行加入了家庭与血亲的因素，历史也由此变得具体、亲切了。此外，在余华的《活着》、刘恒的《苍河白日梦》、苏童的《妻妾成群》、格非的《敌人》等小说中，虽然从表面上看，故事讲述者像是全知全能的第三人称叙述人，但却带上了明显的边缘性意识形态的特征。这些以破落户、奴才、妓女、小妾等灰色小人物所叙述的历史故事，具有更加幽深古朴、苍凉破败的意味。这与全知全能叙述人讲述历史故事时洞察一切的自信，形成了鲜明的反差。说到底，这一类小说叙述的是“他者”的历史。

第三，在人物塑造上，十七年革命现实主义小说大都以塑造英雄时代的英雄人物为标的，但不可否认的是，这些英雄人物由于都是在单一的政治视角下创造出来的，故几乎都程度不等地存在着不丰富、不真实、不自然、不亲切的“失血现象”。作为一种补充或反驳，“新历史小说”摒弃了单一的政治意识视角，从哲学、心理学、文化学和精神现象学的层面，对人物进行多方位的塑造。我们看到，除了像隋不召（《古船》）、朱先生（《白鹿原》）、季云和士新（叶兆言《十字铺》）这样有着浓郁的社会生活内涵和文化信息的象征人物外，“新历史小说”家还热衷于描绘变态性格，如《苍河白日梦》中的二少爷、《半边营》中的阿米和《妻妾成群》中的少爷等。这样的变态性格，在社会与历史的单一平面上是难以解读的。只有同时透过文化学和精神现象学的层面，我们才能够从这些人物形象的性格固执、性变态以及单一心理情结之中，窥见幽深的文化内蕴和个性心理内涵。虽说“新历史小说”在人物性格的广度上不及传统现实主义，但在人物的个性特征与感性特征的描写上、在性格表现的深度上，以及在人物性格的丰富性上，则大大超过了十七年革命现实主义小说。

让我们现在再来看看影响更大的“新写实小说”。关于“新写实”已有了过多的研究和评论，其中关于人文理想、精神价值方面的论述不乏精彩之见。当这阵“评论热”过去多年后，我又回过头来评说，实是因为，既然要辨析现实主义及其形式特征，那么中国新时期文学中最具有流派意义的“新写实小说”，应该是最好的范例。所谓“写实”，实与“现实”同义。这说明二者之间有着必然的关系，而“写实”之前又冠之以“新”，则标志着其理论主张与创作实践又有其独特而新颖的风貌。如果考察新写实的几位主将，如刘恒、刘震云、方方、池莉、李锐、李晓、叶兆言、范小青诸位的写作，你就会发现“新写实”不仅与十七年革命现实主义相比，甚至与 1985 年以前以蒋子龙、刘心武、梁晓声为代表的现实主义小说主潮相比，在观照生活的视点和叙事的对象、内容及其方式等等方面，也有明显不同。其具体表现为以下几个方面：

第一，在如何处理小说的艺术世界和日常生活的经验世界的关系问题上，包括1985年以前的新时期小说在内的传统现实主义，虽说在力图“真实”地描写生活，摹写日常经验，但由于对“真实观”存在着机械的理解，故没有“新写实小说”来得自在从容。前者由于只关注并追求“本质的”真实，故对生活经验的日常性面目没有给予充分的重视，而后者之所以“新”就恰恰“新”在对日常生活经验的重视上。他们对于未经理性严格梳理的日常生活的松散状态，显然投入了更大的热情。为此力图还原生活原生态，成为“新写实小说”最为明显的特征之一。

第二，对生活原生态的还原追求，必然带来了叙事焦点的转移。传统现实主义的叙事焦点是对准重大题材、英雄人物和热点问题，意在歌颂崇高、鞭笞丑恶，鼓舞人们为某种“理想”而奋斗；“新写实”则把凡人琐事作为注目的中心，力图精确地描写他们外在的生活处境和内在的精神状态，由此深入社会和人性更具体也更复杂的层面。譬如池莉的著名中篇《烦恼人生》，写普通工人印家厚清早起床上班到夜晚回到家中所遇到的一系列不如意的故事：住房狭小、公交车拥挤、儿子入托困难等等，虽说也有依稀美好而温情的回忆，以及美丽而公正的女徒弟的爱意表露，但这些只能存在于“精神”上的美好，更是添加和反衬了一个虽然普通却不乏责任感的中国人的生存困境与人生烦恼。稍加留心你会发现，作家一下子写了如此多的问题和事件，笔意所向，并不同于传统现实主义那样为塑造人物性格服务，而是恰恰相反，让人物的行为性格为表现问题和事件服务。这是颇有深趣的。这就引出了“新写实小说”第三个形式特征的出现，即叙事策略的转变。它不再恪守“塑造典型环境中的典型性格”这一传统现实主义的经典性原则，而是把这一原则推衍为“创造典型性格由此形成的典型处境”，即把重心移到人赖以生存的社会环境上来，移到特定境遇上来，从而达到对特定历史时期的社会存在和人的现实处境的典型再现。

第四，叙事语言的变化。新写实作家意识到传统的文学语言过于书面化、精致化和规范化，以至于与人民大众的语言习惯形成疏离，故在语言上追求平民化、通俗化。他们在运用方言俚语、流行用语甚至日常生活中的粗话俗语的同时，还注意语言的结构功能和造型功能，努力形成话语的“生成能力”和“画面感”。这些不仅在很大程度上提高了语言的审美表现力，而且从深层文化背景看，“新写实小说”灰扑扑的日常生活话语，以及由此传达出来的理想破灭、激情衰落之后面对现实无可奈何、无能为力、无所作为的叙事情调，也是对以往小说话语中渗透着的巨大的政治热情和人文热情、浓郁的“乌托邦”色彩和不无文化“霸权”与“暴力”意味的柔性消解。

四

上述四大变化，也可以视为新写实主义的四大形式特征。有些人对此把握不准，往往导致误读和盲视。譬如，囿于传统现实主义的想象规范和叙事方法，指责新写实只注意写普通人、家常事，无非是上班下班、几块豆腐、孩子入托、煤球水费之类，缺乏精神亮度等等。殊不知正是普通人构成了人民大众的主体，日常事务构成了生活的主要内容。他们虽不具有英雄的“本质”，不担负时代的“使命”，但由于未被人为地“加工提炼”反而带有更多的生活真实，原汁原味。他们以平等的角色同读者促膝谈心，从而使新写实文学与人民大众声息相通，获得了广泛的理解和信任。诚然，“新写实”潮流泥沙俱下、鱼龙混杂，确有相当作品弥漫着灰色情调甚至颓废感，但从总体上考察，主要表现的，却是一种对于境况的无奈感叹，一种对于现实的精神尴尬。对这种令人思绪万端的感叹，复杂而又难以言说的精神尴尬，简单地说好说坏，都是轻率的，但由此提出的问题，却有重大价值。引起很大争议的，还有新写实小说的非人格化叙述所带来的所谓"中止判断"和"感情零度"问题。有人据此非议新写实作家在作品中放弃了价值判断，其实在优秀的新写实小说中，价值判断和倾向性同传统现实主义一样，是存在着的。譬如为国为民的忧患意识与"写人生"的问题，在刘恒、方方、刘震云、毕飞宇等人的小说中非但没有弱化，反而还有某种强化的趋势，只不过它已不像巴尔扎克等那样，通过作品中的人、事、物明确地"表演"出来；也不像托尔斯泰等那样，通过对人物心灵的精细分析揭示出来。它的情思、意蕴是总体的、潜在的，读完整个作品后，你便能感受到作家隐含其中的情感倾向和价值判断。谁敢说玩世不恭的王朔把上帝鸡毛化不是惊世骇俗的价值批判呢？刘恒《狗日的粮食》所表示出来的激愤就更不用说了。在《单位》和《一地鸡毛》中，刘震云不动声色地叙述了一对大学毕业的年轻夫妇如何像豆腐一样变味变质的过程。曾经拥有崇高理想和积极进取心的小林在经历了入党、提干、分房、调动等一系列的尴尬、失败和打击之后，终于也从"薄颜有耻"变得"厚颜无耻"起来。妻子小李从一个浪漫清纯的可爱女孩子变成一个整日里斤斤计较、以心机应付社会的会偷水的家庭妇女了。他们最终"醒悟"到："生活并不难，只是参加进去就是了。"《一地鸡毛》的结尾，小林平淡、通达地想到，老婆能用微波炉再给他烤点鸡，让他喝点啤酒，"他就没有什么不满足的了"。他还在"半夜做了一个梦，梦见自己睡觉，上面盖着一堆鸡毛，下面铺着许多人掉下来的皮屑，柔软舒服，度年如日。又梦见黑压压的人群一齐向前涌动，又变成一队队祈雨的黑蚂蚁"。这真是一幅挣扎于堕落边缘者的心理幻影，是对"单位"和"家"这些压迫性的生存环境的令人可怖的梦魔。联想到《烦恼人生》那可怜逼仄的生存状态和精神境遇，稍有一点忧民情怀的读者，难道没有一种要对那些以"为人民服务"为宗旨的各级领导干部的诉求冲动吗？在这里，曾经满怀理想、锋芒毕露的小林，最终却梦见自己舒舒服服地睡在满地鸡毛上——透过这表面不动情，骨子里却极为沉痛的叙述反讽，我看到作家的心在流血！有学者深刻地指出："一地鸡毛这一意象很容易让人想起鲁迅的'铁屋子'的那一著名比喻。鲁迅将辛亥革命前后喑哑的生活与文化氛围比喻成'一无可进的进口，一无可出的出口'的铁屋子，显示自己心情的焦虑与沉重。'一地鸡毛'的意象似乎是一个更加纷乱，消磨热情、意志与理想的'无物之阵'，作者的心情是无奈、怅惘而沉重的。"[①]应该说，这一看法是很准的。是生存的艰难及陷入艰难的绝望，无情地销蚀了人对自身的信任，泯灭了人对理想道德的追求。哀莫大于心死。小说对世风的针砭、对庸俗境况的批判，以及对造成这种世风这种境况的政治文化背景的深刻追问，虽深藏不露却犀利无比。当然，这一切都不像传统现实主义小说那样呈现出来的，就是说在作品的文字层面甚至故事层面上，你是看不出来的。但，这不更符合恩格斯提出的、关于现实主义小说的"倾向性愈隐蔽愈好"，"不要特别地指点出来而要通过情节和场面自然地流露出来"这一经典要求吗？

---

① 孙先科：《颂祷与自诉——新时期小说的叙述特征及文化意识》，上海：上海文艺出版社，1997 年，第 182 页。

文学象征与象征文学的创造

爱好文学的人谁不熟悉象征呢？托尔斯泰《战争与和平》中的安德烈曾在路上看到一棵衰败的老橡树，但经历罗斯托夫庄园那个皎洁美妙的月夜不久，那棵老橡树，在他眼中，却青葱勃郁，充满活力，全然另一番景象了。老橡树之于安德烈的心情，不就是象征嘛！然而，读罢严云受、刘锋杰的《文学象征论》，我忽然发现自己的那点儿文学知识和美学视野不够了。人们通常把象征理解为一种具体的表现手法，而且象征描写在文学作品中确也比比皆是，但两位学者却以宏阔的眼光、崭新的思维、翔实的资料和精到的分析，为我们展现了蔚然壮观的象征文学天地，而老橡树不过是这广袤天地中的一线风景而已。

《文学象征论》是一部新颖丰厚的专著，是作者站在前人肩上努力摘取的理论果实，读之令人眼界大开，获益匪浅。作者既着意于从大量的文学现象中概括出具有普遍意义的结论，又能通过对古今中外有影响的象征理论爬梳分析，批判扬弃，剔除谬误，吸收有价值的见解。譬如从普列汉诺夫、高尔基、卢卡奇、茅盾和周扬等人对象征的排斥话语中，作者就吸取了不少合理的有用的成分。不过，就《文学象征论》的体系建构来说，还要数黑格尔对其影响最巨。黑格尔把人类艺术史划分为象征型艺术、古典型艺术和浪漫型艺术三个阶段。他对象征型艺术评价不高，并推论已被古典型艺术所取代，这当然是智者的短视。但黑格尔从个别与一般、特殊与普遍的关系着眼，从个别的特殊的艺术形象怎样表达一般的普遍的意义这个角度，来论述艺术史问题，无疑成了开启象征艺术殿堂的一把钥匙。作者循此思路，把丰富多彩的文学形象分为具象体现模式和喻象暗示模式，亦即典型创造模式和象征创造模式。“前者的个别性直接拥有、体现一般性，后者的个别性间接对应、暗示一般性”①。对典型形象来说，个别与一般同质同构，意义与形象浑融一体；对象征形象来说，个别与一般相分隔，意义与形象有距离，但在形态与特征上总有某种相似性。在中外文学史上，典型与象征既有这种二水中分、双峰并峙的态势，也有具象和喻象共存、象征与典型互渗的景观。而且，从文学发展的势头看，象征文学创作愈来愈焕发出耀眼的光彩。但长期以来，由于理论上的误导、“左”的思潮的影响，我们只强调典型形象而忽视象征形象，总以为文学史是典型形象的一统天下，殊不知象征形象也占据着半壁江山。且不说在漫长的中国古典诗史中，有着悠久比兴传统的喻象创造是抒情文学的主流，仅以西方近代以还的文学而论，其情形正如《文学象征论》所中肯评价的那样：“比较 19 世纪文学和 20 世纪文学，如果说 19 世纪文学以典型创造的巨大成就彪炳史册，那么 20 世纪则是以文学含有象征性而引起了审美创造中的崭新感觉。19 世纪中后期虽然标志着象征的崛起，产生了它的最初的代表人物，20 世纪则继承了这一艺术的新精神，深化了象征的意义和扩大了象征的影

① 严云受、刘锋杰：《文学象征论》，合肥：安徽教育出版社，1995 年，第 55 页。

响，产生了它的更为成熟的代表人物。20世纪的很多经典之作，与象征相关相生。”[1]只要不带偏见，我们就会相信此言不虚。像卡夫卡《变形记》、乔伊斯《尤利西斯》、艾略特《荒原》、福克纳《喧哗与骚动》、海明威《老人与海》、加缪《局外人》、马尔克斯《百年孤独》、艾特玛托夫《断头台》等象征意味较强的作品都给蔚为大观的20世纪世界文学增添了色调与芳香。

具象文学和喻象文学既然各有其不同的美学风貌，必然体现在形象塑造上。《文学象征论》以大量篇幅着重揭示它们不同的艺术特点和审美价值，构成了本书的中心、重点。

第一，从艺术造型原则上看，典型创造从个性化起步，象征创造从概括化起步，即“把一定意义结合以某一形象上”，寻找思想感情的客观对应物；从个性化这一面说，典型创造遵循充分的完整化原则，以其性格的多姿多彩为重要特征，而象征创造则奉行整体简化原则，展现出内涵丰富复杂的意念性。譬如在卡夫卡的《城堡》里，我们看不到城堡处于何处，城内又是怎样的情形，更看不到主人公K的生活背景和性格特征，甚至连名字也没有，只知他是一个土地测量员，要进城去，老进不去。作者通过如此简化，使其所指广泛辽远，成为人类在现代生活困境中的象征。象征“形象创造上某种程度、某个方面的有意忽缺，虽使形象变得不那么具体、完整，不那么丰满，但是，忽缺之中必然包含着某种特征的强化，这就为指向象征的意义提供了途径，暗示了方向”[2]。从概括化这一方面说，典型创造以现实具体性、类的共同性和客观矛盾性为特点，而象征创造则以人生哲理性和主体超越性为特点，其区别也是显然的。

第二，从寓意传达方式上看，典型创造要求形象本身体现

---

① 严云受、刘锋杰：《文学象征论》，合肥：安徽教育出版社，1995年，第467页。

② 严云受、刘锋杰：《文学象征论》，合肥：安徽教育出版社，1995年，第97页。

出它的寓意，而象征创造则要求形象必须具有暗示性、隐指性乃至模糊性。作家在象征营构中既要造谜，又要解谜；既要离开实在而至超越，脱离具体而入抽象，又要考虑在超越和抽象的基础上，诱导读者去领略作品的含蓄隐晦之美，从而获得有关人生的抽象思考和哲理成果。故象征形象的营构与透射，理所当然成为象征创造的重要课题。通过对象征作家创作实践的深细考察，作者归纳出种种切实可行的寓意透射手段，如音乐透射寓意、主导意象点题、重复意象释意、递变意象的超常性、随伴意象的演示性等等，均为象征营构中透射寓意的绝佳"窗口"。我们仔细品味书中这部分新意迭出的论析，深感它不管是对作家的象征创造，还是对读者的象征理解，都是大有裨益的。

第三，从作家的创作行为上看，典型创造的作家在生活海洋里遨游四方，象征创造的作家往往在生活之井里深深汲取。前者重阅历重观察，因此巴尔扎克要混入上下班的人群中去谛听他们的交谈，试图从中窥见人类心灵的秘密；福楼拜主张要写就该知道一切，为写好《包法利夫人》的一个章节，他去观看手术过程，还精心研究跷脚理论；左拉要深入实地进行考察，并经过充分研究才动笔；果戈理则宣称他从来不写未曾看到过的事物。象征作家却大不一样，他们更重体验，他们自信对内的省察愈深微，对外的认识也愈透彻。卡夫卡之所以会成为描写西方现代社会中异化现象的先知作家，就与他的内倾性的沉思品性有着重要关系。他曾披露心扉："对于我来说，最好的生活方式也许是一个人待在宽大而又幽闭的地下室里最靠尽头的一间小室，只身伴着孤灯和写作用的纸笔。吃的东西叫人给我送来。让地下室的大门的启闭老是离我远远的。我唯一的散步就是穿着睡衣，经过地下室里一个个拱顶去取别人给我送来的饭食。然后很快回到自己的书案房，一边默思一边慢慢地用餐，然后马上又拿起笔来写作。那我将会写出什么来啊！我会把内心最深处的东西都写出来！而且毫不费力。”[①]而另一位伟大作家，写出《追忆似水年华》这部象征色彩浓郁的意识流巨著的普鲁斯特，一直过着不曾走出居所的隐士生活。我们不要误以为他们拒绝生活，他们不过是坚执唯一真正被体验过的生活才是真实的生活。他们通过对生活的静寂沉思进入创作的自由状态，也能达到对于万物的理解和洞照。

两位著者还对象征形象的接受与阐释问题进行了深入探讨。象征形象的复杂多义性和抽象难解性，固然会给解读带来诸多障碍和不便，但也给接受者以更大的自由度和参与机会，进而丰富并扩大文学的审美空间。梅特林克《青鸟》的歧义性，麦尔维尔《白鲸》的玄学意味，李商隐《锦瑟》的千古之谜，曹禺《原野》的复仇情结，这些愈说愈不清楚、愈不清楚人们愈是想说的热门话题，正是人类灵魂和智力对象征的挑战与冒险。但也不能认为象征的解读和阐释是接受者想象力的任意游戏。《文学象征论》正确地指出：象征形象“从喻体到喻义的过渡，确实有赖于创造者和解读者的介入，但无论是创造还是欣赏，要从喻体上生发出喻义，都无法脱离喻体给予人的特定刺激。来自喻体的特定刺激是产生特定喻义的出发点和制约力”[②]。象征除具有指向性内涵外，还须再加上方位感的限制。这里的关键是要把握象征阐释的极限。阐释的极限不仅制约着解读者的想象方向，还是阐释能否有理可信的依凭。作者把这个极限定位在对于相似性的共用与分享，是颇有见地的。譬如在对《青鸟》象征寓意的多重理解中，追求幸福、追求理想与追求真理并不相同，但其中的“追求”则是共同的，故使三种不同的理解带有了一致的色彩。“追求”就是《春鸟》的阐释极限。《文学

① 卡夫卡：《致斐丽斯》，载伍蠡甫、胡经之主编：《西方文艺理论名著选编》（下），北京：北京大学出版社，1987年。

② 严云受、刘锋杰：《文学象征论》，合肥：安徽教育出版社，1995年，第300页。

象征论》运用较多篇幅结合具体作品对“阐释极限”作出精彩的验证，告诉人们只要掌握阐释极限，再幽曲复杂的象征寓意都可破解。像李商隐《锦瑟》一诗，千百年来解者纷纷，莫衷一是，其代表性观点就有追忆说、自伤说、悼亡说、仕途失意说、自悔表白说等等。但各家所言，由于都涉及过去的回忆和对期望落空的感叹，都把握住诗人的失落感这一阐释极限而立论，故均可成立。

鉴于象征的欣赏和理解极易逾出极限，《文学象征论》提出了象征解读三原则，即外延周全原则、相似指代原则和文化认同原则。掌握住三原则，在象征原野里哪怕纵情驰骋，也不至于马失前蹄了。但人们对象征文学的误读是普遍存在的。究其原因，象征形象确比典型形象理解困难是一个方面，但主要的，恐怕还是接受主体文化心理结构不适应，拘泥于单一审美框架，忽略了接受的审美发生必须合乎对象性这一根本前提。因此，由异质思维引起阅读干扰，使象征解读不能到位也好，由审美错觉引起阅读干扰，对象征采取非象征的观照也好，还是智力结构引起干扰，对象征理解出现偏差也好，病根都在于接受主体结构与象征作品之间缺乏共通性。怎样避免这一尴尬呢？《文学象征论》提出了有益的忠告：“解读者就应当是以象征思维为主导思维的阐释者，以其对象征的敏锐审美感受来对待象征作品，在与象征作品保持智力结构的同性特点时，揭示与探索蕴涵在象征作品中的人生意蕴。因而，一个象征作品的合格的解读者，是一个对于人类的象征性有着自觉认同与自觉的审美反射的接受者。”[①]

毋庸讳言，在我国百年的文艺理论格局中，象征研究是滞后并弱于典型研究的。而近三十年来，愈来愈多的学人在这块相对荒凉的理论园地努力耕耘，并取得不少成果，悄然改变着

① 严云受、刘锋杰：《文学象征论》，合肥：安徽教育出版社，1995年，第328页。

原有的文论格局。严云受、刘锋杰全面而扎实的象征研究，是美学领域的新拓展，大有与典型研究并驾齐驱之势。这一现象本身，抑或就是一个令人欣悦的象征：改变我国文艺理论体系内的形象研究系列的条件已经成熟，并由两位作者的开拓性研究奠定了一块坚实的基石。

现代美学视阈下的生死苦魂

继《艺术链》后，上海文艺出版社“文艺探索书系”又推出夏中义的学术专著《世纪初的苦魂》(以下简称《苦魂》)。以学术创新与文化积累为宗旨的“书系”，接连收入作者两种专著，似是昭示作者学术实绩的某种标志。的确，读《苦魂》，你会强烈感到，作为王国维美学研究的新成果，此书委实拓展了比较美学研究的思路。

一

牢牢把握住王国维美学的思辨基点，并顺势整合出王氏人本—艺术美学的准体系结构。王氏生前美学著述林林总总，然而无论《红楼梦评论》、《屈子文学之精神》，还是集王氏美学思想之大成的《人间词话》，皆不具严整体系的外观，可你真正读了进去，又分明感到有一种潜在的有机关联，这就使王氏美学著述与传统诗话、文论之间出现了界限。夏中义认为其区别在于：从内容上看，王氏美学彻底摆脱了封建政教意识形态，已变成真正研究艺术的本性、规律、理想、特征乃至审美人生的人文学科;从思维上看,王氏美学也已获得历代文论、诗论、画论所不曾有的理论形态,这集中体现在王氏美学有一个经络般遍布周身的思辨基点:“对人生苦痛的审美超越。”还有一套有较大理论涵盖面的基本概念,即“天才”、“无用”、“古雅”、“境界”依次相衔的四大美学板块。这些板块之间既存在着有机的生长关系,又共同展示出王氏所关怀的那片情真意深的人本生命景观。具体说来,“天才说”作为审美——艺术主体论,是王氏关于审美力与艺术创造力的人格表征之学说;“无用说”作为艺术性能论,既揭示了艺术的审美本性,也回答了艺术功能作为非功利的“无用之用”,只对熏陶或健全人性有潜移默化之功,但绝无“当世之用”或“经世致用”;“古雅说”作为艺术程式论,本是对其“天才说”、“无用说”的逻辑延伸,因此当王氏在20世纪初就能实事求是地将由修养得之的“古雅”之能力,视为“美学普及之津梁”时,也就不难解了;“境界说”则作为诗学理想论,是王氏评估整个中国诗史的文化品位的美学尺度,其忧生甚深的哲学睿智与清新俊爽的诗美情趣在这里凝聚得最为浓郁。散珠碎玉般的王氏美学经过如此琢磨整合,就连缀成了璀璨的项链。

二

率先挑明了王氏美学的思辨基点源自叔本华。《苦魂》开篇就提出这一核心命题,并在对王氏美学四大板块丰富内涵的依次剖析中,一一辨明其渊源关系。如“天才说”中的双重定义现象和“独能洞见”与“独有千古”;“无用说”中的“嗜好”与赞成艺术诉诸灵魂之关系;古雅说中的优美—宏壮理论;“境界说”中的“有我之境”、“无我之境”与“自失”、“吾丧我”等等。此外,我觉得还可从《苦魂》中列出三点根据:A.“对人生苦痛的审美超越”这话语本身就是从叔氏处拿来的;B.王氏用叔氏词汇写成的《红楼梦评论》,不难看出半是宣泄他的灵魂之苦,半是为了表示他对叔氏的倾心与领悟;C.民族诗趣与西方哲思浑融一体的《人间词话》,虽绝少叔氏词汇,却又处处闪现叔氏的身影。这皆表明王氏对叔氏的接受,已越过学识层面的简单模拟,再创性地"将外在思辨转化为活脱脱的眼光与态度,即积淀为有血有肉的情感——思维模式或内在价值定势"[①]了。

三

《苦魂》精彩地阐释了王氏接受叔氏的价值心态定势及其过程。《苦魂》以大量翔实的材料令人信服地说明,是天生才情与人生逆境的严重失衡所酿成的忧生之苦,导致青年王氏对叔氏的超时空神交。据王氏自述,他先读康德读不进去旋即没了兴趣,而捧起叔氏《作为意志与表象的世界》,却全身心投入且"心怡神释",其底蕴何在?夏中义认为:"实是因为他们有相似的生命感悟。这相似的生命感悟便是先在于主体与对象间的文化契约,一旦相撞,转眼兑现。"[②]然而在学理和人生两方面与叔氏皆有灵犀的青年王氏,对叔氏绝非机械接受,而是一种出色的人本主义解读,一种极富魅力的扬弃或重铸。一方面,他轻松敲开了叔氏包纳万象又僵硕笨重的体系外壳,直逼其人本忧思内核;另一方面,他又对其歧义迭出的人学论述去芜存精,有所取亦有所弃。从人学上看,针对叔氏漠视人的生理欲求与精神欲求的异质界限之紊乱,王氏明确提出"生活之欲与势力之欲"异质。生活之欲是人与生俱来的生活本能,属肉体的粗俗性直接需求,近似于叔氏的生命意志;而势力之欲却是由生活之欲经竞争(社会实践)而生成的异质变体,目的是满足人的精神追求或灵魂熏陶,这便与叔氏生命意志异质,它不是自在

① 夏中义:《世纪初的苦魂》,上海:上海文艺出版社,1995年,第68~69页。

② 夏中义:《世纪初的苦魂》,上海:上海文艺出版社,1995年,第57~58页。

意志，而是自由意志了。王氏这一见解分明是蕴有极大信息量的现代人学预言，对当今之社会仍不乏启迪。从美学上看，“审美是对人生苦痛之超越”——这一思辨基点虽源自叔氏，但一经王氏重铸，即形似而神异，颇具新意了。“新意大体有二：一曰‘人生苦痛’，以前大多是指因物质匮乏所引的欲念受阻，王氏却以为因势力之欲受挫而酿成的灵魂之苦远比前者深刻，假如说前者的痛苦尚属动物水平，不可能靠审美来缓解，那么，后者之苦倒的确是人才有的，也可通过审美来缓解。二曰‘审美超越’，叔氏虽将审美喻为麻醉人生苦痛的针剂，但他明白这疗效不可靠，人若想永远摆脱与生俱来的意志枷锁，只有走禁欲主义的沉寂之路，故他主张以宗教来驱逐审美；相比较，王氏对‘审美超越’的态度则积极得多，他不以为审美仅是可有可无的过眼烟云，作为某种‘无用之用’，它对人格更新或灵魂净化有潜移默化之功，故王氏提倡以审美来代宗教”[①]。读到这里，谁不赞叹青年王氏真个是“青出于蓝而胜于蓝”的才俊呢？

四

《苦魂》多方位地解析了王氏的人生之路与心灵之路。研究王氏美学不能不洞悉其人格构成。而一追溯其平生，便有两大疑团难以说清。A. 在哲学、美学、小学、史学、伦理学、地理学诸多领域均有重要建树的王氏，为何从文哲之学转向考据之学如此急遽？B. 王氏之死，一个曾如此推扬近代人本价值的青年先驱，为何晚年竟愿拖一条前清长辫自沉湖底？对此悬案，几代学人不是望而却步，就是转向迷失，或者皮相面对。然而一心追求理论圆满与内心澄澈的夏中义却迎难而上。他发现在王氏的治学“急转弯”与晚年自沉的背后，有一个远比心智性学理更深邃的东西（价值观念）在导演着王氏的人生戏剧，遂用

① 夏中义：《世纪初的苦魂》，上海：上海文艺出版社，1995 年，第 126 页。

发生学比较方法，揭示其人生抉择的心理动因，进而品出了甚浓的文化意味。《苦魂》清晰勾勒出王国维生命史上的三大转折：1894 年至 1901 年从举子业到神往新学为少年忧世时段（此时王氏循着儒生道统踌躇而行，其少年壮志经世抱负，在所作“气象阔大”的《咏史》二十首中昭然可见）；1902 年至 1911 年从数理之学到文哲之学为青年忧生的时段（流贯在王氏这一时期诗文系列中的“忧生”主题，源自他对天生才情与人生逆境严重失衡所酿成的灵魂苦痛的一种价值颖悟），这倒同少年时期的价值取向判然有别了。遗憾的是，此时他虽重学轻政，但并未对其少年情怀作价值忏悔，而是让其藏在心底，且时不时地在诗文中有所表露——这便深深埋下了致命隐患；1912 年后从文哲之学到积极干政为晚年忧世时段。这是“隐患”的恶性发作期：他竟对心仪过的西方哲学反戈一击，且重操考据学也意在重整纲纪，并以学术巨擘之身应召入值南斋，任废帝之五品行走，还把年轻时关于“古今之成大事业、大学问者”的“人生三境”说，重释为“世无明王，栖栖皇皇”，甚至写长诗谀美凶残的慈禧……由此可见，王氏在年轻时曾独立自由过的人格之“毛”，又牢牢黏附到帝制这张“皮”上了，故一旦废帝途穷，他的路也就走到头了。因此，我以为最迟到 1912 年他彻底演化为旧世文人的时候，他就开始向死亡起步了。嗣后还有 1917 年《补家谱忠壮公传》“忠节赴水”之悲剧意念，1924 年“逼宫”时的自殉御河之悲剧预演……考察王氏的心路历程，你会认为夏中义的下列分析是精当的：“‘五十之年，只欠一死’虽是王氏 1927 年之绝笔，但他将与其所信奉的文化同归于尽之种子，想必是早就埋在心底，且扎了根，发了芽的；而‘逼宫’将军冯玉祥再次威逼京城，不过是使‘经此事变，义无再辱’的王氏撞上了一个兑现其夙愿的机遇罢了。总之，王氏最后死在何时何地似属偶然，但他终将为‘忧世’捐躯则属必然。……他的自沉并非殉清,而是殉文化。”[①]作为20世纪初中国人本自觉之先驱和中国现代美学开创者王国维,就这么走上了绝路。为此夏中义激愤地说,这表明封建传统之惰力万万不可低估,与其说它像酱缸,毋宁说它酷似引力无限的黑洞,把曾闪烁在王氏身上的人本曙光连同肉体一道吞没尽净。故王氏毕生进行的价值探寻及其宿命,对内地学人来说,似比他留下的学术遗产更重要,也更具文化神韵。他的人生轮回,可以说就是在超前预演现代学人的价值困境。因为不论胡适、陈独秀、瞿秋白,还是周扬、冯友兰、何其芳,他们始终未能找到足以安放灵魂的价值定位,在读书与做官、治学与宣传之间吃力而苦痛地迂回,皆像晚年王氏那样自觉不自觉地让时势——政治牵着鼻子走,结果只能是丧失纯正的学术人格。为此我对那浸入政治家和学人骨髓的“皮之不存,毛将焉附”之论颇多怀疑,上述知识精英附上政治之皮于国于民于己并未见好,而耐得住寂寞的陈寅恪、宗白华、朱光潜、钱锺书等,既成就了学业,又拥有了心灵的充实与欣慰。当今学人不是可以从中悟出些什么吗?

五

《苦魂》为比较美学研究提供了一个科学模式。夏中义一直认为,方法是理论建构之魂,并在治学中一贯追求研究方法与研究对象的圆融契合。弥漫《苦魂》全书的强烈的比较美学意识,就得之于文献学—发生学比较方法或多层面复合结构的发生学研究模式的成功运用。作者积数年之功,钻研了王氏所有美学论述乃至诗词创作,读通(而非一般通读)歧义迭出的叔氏名著《作为意志与表象的世界》以及有关评传,还周览了近七十年来内地和海外的王学研究论著,反复甄别乃至于析出了叔氏对王氏的真实影响——此为文献学比较研究。鉴于有人至

---

① 夏中义:《世纪初的苦魂》,上海:上海文艺出版社,1995年,第269页。

此停步而导致在宏观思路上陷于迷茫，从而功亏一篑的教训，夏中义在此基础上，将发生学原理运用到其研究之中，考察王氏接受叔氏的内在心理动因即价值心态定势，终于发现这两人产生超时空感应的奥秘，并破译出王氏美学中潜隐的文化密码。在阐明上述两者“影响—接受”的动力及过程后，夏中义又把其学术操作归纳为“可逆互动关系”的立体模式：“即‘比较美学⇆比较哲学⇆比较文化学’。其中，‘比较美学→比较哲学→比较文化学’这一顺向程序，是标记研究者对两者关系的逐级沉思，因为，你首先是在美学层面发现王氏身上有叔氏影子的，而影子又直接源自叔氏哲学，但王氏对叔氏哲学并未全盘师承，这取决于王氏对人的价值期待同叔氏不尽一致；相反，比较美学←比较哲学←比较文化学这一逆向程序，则是标记研究对象的发生本相，因为陷于灵魂之苦的王氏渴求人生探询，才使他钟情叔氏哲学，但由于其定势，更倾向于对人的肯定，故又促成他对叔氏的人本主义解读或扬弃。也因此，看表面，王氏美学的思辨基点是从叔氏处拿来的，但由于拿来作为某种价值筛选过程，故也就成了方法重铸过程，这更使王氏有可能再创出既有中国气质、又有欧化光彩、风格独特的人本——艺术美学。”[①]我相信作为一种研究模式，它不仅会在比较美学领域产生深刻影响，而且对于举凡带有比较性质的学科研究来说，也有普遍的方法论意义。

六

《苦魂》的文体风格具有独特的文化意义。全书气势充沛，近二十万字的篇幅一气呵成，概念的运演几近自然天成，读起来痛快淋漓，而又觉得扎实严谨，无空疏之论。而且你会发现《苦魂》虽新意迭出，却没有一句装门面的花哨新词。这表明夏

① 夏中义：《世纪初的苦魂》，上海：上海文艺出版社，1995 年，第 132～133 页。

中义对大师的理解及对新潮的把握，也已内化为一种活脱脱的眼光与态度了。与《艺术链》一致，《苦魂》里重要的名词术语，也都一一恪守理论著述的语境规则，均按上下文给出其确定含义。我想夏中义论著所独具的坚实与澄明相统一的特色，以及由此获得的恒久生命力与新鲜感，就多半得之于他这一看似寻常实则非凡的学术功力。此外，《苦魂》犀利的文风，也特容易激起我辈的兴奋。这在下卷系统回顾、总结内地学界近七十年来的王国维美学研究史时表现得尤为酣畅。对那些在特定年月里出现的非学术化现象，即把学术研究和学术争论政治化，用政治话语代替学术话语的“论文”，夏中义理所当然地予以抨击，并一针见血揭露其动机上的实用主义、方法上的简单僵化和态度上的蛮横专断。这当然不是什么算旧账，实是为了给正在发育中的健康的学术生态提供借鉴。对当代王学研究专家如佛雏、叶嘉莹、周锡山，以及曾深刻影响新时期内地学界的李泽厚等人的成果，夏中义皆能热情彰扬其所得，也直言点破其所失，还进一步探究出得失之根由。在当前一团和气、不痛不痒，甚至互相吹捧的不良学风禁而不止的情况下，这尤其难能可贵。文如其人，《苦魂》不同凡响的文体风格分明昭示出作者纯正的学人品格。书中说：“学人应以清寂为怀，唯崇理性之尊与对象之真，不以政教成见杂之。”[①]这既是夏中义衡量一个学人是否纯正的标尺，更是他的夫子自道。事实上，政教成见、世风成见等都不会影响夏中义的人生与学术追求。因为，当那么多心眼活络的人或下海谋利，或宦途争位，而他依然磐石般固守小小书屋，心无旁骛，苦研文哲，并下定决心一辈子这么活下去。

---

① 夏中义：《世纪初的苦魂》，上海：上海文艺出版社，1995年，第208页。

第二编

文体览胜

试论小说的戏剧化及其限制和超越

小说的戏剧化，包括小说在融合戏剧艺术过程中所形成的四个方面的内容：戏剧理论对小说美学的影响，小说文本的戏剧性结构，人物、叙事者和读者之间的戏剧性关系，小说家对戏剧的创作技巧和演出经验的汲取，以及小说自身与戏剧艺术相契合的形式技巧。这里，仅就小说创作的戏剧化及其限制和超越，试作如下论述：

一、戏剧性对话

戏剧性对话与生活中普通谈话以及小说里一般对话不同。由于戏剧形式规范从根本上排斥叙述，因此戏剧家只能写对话，通过对话来表现人物、推动情节。这就意味着，戏剧性对话既要传达语言层面所表达的生活内容，更要表现戏剧的特质——内心动作的丰富性和冲突性。对此，别林斯基强调说："戏剧性不在对话，而在于对话者彼此的生动的动作。譬如说，如果两个人争论着某个问题，那么这里不但没有戏，而且也没有戏的因素；但如果争论的双方彼此都想占上风，努力刺痛对方性格的某个方面，或者刺伤对方脆弱的心，如果通过这个，在争论中暴露了他们的性格，争论的结果又使他们产生新的关系，这就是一种戏了。”[①]对话描写有无这种戏剧性，其审美内涵与艺术魅力大不一样。小说的对话若不表现心灵的矛盾与撞击，而只让对话本身成为它的全部目的，即仅仅传达语言层面的内容，或只起某种过渡性的衔接作用，那么这样的对话必然平板乏味。单一声音单一作用的对话，没有戏剧性。这是不少小说的对话沉闷、冗赘的重要原因。而丢了车拼命从乱兵中逃出的祥子，来到人和车厂，跟虎妞的一番对话，却生动有味：

> “祥子！你让狼叼了去，还是到非洲挖金矿去了？”
>
> “哼！”祥子没说出什么来。……
>
> “你要是还没吃了的话，一块儿吧！”虎妞仿佛是招待个好朋友。……
>
> “刚吃了两碗老豆腐！”他表示出一点礼让。
>
> “过来先吃碗饭！毒不死你！两碗老豆腐管什么事！”……

虎妞真心请祥子吃饭，可嘴上却说“毒不死你”。这就现出了她的高兴劲。老实木讷的祥子这回却对答得颇有城府：“刚吃了两碗老豆腐。”你真请，我当然想吃；你假客套，我也吃过了，咱们面子上都过得去。对话有了两种声音，且产生如此微妙的关系，这就有“戏”了。某些高度戏剧性的对话，还能表现更多声音，给读者多种可能性的理解。奥斯丁《傲慢与偏见》中，达西和伊丽莎白有一段对话便是这样：

> ……不大一会儿工夫，达西先生走到伊丽莎白跟前来，跟她说：“班纳特小姐，你是不是很想趁这个机

---

① 别林斯基：《论戏剧诗》，载杨周翰编选《莎士比亚评论汇编》，北京：中国社会科学出版社，1981年。

> 会来跳一次苏格兰舞?”
>
> 伊丽莎白没有回答他,只是笑了笑。他见她闷声不响,便又问了她一次。
>
> “噢”,她说,“我早就听见了,可是我一下子拿不准该怎样回答你。当然,我知道你希望我回答一声‘是的’,那你就会蔑视我的低级趣味,好让你自己得意一番,只可惜我一向喜欢戳穿别人的诡计,作弄一下那些存心想蔑视我的人,因此,我决定跟你说,我根本不爱跳苏格兰舞,这一下你可不敢蔑视我了吧。”
>
> “果真不敢。”

此前达西曾在一次舞会上对伊丽莎白表示过傲慢。很明显,伊丽莎白这次的拒绝,既有报复,又有得意,还有乖巧的调皮。她的话是三弦琴。而达西的邀请意味更多。在伊丽莎白看来,开始仍是“存心想蔑视我”,可当他表示“果真不敢”之后,又转而认为是对自己献“殷勤”了,而从在场的彬格莱小姐的嫉妒心看来,达西这是要和伊丽莎白“结成良缘”的表示,可达西本人却处于这两位小姐看法之间,他确实被伊丽莎白迷住了,但眼下还能有所保留,“他不由地一本正经地想道,要不是她的亲属差劲,那就难免危险了”。一番对话多种声音,正表明内心动作的精微和丰富。

至于戏剧性对话的冲突性,多见于紧张的情境中,海明威《白象似的山峦》写一男一女在火车站等车,男的送女的去马德里做非法人工流产,两人的对话听起来总是不对茬口:

> “如果我去做了,你会高兴,事情又会像以前那样,你会爱我——是吗?”
>
> “我现在就爱着你,你也知道我爱你。”
>
> “我知道,但是如果我去做了,那么倘使我说某某东西像一群白象,就又会和和顺顺的,你又会喜欢了?”

"我会非常喜欢的。其实我现在就喜欢听你这么说,只是心里集中不到那上面去。心烦的时候,我会变成什么样子,你是知道的。"

"如果我去做手术,你就再不会心烦了?"

"我不会为这事烦心的,因为手术非常便当"。

"那我就决定去做。因为我对自己毫不在乎"。

"你这话什么意思?"

"我对自己毫不在乎"。

女的出于对做手术,确切地说是对做过手术后男友可能抛弃她的恐惧,迫不及待地连连追问,想证实男友的爱。而男的尽管口口声声说:"我现在就爱着你","我会非常喜欢的",却分明是搪塞。在已被吓坏了的女友最需要爱抚和体贴的时候,这个男人却把自己的"心思"看得最重,"心烦的时候,我会变成什么样子,你是知道的",竟然流露出让女友怜悯他的口气来。充满紧张与冲突的对话,已预示了女子悲剧的即将到来,也透出男子内心的丑恶与猥琐。

二、戏剧化独白

在小说中,戏剧化独白是内心独白的主要方式之一。它和传统独白不同,后者常以"他想"、"他认为"等为引语,由叙述人把主人公的内心活动转述出来。而戏剧化独白则没有作者的明显干预,亦较少对意识流进行调整。它直接深入人物的内心世界,让人物面对面向读者倾诉他的内心隐秘。戏剧化独白作为现代小说的创作技巧,特别是意识流小说的基本表现手段之一,正是借鉴和改造莎士比亚式戏剧独白的产物。在莎剧中,如果人物内心情绪激昂,就会以独白的形式迸发出来,哈姆雷特关于"生存还是毁灭"的感叹,李尔在暴风雨中的呼号,即为范例。在独白过程中,角色不和剧中人对话,也不向台下观众说话,而是自言自语,披露内心。和对话相比,戏剧独白有三个明显特点：一是情绪亢奋，节奏快，内涵也丰富；二是就具体情境而言，它是人物的沉思默想，并不出声，仅仅出于艺术假定性原则和舞台效果要求，才让观众听到；三是它与观众直接照面，心心相印，因而比对话更直接、更真实。现代小说家或许是发现了戏剧独白这些突出优点及其功能，才把它改造为一种小说技巧，用于表现人物的激情和非常心理状态的。在意识流小说中，戏剧独白接近意识表层，因而比间接内心独白（《达罗威夫人》）、深层次直接内心独白（《尤利西斯》）和回忆性直接内心独白（《追忆流水年华》）更有条理，也更好理解。请看福克纳小说《当我弥留之际》中杜威·德尔的戏剧化独白：

> 可以看到那块路标了。它正在路口瞭望，因为它可以等待。新希望。三英里。它将会说。新希望。三英里。于是那条路就开始向前延伸，弯弯曲曲进入树林，空空荡荡地等待着，说道：新希望三英里。
>
> 听说我妈死了。真希望我有时间让她去死。我希望我有时间希望我有。在这片辽阔而残忍的土地上，一切太快太快太快。这不是因为我不愿意也不想要，是因为它实在太快太快，太快了。

在独白时，杜威·德尔正和父兄一道护送母亲的灵柩去安葬，但这位十七岁的女孩子已未婚先孕。她的当务之急不是送葬而是打胎，以免出丑。因为她没工夫送葬，没时间让母亲死。她看到远处的路标，知道再走三英里就可以到达小镇。小镇名叫新希望，因而德尔心中燃起一线希望：她可以到镇上买药打胎了。她不是不愿结婚不想要孩子，但没有料到春风一度就种下祸根。因此她觉得孩子来得太快，觉得大地辽阔、路途遥远、世道残酷。她心急如焚，因此认为站着不动的路标可以等待，她却迫不及待了。《当我弥留之际》有十五个人物，每个人物的独白都是戏剧化的，因而不用引号或引语，也都能分辨出各自不同的语言风格。福克纳这篇小说所使用的戏剧化独白的语言，是和人物的内心活动合拍的、打上个性烙印的人物内心的直接语言。这样有利于人物内心意识活动和外在情节发展的紧密联系。在表现人物心理活动时，我国新时期作家比较普遍地运用戏剧化独白，道理就在这里。譬如王蒙小说的意识流，主要就是戏剧化独白，甚至乡土风情浓郁的作家，像古华等人，也能出色而灵活地运用这一“洋”手法。

三、戏剧式背景

背景是指舞台上的布景和道具系统，在小说里则表现为人物活动故事进展的物理环境，如器物、房间、街道、乡村、城镇等。背景和动作、对话构成小说的主要部件——场景，因而相当重要，但也不应让它和人物、事件争地盘。因此，怎样处理好背景描写，历来被小说家所注目，其中有经验亦有教训。西方传统小说的背景表现大多用静态描述法，通过全知叙述者一点一点细细描摹。极端的例子便是巴尔扎克对伏盖公寓的描述，屠格涅夫对田园风景的描写等等。这些动辄几页乃至十几页的描述，虽说对塑造人物和表现主题不无作用，但因其太实太满，打破了印象的完整，起不到绘画那样的视觉逼真效果，反而束缚了读者的想象力，故显得琐碎、冗长，成为作品的累赘。事实上，“不管是在戏剧中还是在小说中，精细的背景描写并不是普遍现象，而只是浪漫主义和现实主义文学即十九世纪文学中特有的现象。……浪漫主义的背景描写的目的是建立和保持一种情调，其情节和人物的塑造都被控制在某种情调和效果之下。……自然主义的背景描写则似乎是一种在幻觉中的记录”[①]。如果说19世纪的小说家们，以自然和社会的驭手姿态来处理背景描写，尚能和当时的文化情调保持某种一致的话，那么，20世纪生活节奏的加快和读者审美情趣的变异，则让人

① ［美］韦勒克、沃伦：《文学理论》，刘象愚等译，北京：生活·读书·新知三联书店，1984年，第248页。

不能忍受那慢吞吞的啰唆了。怎样把背景写得恰到好处，更富魅力，我国小说借鉴戏剧背景的表现方法取得不少有益经验。主要有：

1. 虚拟性手法。中国传统戏曲的背景道具历来单纯简化，甚至一桌两椅便可演出大戏。空台艺术的奥妙所在，是通过虚拟的景物、象征性的道具，结合人物的动作示意，诱发观众的想象，进而调动他们的生活经验，来感知舞台上展现的生活图景。中国小说的背景描写，之所以比西方小说来得自然生动，就是借用此法，以藏胜露，以虚带实，突出特征，以“邀请”读者参与其中，共同在想象中建构整个背景。在《祝福》中，鲁迅描写四叔的书房，家具摆设一应略去，只强调“壁上挂着朱拓的大‘寿’字，陈抟老祖写的，一边的对联已经脱落，松松的卷了放在长桌上，一边的还在，道是‘事理通达心气平和’”。再附带一笔桌上随便堆着《康熙字典》、《四书衬》等，就把一个封建地主家庭的霉味儿写出来了。而且，“四叔”那附庸风雅，骨子里却对圣贤礼教并不当回事的假道学嘴脸，亦暴露无遗。

2. 追求戏幕拉开背景悉现的强烈视觉感。它要求叙述者尽量缩短描述过程，运用视觉性词句，直接把背景快速展示给读者。《白象似的山峦》开头写道：

> 埃布罗河谷的那一边，白色的山峦起伏连绵。这一边，白地一片，没有树木，车站在阳光下两条铁路线中间。紧靠着车站的一边，是一幢笼罩在闷热的阴影中的房屋，一串串竹珠子编成的门帘挂在酒吧间敞开着的门口挡苍蝇。

所有这些，都可在戏剧舞台或电影银幕上展现出来。简洁、明快、三言两语，其魅力和清晰度远胜于19世纪大师吃力不讨好的大块描写。

3. 把背景描写的负累转给小说人物，即像戏剧那样，通过人物的眼睛和嘴巴表现出来，而且，由于人物不断活动，边走边动，于是背景展现也就自然灵动起来。气象恢宏而又错金镂彩的大观园，很难想象若用巴尔扎克那支笔会铺叙成什么样子。可是，曹雪芹却轻松地退到一边，让贾政父子和一群清客，在大观园落成之际，前来游览观瞻，他们说着笑着，感叹着评点着，绕大观园走了一圈，于是读者也跟着游览一番。况且，为避免冗赘，曹雪芹还有意不把大观园的景致环境一次性写完，在后面的篇幅里，还通过贾府中人以及刘姥姥的视觉，将遗缺之处逐步补上。此种运动中穿插描写更使背景丰富多彩。由此我想，倘若巴尔扎克们也像曹雪芹这样，学用戏剧化手法，把那些大块大块生硬的背景描写打碎，这儿一点，那儿一点，星散开来，再糅进人物的活动过程之中来表现，那该有多么理想。

四、现场效果

小说阅读的审美体验和情感强度，无论如何赶不上剧场里的观剧效果。原因有多种多样，仅从叙事学的观点来看，小说便有两个明显障碍：第一，在时间上和读者拉开了距离。小说讲故事，就是讲过去的事，这就大大削减了事件进行中的新鲜感和即刻性。第二，小说文本逐字、逐句、逐段顺序进行的线性表达方式，也把生活中本来同时发生的几件事情，人为变形为在时间轴线上依次展开的运动序列，从而不仅和作家的心灵图景、也和读者的意象世界形成错位。两个束缚都是根本的。然而皆可以局部性改善。不少小说家的成功实践已表明，通过对小说时空构成的戏剧化处理，可以创造身临其境的现场效果，帮助读者像戏剧观众那样，让心灵和感官同时获得享受。如前所述，运用对话和戏剧化独白来创造戏剧现在时，以获得剧场里观赏和表演的同步效果，是小说获得直接性和即刻性的一种重要方法。当作品的故事似乎是刚发生，还没有成为过去记忆的时候，叙述者一直处于激动之中，再加上事件的结局尚未明确，就会给读者以即刻、直接和强烈的感染。此外，在句法关系上创造某种叙述的共时态，以追求同一时间里几件事情并行发展的艺术效果，是小说突破线性束缚最艰难也最重要的一环。可喜的是，这种戏剧化的现场效果已经出现：

> 他坐在公园的凳子上，观赏一群鸽子。我不知道那个姑娘是谁，他这么想。很漂亮。不会超过十八岁。我想我要跟随着她，我要同她说话，我们会看见出现什么情景。不过，不要把她吓跑了。装作很随便的样子。你要闹笑话的。在你这样的年纪。太傻了。可爱的姑娘。怎么，为什么不呢？我对她来说年纪还不算很大。她很孤单。像我一样是个大自然的爱好者？对，走过去，同你自己开个玩笑吧。这个年轻人站了起来。朝着她的方向慢慢走去，好像羡慕公园里那明媚的春光。①

这段叙述从第三人称转移到第一人称，写这个年轻人的自言自语，矛盾心思，以及随后的动作。没有用引号把人物的内心独白标出，读起来却感到人物的外在行为和内心活动似在同时进行。倘若是传统小说，势必像惯常那样把人物的动作和心理分开叙述。两相比较，前者故事线索一直进行，更像事件的本来样子，而后者则人为地造成故事线索的中断，致使人物的动作和心理在时间上的脱节。显而易见，这种新颖的叙述方式更有戏剧性因而也更令人信服。

在大场面描绘中运用这种共时态叙述，所产生的戏剧化现场效果更佳。《包法利夫人》中农业展览会的描写，即为典范。在戏剧家布耶的帮助下，福楼拜以客观姿态，绘声绘色地写下这幕乡村闹市场景。这儿张灯结彩，敲鼓鸣枪，人头攒动，热闹非凡。州官煞有介事地作大会报告，可人声嘈杂，加之牛叫羊

---

① 转引自［美］利昂·塞米利安：《现代小说美学》，宋协立译，西安：陕西人民出版社，1987 年，第 201 页。

咩，难得有人听见。接下来的发奖更有讽刺意味，得奖的劳动者表情木然，不见得比获奖的牲畜更感动。然而就在这乱哄哄脏兮兮的场合下，罗道耳弗向爱玛调情，可爱玛·包法利夫人此刻又是一副什么样子呢：

> 他握住她的手，她没有抽回手去。
>
> 主席喊道："一般种植奖！"
>
> "譬方说，方才我到府上……"
>
> "甘普岗瓦的毕日先生。"
>
> "我怎么晓得我会陪你？"
>
> "七十法郎里！"
>
> "有许多回，我想走开。可是我跟着你，待了下来。"
>
> "肥料奖。"
>
> "既然今天黄昏会待了下来，明天，别的日子，或一辈子，也会待了下来！"
>
> "阿尔格意的卡隆先生，金质奖章一枚。"
>
> "因为我和别人在一道，从来没有感到这样大的魅力。"
>
> "伊如里·圣·马尔旦的班先生！"
>
> "所以我呢，我要永远想念你的。"
>
> "一只'麦里漏斯'种公牛……"
>
> "不过你要忘记我的，我要像一个影子过去的。"
>
> "圣母……的柏劳先生。"
>
> "哎呀！不会的。我不会成为你的思想，你的生命的一部分？"
>
> "猪种奖两名：勒害里斯先生；平分六十法郎！"罗道耳弗捏住她的手，觉得又温暖，又颤抖，如同一只斑鸠……

包法利夫人的绵绵情意，时不时被农展会颁奖的叫声所淹没。

这就使得叙述沿着两条线索同时展开，从而最大限度地突破了“花开两朵，各表一枝”的单线叙述局限。罗道尔弗的逢场作戏，包法利夫人视为甜蜜纯洁的爱情表白，却一直被“种公牛”、“猪种奖”、“七十法郎”、“肥料奖”等实在但粗俗的东西搅和得不成体统了。这就使得人们不能不怀疑她醉心的“爱情”到底有多大的纯洁度和幸福度了。这是一个多么俗气的开端！农展会主席的声声高叫，每一声似乎都在提醒读者，心性要强的包法利夫人初涉情场档次就低：只能在这乱糟糟的所在，连花前月下都不配。我们在福楼拜苦心营造的特殊文体中，看到的不正是这么一个冷酷的现实吗？

五、傀儡作用

傀儡一词，作为戏剧化概念，源于亨利·詹姆斯。在小说中，傀儡是指这样一类人物，他本身不具有意义内容，却担负重要的美学使命。没有它们，对作品的情节结构主题意蕴影响不大；但有了他们，可以帮助读者更好地把握主题理解人物。在《使节》前言中，詹姆斯强调说，为了使小说的一切都戏剧化，他就发明了傀儡这样一种精心乔饰的修辞。书中人物伊里亚·戈斯特里作为一个傀儡，被“认真地控制在实质上只是斯特雷奇朋友的范围内。她的存在甚至没有别的任何借口。她更多的是读者的朋友——由于读者的各种特点非常需要一个朋友，从书的开头到结尾，她带着堪称楷模的奉献，以当朋友所应有的能力、并确实只以这种能力行动着。她是一个应征者，一个指示者，帮助人们理解，总而言之，要是撕去她的面具，她就是最纯粹的和最彻底的傀儡”[①]。在《贵夫人肖像》中，詹姆斯也设计了几个这样的傀儡，以帮助读者像他本人那样去看待主人公伊丽贝尔·阿切尔。看来，詹姆斯小说中的傀儡，其实就是《弃儿

① [美]W. C. 布斯：《小说修辞学》，北京：北京大学出版社，1987 年，第 112～113 页。

汤姆·琼斯的历史》中的“菲尔丁”、《名利场》中的“萨克雷”在小说里的内化形式。如果这个理解不错的话，傀儡——读者之友的作用确乎是重要而广泛的。《红楼梦》里有个甄宝玉，和贾宝玉“模样是一样”，“淘气也一样”，可在某些关键问题上，譬如对女儿们的态度上，却与贾宝玉大相径庭，“空有皮囊，真性不知哪去了”。甚至气得宝玉犯了傻，宁可自己这一副面孔不要了。因此，红学界对甄宝玉历来争议颇多。事实上，在小说里甄宝玉不是个人物，傀儡而已。他作为贾宝玉的对应体，始终处于与贾宝玉相对立的地位，只起到衬托、对照贾宝玉的作用。因此孤立地看这个人物造型，的确是个没有生命气息的“多余人”，然而把他作为贾宝玉的反衬，其作用就不可低估了：甄宝玉即假宝玉也。在中国现代作家中，老舍尤善发挥傀儡的艺术作用。骆驼祥子给曹先生拉包月，生计刚出现转机，不料虎妞却嚷嚷着上门来诈婚，这对他再“买车，成个家”计划的打击，比乱兵抢了他的车去还要巨大。他死也不愿娶这个又老又丑凶得雌老虎样的“破货”，可终于又同意结婚了。此中蹊跷，小说第十章，作者推出一个场面，通过傀儡的现身说法，形象地作了交代：就在虎妞找他的第三个晚上，祥子正在小茶馆里等候曹先生，进来一个五十多岁穿着破烂的老车夫，刚坐下就晕过去了。茶馆掌柜用糖水把他救过来，大家才知道他是因为冷，肚子空。虽说他和孙子有辆破车，可今晚还是靠祥子买的一捧包子才填饱肚子，而明早的煤和柴的钱还没着落呢！这一老一少和那辆破车，对祥子的刺激太大了，他“心中感到一种从来没有过的难受。在小马儿身上，他似乎看见了自己的过去；在老者身上，似乎看到了自己的未来”。这爷俩的出场，算是把祥子的精神支柱——买辆车就有了一切的幻想压根儿打碎了。这就帮助我们认清了祥子和虎妞成亲的必然性：他不情愿，也得认命，“虎妞就虎妞吧，什么也甭说了”。

五、仪式功能

仪式作为一种象征性交际行为，一种集体性情感活动，发生并盛行于史前社会，且一直伴随着人类历史延续着，即使在现代实际生活中，也还能发现它的踪影。虽说随着文明的进化，作为宗教活动的仪式日趋淡化，但它显然已成为一种集体无意识内化在人们的深层心理中。而且它和艺术一直紧密联系，特别是以某种预设的程序过程和心理效应形式，较完整地保留在戏剧艺术中。有趣的是，王国维和西方原型批评的剑桥学派，通过对中西戏剧文化发生学的研究，各在不同的领域中，得出了共同的结论：戏剧源于原始宗教仪式。这一普遍被人接受的观点，证明了戏剧和仪式密不可分的同构关系。它们共同出自一种人性的冲动，即"通过再现，通过创造或丰富所希望的实物和行动来说出，表现出强烈的内心情感或愿望。……这个共同的感情上的因素使得艺术和仪式在一开始就密切地无法区别"[①]。戏剧艺术的魅力，有着仪式功能不可抹杀的贡献。优秀剧目上演时产生的那种强烈的参与性，那种博大的象征氛围，所激发的那种或肃穆庄严或强烈宏大的情感体验，即为仪式功能的鲜明体现。应该说仪式性是戏剧的本质特征之一。小说由于和戏剧在审美效应上的同构性，以及它对戏剧总体艺术的吸收和借鉴，往往也能获得气氛浓郁的心理仪式效应，产生绝佳的戏剧化艺术效果。当然，只有能唤起集体性心理体验的伟大作品，才具有这种仪式功能。《水浒》前七十回的所有英雄故事，以梁山泊忠义堂为指向，构成作为精神过程的聚义仪式；《西游记》唐僧师徒所跨越的九九八十一难，以西天取经为目的，构成作为精神过程的朝拜仪式。它们对世世代代中国读者精神人格的巨大影响，已融成中国民族的文化心理结构。这

---

① 赫丽生：《艺术与仪式》，载叶舒宪选编《神话—原型批评》，西安：陕西师范大学出版社，1987年，第79页。

就是人人爱读这两部小说的深层原因。如果说这两部小说均以某种走向结构获得仪式功能，那么，《红楼梦》则以大量不断更迭的仪式化场面的描写，产生了更为宏大的仪式功能。与施耐庵、吴承恩从民间挖掘这一艺术瑰宝的情况不同，曹雪芹及高鹗显然有其个人的强烈体验而精心为之的。小说曲尽人心隐秘，但又饱蘸情感，极力铺展元妃省亲的极盛场面、可卿发丧的极荣场面、黛玉之死的极哀场面、宝玉出走的极悲场面……其间还特意写了四回演戏的场面，从而"把人心感受诉诸空间形态，从总体上勾勒出盛衰之势。没有这些仪式性的大场面的恣肆铺陈，《红楼梦》就难以通达伟大。因为正是这些仪式性的大场面把广大读者卷入其间，从而直接地象征着历史气氛，社会气氛，世家气氛的深刻变迁"[①]。令人高兴的是，新时期小说家像张承志、郑义等人，似已感悟到仪式的艺术功能。《北方的河》对"父亲之河"的动人描绘，《老井》对山民打井不止精神力量的刻画，都生发出令人激动不已的仪式效应。

综上所述，向戏剧家学习，可以把小说写得更好、更深刻。然而由于各自形式规范的制约，小说和戏剧的艺术融合，毕竟是有限的。况且我们讨论的小说戏剧化，在很大程度上也只是一种类比，读者并非真的和观众那样，能切实感受到剧场里戏剧造型的直观性和强烈性。而且，小说有很多内容，比如万人集会、空战宇航、种种不雅之事和否定性存在，以及无影无声的思想、感情、意绪、个性素质等等，戏剧皆难以直观表现。好在小说的审美容量大于戏剧，表现手段也多于戏剧。狄德罗曾意味深长地说："一部不能编成戏剧的小说并不因此不是好小说，但是从来没有一出好戏不能改写成为一部优秀的小说的。"[②]这是因为小说的表现工具和艺术媒体——语言文字，具有不依

① 余秋雨：《艺术创造工程》，上海：上海文艺出版社，1987年，第273页。

② 狄德罗：《论戏剧艺术》，载中国社会科学院外国文学研究所编《文艺理论译丛》，北京：中国文联出版公司，1984年，第1、2期。

赖任何别的手段、媒介，便可单独完成艺术造型的自足性。加之除了戏剧它还可以从诗歌、散文、影视、美术、曲艺等姊妹艺术中汲取多种营养，因而能用较为自由的形式，相对松散的结构，“将头绪纷繁的社会斗争、历史事件演义得真切、分明、有条不紊，也能为千万人的活动场面制出画图、绘声绘色；还能展示出人们自己也很难把握的不同层次的意识之流……世界上，生活中的一切有形的和无形的、具体的和抽象的客观存在，只要作家感受得到，想象得出，小说都能加以描绘，给以表现”①。小说这种宏大宽泛的审美规范，允许作家运用多种技巧手段，既可以像戏剧家那样，写出看到听到的现象世界，又可以潜入人物的心理世界，写出难以把握的意识状态，并能阐明人物的心理转化为言行的内在原因和复杂关系。因此在多数场合下，小说家不必像戏剧家那样促狭，只要是出于表达主题的需要，他甚至还可以写些与主要情节关系不大的插曲，也可以有意表现某种含混，等等。在戏剧化过程中，小说家倘若放弃自己的这些特权和优越性，那将是得不偿失的。

在探讨小说戏剧化的实现途径时，我们还要注意这一事实：有些戏剧性很强的情节、场面，在舞台上表演得生动、逼真，但在小说里却明显造作、失实，经不起推敲。《三国演义》第九十五回“武侯弹琴退仲达”，就令人疑窦丛生：司马懿十五万大军压境，明知西城弹丸之地，怎会怕城里埋伏？而且，诸葛亮城头抚琴，在魏军弓箭射程之内，又怎有可能性？然而，人们看据此改编的《空城计》却津津有味，没有訾议。原因何在？我想这是戏剧舞台表演性在起作用。戏剧这一特有的形式规范似与观众的审美心理签有契约：舞台空间是假定的，人物是装扮的，“戏”是演出来的，一切都富于模拟意味，因而允许与生活拉开较大距离。事实上，观众走向剧场时，就已不知不觉接受这一

---

① 马振方：《小说艺术论稿》，北京：北京大学出版社，1991 年，第 14 页。

前提了。小说则不然，人物就是人物，没有哪个演员来作替身，故事情节和活动范围也都是实实在在的，不具有模拟性。而且，读者的欣赏参照系仍然是生活的本真样态，或现实的变异形态。因此，作家要特别注意这个区别，切不可过分追求情节和场面的戏剧性，去牺牲作品的真实性和自然性。

深一层探究，小说的戏剧化还存在或潜伏着一定负面价值。已有论者指出，中国白话小说受益于宋元戏剧的同时，也带来了戏剧艺趣的局限，其“角色造型和形象构成的类性格化或脸谱化”[①]，便是不良影响之一。此外，作为叙事策略的种种戏剧化手法，虽说无所谓局限，可也存在新颖和陈旧，运用适度和过量的问题，倘在一部作品中过分密集地使用戏剧化技巧，无显得疑花哨造作，反而会败坏作品的真实和美。至于在结构模式方面，戏剧化的局限则更明显了。我注意到奥斯丁《傲慢与偏见》那种“三寸象牙雕刻”般精致的戏剧性结构小说，20 世纪以来绝少有人能写了。这固然是由于奥斯丁等已把这种模式发挥到极致，后来者来到这儿，发现已无任何可供可采的美学资源，模仿又没出息，因而断了模仿之路。更重要的是，适合表现奥斯丁时代封闭单调的庄园生活的冲突式结构，不仅和高度群体化、网络化的现代生活很难适应，就是在巴尔扎克那人头攒动、马车奔驰、城乡交错、气象万千的生活场景面前，也捉襟见肘。这就给我们一个重要启示：随着时代的飞速发展，生活的丰富变化，任何艺术模式也都将走向老化，日益失却它的合理性与中心位置。当然，从文学史上看，奥斯丁的小说永远不会失去珍贵的欣赏意义和馆藏价值；但从创作角度看，其结构模式在今天确无用武之地了。这首先是因为它格局小，展示的生活范围狭窄且封闭。我们看到，这类小说几乎都是单调的场面，单一的线索，单纯的主题，而且主人公的思想情感也大都

---

① 吴士余：《中国小说思维的文化机制》，上海：华东师范大学出版社，1990 年，第 149 页。

是单向发展。这种狭小的生活场景，当然不能对宏观和微观、物理和心理的大千世界作多层次多侧面的表现。托尔斯泰曾认为，理想的艺术，应能表现最广阔的领域，同时亦能反映人的精神本质。戏剧性冲突小说攫取后者堪称一绝，但攫取前者却显然无力了。因此比起曹雪芹、巴尔扎克和托尔斯泰气势恢宏的全景式小说来，擅写戏剧性结构小说的奥斯丁、艾米莉和小仲马等对人类贡献的精神成果稍嫌单薄了点。但戏剧性结构稍加改造，即可成为全景式小说中一条重要的情节线索。在拜读大师们的全景式小说时，我总有这么一种感觉：他们的小说就像是对奥斯丁和萨克雷等的艺术整合。就是说《战争与和平》、《安娜·卡列尼娜》的多线错综结构，《红楼梦》的网状结构，既从容展示出狄更斯、萨克雷笔下的驳杂宏阔的生活世相，也细腻传达了奥斯丁、艾米莉强烈深邃的情感体验。两者之长兼容一身。这就意味着，全景式小说的情节结构蕴含并超越了戏剧冲突式，实现了从狭窄通达壮观。路还不止一条。戏剧冲突式小说表现出来的形上境界和哲理品格，《阿 Q 正传》，《老人与海》运用本体象征，《城堡》和《审判》运用寓言象征，皆以比较松散的结构，跳过戏剧性造作感太强的情节层面，同样深刻地表现出来。

比起场面和格局的狭小来，引起现代艺术家和现代读者更大非议的，是戏剧性情节结构环环相扣的因果链。这类小说一个事件带来另一个事件，一个场景引起下一个场景，步步紧逼，气氛紧张，结局大开大合，如此集中概括，反而使它离生活的本来形态越去越远了。现代读者的生活经验和知识水平，虽说仍能接受按虚拟性原则精心设计的情节，但他们已经明白，情节因果关系越是缜密，所割舍的，虽无因果关系但对人生和艺术未必价值不大的生活内容也就越多。生活中并无情节。现实世界并不是按照情节的因果关系组织起来的。当皓月当空，夜莺欢唱之际，不一定有情侣在相互偎依，说不准一个残废的老妪正在冰凉的钢铁板凳上清理碎布条。生活以本身形态呈现在我们面前时，也并非有头有尾、井然有序，而是变动不居，朝着不同的方向发展的。现代读者已看到，在对情节的崇拜背后，隐藏着人们对生活的天真态度和简单心理。因而"对于那些作者运用惊人的手法和意想不到的戏剧化动作所塑造的人物，现代读者是怀有戒心的。他也并不相信那像细布条一样缠绕着人物的故事情节"[①]。想想也是，当欧·亨利第一次送来麦琪的礼物时，大家感到新鲜、兴奋；可他老是不停地送来同样的礼物，我们就不免厌倦和怀疑了。这表明，生活方式和文化背景的变化，逼迫着作品的形式结构必须和题材内容一道跟着变化，才能保持艺术之树常青。对小说家来说，既然现代读者宁可要平平淡淡的生活化，也不要丝丝入扣的情节化，因此不一定非要花那么大力气，让每个事件、人物和场景的出现，都搞成整体中必然要起作用的齿轮或螺丝钉不可，更不必让人物的每一段话、每一个动作、每一处情节的安排都写得那么有目的性。疏疏密密，缓缓急急，信笔写来，舒畅自然的作品，更像生活本身，因而也更受欢迎。

总观 20 世纪以来叙事艺术的发展，虽说以情节取胜的小说依然有强大的生命力，但作为对强化因果关系的一种反拨，"情节淡化"的呼声此伏彼起，似乎已成为各门类艺术共同的审美原则。不唯小说，戏剧、电影等也出现了一反"做戏"而追求生活本色的倾向。苏联电影理论家马契列特在《关于电影艺术的诗学》中，提出如下追求生活化纪实性风格的美学原则，值得小说家深思：

1. 强调生活面貌的令人信服的逼真，作品中出现的现象最好就像"移植"生活一般，而不要热衷于戏剧性的"重组"；

2. 从以情节为核心，转向思想→形象体系→情节的逐次递

① ［法］萨洛特：《怀疑的时代》，载崔道怡等编《冰山理论：对话与潜对话》，北京：工人出版社，1987 年，第 558 页。

嬗关系；

3. 从具体、紧凑的行动，转向总体、宽泛的行为；

4. 从异常的冲突，转向平常的情况；

5. 从封闭自足结构，转向由观众创造性想象补足的宽松结构；

6. 从紧张、急迫的格调，转向从容和悠闲；

7. 把以上这一切散淡风致都升华为象征的表现力而直通哲理。

由此看来，真正的情节淡化并非简单的不要情节，而是对情节有了更高的美学要求：现代艺术通过对因果关系和戏剧造作感的适度叛离，目的在于追求一种返璞归真的本色感，一种条理中的无条理境界，一种由散淡的外象直通深刻的高层次品格。

群像小说论

群像小说，从艺术结构上看，当是借鉴群像展览式戏剧的积极成果。这种独特的小说文体，西方文论界普遍认为由美国现代小说家多斯·帕索斯首创。不错，他的《曼哈顿中转站》和《美国》三部曲，确以广阔的社会背景描写律师、记者、水手、演员、工会干部等众多人物形象的塑造，交织成纵横交错但又独立成章，复杂多姿且又没啥联系的生活画面，表现出现代小说的美学特色。然而，艺术创新无国界。在我国，无论是群像展览式戏剧，还是群像小说，在现代文学史上都获得了引人注目的发展。譬如：曹禺《日出》、夏衍《上海屋檐下》、老舍《茶馆》，以及魏明伦的荒诞川剧《潘金莲》、上海青年话剧团 1986 年演出的《红房间、白房间、黑房间》等，便是群像展览式戏剧的翘楚。在结构形态和审美表现上，它和冲突式结构明显不同。群像展览式没有情节的封闭性，也没有动作的连贯性和下向性，往往还缺少令人紧张的冲突，甚至连个像样的中心人物也没有。它只是在有限的时空中，着意于从不同角度并列展览各种各样的人物面貌，和形形色色的生活世相，从而把众多身份、地位、职业、性情、文化修养和精神品质各不相同的人物，集中塑造成了一组色彩斑斓、神态各异的雕像，多侧面、全方位地表现出丰富的现实和多彩的人生。

群像小说，它的结构适应于现代短篇小说的艺术发展，因而具有广阔的前景。在我国现代小说史上，鲁迅的《风波》似为群像小说的滥觞。稍后吴组湘的《一千八百担》和沙汀的《在其香居茶馆里》的发表，与《风波》一起，均以表现生活的丰富深刻，艺术形式的新颖独特，在文坛内外大受赞赏。新时期以来，群像小说，无论在数量上，还是在质量上，都呈现出日益发展之势。王蒙的《说客盈门》，汪曾祺的《安乐居》、《岁寒三友》和《故里三陈》，谌容的《减去十岁》，陆文夫的《围墙》，郑万隆的《远雷》，吴若增的《脸皮招领启事》，何士光的《远行》，李晓的《小楼三奇人》，陈源斌的《安乐四陈》、《一案九罪》……如此佳作纷呈，标志着群像展览式，已继直缀式和横切式之后，成为短篇小说的第三种结构。[①]

横切式和直缀式，是短篇小说最常见的结构方式。[②] 横切式刻意表现“人生横断面之一角”。直缀式或叙述事件过程，或描绘人物行状。群像展览式，虽说与前二者不无联系，但说到底它是一种戏剧化结构，因而和它们的差别更大，表现出独特的艺术特征和美学功能。譬比，横切式钟情于场面，长于对某一生活片断的精彩描绘；直缀式追求情节与人物命运，致力于矛盾冲突的展开，或人物身世的叙述。而群像展览式“既无心于场面的热烈壮阔，也不追求情节的引人入胜，而是借端发挥，环视人心，用意于社会心态群像的集中展览”[③]。新颖的结构方

① 陈文忠、丁胜如：《人像展览：短篇小说的第三种结构》，载《文艺研究》，1990年第6期。

② 马振方：《小说艺术论稿》，北京：北京大学出版社，1991年，第316页。

③ 陈文忠、丁胜如：《人像展览：短篇小说的第三种结构》，载《文艺研究》，1990年第6期。

式，独特的审美追求，使它在林林总总的短篇大家族中日益举足轻重。

顾名思义，在短小的篇幅和有限的时空中，同时并呈或依次推出各类人物、多样心态，以及展示种种生活世相，是群像小说的一大特征。在吴组湘笔下，围绕一千八百担族产如何处置，麇集在宋氏祠堂里二十多个有名有姓、有身份有个性的人物，一起“亮相”，各展丑姿，展现了封建家族制度行将崩溃时的最后一幕，可谓品类混杂，嘴脸各异，却都给读者留下了很深的印象。《在其香居茶馆里》的喧嚷嘈杂中，联保主任方治国、恶绅邢幺吵吵，帮闲黄牦牛肉，还有张三监爷、陈新老爷、俞视学、蒋米贩子……一时间乱哄哄，你未唱罢我即登场，始而吵，继而骂，终于打，一个个心怀鬼胎，可又共同挑开了抗战期间国统区的兵役黑幕。而汪曾祺《安乐居》则又是另一番景象，小说款款缓缓，若行云流水，短短六千字，绘出九（酒）幅图：小小的兔头酒家，慢慢抽烟、慢慢喝酒的老吕，性子急、喝酒快的老聂，一昂脖子喝“大车酒”的画家，像只飞鸟、见酒家就钻的上海老头，喝酒无节制的瘸子，除了兔头不吃荤腥的老王，裱字画的佟秀轩，没有牙却爱啃烧鸡的白薯大爷，还有这天专冲着兔头来的三个小伙子。一片微醺之中，他们那脾性、喝法、谈吐、神态，以及平凡而自豪的回忆，安闲而滋润的生活，依次现来，令人神往。如果说《一千八百担》和《在其香居茶馆里》，是落墨于众多人物形象的描绘，而《安乐居》是着意于人生世相的展示，那么，陈源斌的《一案九罪》则注重于对人物多样灵魂的刻画。这篇小说精短，也是六千字，以一起乏味的通奸案为发端展开故事。富有的周郁清看罢电影，骑自行车带四丫回乡，乘机诱奸了这个刚满十四岁的女孩子，不正当关系一直保持到四丫生下孩子才败露。族长主持公堂，以周赔四千元领养孩子且永不再与四丫牵连了结此事。可后来四丫大（母亲）又因图谋周的自行车不成，便再上告，由此引发一桩荒唐的强奸案。随着案件由下而上由小到大的推移，作者一口气写出十一个人物，勾画十种病态的灵魂。除男女当事人的无聊空虚精神荒芜外，其余和本案有关且应负罪责的九个人，正如小说结尾处，余律师为评职称而写的论文所集中剖析的，“女方大为泄一怨之忿才提起诉讼；民师为排斥异己、乡文书为摆脱尴尬而不惜暗示教唆；女方姑（引者按：应为两人）为避灾嫁祸，族长为贪受财物、刑警为推诿错责而公然制造伪证；一审办案人视听糊涂，二审办案人则敷衍塞责，而陷于渎职”。显然，小说重心所在，不是对案情的铺陈，不是对悬念的设置，也不止于对受害者的同情和肇事者的谴责，而是站在人的生存状况和呼唤法制真正到来的高度，对群体病态人格及其产生的土壤气候，作了一次大面积扫描。我们看到，四丫大和族长们精神的混乱，已令人怵目；而民师、文书和国家执法者这些“文化人”的功利动机竟也如此阴暗卑微，更使人惊心，《一案九罪》多方面揭示人们习焉不察的精神病区，发人深省，催人自救。

众多人物不分主次高下，在作品中处于同等地位，这是群像小说又一显著特征。一般说来，横切式和直缀式小说的人物虽然较少，但大都有一两个主人公，几个陪衬人物。即使人数较多，像《祝福》那样出现头十个人物，也都个个主次分明，宾主有序，作者笔墨重心所在，仅主人公一人而已。可是，通观群像小说，你找不到这样的主角，因而也无所谓配角。倘若依阅读定势硬要拉出一个主人公来，定然会发生审美误差，闹出笑话。《远行》中挤在那辆长途汽车里的人，连司机售票员共五十三人。一笔带过的三十六人姑且不论，那实写的十七人中，怎么也没法确定谁主谁从。有些中学语文教师按惯常方式分析《风波》的人物时颇犯踌躇：非要找出主人公，那么是谁呢？是口口声声“一代不如一代”的九斤老太，还是因“皇帝坐了龙庭”而忧心忡忡的七斤？是因同样理由特意穿上竹布长衫前来挑起风波的赵七爷，还是“完全绝望”竟“恨棒打人”的七斤嫂？还有热心肠的八一嫂，双丫角的六斤，在这场风波中，他们实在一样重要，何必费力去分什么主次呢？《说客盈门》的情况似乎特别。小说开篇就给丁一作了个小传，好像这位玫瑰花糨糊厂的厂长便是主人公了。然而在整个故事中，除了“不发神经，就是胜利”八个字外，你看不到他还有什么内心活动。而动作最多因而也最活跃，给我们印象也最深的，显然是那些形形色色、纷至沓来的说客。因此，与其把丁一看成主人公，不如把他当作小说的艺术枢纽，即引荐说客的“介绍人”更合适些。说到底作者对丁一的赞颂，没有超过对特权和不正之风的鞭挞嘲讽。因此我认为《说客盈门》不是单纯的颂歌，不然三十年后的今天读来，为何还那般使人心情沉重？同样情况也发生在《围墙》中。不错，陆文夫以少有的热情，赞美了实干派马而立，可是他并没有把推诿扯皮的“古典派”、“现代派”和“取消派”们，仅仅当作陪衬实干派的枝叶。同等看待，一一剖析，集中展览，互相对照，这是王蒙和陆文夫更深的美学旨趣。“我造墙的目的是拆墙”，陆文夫说，“拆掉那紧紧困住我们的陈规陋习和那奥妙无穷的推拉扯皮”[①]。

根据不同题材，灵活运用多种统摄方式，以在千姿百态的人物心理和社会世相的展览中，保持作品的高度集中和有机统一，这是群像小说第三个形式特征。比之冲突式小说只有一个“结构的中心”，群像小说“牵一发而动全身”的办法相对来说要多一些。其中常见的有：(1)定点式。即把人物聚集到一个固定的场所，或顺序，或交叉，展示各个不同的人物形象。《风波》、《一千八百担》、《在其香居茶馆里》、《安乐居》、《远雷》、《远行》等作品，便是这样。和戏剧一样，小说也往往选择具有浓郁民俗文化色彩的社交场合来展开故事。土场、茶馆、酒店、客栈、车站等等。那么多小说家都不约而同地以此作为舞台，并

① 陆文夫：《艺海入潜记》，上海：上海文艺出版社，1987年，第74页。

非巧合，而是有其美学上的内在原因：集中展示纷呈的人生和多样的灵魂。熙熙攘攘的社交场合，当然是最合适最自然的展厅。2.流动式。流动式统一于事件，但又和横切式和直缀式小说的统一于事件不同。前者借事写人，后者是轻事重人，《说客盈门》、《减去十岁》、《一案九罪》等小说，是流动式的力作。作品往往借某一有足够强度的偶发事件为线索，把许许多多人物串联起来，并注意从他们对同一事件的不同态度中，暴露出形形色色的灵魂。我们看到，一股说情风，一桩通奸案，一个土建方案，甚至一则荒诞的传闻，一张丢掉的脸皮，都能使作品里的人物一齐激动起来。流动式不囿于一隅，随着人物的活动、事件的推移，它向其他方面逐步扩展，或从四面八方向一处聚拢，作品的整个结构，动而有序，浑然流转。3.散点式。散点式没有统一的空间，也没有统一的事件，小说似信笔写来，一般由不同的时空环境和几个不同的人物行动散漫构成。但细读作品，还是不难发现其“聚光点”的。那就是每篇小说里总会有某一点上的相似或一致，以此把故事粘连成有机整体。《故里三陈》和《安乐四陈》凸显的是姓名，拈出同姓的几个人物为展览对象。《小楼三奇人》是讲人物形状之奇，通过张果老、田老师与和尚三人经历、情趣之奇，透射出人生态度和生活方式之奇。《岁寒三友》是讲内在品性和社会地位。王瘦吾、陶虎臣和靳彝甫同属一个阶层，“说上不上，说下不下的。既不是缙绅先生，也不是行车卖浆者流”。为了强化散点式貌似松散的艺术纽结，以保持作品的完整性，作者往往还采用先撒后收、由散而合的构思技巧，并在“终篇之际借一事端，将分散的人物收聚一体，留下临别之际的合影”[①]。《小楼三奇人》的结尾，和尚将重皈佛门，行前向张果老“托孤”。大彻大悟的张果老力劝他还留人间，而和尚则执意去也。两人关于“色空”、“牵挂”的一番对

① 陈文忠、丁胜如：《人像展览：短篇小说的第三种结构》，载《文艺研究》，1990年第6期。

话，听来奇妙滑稽，可细加品味却又苦涩苍凉。《岁寒三友》篇末，写靳彝甫为救济朋友，卖掉了“爱若性命”的三块田黄。腊月三十，又邀王、陶二友齐驾如意楼。“如意楼空荡荡的，就只有这三个人，外面正下着大雪”。“岁寒三友”卒章显志，暖暖的友情流贯全身。比较起来，散点式形散神不散，更近生活本色，自然天成，是为佳构。

众多人物被挤压在一个狭窄的空间里，或出现于一个事件中，且篇幅短小，会不会有损短篇小说“以一目尽传精神”的艺术精髓？会不会带来人物描写的单薄和表现生活的浅显？从群像小说已取得的实绩来看，这个顾虑似可不必。不错，群像展览式小说所描写的人物，就个体来说，不过是一个侧影，一种心态，比不上横切式和直缀式来得丰满裕如。然而众多人物一旦组成姿态不同、神情各异的群像同时展出，其发挥的“结构功能”，无论在思想深度上，还是在生活广度上，都极为可观。《说客盈门》的中心事件，是将一个屡教不改的合同工除名，就这么一件正常而简单的事情，却因这个小二流子是县委书记的表侄，到头来竟无异于引发一场六级地震。短短十二天之内，登门劝丁一收回成命者一百九十九点五人次，另有三十三次电话，二十七封来信说情，而且还有一千七百余人受此事影响，且有不少人指派丁一的不是。不能认为这完全是王蒙式的幽默和夸张。生活在当下社会的人们只要敢于像鲁迅那样直面人生，谁不痛感拉关系、搞特权种种不正之风愈演愈烈，且已侵蚀社会的整个机体？此外，群像小说的这种广角镜功能，往往还可以从对生活的直接干预，升华到一个更高的哲理层次。《远行》的故事，显然比几年前发生在这同一乡场上的那次争吵，要显得深沉和厚重多了。冯幺爸穿上解放鞋就解放了的简单自信和多少有些盲目乐观，在这里已不复现。作者写汽车遍体鳞伤，写人们种种纠葛互相斗气，写他们你挤我撞混乱无序，显然具有某种深刻的象征寓意。曾引起文坛内外广泛注意的《减去十岁》，其象征意义更为悠长深浓。小说以一条荒诞消息的传播为线索，由老年到中年而青年，依次剖析了四个年龄层次四组人物的普遍心理。这些年龄都到了节骨眼上的人，无不为“减去十岁”而欣喜若狂。他们“欢庆青春归来”，重新盘算生活，那认真劲儿，令人可笑，更令人神伤。我觉得一段时间对《减去十岁》的热闹评论，对小说人物在可怜境况下必然出现的可怜心思（更准确地说是幻觉）责之过深了。透过作品热闹的表层结构，我们仿佛听到“子在川上”那声久久不息的浩叹，看到“人生代代无穷已，江月年年望相似”轻快甜蜜的怅惘，并看到人——无论是作为个体还是群体，作为历史还是将来的人——面对时间的永恒无奈。小说于荒诞中蕴含的哲理似乎在此。然而也正因为在此，它才振聋发聩，时时催促我们抓住“现在”，以不失时机地创造更美好的人生。荒诞也好，真实也好，总之在群像小说里，“每则故事背后都有一个灵魂，每个人的灵魂里都展现出一片人生；剪影般传神的人物群像，概括浩瀚深邃的社会世相”①。这，或许是群像小说第四个重要特征。

---

① 陈文忠、丁胜如：《人像展览：短篇小说的第三种结构》，载《文艺研究》，1990年第6期。

现代短篇小说的艺术营构

20 世纪以前的短篇小说，大都按照时间顺序和因果关系来组构情节、场景和细节，人物、动作和事件的叙述因此都在自然时序的控制下呈线性发展。当现代小说家发现这种一维时间的营构方式，与他们所感知的多元复杂网络般的整体世界完全不合时，便努力挣脱直线型的情节结构模式，对短篇小说的叙述单元采取时间转换与空间组合的形式，营造出种种能与这个复杂世界较相对应的结构形态。仅就笔者涉猎所及，常见的就有：

一、重合式营构

重合式营构即把现实和虚幻两个世界加以艺术重合，其中的虚幻世界，或以神话传说、或以心理幻觉而存在，与小说叙述的现实世界融为一个艺术整体。比较起来，虚幻世界似更重要，往往带有浓郁的象征意味，而现实世界一般则直接呈现生活内涵。二者有机同构，互相对照，开掘出丰厚的艺术意蕴。扎西达娃的《西藏：系在牛皮扣上的魂》在新时期短篇小说中堪称重合式营构的杰作，而瑟伯的《华尔脱·密蒂的隐秘生活》（《小说鉴赏》（上），中国青年出版社 1986 年版）似更有特点。小说写郊区居民密蒂先生飞快地开着车和太太一道去市中心购物，在骂过丈夫把车子开得太快之后，太太在理发店前下了车。密蒂把车泊在停车场，买了双套鞋和一盒狗饼干，然后到旅馆休息室等候太太。在回停车场的路上，太太又进杂货店买东西，密蒂就在外面等候。现实的故事就这样简单琐细，然而却像一个挂物架一样，上面“挂”满了密蒂先生英勇豪壮又丰富多彩的内心生活：五十五英里的车速，使他沉浸到 SN202 号八引擎海军飞机吼叫着冲过最险恶的暴风雨的愉快飞行之中；随着报童关于审判案的声声喊叫，他俨然已在法庭，当着狂热崇拜他的漂亮女郎的面，朝检察官的下颌狠狠打了一拳，并大骂：“你这个卑鄙的狗杂种！”过期杂志上一幅轰炸机及街上废墟的图片，又把他带到高射炮火越来越集中的前线。视死如归的密蒂“上尉”潇洒地喝着白兰地，然后不顾下属的劝阻，要一人驾机“飞过四十公里的地狱之火”，去炸掉敌人的军火库……小说最后，他贴着杂货店的墙边站着，吸着烟，突然并着脚跟挺起了胸膛，脸上还浮出淡淡的一掠而过的笑容，原来，他到了面对行刑队的最后关头。两种异质生活的强烈反差，构成了这个短篇的全部内容，其深刻意义在于：在现实中，密蒂是一个怕老婆的卑微角色，事业和生活上一无所成，而那些英勇大胆的想入非非，虽然源于惊险小说和枪战电影，却揭示了他心底渴望从卑琐境遇中逃走的动机，这就触到了一类人生存境况的本质层面了。今天，“华尔脱·密蒂”在美国已成为一个白日梦者的代名词，但读者非但不嘲笑他，反而对他充满同情，因为透过他的困境，他的心灵需求，所有自叹志高命薄的人，都感到了自身所受到的束缚。

二、叠加式营构

所谓“叠加式营构”，是指在同一作品里叠加或并置多重现实世界。与传统短篇小说的人物、场景的单一构筑不同，叠加式营构致力于两个甚至更多的历史——现实生活片断的有机组合，从而使小说的容量得以大大扩展。这一营构模式还可细分为共时态和历时态两种。前者如邵振国的《麦客》，在同一时序线上，交错展示麦客父子各为中心的两个不同世界：一方是父亲吴河东与“掌柜的”张根发和张根发的父亲；另一方是儿子吴顺昌与“掌柜的”水香和她的婆婆。父亲的遭际是艰难境遇中失掉了尊严，以及被贫困麻木的心的复苏；而儿子经历的则是同情、善良和青春活力搅起的爱情渴望，以及最终对于传统道德的就范。两个地方，两组人物，两种境遇，两种不同的情感，构成了小说色彩鲜明的双重世界，悲怆中有些许欣慰，沉重中包含着希冀。今天我们重读《麦客》还是那么感动，从艺术上看，这两个世界的鲜明比照或许是主要的原因。历时态有李国文的《月食》、茹志鹃的《剪辑错了的故事》、李树森的《黑树》等。《月食》写离开报社二十多年的记者伊汝，平反后从柴达木刚回到单位，就踏上了去羊角堖的路途。小说一边按照自然时序写伊汝如何从报社出发，如何乘长途汽车到县城，如何又坐上老道奇，如何在公社招待所住了一宿，第二天清早又如何攀莲花峰，进妞妞院落，与妞妞和女儿团聚，等等；一边又将几十年的风云变幻、人情世态、生活困苦和心灵熬煎，通过伊汝坐在车上、住在店里、攀登在山道中的心理活动，极为感人地逐一展现出来。其中有对羊角堖群众心灵美的细致刻画，有对党群关系受到侵蚀和损害的深刻描写，还有对美好回忆的渲染，对真挚爱情的赞美，对党和人民鱼水深情的呼唤……所有这些都像电影一样，在此时的主人公心灵屏幕上闪回、定格、跳荡。两万来字的篇幅蕴涵了几代人的悲欢离合，表现出几十年风风雨雨的历史，以及对这特定历史的深刻反思。倘无叠加式营构，万难表现出如此丰富而宏阔的生活内容。

三、辐射式营构

此类营构方式多见于意识流短篇小说。伍尔夫《墙上的斑点》、王蒙《春之声》和《海的梦》可以说是其中的典范。辐射式营构完全打破了时空的束缚，让作家的自由联想和意识流动，从一个特定的中心点向四周伸展、放射，幻化并交叠出一个个瞬间性印象，由此构成网络般的叙事体态。值得注意的是，这种小说一个个瞬间性印象的交叠映现，不是连续性的长镜头跟进，而是随着人物意识的绵延、律动而贯通于一体的，故评论家一般认为，辐射式营构对传统短篇模式的反叛最为明显。像当初发表时令许多人瞠目的《春之声》，作者王蒙就自道是一种“心灵活动的结构”和“漫天开花的写法”。小说以坐在闷罐子车厢里的岳之峰为端点，通过他的心理活动，包括种种潜意识的流动，时而写到北京和西北高原，时而又写到慕尼黑和法兰克福；时而写到童年的生活和青年时代的初恋，时而又写到眼前百废待兴的生活现实；时而写到广州人住的凉棚，易北河上的客轮，斯图加特的奔驰汽车厂，天上的三叉戟飞机；时而又写到抽象派的音乐，杨子荣的咏叹调，施特劳斯的圆舞曲……万花筒般的历史场景和生活片断，表达出浓重的与外国相比的落后感，要迎头赶上的迫切感，也透露出我们生活的每一个角落都充满转机的明媚春光。

四、展览式营构

展览式营构着意于从不同角度依次推出或并列展览各种各样的人物和形形色色的世相，从而把众多身份、地位、职业、性情、文化修养和精神品性各个不同的人物，集中塑造成一组色彩斑斓、神态各异的雕像，多侧面、全方位地表现丰富宽广的现实和多彩的内心世界。在中国现代小说史上，鲁迅《风波》似为展览式营构之滥觞，稍后吴组缃的《一千八百担》和沙汀的

《在其香居茶馆里》的发表，也以表现生活的深刻丰富、艺术形式的新颖独特，在文坛内外大受赞赏。新时期以来，这种短篇更呈日益发展之势，王蒙的《说客盈门》和《冬天的话题》，汪曾祺的《安乐居》、《岁寒三友》和《故里三陈》，谌容的《减去十岁》，陆文夫的《围墙》，郑万隆的《远雷》，吴若增的《脸皮招领启事》，何士光《乡场上》和《远行》，李晓的《小楼三奇人》，陈源斌的《安乐四陈》和《一案九罪》……皆“无心于场面的热烈壮阔，也不追求情节的引人入胜，而是借端发挥，环视人心，用意于社会心态群像的集中展览”[①]。《在其香居茶馆里》，即落墨于众多人物形象的集中刻画，一片喧嚷嘈杂声中，联保主任方治国、恶绅邢幺吵吵、帮闲黄毛牛肉，还有张三监爷、陈新老爷、俞视学……一时间乱哄哄你未唱罢我即登场，始而吵继而骂终于打，一个个心怀鬼胎，却又共同揭开了抗战年月国统区的兵役黑幕。《安乐居》着意于人生世相的展示，小说款款道来，若行云流水，短短六千字，却绘出九(酒)相图，即兔头酒家那九种饮酒人，于一片微醺中的喝法、谈吐、神态、脾性，以及平凡而自豪的回忆，安闲而滋润的生活，依次展开，令人神往。

这种小说统摄全篇的结构是灵活而多样的。主要有:(1)定点型。即把人物聚集到一个固定的场所，或顺序，或交叉，展示各个不同的人物形象。《风波》、《一千八百担》、《在其香居茶馆里》、《乡场上》、《安乐居》、《远雷》、《远行》等便不约而同地选择具有浓郁文化民俗色彩的土场、茶馆、酒店、客栈、乡场、车站等等作为舞台，是有其美学上的内在原因的，集中展示纷呈的人生和多样的灵魂，熙熙攘攘的社交场合，当是最佳展厅。(2)流动型。流动型统一于事件，但又和传统短篇因事写人、轻事重人不同，它是借事写人，即借助某一具有足够强度的偶发事件为线索，把许许多多人物联结起来，并注意从他们对同一事件

---

① 陈文忠、丁胜如:《人像展览:短篇小说的第三种结构》，载《文艺研究》，1990 年第 6 期。

的不同态度中，暴露出形形色色的灵魂。我们看到，一股说情风，一个土建方案，甚至一则荒诞的传闻，一张丢掉的脸皮，都使许多人激动起来。流动型不囿于一隅，随着人物的活动，事件的推移，或由某一点向四处扩展，或从四面八方向一处聚拢，作品的整个结构，动而有序，浑然流转。(3)散点型。散点型没有统一的时空和事件，小说似信笔写来，一般由不同的时空环境和几个不同的人物行状散漫构成。但细读作品，却也不难发现其“聚光点”，即每篇小说里至少有某一点上的一致或相似，以此把故事和人物连贯成有机整体。《故里三陈》和《安乐四陈》突出的是姓名，拈出同姓的几个人物作为展览对象。《小楼三奇人》是强调了人物行状之奇，通过张果老、田老师与和尚三人的经历、情趣之奇，表现出人生态度和生活方式之奇。《岁寒三友》强调的是内在品性和社会地位，表现王瘦吾、陶虎臣和靳彝甫的生死情义。篇末写靳彝甫为济急朋友，卖掉了“爱若生命”的三块田黄。腊月三十，靳彝甫又邀王、陶二友齐驾如意楼。“如意楼空荡荡的，就只有这三个人，外面正下着大雪”。岁寒三友，卒章显志，让人感到人与人之间的温情。比较起来，散点型形散神不散，自然天成，更近生活本色，故尤为难得。

上述四种营构方式，共同的特点是有意打破传统小说直线型先后承续的情节模式，让叙述从面上扩散开去，使不同的人物形象、故事片断和场景细节，在叙述空间里实现虽不连贯却互相联系的有机组合，从而将不同的世界、不同的生活场景相互叠合或并置于一个艺术整体之中。现代小说家的这一创新，不仅在没增加情节和篇幅的前提下，大大扩展或密集了作品的艺术容量，而且给短篇小说带来了生活化和抒情化两个美学新质。

所谓“生活化”，是指作品以生活片断的综合排列组合，达到了酷似生活的层次。为了使创作表现多重世界，包含多种意味，小说家不再热衷于提炼互为因果、串联不断的情节，而将兴趣投注于历史与生活片断的观照，在同一艺术时空中，使各种人物、场景，或纷纭集合，或横向对比，展示出更加接近生活原生形态的美学风貌。所谓“抒情化”，则是指作品以主体情绪和生活片断的连缀，取代了情节化的结构模式，于是小说的时间维度便由外部空间的事件发展，转向心理空间的意识绵延。这样，小说的故事跳出了时序的连贯性而大大增加了跨度，这正好用来充填那些属于人物的追忆、眷恋、挚爱、欣慰、痛惋、忧思、厌恶、愤怒等等情感内容。与传统作品相比，现代短篇小说更富于浓郁的诗意氛围和鲜明的抒情色彩，从艺术营构上看，即源于此。

画面:小说文体的一个审美追求

如同战将穿上铠甲陡增武威、丽人身披霓裳倍添妩媚一样,小说具有画面之美,更能显示出奇情壮彩绰约风姿。事实上,就其审美特征来说,“一部小说就是一个复杂的画面系统”[①]。因此现代小说家把艺术眼光瞄向绘画、影视等视角艺术。他们取得的成就已令人瞩目,继而更值得探究的是:小说家是如何在创作中借鉴绘画等视角艺术的。我们看到,新时期一些作家运用电影手法取得了成功,像鄂华的中篇《祭红》,祖慰的短篇《人民选“官”记》等,便是使用电影镜头语言,为读者提供动态的生活画面,张贤亮说他的《土牢情语》,完全按照拍摄电影的要求写成,因而活动的画面处处皆是,很有魅力。至于对绘画技艺的使用更为普遍,如白描手法已成传统。20世纪80年代发表的一些小说,如洪峰的《瀚海》、李佩甫的《红蚂蚱,绿蚂蚱》和莫言的《红蝗》等,对绘画艺术的借鉴则有了新的

---

① [美]利昂·塞米利安:《现代小说美学》,宋协立译,西安:陕西人民出版社,1987年,第213页。

突破。他们摒弃了线性叙述方式，把故事纵横交错地展现在画面空间上，使小说的艺术形式焕然一新。在这里值得一提的是，法国20世纪五六十年代称雄一时的新小说派对绘画艺术表现的特有热情。他们出于自己的创作观念，对直接描写对象本身不感兴趣，而日益喜欢描写对象自身的图像。新小说主将之一的米歇尔·布托尔介绍说，他们在创作中经常参照雕刻画、生活照、宗教画、连环画、明信片、画片、彩色说明书、画册等等，《小拉罗斯词典》在他们的书桌上占有重要地位，因为它可以提供大量图片以备使用。布托尔认为，新小说家的这种癖好对于激活他们的想象力是很有帮助的，那些五彩缤纷的色调和千变万化的形体可以滋养他们的梦幻，让他们受到启发。譬如克劳德·西蒙就从一张明信片上“取”下来这么一幅画：“一群刚刚成年的土著妇女，光着上身，无精打采、汗流浃背地在几个为英国商行服务的中国和开罗的摄影师的镜头之前摆定姿势，有的顶水，有的打鼓。”①不管人们对新小说的历史地位如何评判，他们都自觉地把绘画艺术引进小说的描写之中，从而丰富了小说的表现方法，这个贡献则是应该肯定的。

新小说派在创作实践中体会到：“小说家如果把他的画框或摄影机放在他所描绘的空间的一个点上，画家所遇到的取景、画面安排和透视之类的种种问题，他也会遇到。”②那么他们是如何解决这些问题的？换句话说，小说家在哪些方面借鉴了绘画艺术？所谓蒙太奇、叠印、白描与空白之类，在今天已成为小说家手中的“常规武器”，姑且不论。我们探讨现代小说家具有创新意义的三种方法：

一、色彩感情化

所谓“色彩感情化”，本是西方现代绘画中一个抽象的表现

① 柳鸣九选编：《新小说派研究》，北京：中国社科出版社，1986年，第545页。
② 柳鸣九选编：《新小说派研究》，北京：中国社科出版社，1986年，第115页。

因素，即艺术家凭借色彩对精神心理和机体感觉能产生对应反应的特性，来传达自己的情感意绪。小说家对色彩的这一表情功能的运用，主要体现在以下两个方面：

1. 强化主观色彩。这就是不考虑色彩的物理性真实，一任主观感情来驱使色彩的表现。西方后期印象派画家即以此成名。譬如塞尚的《大浴女》、高更的《塔希提岛的妇女》和凡·高的一些画作，就是从个人主观感受与评价出发，使用单纯明亮的大块面色彩并加以夸张对比，充分发挥其表现力，从而造成热烈的刺激性艺术效果。张承志的《北方的河》中关于黄河的一段描写，极为出色地运用了这一手法：

> 黄河烧起来了，他想。沉入陕北高原侧后的夕阳先点燃了一条长云，红霞又撒向河谷。整个黄河都变红啦，它烧起来啦。他想，没准这是为我而燃烧。铜红色的黄河浪头现在是线条鲜明的，沉重地卷起来，又卷起来。他觉得眼睛被这一派红色的火焰灼痛了。……
>
> 这时，黄河，他看见黄河又燃烧起来了。赤铜色的浪头缓缓地扬起着，整个一条大川长峡此刻全部熔入了那片激动的火焰。山谷里蒸腾着朦胧的气流，他看见眼前充斥着，旋转着，跳跃着，怒吼着又轻唱着一团团通红的浓彩。这是在呼唤我呢，瞧这一圈圈旋转的色彩。

读到这儿，我们眼前不由得浮现出一幅油画——凡·高的《星夜》，作家本人也按捺不住和我们同样的感受而通过主人公承认说："他想起了凡·高的《星夜》，以前他一直对那种画不屑一顾；而现在他懂了。在凡·高眼里，星空像旋转翻腾的江河；而在他年轻的眼睛里，黄河像北方大地燃烧的烈火。"从这里可以看出，张承志笔下的黄河已不仅仅是地理学意义上的黄河，他把当代青年的青春与热血、追求与理想、骄傲与激情、刚性与韧劲……总之把那一如黄河流水般不可阻遏的昂扬的生命感，都熔铸到这燃烧着的赤铜色中去了。与其说作家在写黄河，不如说是在用他发烫的主观情感写自己对黄河的感觉，在画他心灵中雄浑粗犷的父亲之河。而且他描绘得还如此传神："……不是水，不是浪，是一大块一大块凝固着的、古朴的流体"，"又浓又稠，闪烁而颤动，像是流动的沉重金属"。极富油画的质感。

2.敷设主色调。高明的小说家注意到色彩的联想和象征的表现力，往往他用某种简括的主色调敷设全篇，作为情绪和氛围的象征，以此透射出作品情感意蕴基调。这类小说，犹如罩上了滤色镜的幻灯片和电影。色彩感很强。王安忆把《雨，沙沙沙》的主人公雯雯那美丽的憧憬、淡淡的忧郁、纯洁的恋情和迫切的人际亲和感，都编织到如梦般的橙黄色世界之中，表现得格外温馨动人。莫言的红高粱系列，篇篇普泛出一派血红：红的高粱、红的太阳、红的血、红的火……战争的残酷，抗战的艰辛，民风的慓悍，英雄的血性，都在这血腥味十足的鲜红色彩中得到遒劲的展示。在莫言那些惨烈悲壮、忧悒激愤、奔放恣肆的高调叙述中，似乎非这种血红不足以表现他那阳刚之气的酒神精神的审美追求。而肖克凡的《黑砂》，其叙述平实而又幽默，则得力于一种沉稳的、富有创造意味的黑色。翻砂工人劳动的痛苦，言行的洒脱以及他们对世界人生的看法，都在车间那块小小的黑色天地里表现出来。这黑色浸润了作家深刻的工业感情。如果说，上述作家是用和谐的主色调体现出对于不同理想世界的追求和向往，那么，王蒙的《杂色》、南冈的《红黄蓝》和正言的《五色土》，则以不和谐作为主色调来传达人对现实世界一种真实和透彻的认识。"世界和人生是两块相互涂抹的调色板，透射出的共同的主色调倾向是杂色"[①]。

---

① 宋耀良：《十年文学主潮》，上海：上海文艺出版社，1988年，第206～207页。

二、造型感官化

艺术，用哲学的眼光看，实质上是一种转化过程，即把物化的观念和情感转化为观念与情感的物化。情感意绪这东西挺虚，只有把它物化，作用于人的感官系统，才能取得震撼心灵的艺术效果。正是在这个意义上，克罗齐才在《美学原理》中断言："心灵只有借造作、赋形、表现才能直觉。"而苏珊·朗格毕生为寻求"情感的形式"而孜孜不倦。许多小说家领悟到这一点，于是把内心的激情通过语象造型——不仅是视觉的，而且还是听觉、触觉、嗅觉、味觉、动觉的感官表达出来。让我们先读以下三段文字：

……逢到下雨天气，矮男人打伞去上班时，可能由于习惯。仍旧半举着伞。这时，人们有种奇怪的感觉，觉得那伞下好像有长长一大块空间，空空的，世界上任什么东西也填补不上。

——《高女人和她的矮丈夫》

忽然，我在上面发现了一个非常清晰的指纹印。

……它就印在白面馍馍的表皮上，非常非常的清晰，从它的大小，甚至能辨认出来它是个中指的指印。从纹路来看，它是一个"罗"，而不是"箕"，一圈一圈的，里面小，向外渐渐地扩大，如同春日湖塘上小鱼喋起的波纹。波纹又渐渐荡漾开去，荡漾开去……

——《绿桦树》

她挎着一篮子荸荠回去了，在柔软的田埂上留下了一串脚印。明海看那脚印，傻了。五个小小的趾头，脚掌平平的，脚跟细细的，脚弓部分缺了一块。明海身上有一种从来没有过的感觉，他觉得心里痒痒的。这一串美丽的脚印把小和尚的心搞乱了。

——《受戒》

这三段描写都是情韵生动的感官造型，仅用思想来理解它们显然是不够的，必须用整个身心和全部感觉才能感受其个中真味。冯骥才的《高女人和她的矮丈夫》叙述一对夫妻在"文革"中的灾难故事。那个高女人被折磨死了，很久以后矮丈夫仍如以往照护妻子那样举着伞去上班。这个动作造型，表现了怪异中的崇高，凄伤中的挚爱，是"作家不经意找到的人世间生命关系的投影，是一种意味浓郁的'情感的形式'、'生命'的形式"①。张贤亮笔下那个刚刚从劳改农场释放的二十五岁青年章永璘，在那个捡了个萝卜就大叫祖宗有灵的饥荒年头，第一次接过马缨花递来的一只馒头时，本能地产生了一种不同寻常的情感冲动。这是一种饥饿者对食物的强烈需要，更是一种压抑深久的潜意识中对女性的强烈情感需要。作家通过白面馒头上女人指纹的造型描写，表现得如此精微丰富，令人过目难忘。《受戒》对小和尚与小英子这对伙伴由两小无猜到青春蓦然来临的叙述，牧歌般感人。汪曾祺通过小和尚观看小英子美丽脚印的感觉描绘，把这少年天性中的初恋情结刻画得自然风流，极有韵味。看来，小说家把激情物化为生命化、本能化、感官化的直接造型，确是一条成功之路。

三、结构空间化

小说与绘画最深刻的区别在于前者是时间的艺术，后者是空间的艺术。然而现代读者和小说家一样，越来越不满足于以钟表为尺度直线式处理时间的叙述方式，他们发现传统线性因果式的顺时性叙述规范，不仅和生活的原态抵牾，而且和人的心态相悖。于是具有现代意识的小说家开始了向空间拓展的共时性叙事体态的追求，这就和画家的艺术构思不谋而合。王安忆的《小鲍庄》就是采用共时性空间结构，同时表现几个互不

① 余秋雨：《艺术创造工程》，上海：上海文艺出版社，1987年，第199页。

接近、互不依赖、互无因果的故事。阿城的《遍地风流》、郑万降的《异乡异闻》和赵长天的《苍穹下》等小说，也是“追求绘画瞬间性的结构方式，时间性的过程剪缩到最低阻度，空间的展示性因素得到铺陈，一个个生活场景在空间范畴内凝固以表现一瞬间的感觉和情思”①。不过，在运用空间性画而结构方面，还要数法国新小说走得最远。譬如，西蒙1985年获诺贝尔奖的长篇小说《弗兰德公路》，就用绘画的空间性代替巴尔扎克式小说的时间性。书中的历史、回忆、想象、印象、幻觉等内容同时涌现，很像由许多色彩玻璃画面构成的转动着的万花筒，色彩斑斓，变幻无穷。全书叙述的第二次世界大战对大自然的破坏，以及死亡的阴影、战神的狰狞、饥寒的折磨、爱情的渴求和性欲的冲动等等，均由主人公佐治战后和队长雷谢克的年轻轻佻的妻子科里娜夜宿时所产生的片断的回忆、模糊的印象、零碎的思想和杂乱的想象组成。其组成方式像巴洛克绘画细密交织、回旋而上的螺旋体结构，以螺旋形的块状截面组接，取代传统的线性叙述，这就使得《弗兰德公路》与绘画一样具有了同时性和多面性。而且，由于“巴洛克绘画是‘纵深的’，好像能将观者的视线导入遥远的、不甚分明的背景中去”②的特有效果，更增添了这部小说的空间感。对于习惯阅读有头有尾故事的中国读者来说，新小说也许比意识流小说还要难读。尽管如此，将审美格局予以调整将会另作别观，而且，对新小说的艺术方法加以民族化改造，将会促进我国当代小说的创新与发展。20世纪80年代末发表的诸如《灵旗》(乔良)、《瀚海》、《红蝗》以及多多的一些小说，就获得了越来越多的人的注目。

① 宋耀良:《十年文学主潮》，上海:上海文艺出版，1988年，第206～207页。

② [美]韦勒克、沃伦:《文学理论》，刘象愚等译，北京:生活·读书·新知三联书店，1984年，第139页。

戏剧关键词新解

戏剧人物

与小说人物只存在于人们想象之中的情形不同，戏剧人物活生生地呈现在观众眼前的那个舞台之上，其逼真而强烈的形象效果，对观众的视听冲击力和情绪感染力，也非小说人物所能比。中外戏剧的发展史首先会告诉我们，人类的这一古老、辉煌而精美的艺术殿堂，就是由俄狄浦斯、沙恭达罗、哈姆雷特、杜丽娘、阿巴贡、毛猿、周朴园以及那个怎么也等不来的戈多等一系列剧中人物支撑并装饰起来的。然而，在人类戏剧的早期，哪怕是古希腊的黄金时代，由于是“历史”和“神”决定着人的命运，人还不具备突显“历史”的意志和力量，所以人们对戏剧人物缺乏清明的认识，连睿智的亚里士多德在《诗学》中都把情节和性格（也就是人物）分别阐述，坚持认为情节先于人物，主张人物“不是为了表现‘性格’而行动，而是在行动的时候附带表现‘性格’”，“没有行动则不成悲剧，但没有‘性格’，仍然不失为悲剧"[①]。亚氏所说,可能符合他那个时代的悲剧创作和演出的一般情况。但时过境迁,到文艺复兴特别是启蒙主义思想运动兴起之后,人的价值和尊严被发现,人在历史中的主体作用被肯定,加之莎士比亚贡献了一系列生动丰富的舞台人物,这就把情节视为戏剧第一位的传统观念从根本上动摇了。黑格尔主张人物意志、欲望的冲突构成戏剧行动,这就从美学上修正了亚里士多德的偏颇,别林斯基干脆和亚氏唱起了反调:"人是戏剧的主人公,在戏剧中,不是事件支配人,而是人支配事件。"[②]直到现代派戏剧突出象征、表现、"残酷"和荒诞,后现代戏剧强调主体间性即"关系中的自我"(self inrelation)等等,虽五花八门,变化多端,但人是戏剧的中心始终得以确立。

回顾人物和情节孰为第一的历史纷争,或许对判别戏剧的美学品位和艺术成就有所裨益。对此,威廉·阿契尔说得透辟:"有生命力的剧本和没有生命力的剧本的差别,就在于前者是人物支配情节,而后者是情节支配人物。"[③]事实确曾如此,中外戏剧史上都有大量专以曲折离奇的情节取胜的戏剧,在这类戏剧里,你感受不到人物的性格和思想内涵,却能看到紧张的戏剧冲突和一连串的巧合、悬念,"人物是类型化、公式化的,人物关系中充满误会与偶然性,大都以坏人得到惩罚、好人得以团圆为结局,以达到'劝善惩恶'的目的"[④]。中国传统戏曲和印度梵剧中就充塞了很多这样的剧目。欧美流行的传奇剧、情节剧、佳构剧包括后雨果时期的浪漫剧末流也属于这种情况。尽管此类戏剧安排情节的技巧十分娴熟,舞台演出效果好,但人

---

① [古希腊]亚里士多德:《诗学》,罗念生译,北京:人民文学出版社,1984年,第21页。

② [俄]别林斯基:《别林斯基选集》第3卷,满涛译,上海:上海译文出版社,1982年,第14页。

③ [英]威廉·阿契尔:《剧作法》,吴均燮等译,北京:中国戏剧出版社,1957年,第20页。

④ 董健、马俊山:《戏剧艺术十五讲》,北京:北京大学出版社,2004年,第54页。

物形象的苍白和精神内涵的稀薄，很难触动观众的心灵，故艺术成就始终平平。反观“人物支配情节”的戏剧，情形就完全不同了。像索福克勒斯的《俄狄浦斯王》、莎士比亚的“性格悲剧”系列和“性格喜剧”系列、关汉卿的《窦娥冤》、易卜生的《玩偶之家》、奥尼尔的《毛猿》、曹禺的《雷雨》及《日出》等以塑造性格为第一位的戏剧，其情节的生动和丰富自会深深吸引观众，而更能给人以震撼，并令观众长久地为之牵肠挂肚的，还是主人公的心灵与命运。

行业内往往把舞台人物称作角色，以此来强调戏剧人物和现实中人物的区别，并突显前者的虚构性质。从创作方面来说，“角色”(figure)一词更重要的美学意义，还在于对演员、导演、音乐乃至舞台调度人员艺术作用的强调。戏剧人物说到底是由编剧、导演、演员、剧务和观众通力塑造而成的。剧作家写戏，心目中事先会有一个演员形象在扮演他笔下的人物。换句话说，剧作家对戏剧角色的塑造，要受到演员条件的规约和影响。极端的例子便是有剧作家专门为红极一时的明星量身定做，编写剧本。当然角色对演员的表演也有外在形貌和内心世界的艺术要求。因为大幕拉开，首先吸引观众的就是舞台角色的外形，其性别、年龄、长相、衣着和举手投足、音容笑貌，若演员的装扮合情合理，不仅会引起观众的注目和赞赏，还能或多或少、或隐或显地有助于表现出角色的内心世界。故演员外形和气质，也是角色能否塑造成功的关键因素。不过比较起来，更重要也更难以表现的，是戏剧人物的内心世界。它不像人物外形那样一目了然，必须在戏剧的冲突或情节的演进过程中，通过角色自身的动作展现出来。聪明的编、导、演总是把角色安排在合乎情理的戏剧情境中，让观众从其细微的言行举止中，探访他的心灵奥秘。像沙叶新《陈毅市长》中陈毅率众挂上“上海市人民政府”牌子没几天，便不请自到出席民族资本家傅一乐的家宴；向小秘书借钱帮衬第一天开张的国营药店；拜访化学家齐仰之吃了闭门羹后鼓励自己说："我就不相信，偌大一个上海我都进得来，这小小一扇门我就进不去？！"进去后和齐氏大谈共产党人的化学理论，从而说服后者研制救命药品盘尼西林……陈毅襟怀坦荡、执政为民且诙谐幽默、本色是诗人的个性特征，就在这样的场面和细节中活灵活现地展现了出来。

戏剧动作

自亚里士多德在《诗学》中提出"悲剧是对于一个严肃、完整、有一定长度的行动的模仿……模仿方式是借人物的动作来表达，而不是采用叙述法"以来，中外理论家和戏剧家大都首肯或基本赞同亚氏这一从古希腊戏剧实践中总结出来的主张。黑格尔则进一步阐明，在艺术中"能把个人的性格、思想和目的最清楚地表现出来的是动作，人的最深刻方面只有通过动作才能见诸现实"[①]；王国维亦明确指出："戏剧必合言语、动作、歌唱，以演一故事"，并用此区别出"以人演"的戏剧与"以口演"的小说之不同特征，就在于前者为"代言体"而后者为"叙事体"[②]。的确，小说仅仅通过文学语言的叙述和描写就可使读者想象出完整而生动的生活图景；而戏剧情节的展开和人物形象的塑造，却只能通过演员的表演，即通过人物的动作在舞台上的直观再现，才能使观众获得直接而具体的感受。虽说出于节约和追求美的效果等方面的考虑，几乎所有的戏剧，都会将局部的事件或某些动作通过剧中人物来转述，譬如美丽的莪菲丽雅坠入河流中淹死的情景，鲁大海与工人弟兄在煤矿坚持的罢工斗争等等，就是由剧中人"说"出来的。但总体看来，动作，只有人物的动作，才是戏剧的主体，才是戏剧艺术得以直观传达

---

① [德]黑格尔：《美学》第1卷，朱光潜译，北京：商务印书馆，1979年，第278页。

② 参阅《王国维戏曲论文集》，北京：中国戏剧出版社，1957年，第34～36、45页。

给观众的基本手段。不管戏剧观念和戏剧形态发生怎样的嬗变，戏剧的动作性都是永恒的法则。

鉴于亚里士多德在悲剧的定义中同时用了“行动”和“动作”两个概念，讨论戏剧动作的类型和功能时，有必要先区分这两个概念的不同含义。亚氏所说的“行动”，是指戏剧模仿的对象亦即戏剧的内容；而他所说的“动作”，则是指所模仿的方式即表现手段。正是在这个意义上，我们才说戏剧是动作的艺术。作为基本表现手段，它在戏剧中一般有三种形式：一是直接作用于观众视觉的外部形体动作，即演员在舞台上通过肢体和表情表现出来的所有动作。一出戏，就是众多角色的动作系列，其中外部形体动作所占比重很大，像中国戏曲中的“做工戏”如《贵妃醉酒》等即如此。然而并非所有的外部形体动作都具有戏剧性，像一些过场性或与心灵无涉的外部形体动作就不具戏剧性。诚如黑格尔所说，动作“起源于心灵”[①]，只有揭示了人物的心理动机和情感状态的外部形体动作才富有诱人的美学力量，且在推动戏剧情节发展的时候，将自身融入情节之中。二是直接作用于观众听觉的言语动作，即戏剧中的台词，包括人物的对话、独白、旁白以及戏曲中的演唱等。对话的动作性，不仅体现在人物的潜在意愿上，更重要的还体现在说者对听者具有多大的冲击力或影响力方面。对此，劳逊说得好：“说话也是动作的一种形式。抽象的或谈谈一般的感受或想法的对话是没有戏剧性的。话语描绘了或表现了动作，才有价值。由话语所表现的动作可能是回想地或潜在地——也可能动作伴随话语而来。但对所说的话的唯一的考验是看它是否具体，有无实际的冲击力，能否使人紧张”[②]，从而产生人物间或冲突（譬如

---

① [德]黑格尔：《美学》第1卷，朱光潜译，北京：商务印书馆，1979年，第278页。

② [美]约翰·霍华德·劳逊：《戏剧与电影的剧作理论与技巧》，邵牧君、齐宙译，北京：中国电影出版社，1978年，第217页。

《沙家浜》"智斗"一场的情景)、或抵触(话剧《家》中陈姨太借口"血光之灾"要把瑞珏赶到城外分娩,觉新夫妇满腹怨愤但在行动上只有顺从)、或交流(想想罗密欧与朱丽叶露台相会时的情景吧)的关系变化。至于独白和旁白的动作性,则主要体现在揭示人物内心隐秘、表现人物内在冲突以及结构布局方面。不管是莎士比亚洋洋洒洒、电闪雷鸣式的独白,抑或易卜生自然含蓄式的独白,还是奥尼尔幻象"对话"式的独白,以及贝克特无所指、无意义的荒诞式独白,我们认为都是人物心灵乃至潜意识的表现。三是静止动作。"静止"而又为动作,如同中国画中的"计白当黑"和中国古典诗词中的"默会意象"一样,充满了艺术的辩证法。它展开时角色既没有外部形体动作又没有说话,然而作为"一系列因果相承的动作中的一个环节"[①],"静止"的那一刻却有着丰富的内心活动,通过演员的姿态、表情传达给观众。静止动作是剧作家刻画人物内心世界的一种特殊表现手段,或导演、演员处理舞台节奏的一种有意识的"停顿"与"沉默"。现代戏剧家特别注重发挥它的艺术功能,像契诃夫和曹禺当年所创作的令人震惊的静止动作,想必观众至今仍记忆犹新。

戏剧动作是一个讨论不尽的有趣话题,它的隐喻功能,特别值得现代观众注目。以言语动作为例,角色隐喻性的说话往往具有刻画性格的功能。曼弗雷德·普菲斯特在对奥赛罗和伊阿古的形象分析中说,这两个人物在言谈中都有不断地求助于比喻性形象的特点,"但是奥赛罗用的是一些充满光亮和色彩的夸张伸展的意象,而且一般用来形容他自己;伊阿古的意象一般用于他人,他将这些人比作低级的通常是令人厌恶的动物和昆虫(如苍蝇、山羊、狼等),另外还比作一些可鄙的肉体机能"[②];另外,隐喻性的言语动作还能发挥拓展空间的功能,以此弥补戏剧空间表

① 谭霈生:《论戏剧性》,北京:北京大学出版社,1981 年,第 22 页。

② [德]曼弗雷德·普菲斯特:《戏剧理论与戏剧分析》,李安定、周靖波译,北京:北京广播学院出版社,2004 年,第 198 页。

现的内在局限，即通过激发观众的想象，把特定的生活场景“带进”戏剧之中，将“舞台上的场景与超越这个场景结合起来，从而将故事放在一个更广阔的语境中”①；还有，隐喻性话语有时还承担制造悬念的功能，以预示即将发生的事情和人物未来的命运。朱丽叶把她刚刚绽放的爱情之花比作“一闪电光，等不及人家开一声口，已经消隐了下去”；陈白露一再说“太阳升起来了，黑暗留在后面。但是太阳不是我们的，我们要睡了”。两人言语中透发出的不祥意象，都在预示着悲剧的结局。

戏剧情境

狄德罗以来，中外戏剧家和理论家之所以不约而同地把情境视为戏剧作品的基础，乃是因为它对于刻画角色性格，产生人物动作，引发戏剧冲突，推动情节发展诸多方面无不起着举足重轻的作用。黑格尔认为，情境是一个时代的总的社会背景的具体化，艺术家只有把某个时期的社会背景化为艺术情境，才能为人物性格的塑造找到推动力。在戏剧中，情境与人物动作、动机的关系非常密切，它甚至能为人物最不可思议的性格突转作出最为可信的说明。譬如《雷雨》中终于被绝望和仇恨点燃的蘩漪，绝对是个可怕的自我中心主义者，但谁能料到，在她报复行动的最后，即戏剧情境转入由她请出来的周朴园当众揭露周萍和四凤是同母异父兄妹的关头，眼看着比自己命运更惨的人儿神态已经失常，她竟能一面真诚地向周萍表示悔恨和歉疚，一面急切地安排周冲照看跑出去的四凤，所表现出来的善良和同情，真切而动人。中外戏剧实践告诉我们，成功的剧作家无不把情境与人物动作、动机的关系视为创作的重心。听听小仲马的经验之谈吧：“剧作家在设想一个情境时，他应该问自己三个问题：在这种情况下我应该做些什么事？别人将会做

① ［德］曼弗雷德·普菲斯特：《戏剧理论与戏剧分析》，李安定、周靖波译，北京：北京广播学院出版社，2004年，第199页。

些什么事？什么事是应该做的？谁不觉得这种分析是必要的，谁就应该放弃戏剧，因为他将永远不会成为一个剧作家。”引述这段话的劳逊则进一步补充道：“小仲马首先应该问：这个情境是如何设想出来的？是什么东西促使剧作家想起或想象起这个情境，使他选择它作为戏剧结构的一部分的？”[①]我们认为，这五问内涵丰富，既是对剧作家设置戏剧情境的具体要求，又关涉剧本创作的总体构思，值得关注。

作为戏剧创作的一个重要环节，戏剧情境包含了哪些因素呢？谭霈生认为，主要是具体的环境、特定的情况和特定的人物关系这三个方面[②]。所谓“具体的环境”是指剧中人物活动的具体时空环境。戏剧中动作、冲突的展开，事件发生发展的过程，都受到时空环境的影响，而且都是在一定的时间和空间内完成的，说它是戏剧情境的要素，不难理解和把握。问题在于，好的时空环境的设置，必须处在一个与人物和事件紧密联系着的活动过程之中，若像巴尔扎克长篇小说那样，吃力不讨好地对具体场所做静态、僵硬而孤立的交代，观众肯定生厌。所谓“特定的情况”，就是指事件。任何戏剧中都会有或大或小或多或少的事件发生，任何戏剧动作也都受制于某一事件的刺激和诱导。俄狄浦斯那么坚定地追查凶手，从而把自己置于悲剧地位，是因为忒拜城瘟疫暴发，按照神示，只有追查到并惩罚了杀死前国王的凶手才能制止瘟疫这一严重事件；丹麦王子的忧郁，也是起因于父王突然死去王后迅速改嫁这一重大变故。中外传统戏剧多像前述两个悲剧那样，把一个重大事件作为情节的开端，以现在进行时正面展开，人物一出场就陷入两难的情境之中，由此迫使他作出判断、选择等一系列行动来。也有另外一种情形，事件的发生并不是“当是时”，而是作为往事或曰

---

① [美]约翰·霍华德·劳逊：《戏剧与电影的剧作理论与技巧》，邵牧君、齐宙译，北京：中国电影出版社，1978年，第222页。

② 转引自谭霈生：《论戏剧性》，北京：北京大学出版社，1984年，第129页。

前史存在于戏剧之中的，即事件发生在大幕拉开之前，但却对剧中人物产生着明显的影响。娜拉与丈夫决裂并最后出走，就起因于八年前冒名签字借钱那件往事；《雷雨》中的事件太多也太蹊跷了，但制约剧中人物的关系并决定着他们命运的，实则是三十多年前周朴园对侍萍始乱终弃那个前史。前史也好，正在发生的事也好，关键在于要能引出戏来。机敏的剧作家，不会用力去表现事件本身的发展过程，“他们所着力写的却是这一事件引起人物关系的变化、发展，以及它对人物生活道路、生活命运发生的深刻影响。他们重视事件，只是因为，这类事件对刻画人物性格、展示人物命运都是必要的”[①]。至于特定的人物关系，则是指戏剧中人物与人物在某一事件的刺激或促使下，彼此交往中所发生的关系变化，主要表现为心灵上的互应或冲突。在传统戏剧尤其是现实主义戏剧中，这种人物关系与环境和事件相比，在戏剧情境中最具活力。人们耳熟能详的那句话“没有冲突就没有戏”，就是指特定人物关系的极致状态和这种状态在戏剧中的作用。中外戏剧冲突的经典案例都在告诉我们，剧中那人与人之间展开的不同欲望和激情的冲突，简直就是在舞台上一场惊心动魄的情感对情感、灵魂对灵魂的战争。按照黑格尔的说法，不管推动这“战争”的力量是精神的、伦理的，还是宗教的、政治的，这些“战争”都改变了剧中人物原有的处境、关系和生活秩序，突显出了他们的目的和性格特征。在剧作家的精心安排下，这些“战争”有时表现为外在的、急剧的、暴风骤雨式的，有时又是内在的、舒缓的、清风明月式的。这两种戏剧性冲突的表现方式都能支撑起优秀的戏剧作品。不过，理性水平和艺术修养较高的现代观众，对清风明月般的内隐式戏剧性表现似乎更为欢迎。

值得注意的是，随着时代和文化背景的变迁，戏剧情境的

---

① 转引自谭霈生：《论戏剧性》，北京：北京大学出版社，1984年，第134页。

内涵也不断发生着演变。19 世纪末以来百多年间的总体趋势是,剧作家根据他对社会人生的新理解,不再热衷于频发的巧合、激烈的冲突与情节的人为集中。他们或用象征追求情境设置的内心化和散文化(梅特林克);或高擎"接近生活"的旗帜,淡化外部动作和冲突,着力从"日常生活情绪"中发掘富于诗意的"内心的真实"(契诃夫、斯坦尼斯拉夫斯基);或认定"情境演变的过程较之人物和个性的冲突更富有戏剧性"①,于是创造性地运用发现、惊奇、变化、差异和对比等艺术手段,追求只有在戏剧情境的展开过程中才得以外显的戏剧性及其意蕴(高行健)。现代派和后现代戏剧虽说五花八门,可也表现出了戏剧情境的多样性和新颖性。所有这些都在表明:戏剧情境始终是创作和观赏的重要课题。

悲剧、喜剧、正剧

三个关键词同属于戏剧的体裁概念,也是美学上的重要范畴。二者在含义上有关联但所指有所不同。

作为体裁的悲剧,最早诞生于公元前 6 世纪的希腊雅典。埃斯库罗斯、索福克勒斯和欧里庇德斯为代表的古希腊悲剧,不仅震撼着一代又一代观众的心灵,而且以其庄严雄浑的风格、走向毁灭的英雄造型和由顺境转为逆境的单一结构特征等艺术范式,深刻影响着后世悲剧的形成。莎士比亚裹挟着文艺复兴对人的尊严、价值、力量和智慧的赞美热情,所创作的《哈姆雷特》、《李尔王》、《奥赛罗》和《麦克白》等著名悲剧,就明显可见古希腊悲剧的身影。不过,自亚里士多德在《诗学》里集中讨论悲剧以来,西方的"命运悲剧"也好,"性格悲剧"也好,都是特指内容严肃、格调崇高,表现正面主人公失败或灭亡的"英雄悲剧",没有庶民百姓的份儿。用这种观点看,中国古典戏曲中

---

① 高行健:《没有主义》,香港:香港天地图书有限公司,2000 年,第 240 页。

只有《赵氏孤儿》、《梧桐雨》等少数几部与西方人倡导的“悲剧”庶几近之，而《窦娥冤》甚至《桃花扇》都得排除在外，这显然有失偏颇。当代文艺理论把《窦娥冤》一类“苦剧”、“惨剧”都列入悲剧之中，认为举凡表现人生苦痛的戏剧都是悲剧，这一开放性的识见贴近人民大众的理解。

公元前5世纪后期，以阿里斯托芬为代表的喜剧也在雅典走向成熟。成就虽稍逊于悲剧，但也形成传统，其机智的下等人形象、剧情中并无恶意的计谋成分、风俗画般的生活场景以及笑声不断的戏剧效果，对古罗马、文艺复兴、古典主义、19世纪批判现实主义、20世纪现代主义直至当代的喜剧都有其深远的影响。从历史上看，喜剧有讽刺喜剧、幽默喜剧、抒情喜剧和荒诞喜剧多种类型，它们或通过夸张和类型化的手法讽刺鞭挞社会弊端与人格缺陷，或运用轻松惬意的误会、悬念来正面歌颂美好的人和事，或通过滑稽、幽默等手段来制造一些快乐的笑料，不乏社会意义又给人以轻松愉快，故世界各国的喜剧都大受欢迎，近代以来特别在当代，戏剧革新家纷纷向喜剧伸出橄榄技。

可能是出于民间养育的血统，以及受儒家中庸思想的影响和被主流文化长期排斥所致，中国古典戏曲自宋元以来一直追求“悲喜互见，离合两分”的中和之美，悲与喜常常是混杂在同一部作品之中的。虽然其中的大团圆结局多为现代人所诟病，但在抚慰老百姓那多灾多难而又无奈的心灵方面，毕竟功不可没。西方戏剧从遥远的古希腊至今，总体来说，在审美形态上一直处于悲喜两分的格局，二者在题材表现和情感效果等方面有很大区别。但西方戏剧学界也有人认为悲喜两分的单一美感有“过火”之弊，“悲喜混杂”更切合人民大众的审美需求，故不少戏剧家付出了融合悲喜的可贵努力。早在雅典时期，悲剧之父埃斯库罗斯就做过这方面的尝试，文艺复兴时期意大利剧作家瓜里尼首创“悲喜混杂剧体诗”，并首次正式提出“悲喜混杂”的概念。莎士比亚不仅创作了多部著名悲剧，还写下了不少出色的喜剧。更重要的是，他还在悲剧中加进了喜剧的成分（《暴风雨》），在喜剧中融入悲剧的因素（《威尼斯商人》）。这种悲喜相融的趋势，到了18世纪终于产生了一个革命性的飞跃，那就是狄德罗不仅通过《私生子》、《家长》等创作实践，推出了第三种戏剧体裁——“正剧”，而且为这种新的戏剧体裁奠定了理论基础。他的见解在今天看来仍不失精深：“一切精神事物都有中间和两极之分。一切戏剧活动都是精神事物，因此似乎也应该有个中间类型和两个极端类型。两极我们有了，就是悲剧和喜剧。但是人不至于永远不是痛苦便是快乐的。因此喜剧和悲剧之间一定有一个中间地带。”他把这“中间地带”的戏剧冠名为“严肃剧”即“正剧”①。

从易卜生的《社会支柱》、《玩偶之家》、《群鬼》，高尔基的《小市民》、《底层》，老舍的《龙须沟》和沙叶新的《陈毅市长》等一系列优秀的剧作看，正剧可以含有悲剧的因素，也可以含有喜剧的因素，但诚如董健、马俊山所说，它“决非两者相加之和”②，因为在美学上和体裁方面它都有区别于悲剧与喜剧的鲜明特征。首先，正剧并不依仗神奇取胜，它取材于日常生活，是一种更加生活化、更接近客观事物原生态的戏剧。其次，与悲剧多表现大人物和英雄、喜剧多写小人物和丑陋的事不同，正剧写一切人和一切事，写悲喜之间那十分丰富的生活，故题材范围极为广阔。第三，正剧不像传统喜剧那样只表现类型化人物，也不像传统悲剧那样只写专心致志于一个目的的片面性悲剧性格，它在“总体上写人、写人性、写人的个性、写人的性格

① ［法］狄德罗：《狄德罗美学论文选》，张冠尧、桂裕芳译，北京：人民文学出版社，1984年，第90页。

② 董健、马俊山：《戏剧艺术十五讲》，北京：北京大学出版社，2004年，第71页。

的丰富复杂性”[①]，这一点尤为重要。正剧的这些体裁特征和审美特征，也体现出与“悲喜剧”的明显不同。这里我们顺带说说悲喜剧的审美特征。人们通常说的“悲喜剧”，并非悲剧和喜剧的等量相加，更不是我们所说的正剧。它在基调上仍属于喜剧，可又带有某种深沉的悲剧感，是一种叫人笑过之后往深处一想就要流泪的喜剧。近代以来，悲喜剧主要有三种类型，一是抒情悲喜剧，以契诃夫的《樱桃园》、《海鸥》、《万尼亚舅舅》、《三姊妹》为代表。与喜剧老是讽刺、鞭挞伪君子、小气鬼等某一类人的情况不同，抒情悲喜剧大都是讽刺某一时代、某一民族的人类弱点，而且在鞭挞了这弱点之后，又以幽默带着深情去抚摩伤口以慰藉其痛苦的灵魂。二是黑色幽默悲喜剧，以迪伦马特的《老妇还乡》为代表。剧中的富婆克莱尔要拿出十亿英镑给居伦城，以夺取欺骗过她的旧情人伊尔的性命。如此可怕的故事，却没有一点美狄亚复仇悲剧的恐怖味道，甚至过激的冲突也没发生。剧作家把可怕的复仇悲剧用幽默喜剧的形式表现出来，意在揭露那个在“主持公道”幌子下接受贵妇捐赠、逼死人命的金钱社会，用黑色幽默的手法将其置于笑声中予以谴责。三是荒诞悲喜剧，以贝克特的《等待戈多》及尤奈斯库的《犀牛》、《秃头歌女》为代表，多以极度的夸张和变形营造一种总体上的荒诞意味。总之，人们在观赏悲喜剧的阵阵笑声中感受到的是一种悲怆情怀。

表　演

在剧本、演员、导演、音乐、美术和灯光装置等诸多戏剧要素中，最重要和最根本的要素是什么？人们常说，剧本剧本，一剧之本。此话有一定道理。大凡一出好戏，多有好的本子作基础。晚清至 20 世纪上半叶，包括京剧在内的中国戏曲，普遍存

① 董健、马俊山：《戏剧艺术十五讲》，北京：北京大学出版社，2004 年，第 115 页。

在弱化文学、轻视剧本的倾向，结果无不影响了自身的健康发展。这种情况虽从反面证明了剧本的重要性，但还不足以说明剧本是戏剧的本质存在，因为一个明显的事实是，没有导演和演员把剧本搬上舞台，它充其量只是放在案头上供作阅读的文学文本。还有，一些戏剧品种，如西方的哑剧，中国戏曲中的做工戏、武打戏，是没有剧本的主体 —— 台词的。过去老认为这种情况是特例，可到了今天，我们发现甚至连一些现代先锋话剧都不说话了，譬如 2004 年 11 月 29 日，在北京举行的"英国戏剧舞蹈节"中，英国站台之家剧团上演的多媒体戏剧《天花与热狗》，从头到尾就没一句台词，只见两位演员在表演，同时舞台中央的大屏幕播放着与剧情有关的投影。当然，没台词不一定就没有提纲、舞台提示之类的"剧本"。但若没有演员的表演，戏剧作为一种艺术形态就不可能存在。至于音乐、灯光装置等要素则更是簇拥红花的绿叶了，诚如法国现代导演科波所说："戏剧的本质就在精光的舞台上也可以充分表现。一切舞台的装置、舞台的设备都完全是第二义的戏剧内容。"[①]总之，戏剧的本质在于"演员直接面对观众表演某种能引起戏剧美感的内容"[②]，其中演员的表演应是第一义的。

当然，表演绝非只是演员的事儿。自觉意识到表演第一义的编剧、导演和音乐师等剧组成员对戏剧表演也起着不容忽视的作用。然而，后者的所有努力与指归都是为了表演，表演的主体毕竟还是演员。演员用自己的语言、形体、表情为媒介，通过各种舞台动作，表演一个故事，从而在观众面前创造出另一个人物来。不管是西方传统戏剧主要通过台词向观众陈述人物的心理，呈现出求真的表演形态；还是东方传统戏剧主要通

---

① 转引自《田汉全集》第 19 卷，石家庄：花山文艺出版社，2000 年，第 548 页。

② 董健、马俊山：《戏剧艺术十五讲》，北京：北京大学出版社，2004 年，第 12 页。

过演员的唱腔、眼神、手势、身段和步态将人物的内心活动展示给观众看，体现为求美的戏剧追求，演员的当众表演始终是戏剧艺术的真谛。

此外，我们说演员的表演是第一义的，还有另一层意义：充分肯定优秀演员自身艺术素质和演技在戏剧发展中的巨大作用。事实上像中国现代戏曲中的梅兰芳、程砚秋、周信芳、严凤英、常香玉、新凤霞……现代话剧中的金山、赵丹、蓝马、于是之等大师级的演员，在演艺上的辉煌成就，完全可以代表现代中国戏剧的艺术成就。戏剧过去的辉煌，未来的希望，就在于众多杰出的演员，像那滚滚东流的长江一样，后浪推前浪。

第三编

仰望古典

中国诗境中的双重主体

诗缘情。丰盈或深隐于人们内心的种种情感，皆可通过文学的这一最精纯的艺术样式给予创造性的表现。因此中外诗论家都说，诗是人类心灵的雕塑，是时代和生活的情感投影。然而，心灵和情感，作为人的内在综合体验，其“本来面目各人只可亲领身受而不可直接地描写，如需传达给别人知道，须用具体的间接的意象来比拟”[①]。故古今中外旨在抒情的诗篇，莫不借助某种载体，某种足够表现力的仪表，来创造诱人的意象或意境，把情感这一无法定形、定位和定性的“黑暗感觉”，鲜活灵动而色彩斑斓地表现出来。

留心诗的抒情方式及其奥秘，你会深切感受到积淀其中的种族文化、社会心理的浓郁意味。不同的国家和民族，由于在历史文化、生存环境、民俗风情和生活方式等等方面的差异，形成了诗在意象营构和情感表现上的明显区别。吟咏西洋抒情

---

① 朱光潜：《朱光潜美学文学论文集》，长沙：湖南人民出版社，1980 年，第 132 页。

诗，尤其是十四行诗，你总能感到诗中坦诚的胸襟、炽热的情恋、隽永的象征和幽丽的隐喻，有如小提琴奏出的小夜曲，美妙轻柔，如泣如诉；而玩赏中国古典诗词，其比兴言志，情景交融，“一切景语皆情语也”的美妙意境，更觉余香满口，沁人心脾。中国是诗之国，抒情诗异常发达，自《诗经》始就表现出了与西方迥异的美学特色。除结构形式、语言运用和表现手法的不同外，我认为中国诗境中每每出现的双重主体抒情，是与西洋抒情诗判然有别的一种抒情模式。

所谓“双重主体”，是指诗的抒情主人公及其抒情对象在诗境中双双出现，或交替出现，互为主体，又互为对象，彼此倾诉衷肠，交流情感。于是，在现实世界因不可逾越的时空屏障而绝不可能形成的心与心的默契、交流，在诗人的想象情境中，却能通过这两个抒情形象的互慕唱答，轻易表现出来，而且是那么深沉婉曲、真切动人。比较一下西洋抒情诗的情感呈现，中国诗的这一抒情特点就更加分明了。萨福、莎士比亚、拜伦、歌德、彭斯、白朗宁夫人……这些屹立在西方抒情文学峰巅的大诗人的佳作，其诗境里大都是单一抒情主体在一味倾诉对诗外情人的向往、仰慕和思恋。譬如歌德那篇著名的《迷娘歌》：

> 你可知道，那柠檬花开的地方？
> 黯绿色的密叶中映着桔橙金黄，
> 骀荡的和风起自蔚蓝的天上，
> 还有那长春幽静和月桂轩昂——
> 你可知道吗？那方啊，就是那方，
> 我心爱的人儿，我要与你同往！

以下还有两段，皆为同样口气和同一格式。这是西洋抒情诗典型的倾诉体式。此刻抒情主人公正在单恋，那位“心爱的人儿”，显然不在诗中也不在抒情主人公的面前，更没参与抒情主体的情感活动，而且没读这首诗前也不会知道诗人这一刻的情思。这情景仿佛处于爱河一侧的情人向彼岸知己的深情呼唤。

而中国的抒情诗即使写了真的河流两岸，且又不同时间，也能借助想象，把他们牵在一起互诉衷肠。屈原《九歌·湘夫人》抒写湘君渴望湘夫人而不遇的怅惘之情即如此。这当然是湘君唱的一曲缱绻动人的恋歌，然而开篇却喧宾夺主：

> 帝子降其北诸，
> 目眇眇兮愁予。
> 袅袅兮秋风，
> 洞庭波兮木叶下。

“帝子”，即湘夫人，她先来约会之地，在清秋薄恨中伫候久立，眼波含愁，风情万种，苦苦等候着“予”（湘君）的到来。诗境中的这一动人画面，似神来之笔，为下文湘君因错过约期而产生的怅惘、懊丧，以及“闻佳人兮召予，将腾驾兮偕逝”，去共同营造爱之天堂的瑰丽幻想，作了极有力的情感铺垫。先是帝子登场，继而湘君跟上，然后是双双做伴在欢乐乡。《湘夫人》之所以传达出比洞庭碧波还要宏阔浩渺的情思，说到底就在于这热恋双方的心心相印，这要比单相思所咏涵的情感丰富得多，婉曲得多，因而也就有意味得多。

《湘夫人》是表现神爱，诗境中的双重主体表现人间的情爱，较之神爱更觉深沉亲切。南朝著名乐府《西洲曲》，长达三十二句，表现抒情男主人公在回忆、思恋爱侣时的情感活动。起句“忆梅下西洲，折梅寄江北”，写钟情男子忆及他心中的“梅”时，当然很想见她，但又不便成行或不能成行，只好折一梅枝托人捎到江北去聊表情思。然而诗的主体部分，即“西洲在何处”到“海水摇空绿”，凡二十四句，虽说是具体表现这男子对“梅”的“忆”情，却句句写“梅”的举止与景物的交织，以映衬她那炽热、纯洁而又微妙的心境。吟赏至此，浮现在我们意识屏幕中的，是一幅幅情景交融的动态画面，而处于这一系列动态画面中心位置的，显然是由诗的抒情对象置换而成的另一抒情主体，即“梅”姑娘：

开门郎不至，　出门采红莲。
采莲南塘秋，　莲花过人头。
低头弄莲子，　莲子清如水。
置莲怀袖中，　莲心彻底红。
忆郎郎不至，　仰首望飞鸿。
鸿飞满西洲，　望郎上青楼。
楼高望不见，　尽日阑干头。

看不见，摸不着，但确确实实在少女心中卷涌着情感，以及她对爱的执着、向往与追求，就这样通过她的举止神态，加以景色渲染，极为传神地表现了出来。然而，这一切又非实情实景，都出自“郎”即抒情主人公在“忆”中的想象。诗尾就透露了这一消息：“君愁我亦愁”，却原来这动人的幕幕场景，只是发生在“郎”心中的情感剧。如此缠绵婉转，几乎使你搞不清是谁在抒情，又是谁在接受这抒情。

诗圣杜甫或许深知双重主体抒情的奥义，故在身陷贼中，家居异县，双方生死皆难卜知的时候，遥望圆月，写下了催人泪下的《月夜》：

今夜鄜州月，　闺中只独看。
遥怜小儿女，　未解忆长安。
香雾云鬟湿，　清辉玉臂寒。
何时倚虚幌，　双照泪痕干。

明明是诗人表达他对家人的思念，可起笔却以悠远的想象和美妙的感情，着力描绘妻子怀念他的情景。两颗互相牵挂的心，借助月色，化为清丽凄婉的情思。对此，明人王嗣奭《杜臆》的解读颇佳：“公本思家，而偏想家人之思我，已进一层。须溪云：‘愈缓愈悲。’是也。‘云鬟’‘玉臂’，语丽而情更悲。至于‘双照’，可以自慰矣，而仍带‘泪痕’说，与泊船悲喜，惊定拭泪同，皆至情也。”可以相信，《月夜》所描绘的动人情景，正是诗人在特定境况下所产生的情感体验。他望着光照两地的明月，不觉神思飘逸，产生幻觉，倏忽间来到鄜州家人的身旁。妻子正孤寂一人在月光下久立，祈念着羁押长安的夫君，而幼小的孩儿们却一点不理解母亲的心事，在屋内门外戏耍个不停。此情此景恍若目前，那么真切和亲近，可诗人却怎么也难以进一步与妻子接触，由此逼出思家之情更见哀婉深沉。"今夜鄜州月，闺中只独看"，设若诗人不从对面入笔，在想象中唤出妻子的形象，无论如何也难以取得如此绝佳的情感效果。类似杜甫这样奇妙的构想，在宋词中也有很多。像柳永的《八声甘州》，简直与《月夜》同一机杼，其结尾说："想佳人妆楼颙望，误几回天际识归舟。争知我倚阑干处，正恁凝愁！"漂泊的词人倚着阑干思念某歌女，以为那歌女此时也正在梳妆楼上眺望水天一线处的归舟，等着他回来呢。

在中国古典诗歌中，通过双重主体抒情的，并不止于男女爱情，就是朋友情谊，也能表达得感人至深。李商隐《夜雨寄北》便秉承《月夜》之韵脉，让诗中出现两个抒情形象，来表达澎湃的思绪：

君问归期未有期，
巴山夜雨涨秋池。
何当共剪西窗烛，
却话巴山夜雨时。

秋雨绵绵，归去无期。"夜雨涨秋池"，也"涨"满了客子的愁思。这景观，这滋味，诗人本已不堪隐忍，又因"君问"而更显苦恼难熬起来。诗人难以言说的漂泊感、孤独感和怀友情，皆由"君问归期"勾起，并在"共剪西窗烛"的美满憧憬中，得到真切素朴的形象显现。

在中国古典诗词中，运用双重主体抒发的，不仅限于现实中的爱情、亲情、友情，就是生离死别，一对恋人处于阴阳两界永难相遇，也可借助想象即梦幻之境，超越生死界限，来重逢相聚。中国"悼亡"诗境中双重主体出现得多矣，典型者如苏轼的

《江城子》:

> 十年生死两茫茫,不思量,自难忘。千里孤坟,无处话凄凉。纵使相逢应不识,尘满面,鬓如霜。
> 夜来幽梦忽还乡。小轩窗,正梳妆,相顾无言,唯有泪千行。料得年年肠断处,明月夜,短松冈。

“相顾无言,唯有泪千行”,这种生者和死者相会相知的共同感觉和情态,多么令人感怀。见如不见,不见如见,读之使人怦然,深深思量更令人肠断。

表达爱情也好,亲情也好,友情也好,抑或悼亡之情也好,总之,中国诗歌中的双重主体抒情模式,已成传统。流沙河认为这种“推己及人”的抒情模式,源于《诗经》的《陟岵》。《陟岵》表现一个士兵登高望远,思念家乡,以为家中的父母兄弟也在思念他,并盼望他好好保重,不要死在外面,总有一天家人会团圆。[①] 流沙河的分析连带着启发了我思索另一个有意味的问题:为何这种抒情答唱在西方绝难少见,而在中国诗史上却会绵延数千年?换句话说,产生这种独特而有味的抒情模式的根由何在?既然“诗的技巧和形式都是人们的价值存在的确定方式,都是人的存在的透明性的言说”[②],那么,我们则可以认为,中国诗境中何以每每出现双重主体的唱答,就在于华夏中国有别于其他民族的生存境况特别是爱情婚姻方式之中。即以爱情表达而言,西洋抒情诗人在生活中不乏和情人结识并深交的机会。在中世纪骑士风的影响下,西方女子在社交中有较高的地位,而男子更有意充当拯救者和侍卫的主动角色。在这种世风下,诗人和他的意中人或沙龙缠绵,或舞会狂欢,自然不会把文学白日梦里即诗境中的相会看得那么重。但在漫长封建社会的中国,情形就大不一样了。人为的男女“授受不亲”的礼教

---

① 详见流沙河:《流沙河诗话》,成都:四川文艺出版社,1995 年,第 61 页。
② 刘小枫:《拯救与逍遥》,上海:上海人民出版社,1988 年,第 33 页。

束缚，使得“古时恋爱在婚后，不在婚前。婚前男女难得见面。即使由‘青梅竹马’而结婚，缔结爱情也在婚后”①。而且，与西人相比，文人学士们哪怕是李白和杜甫，由于奔波于仕途羁旅，婚前无暇与情人爱语呢喃，婚后也大都经常与妻子分居，与西人相比，既鲜有相见的欣合，更少西洋情诗中虽略显直白却超群拔俗的人生哲学和宗教情操。从这个视角望去，实是生活中男女相见的稀少和情感交流的匮乏，酿成一种人生大痛苦而升华为诗境中的有情人相亲相伴。因之中国诗文表现的爱情，最凄婉动人处，总是在离别时。暂别、久别、永别。永远是相思，永远是相思中的相见。“相见时难别亦难”，见则欢悦，然而苦短；别时哀怨，哀怨久远。故诗中每每出现两人的聚会欣合，委实只是一种情感的代偿，一个虚空的幻影，折射出古代中国人（也包括部分现代人）情感生活的艰辛和不幸。

关于双重主体在诗境中的抒情，我认为与《梁祝》中梁山伯和祝英台以及《孔雀东南飞》中刘兰芝和焦仲卿那样的角色造型不同。一般说来，叙事诗中出现的两个主人公，他们的爱情经历及其命运，是诗人以第三人称的口气或一个明确的叙述者，所歌唱出来的现实色彩很浓的故事；而抒情诗中的双重主体，却只能出现在诗人的想象情境中。他们的互诉衷肠，皆可视为由主体对对象的深深思慕和相恋而滋生彩排的内心戏剧，倘回到现实中来，终究只是诗人自己的一颗多情心。

① 金克木：《〈祝福〉〈杀夫〉》，载《读书》，1993年第5期。

诗词意象的魅力探寻

一

从宋代以来层出不穷的诗话、词话，到今天举目可见的辞典、专书，我国的诗歌鉴赏可谓源远流长、蔚为大观，加之近十余年诗学专著的日渐其多，古典诗歌的研究和接受仿佛呈现出了繁荣的景象。然而透过这繁荣的表层，人们却不难看到它的不足和危机。笔者认为，在如此多的诗学研究中，少有将审美鉴赏和学术研究有机融合者，当是一个很大的缺憾。的确，像前辈学者闻一多、朱光潜，海外学人叶维廉、叶嘉莹那样富有韵致和学理的论著，在今天已然是凤毛麟角了。危机在于：有不少的文学专家和正在奔向专家之路的硕士、博士们，其艺术素养的贫乏和审美神经的麻木，已经到了可怕的地步。由于长期以来我们的文学教育的教条化、"知识点化"，有些硕士、博士从小学到大学就没有得到多少文艺的熏陶，读研阶段从柏拉图一直钻到福柯、德里达，时间和精力就已耗费无多，哪还顾得上文本赏析这种细读的工夫？这拨人玩起从理论到理论的演绎身手不凡，讲起现代后现代的宏论滔滔不绝，可面对诗歌文本作具体的微观阐释，却往往捉襟见肘，谬误百出。有权威学者对前些年人民教育出版社初中语文课本所选的贺知章《咏柳》（碧玉妆成一树高/万条垂下绿丝绦/不知细叶谁裁出/二月春风似剪刀）写下了这样"示范性"的《赏析》，说这首诗的魅力在于：第一，写出了"柳树的特征"；第二，不但写了柳树，还写了春天，这在唐诗中是"不多见的"；第三，比喻形象，"好像从纸面上突出来一样"，"很巧妙"；第四，不但歌颂了春天，而且赞美了"创造性的劳动"，如此语无伦次，竟然出自吃文学饭的学者之口，真是令人匪夷所思。举这个例子的孙绍振先生接着具体论证了操弄结构主义、解构主义、现象学、接受美学、权力话语学说、文化批评、俄国形式主义等西方文论，对这个细胞形态的样品进行微观分析，也难以传达经典之作的艺术神韵。[①] 看来解决问题还得靠文本分析的硬功夫，通过对自身经验的第一手概括，融汇中国传统诗评和现代西方文论，来建构我们自己的汉语诗学。因此，当我读到严云受先生《诗词意象的魅力》（安徽教育出版社 2003 年 2 月第 1 版，以下简称《魅力》）的时候，真是难以掩饰内心的喜悦：本书在这方面的尝试颇为成功。

二

与对意象的结构、功能、意义等众多抽象的格式化研究不同，《魅力》通过尽可能多的实例品赏与微观分析，来寻求意象以及意象之间的相互关系、组合机制和审美特点，以此达到对意象创造与欣赏的规律性的把握。作者在序中坦言，他之所以有意为此，目的是"希望在文艺学论著中，多接触一些文本，多引述一些文学创作与文学鉴赏的实际事例，这样，对于一般读

---

① 见孙绍振：《微观分析、理论独创和教条主义》，载《文艺理论研究》，2003 年第 5 期。

者来说，可能更易于阅读一些，更有兴味一些”[①]。根据论述的需要，全书征引了上千首诗词（或诗句），对整篇诗作进行精细审美分析的，也在百首左右。阅读这些流溢着诗美和深情的赏析文字，我不仅获得了思维的乐趣，而且弥补了对古典诗词耳熟未必能详的遗憾。譬如作者告诉我们，王之涣《凉州词》中的“春风”意象，表层意思是说，玉门关外偏远、荒寒、艰苦，不仅人烟稀少，连春风也难度关门。然而，“春风”作为象征性意象，还暗喻君王的恩泽，“春风不度玉门关”，流露出诗人对朝廷不关心边塞士卒艰苦生活的不满；还有，戍卒离家万里，亲人的信息稀少甚或阻隔，“春风不度”，又可理解为家人音讯不至，得不到抚慰和温暖。这三重含义都把握住，才可以说获得了对“春风”意象的完整理解。作者还征引古典诗词中常见的落花意象，辨析诗词意象间细微的情感色调：落花的固有含义是花卉凋落，引申为春光逝去、青春短暂以及美好事物的幻灭等意义。然而用语言物化时，却有三种常见的表达：其一，落花、花落、落英；其二，落红、败红、残红、乱红；其三，红雨。作者先后结合秦观、杜甫、张先、苏轼、柳永、欧阳修、李贺、刘禹锡、王实甫的诗句，令人信服地辨析出它们在情调意味上的差异，像“落花”一词的情感色彩属于中性，客观表述了自然界花卉飘落这一现象，概括性较强，忽略了花的形状、色彩，因而在意蕴上更适合表现低回、深沉的情绪，更易于容纳多义性；同“落花”相比，“落红”、“残红”、“败红”则给人以更具体鲜明的视觉印象。以“红”代替花，是以有特征的方面表示全体。这种表达，加强了意象的可感受性。而且“败”、“残”、“乱”等，都体现了鲜明的情感色彩。这样的语符更适合充当具体、细致的景色描绘的构成因素，流露的主体情意更为浓烈；而“红雨”一词表达的意象内涵与前述两种大异其趣：红雨即花雨，花落如红雨。这个语符在表达花

① 严云受：《诗词意象的魅力》，合肥：安徽教育出版社，2003年，序第1～2页。

朵飘落的意义时，使人联想到溢彩流芳的画面，联想到春色的烂漫、绚丽、浓郁……我相信，如此精妙的实例品赏与微观分析，对那种空疏干枯的文风形成强有力的反拨，会大大有助于人们对诗艺世界的深入体会与理解，并将有助于诗学从笼统的观照向精致的把握转化。

三

《魅力》虽从鉴赏起步，指归却是诗歌意象的学术研究。与将主观印象和情思付诸文字的鉴赏化文章明显有别的是，本书无论是对作品的微观分析，还是在此基础之上的归纳、概括，都力避罔顾证据的随心所欲的抒情、议论，而将其激情与想象融化于冷静的论述中，以此显示出证据和逻辑的强大力量。追溯中国古典诗词意象的源头，是本书学理色彩尤为浓郁的篇章。在这里，作者集中阐释了原型意象。这一概念的提出，显然是受到了由荣格始创而为弗莱发展完善的原型理论的启发。原型理论认为，在“集体无意识”作用下，文学中普遍存在着反复使用并因此而具有了约定性的意象。从这一角度看，中国诗词确有不少意象，在不同时代的不同作者笔下，反复出现；其原始含义在传承中获得了稳定性。这种积淀了历史传统所赋予的稳定意义的意象，便是原型意象。严先生从积案盈箱的文献史料中梳理出“杜鹃”、“湘竹”、“碧血”、“巫山云雨”、“鱼”、“鱼书”、“哀猿”、“陇头流水”、“春”、“秋”、“雁”、“砧杵”、“登临”、“折柳”、“黄金台”、“河阳花”、“山阳笛”、“铜驼”、“黍离”、“梦蝶”、“南浦”等原型意象，征引大量诗词予以细致描述和分析，并一一推源溯流，挖掘其深层的民族记忆。比如为什么诗词中一出现“杜鹃声切”等词语，诗境中就会涂抹上一层浓浓的凄苦与悲思的色调，从而引起欣赏者心灵的震撼呢？《魅力》介绍说，杜鹃意象源于“望帝去时子规鸣”的古老神话，在先民的心灵中，杜鹃意象就已成为悲思、哀苦的情意载体。神话代代相传，以悲思为内涵的杜鹃原始意象便在人们心里成为一种集体无意识，含蕴着民族共同的心理体验，反复出现于诗歌中，形成几千年来绵延不绝的原型意象。所以当人们接触到“子规啼夜月”、“杜鹃啼血”、“杜宇声声不忍闻”这些诗句时，刹那间便会领悟到意象中所蕴含的呕心沥血的思念、悲苦的情怀，这是一种民族心灵的相通与神会，无需用语句再作提示。再如“折柳”意象，在中国诗歌特别是唐代诗词中，很多情深意长的离别场景，都因有柳条的飘拂而格外感人。作者考证出，作为别离情意符号的杨柳原型，起源于汉代的一种风习。汉代长安城东有霸水，霸桥横跨水上，那时的人们每每在此送别，送行者折柳以赠，表达临别的留念与嘱咐。这一习俗浸染到诗中，反复出现，不断强化，到南朝萧梁时期终至稳定，形成原始意象。古人送别为什么折柳相赠？折柳的习俗又为什么会被诗人们反复表现、吟唱，直至成为诗歌原型意象？对此，《魅力》从柳的特性出发，给出了颇有新意和说服力的回答。柳是生命力的体现，是青春永葆的象征，加之柳树的摇曳多姿，形态婀娜，富有情趣，更增强了人们对柳的亲近感，这些就是古人选择柳枝作为赠别之物的心理、文化依据。故在中国文化传统中，“青青柳枝，既可传达无限的情谊，又富有诗的气息。以柳相送，就是祝愿远行人像柳那样，不论走到哪里，都能应对各种艰难，葆有生命的活力；不论遇到什么险阻，都能冲破危难，平安，茁壮。在青青柳色的映照下，黯淡的离别场面，顿时生出了几分亮色；心怀离愁的远行人，手握柔韧的柳枝，马上获得了温暖与鼓励，增强了对前程的勇气与信心……柳，伤心的送别呈现出诗一样的美丽，歌一样的深情。选择柳作为赠物，正是中华民族珍重情谊，珍爱生命意识的诗意的体现”[①]。作者所阐述的意象，大都像这样放在文学、历史、种族、民俗和文化心理诸多层面上来观照、考

① 严云受：《诗词意象的魅力》，合肥：安徽教育出版社，2003年，第93页。

量,使得这本专谈诗词的著作散发出馥郁的民族文化气息。

由于有其明确的宏观指向,作者在对诗词意象作精细的微观分析时,就展示了一种难得的理论纵深感和创新意识。比如在论列了原型意象的生成与稳定性之后,《魅力》特别注意对不同历史语境下意象流变的考察,并从中发掘其民族文化与心理的深层动因。我们看到,这些流变大致呈现为两种形态:一是相同含义的意象从甲到乙的替代。像鱼的意象在《诗经》及其后的诗歌中是配偶或情侣的象征,汉以后鸳鸯意象逐渐取代了鱼意象,成为婚姻、爱情的最常见的象征物。千万不要小看这一流变,因为其间蕴藏着极为丰富的历史文化的密码。作者说:"人们之所以更喜爱鸳鸯意象固然是因为鸳鸯这种鸟红毛翠鬣,体态艳美可爱;且又偶居不离,形影相依,亲昵无间,有'匹鸟'之美称;更由于人类的婚姻观念的深刻变化。生产的发展,带来了文化的进步。人与动物的区别也更为深刻,人性进一步升华。男女婚姻的目的不再仅仅局限于繁衍后代这一点,而是同时要求精神上的满足:夫妻相亲相爱,忠贞不渝,白头偕老。婚姻的生物意义虽未完全失去,但伦理道德的、审美的追求已上升为突出的目的。从这种婚姻观去选择象征物,形态美丽、双宿双飞的鸳鸯当然比鱼更能负载人们的希望与理想。"①二是同一意象在不同历史不同情境下内在含义的嬗变。再比如"春"意象的原初内涵,是春(春意、春光)的来到,冲破了寒冬的死寂,带来了万紫千红,满地生机。在此基础上升华出春意象的富有人事哲理色彩:象征意义。人们从春光与万物萌生、兴盛的联系,产生了约定性的联想:春意,象征着青春年华、男女情爱、美好理想。然而现实境况更多的是几番风雨之后,"匆匆春又归去"。于是惜春、伤春,遂成中国古典诗词漫长历程中常写常新的一个基本主题,成为中国古典诗歌中反复弹奏的最

① 严云受:《诗词意象的魅力》,合肥:安徽教育出版社,2003年,第113页。

能打动人心的旋律之一。仔细聆听你会发现,在年华消逝、理想失落的主旋律中,不同时代、不同地域的不同诗人,在其惜春的咏叹中,寄寓的具体感受和体验各不相同:或叹息红颜难驻,青春易逝,或怅憾佳偶不见,思虑煎人;或追寻安憩的家园,或憧憬人生的理想,或关心国运时事……张先《天仙子·午醉醒来愁未醒》的春意象,是对事业功名的惋惜,而辛弃疾《摸鱼儿·更能消几番风雨》的春意象,既指美好的春光,更是抗金复国理想的象征。人心,以及由人心积淀而成的诗歌意象,就是这般地撩人情怀,多姿多彩。

"意象群"概念的提出与运用,我认为是本书的一大理论创新。这个概念是否严先生首创,我不得而知,但在较为严整的诗学体系中接触到它,在我确系首次。说来惭愧,几十年来我所受到的诗歌教育和我对学生所进行的诗歌教育,大都是套用散文的分析方法,来对诗歌进行段落划分和层次分析的,虽说后来也感到这一非诗作法的别扭,可一直找不到符合诗歌审美特征的分析方法,故对本书关于"意象群"的论述印象尤深。作者认为:"一首诗词就是一个意象系统……在稍微复杂一些的诗词意象系统中,往往可以分成几个构成部分。每一个部分是一群意象的集合,可以称之为意象群。意象的组接,生成意象群;意象群的连缀,构成意象系统。"[①]《魅力》通过对岑参《白雪歌送武判官归京》、苏轼《念奴娇·赤壁怀古》、柳永《八声甘州》和杜甫《春望》等别开生面的艺术分析,告诉我们,作为在艺术上具有相对完整性的意象集合体,意象群在诗境中的存在是不容忽视的。中国古典诗词与外国诗歌乃至当代中国诗歌相比,有一个明显的特征就是可以佳句摘评、断章取义,我想主要原因就是有这些艺术上相对自足的意象群的存在。古人大量的诗话、词话中所摘引的佳句,往往就是诗词中特别成功的意象

---

① 严云受:《诗词意象的魅力》,合肥:安徽教育出版社,2003年,第243页。

群。今天我们对诗歌结构进行分析,实际上就是对意象系统的内在层次、层次间的相互关系的艺术把握。“意象,是细胞,是砖石;意象群,是层次,是部件;意境,是整体,是意象的序列化,是有机系统……不论是诗歌创作还是诗歌的欣赏、批评,‘意象群’的概念都是不可缺少的”①。这堪称解读诗词的钥匙。在拈出并详细解说了“意象群”概念之后,作者在随后的诗词实例中均运用这一概念作为意象结构的中间环节进行赏析,很新颖,也很到位。我想,引入“意象群”来读诗,该能有效抵挡住本文开头所说的浮泛文风的侵袭,也可避免某权威那样的从表面到表面的无效阐释。

四

结合作品的实例品赏,系统阐述了诗词意象的内涵、类型、组合以及意象与语言、意象与意境的审美关系之后,作为诗学专著,可以说其研究任务已几近完满。然而《魅力》最后又专设“结语”一章,透过意象集中言说生命意识与故园之思。我理解并感佩作者的这一用心。因为长期浸润在浩如烟海的中国古典诗歌和博大精深的诗学理论之中,挚爱民族文化和热衷人文关怀的学者,越过技艺层面,由诗情转向哲理,即由诗学的研究深入到人学的探讨,是再自然不过的事了。故作者巡视了中国古典诗歌的历程特别是诗词意象的源流之后,发现“五光十色的古典意象世界,涵容了我们民族丰富、复杂的生活历程、心理体验。其中,有两种声音,最为突出,一是对生命的珍爱,一是对故园的恋情”,并进一步认为,“生命意识与故园意识,是古典诗歌中两种最基本的精神”。②

从意象角度看,作者的上述立论是有其深厚根基的。本书所提及的众多意象,像“悲秋”、“逝水”、“明月”、“牛山”、“北邙”

---

① 严云受:《诗词意象的魅力》,合肥:安徽教育出版社,2003年,第251页。
② 严云受:《诗词意象的魅力》,合肥:安徽教育出版社,2003年,第456页。

等意象,都直接体现了生命意识;“折柳”、“落花”、“惜春”、“黄叶”等,也多出现在吟咏生命的诗词中。而“杜鹃”、“哀猿”、“鸿雁”、“陇头流水”、“砧杵”、“月”、“胡马”、“越鸟”等,往往出现在以故园之思为指归的诗篇中,“芳草”、“枫林”、“湘妃竹”、“南浦”、“水”、“杨柳”、“夕阳”、“秋”等意象,也常在渲染思乡之苦的悲剧性氛围时,起重要的暗示或映衬作用。历朝历代的诗人们不约而同地营造这些意象,不仅仅是在倾吐个体悲欢离合的心灵体验,更是于冥冥中体现着民族的共同心理和集体记忆。我想,作者正是依凭这一人类学视野,把生命意识和故园意识列为古典诗歌的两种基本精神的,而这两种精神也由此获得了宏阔的包容性。作者结合诗词实例,对此作了颇为精彩的抉发,认为生命意识不仅仅直接表现为红颜易凋、人生短暂的嗟叹,也不完全表现为爱情、婚姻的欢乐与痛苦,更重要的是人文生命的失落或实现。在这一价值层面上,我们看到了中国志士仁人积极有为的生命观:以日月虚度为“大痛”,毕生追求功业与不朽。数千年来中国文人的这一典型心态转化为审美创造时,就衍生出惜时、用世、忧国等基本主题。其中,以屈原、杜甫、辛弃疾为代表的把人生短暂、青春易逝的感叹,与报国无门、岁月虚度的愤慨交融而成的一篇又一篇诗章,尤为感人。此外,以“碧血”、“丹心”等意象传达出来的崇尚气节、反对偷生的高尚人格,山水田园诗里仕与隐、行与藏的心灵矛盾,以及关心群体生存状况的“悯民”情怀,也都与生命意识密切相关。至于故园意识,作者通过对众多相关意象的考察,也赋予了丰富的内涵,指出故园不仅是一个物质场,还是一个精神场,是自然、人文、历史诸因素的综合体。因此,诗人的故园之情,首先是为自己的家庭和亲人而发的,也包含着对故土的依恋,对民族文化传统与历史的热爱,当然还包含着对祖国的深情。“梦绕边城月,心飞故国楼”(李白《太原早秋》),“一辞故国十经秋,每见秋瓜忆故丘”(杜甫《解闷之二》),“无成归故国,上马亦高歌"（曹松《送郑谷归宜泉》），家与国就这样浑然不分了。这表明，"中华民族恋家怀土的情愫，从来没有局限于一己之私的家室和孤立的地域，而总是延伸、扩展，以整个民族、土地、国家和文化历史传统为效忠尽责的对象"[①]。

无论世事怎样变迁，秋风、逝川之叹和明月、砧杵之思都会在人的心灵中激起回响。作者怀着这一信念，高扬生命意识和故园之思，着眼点显然在于当下的人性关怀。我们已迈入21世纪，科学技术不断地创造着迷人的前景，但同时人类生存环境危机的警报也在时时鸣响。有了豪宅、轿车、电脑和互联网的现代人生命无根、家园迷失的感觉却像瘟疫一样四处弥漫。窘迫中的现代人如何走出焦虑和不安，又到哪里寻找失去的家园？积淀着民族共同心理经验的优秀文学特别是古典诗词当是一条幽美的路径。因此，我觉得《魅力》结尾的这几句话应长记心间："不论科学技术如何发达，古典诗词中的生命意识与故园意识，都将永远放射着人性美的光辉，给当代人的心灵以温暖的照耀。而当代诗歌也将会从对古典诗歌的借鉴中，更好地回应当代人的呼声，把人类的生命之爱与家园之恋的审美表达，提升到更新更美的历史高度。"[②]

---

① 严云受：《诗词意象的魅力》，合肥：安徽教育出版社，2003年，第471页。

② 严云受：《诗词意象的魅力》，合肥：安徽教育出版社，2003年，第473页。

《春江花月夜》:中国古代最美的诗

倘有人问中国古代哪一首诗歌最美,我会毫不迟疑地告诉他:《春江花月夜》。诚然,这首诗的作者张若虚,尚不能和屈、陶、李、杜、苏这些诗歌巨匠比肩,但文学史上的奇迹毕竟经他之手创造出来了:一首《春江花月夜》,“孤篇横绝,竟为大家”,诗坛自此留下了“孤篇压全唐”的佳话。20 世纪 30 年代初,闻一多先生在《宫体诗的自赎》中赞叹道:《春江花月夜》有“一番神秘而又亲切的,如梦境的晤谈,有的是强烈的宇宙意识,被宇宙意识升华过的纯洁的爱情,又由爱情辐射出来的同情心,这是诗中的诗,顶峰上的顶峰”①。张若虚“和另一个顶峰陈子昂分工合作,清除了盛唐的路——张若虚的功绩是无可估计的”②。20 世纪 80 年代初,李泽厚在《美的历程》中也礼赞“张若虚《春江花月夜》是初唐的顶峰”,“是一语百媚、轻快甜蜜的”③青春歌唱。21 世纪初,华东师大胡晓明教授在上海图书

---

① 闻一多:《唐诗杂论》,上海:上海世纪出版集团,2006 年,第 17 页。

② 闻一多:《唐诗杂论》,上海:上海世纪出版集团,2006 年,第 18 页。

③ 李泽厚:《美的历程》,合肥:安徽文艺出版社,1994 年,第 127 页。

馆演讲《唐诗与中国文化精神》,认准"这首名诗隐藏着一个大的秘密,谁破译了这个秘密,谁就掌握了打开唐诗奥秘的钥匙"[①]。显然,他也把这首诗视为唐诗的最佳代表、中国文化精神的形象表征。

上述名家对《春江花月夜》的评价颇中肯綮,但由于不是专门赏读,故只画龙点睛,意到为止,因此给人们的美感享受,像明至清末诗评家们对这首诗富于机心的评点一样,不能使我们满足。现在要问:《春江花月夜》凭什么获得如此高的赞誉?它的独特而恒久的魅力在哪里?在诗情画意哲理的水乳交融中,我们发现,答案就在于它的宏富辽阔的优美意境,宇宙永恒与人生苦短的深邃感怀,月光般洒向游子思妇乃至整个世界的博大爱心,以及对后世文学和人心所产生的久远影响之中。

一、辽阔幽深的大景

中国古代的山水诗、咏物诗,皆以意象抒情。意象的多寡,往往决定了这类诗的意境的大小。古典文学爱好者所熟知的一些诗歌意象,如南国的橘树、无根的转蓬、遍插的茱萸、相思的红豆和断桥边的梅花,在诗中或以单一的意象,或以二三次要意象,烘托一个中心意象,来写景抒情,给我们的审美感受,虽诗味隽永,余音袅袅,美则美矣,可格局未免不够大气。《春江花月夜》的意象则不然,全诗境界阔大,气象万千,以春天整个夜空为背景,升起、高悬、西斜和沉落的明月,将天地万物皆统摄于自己的光照之下,由此组合成三组幽静而富丽的意象群[②],一是由月光下的春潮、江流、芳甸、花林、流霜、汀沙等意象

① 胡晓明:《诗与文化心灵》,北京:中华书局,2006 年,第 164 页。

② 严云受先生认为,诗中若干个意象组合后,表示一个相对完整的画幅或动作,传达了一个情意层次、情意单位时,这几个意象的集群就是一个意象群。意象群在诗歌中,犹如交响乐中的乐段,大型园林中的小景区。详见严云受《诗词意象的魅力》,安徽教育出版社 2003 年版第 248 页。

构成的意象群,展现出一幅“随波千万里,何处无月明”的银色浩瀚世界图景。“江流宛转绕芳甸,月照花林皆似霰”,既写了大江水之清,更见出花林之辽远朦胧;“空里流霜不觉飞,汀上白沙看不见”,映衬出皎洁的月华,已将整个世界包括诗人的心灵朗照得冰清玉洁。诗首八句从大到小,由远及近,将“春”、“江”、“花”、“月”逐字吐出,“夜”字含蕴其中,由此呈现的阔大景致,视觉听觉已不够用了,唯有想象才能触及。第二组意象群由孤月轮、江畔、初见月的人和初照人的月、长江、流水构成,呈示出来的画面,依然是澄澈明净的天地宇宙,但是由于有了人与月亮谜一样的纠结,便与第一组意象群既相呼应又有着不同的情意层次,充满了形而上的哲思。白云、青枫、扁舟子、绮楼、离人、镜台、玉帘、石砧、鸿雁、鱼龙、闲潭、落花、斜月、海雾、碣石、潇湘、江树等意象组合成第三组意象群,表现出来的,依然是“随波千万里,何处无月明”的浩瀚无垠,但由于思妇游子无处不在的思念流布其间,其情其景更显得缱绻缠绵,富于浓郁的生活情味。

总之,《春江花月夜》三组不同层次的意象群,交融辉映出一个无与伦比的大景致。如果说《橘颂》、《辛夷坞》和《静夜思》这样的好诗,是小提琴如泣如诉的独奏,那么《春江花月夜》分明是气势磅礴的大型交响乐。

二、深邃永恒的大理

这里所说的大理,借用庄子《秋水》中的概念。北海对河伯阐释的宇宙无限而人生有限的大理,是着眼于认识论的;而《春江花月夜》所显现的大理,即闻一多先生所激赏的“宇宙意识”,落脚点则在人生意义,类似于现代存在哲学。请看:

江天一色无纤尘, 皎皎空中孤月轮。
江畔何人初见月, 江月何年初照人?
人生代代无穷已, 江月年年只相似。

不知江月待何人， 但见长江送流水。

“江畔何人初见月，江月何年初照人？”在澄澈静谧的夜色中，诗人凝视空中那一轮大而圆的月亮，不禁发出了这一声不无稚气却极其深邃的追问，一个不用回答却谁也回答不了的问题：江月永恒，个体生命短暂；初见月的人，被月初照的人，哪里去了呢？这不免令人沮丧。是呀，“神龟虽寿，犹有竟时”，不用说苍生百姓了，你看那些自以为天子、成天让人们对他山呼万岁的所谓“人主”们，哪一个在明月清风面前不是“生之须臾”，几十年甚至更短时间便玩完！表面看来，诗人这不经意的一问真够残酷，触及古往今来所有人无可避免的宿命。然而，当你联系到初盛唐之交的升平之势和文人的宽松环境，潜入人与自然和谐相处亲切晤谈的诗境之中，你便会有新的发现：诗人那安宁的心灵里，再也没有魏晋前辈“广陵散于今绝矣”，“欲闻华亭鹤唳，可复得乎”那种巨大的惊惧和烦恼，也无后来杜甫“万里悲秋常作客，百年多病独登台”般的忧世悲痛和煎熬，面对春花春月，悠悠流水，诗人“感受到的，是自己青春的短促和生命的有限。它是走向成熟期的青少年时代对人生、宇宙的初觉醒的‘自我意识’：对广大世界、自然美景和自身存在的深切感受和珍视，对自身存在的有限性的无可奈何的感伤、惆怅和留恋”，“永恒的江山、无垠的风月给这些诗人们的，是一种少年式的人生哲理和夹着感伤、惆怅的激励和欢愉”[①]。是的，既已察觉到“人生不满百”，那就让我们沐浴春的气息，以积极进取、勃发向上的心态，珍惜它、丰富它，从而高贵、潇洒、光彩地走过一生吧。何况，个体生命虽有一结，但“人生代代无穷已”，后来子孙会接力。因此，在如此良辰美景之下，我们和诗人一样，对人生对命运，有理由“快慰清扬、广昌流利”的[②]。或许，这就是《春江

① 李泽厚：《美的历程》，合肥：安徽文艺出版社，1994年，第127页。
② 李泽厚：《美的历程》，合肥：安徽文艺出版社，1994年，第128页。

花月夜》哲学叩问出的大理，给我们的当代启迪。

三、博大深沉的大爱

胡晓明把《春江花月夜》前十六句概括为“宇宙中的月亮”，后二十句归纳为“人心中的月亮”，似聆听出了这首诗的双重变奏：由宇宙永恒和人生短暂深刻矛盾的解决，转到对生活中的人们不得相亲相聚的忧思和关怀。关怀的对象，依然是中国离别诗中常见的身影：思妇和游子。但此诗是一般卿卿我我离别诗之上的，是在参透了个体人生存在价值的基础上，透过游子和思妇，把一种博大深沉的爱，月光般地洒向了整个人间。闻一多赞叹《春江花月夜》“有的是强烈的宇宙意识，被宇宙意识升华过的纯洁的爱情，又由爱情辐射出来的同情心”，所指亦即这种博大深沉的爱心。“白云一片去悠悠，青枫浦上不胜愁”，起兴既有亲人伤别之感，又兼青春易逝之愁，没有非凡的同情心，便感受不到这双重的愁苦。“谁家今夜扁舟子，何处明月相思楼”，互文见义，男女双方既是思念的主体，又互为思念的对象。注意：“谁家”、“何处”言明天下不止一家、不止一处有离愁别恨。在小农经济时代，那些读书的、宦游的、经商的、卖艺的……夫妻间分离，情人间执手相看泪眼而后便杨柳岸晓风残月的，何止万千？对此，诗人用他那宇宙般的情怀，显示出憾恨的深广和同情的殷切：“可怜楼上月徘徊，应照离人妆镜台。玉户帘中卷不去，捣衣砧上拂还来。”由此表现出来思妇的爱心和思念，既温柔缠绵又热烈大胆，以至于在想象中追随月光飞到游子的身旁。“此时相望不相闻，愿逐月华流照君。鸿雁长飞光不度，鱼龙潜跃水成文。昨夜闲潭梦落花，可怜春半不还家。江水流春去欲尽，江畔落月复西斜”。读到这里，你还会感悟到诗人那颗博大的爱心，同时还是深细幽婉的，不然怎能透过梦境，深入思妇心底细微之处，担忧着红颜易老，有如花残叶落，流春去尽，落月西斜呢？诗尾四句：“斜月沉沉藏海雾，碣石潇湘无限路。不知乘月几人归,落月摇情满江树。"与开篇呼应,一样的千里万里大境界,不一样的是不再澄明,而是残月隐去,海雾茫茫,天地间一派恍惚迷离景象。天南地北,路途漫长,又有几人能乘月归来呢?"落月摇情满江树",诗人用落月投射到不停摇曳的江树上的余辉,来比喻对离人的无尽的挂牵。有多少明月的余辉,就有多少殷殷的牵挂。于是"摇情"便转换成了视觉意象:那些闪闪烁烁于江树间的月影,细碎而繁多,动荡而模糊。绵绵无尽之余情,充盈于春江花林之中。

四、广远恒久的影响

从文学接受方面看,《春江花月夜》对人心、对诗艺乃至对其他艺术的影响,也是无与伦比的。从唐至今,它和后来李白的《静夜思》、杜甫的《春望》和白居易的"野火烧不尽,春风吹又生"一样家喻户晓,不一样的是它还有着后者所欠缺的一流大诗人的学习借鉴,一流诗论家的追捧激赏。有意味的是,明嘉靖以前,文献少有《春江花月夜》的身影,它多浸润着诗人的心田,融合在他们的创作之中。王闿运《王志》卷二《论唐诗诸家源流——答陈完夫问》载陈兆奎评曰:"自'闲潭梦落花'一折,便缥缈悠逸。王维《桃源行》从此滥觞。""《桃源行》最后一段'当时只记入山深,清溪几曲到云林。春来遍是桃花水,不辨仙源何处寻'的风神韵致,与《春江花月夜》最后一段'斜月沉沉藏海雾,碣石潇湘无限路。不知乘月几人归,落月摇情满江树'的悠远意境,不能说没有渊源关系"①。李白"青天有月来几时?我今停杯一问之"。"今人不见古时月,今月曾经照古人。古人今人若流水,共看明月皆如此"(《把酒问月》)。显然这些诗句也有张若虚诗的影子。在这方面最具代表性的是苏东坡,他的《前赤壁赋》和《水调歌头》,简直可以说是宋版的《春江花月

① 康怀远:《孤篇横绝,竟为大家——张若虚〈春江花月夜〉的文学史价值》,载《重庆三峡学院学报》,2006年第1期。

夜》！其《前赤壁赋》中的“主客问答”，以及《水调歌头》“明月几时有？把酒问青天。不知天上宫阙，今夕是何年”，堪称是对“江畔何人初见月，江月何年初照人？人生代代无穷已，江月年年只相似。不知江月待何人，但见长江送流水”的绝佳承继与释读，不用说“但愿人长久，千里共婵娟”，更是对张若虚月光般大爱的延展和推广了。在这方面还有更奇特的，杨万里《题李子立知县问月台》写道：“高台走上青天半，手弄银盘濯银汉。唤起谪仙同醉吟，一面问月一面斟。……谪仙似痴还似黠，把酒问月月无说。老夫伐月一转语，月却问君君领否。”诗境中“老夫”问“月”，“月”又转问“谪仙”李白，三者构成了一种奇妙的对话关系。此极富谐趣，但谐趣背后，我们听到的，依然是张若虚初发的人生感喟，以及“莫问时空转换我自乐之的一种人生态度”[①]。《王志》卷二《论唐诗诸家源流——答陈完夫问》中还说道：“张若虚《春江花月夜》用《西洲》格调，孤篇横绝，竟为大家。李贺、商隐，挹其鲜润；宋词、元诗，尽其支流。”在朴学兴盛的年代，王闿运的这一精妙论断，我们没理由怀疑此为虚言。

自明朝李攀龙《古今诗删》首次选收《春江花月夜》起，这首诗始走向民间，流传广远。中国的唐诗选本，像胡应麟《诗薮》、臧懋循《唐诗所》、唐汝询《唐诗解》、钟惺及谭元春《唐诗归》、周珽《删补唐诗选脉笺释会通评林》、曹学佺《石仓历代诗选》、陆时雍《唐诗镜》、王夫之《唐诗评选》、徐增《而庵说唐诗》、康熙五十二年《御选唐诗》、沈德潜《重订唐诗别裁》、管世铭《读雪山房唐诗钞》等，都入选了这首诗。与此相对应，明清以降的诗评家，也少有不对这首诗给予美誉的。而且，至少从明代开始，《春江花月夜》的诗情哲理画意，就开始漫溢到其他艺术中了：国画，今存唐寅、董其昌等人的手卷；书法，行、楷、草多种精品行于世；音乐，晚清即有琵琶、古筝、管弦等多种器乐形式演奏

---

① 尚永亮：《唐诗艺术讲演录》，桂林：广西师范大学出版社，2008年，第222页。

的被称之为中国十大名曲的《春江花月夜》，现代还有了钢琴演奏。最令人称道的是舞蹈：作为中华民族传统舞蹈的经典，我们既能欣赏到现代舞蹈大师陈爱莲美妙的独舞演绎，也能感受到能随时参与其中的广场舞蹈的优美和可人，及至 2008 年北京奥运会开幕式表演大型古典歌舞《春江花月夜》，引发全球数十亿人的观看和感叹——这表明，张若虚和他的《春江花月夜》，在传播和艺术影响力方面，也是“无可估计的”！

王维“诗佛”论

艺术到了最高的阶段，是与宗教相联系的。

——黑格尔

一

王维信佛，中晚年尤甚。《旧唐书·王维传》云：“维弟兄俱信佛，居食常蔬，不茹荤血，晚年长斋，不衣文彩”，经常“焚香独坐，以禅诵为事”，且喜碑赞先佛，广交禅僧，“在京师日饭十数名僧，以玄谈为乐”。他交游的高僧颇多，今有确凿史料可考的就有普寂、义福、净觉、惠澄、神会、燕子龛禅师、元崇等“北宗和南宗最著名的代表人物”[①]，并且还师事华严宗诗僧道光达十年之久。可以说，吟诗与奉佛，已成为王维中年后精神生活和日常行为的两大主要内容，故诗人在活着的时候就获得了“当

① 陈允吉：《王维与南北宗禅僧关系考略》，载《文献》，1981年第2期。

代诗匠，又精禅理”[①]的美称，而“诗佛”之誉，历千载亦不绝于响。这在中古以降的士大夫中颇为典型，尤其在国力昌盛、文化繁荣的唐代更具代表性。我们知道，由于统治者的大力提倡和佛教本身对中国文人的亲和关系，早在王维生活的盛唐年代，中国佛教就已发展到了鼎盛阶段，文士骚客事佛交僧，蔚然成风。不仅王维，常建、裴迪、丘为、钱起、张继、孟浩然、綦毋潜、储光羲甚至包括李白、杜甫在内的一大批素享盛名的诗人，在精神人格和诗歌创作上无不受到佛教的深刻影响。但从奉佛的时日之久，对禅理的精通之深以及对诗歌创作的影响之大诸方面看，任谁都比不上王维。因此，自严羽以禅喻诗说一出，胡应麟、高棅、王士祯、王夫之、赵殿成和徐增等卓有建树的大诗评家们，在论及诗禅关系时无不标举王维。而当代亦有不少学者对王维山水诗中寄寓的佛教禅宗思想，发生深厚的研究兴趣。有唐以来的诗歌史似在表明：“诗佛”之名，非王维莫属。

然而在我看来，王维之所以史称“诗佛”，除了身心修行佛道，诗歌表现禅理之外，还应另有一层含义，即佛教禅宗对其诗歌的艺术精神、创作特征乃至整体风貌的深刻渗透与影响。作为诗歌的艺术学研究，我们有理由认为，对于王诗的审美把握和王维其人的完整理解来说，后者似更为重要。从这个结合部切入，我们或许可以对王维的诗歌研究，作出一些新的美学发现。

二

王维诗而禅。其人生态度、生活方式、艺术创作和佛教禅宗的关系，密切而又复杂。仅从诗歌创作方面看，便既存在着诗境画面所要求的形象鲜明性和佛学教义的空洞抽象性之间的深刻矛盾，也存在着佛理禅机与诗歌描绘的感性形象融洽无间的精妙情状；既存在着佛教思想中唯心主义世界观的不良影

① 苑咸：《酬王维诗序》，载《全唐诗》卷一二九，北京：中华书局，2008 年。

响，亦产生在禅悟开解下独具神韵的崭新的艺术化境。从矛盾或消极影响的一面看，王维确有一些作品，如《胡居士卧病遗米因赠》、《与胡居士皆病寄此诗兼示学人》、《谒璿上人》等专谈佛理、抽象说教的诗，杀尽诗美，味同嚼蜡。好在这类诗毕竟寥寥数首。而较严重的倒是另一种情形，即诗人往往喜欢在一首诗中，一半用抽象的语词概念宣扬佛理，表白皈心；另一半则创作幽美的意境，通过大自然的山光水色来相烘托。我们姑且把这类诗称作"焊接品"。譬如：

闭门秋草色，　终日无车马。
客来深巷中，　犬吠寒林下。
散发时未簪，　道书行尚把。
与我同心人，　乐道安贫者。
一罢宜城酌，　还归洛阳社。

（《过李揖宅》）

晚年惟好静，　万事不关心。
自顾无长策，　空知返旧林。
松风吹解带，　山月照弹琴。
君问穷通理，　渔歌入浦深。

（《酬张少府》）

《过李揖宅》前四句读来诗意颇浓，往下六句则干巴巴什么味道都没有了。《酬张少府》是王维诗中的名篇，其"松风吹解带，山月照弹琴"向来乐为人诵，然而开初四句，抽象表述人生态度，却也直白无味。像这样把优美诗句和枯燥的说教人工焊接在一起，艺术上显得极不和谐。遗憾的是，这类诗在王维集中还有不少，如《过福禅师兰若》、《夏日过青龙寺谒操禅师》、《黎拾遗听裴迪见过秋夜对雨之作》等都是这种格局。如前所述，此类诗从细部看虽不乏可人之处，但由于王维把玄理议论引入诗中，使整个诗境弥漫着大团大团的佛学烟雾，则势必妨碍了诗歌艺术画面的明晰，同时也损害了意境的浑整。因此像这样焊接而成的诗，艺术上不能说是成功的。至于王诗中有些地方流露出来的灰暗、惆怅情调，对今人易产生消极作用，应该注意。概而言之，王诗中上述种种不足，究其因不能不归咎于佛禅的消极影响。

三

然而，王维中年后所作山水诗的绝大部分，以辋川组诗和皇甫岳云谿杂题为代表，因诗情画意和哲理禅趣的浑融交合，呈现出“但见情性，不睹文字”、“不着一字，尽得风流”、“羚羊挂角，无迹可求”的风神韵致。这就不能不看到佛教禅宗对王诗影响的积极因素了。我们看到，对时政彻底绝望的诗人，在思维方式和诗歌的表现艺术上，与以“名相之中国化”、“哲理之形象化”和“生活之世俗化”[①]为显著特色的禅宗，多有相契之处。佛理禅趣对诗人创作的有益影响，抑或诗人对禅宗内在精神和审美趣味上的积极认同，在其山水田园诗中，有如下几个方面的明显体现：

第一，触目而真、顺写现景的审美态度。当代西哲维特根斯坦深恐人们为心意和名号所惑，一再告诫说：“不要想，而要看！”(Don't think but look)没料到一千多年前在审美活动中的王维就已经做到了这一点。因为从表现题材看，他的山水诗特别喜欢描绘山涧鸟啼、深林夕照、溪水顽石、落花飞鸟……而这无一不是诗人看到听到的“现前真景”。是的，诗人遵循“身之所历，目之所见，是铁门限”[②]的审美规范，因此，在他的诗中，你很难发现超越经验的主观幻想。他不写海客所谈，也不写梦中神仙。而且所描绘的真景也多为直写白描，很少运用比喻、夸

---

① 杜松柏：《禅宗与唐宋诗学》，台北：黎明文化事业股份有限公司，1967年，第93～97页。

② 王夫之：《薑斋诗话笺注》，北京：人民文学出版社，1691年，第55页。

张、象征幻想等艺术手段。故在他的诗中，没有李白“我欲因之梦吴越，一夜飞渡镜湖月”那样神奇的景观，亦无杜甫“秦山忽破碎，泾渭不可求”这般深重的殷忧。王维表现的是另一种情趣、另一种美。他是完全浸融到自然美景之中，一旦发现山林云泉的美，便即目入咏，直接传达其精微鲜活的感觉印象，使他的山水诗获得了李白、杜甫也难以比拟的特写性和写实性。这与诗人信奉禅家“触目而真”的认知方式有关。所谓“触目而真”，即是重视离开名义种类的概念却不离开事物个别形态的知觉经验，也就是佛学思想所阐发的“现量观”：强调感官与对象接触而产生的认识。作为一种认知方式，不管从认识论角度看多么值得推敲，但它在审美活动中的作用却不可低估：作为诗人的领会，它如此强调审美心理的直觉性，重视捕捉第一印象，“现在不缘过去作影，现成一触即觉，不假思量计较”[①]。“现量证时，亲得自信”，由此诗人赋予了如此纤敏的艺术感觉：“嫩竹含新粉，红莲落故衣”；“靡靡绿萍合，垂杨扫复开”；“槐色阴清昼，杨花惹暮春”；“草色摇霞上，松声泛月边”……当诗人传达这般精微的艺术感觉的时候，一定像后来的司空图一样，认为诗只有写真有所感的现前实景，才会有象外之象、韵外之致，“不知所以神而自神”。顺着这个“诗路”走下去，王维锤炼出调动多种感官协同捕捉大自然声光色态幽微变化的高超本领。一首《鸟鸣涧》，不仅用视觉，还用听觉和嗅觉一齐来传达那难以形容的静美。正如清人沈德潜所说：“诸般声息嗅味，迥出常格之外，任后人模仿不到，其故难知。”其实搞清个中缘由也不难，底蕴就是“眼处生心句自神，暗中摸索总非真”。王诗之所以在古代中国茫茫诗海中风姿独秀，佛教启发下的“触目生心”、“兴会标举”、“顺写现景”的审美态度和审美方式功不可没。

第二，不即不离、明灭不已的诗家中观。在对自然的认识

---

① 王夫之语。转引自王志敏、方珊：《佛教与美学》，沈阳：辽宁人民出版社，1989 年，第 98 页。

方式上，王维恪守触目而真、即目入咏的审美规范。然而诗人并不胶着于看到听到的一切，而是在其山水诗里，从诗句到诗意，都在创造着清幽空灵："悠然远山暮，独向白云归"、"行到水穷处，坐看云起时"；"背岭花未开、入云树深成"；"所居人不见，枕席生云烟"；"泉声咽危石，日色冷青松"……读这些清空、灵动的佳句，人们不禁要问：是何者帮助诗人超越感性客体而让神思游走寰宇、鸟瞰万物的？我以为是佛教的中道观。《佛祖统记》云："诸法无非因缘所生，因此因缘，有不定有，空不定空，空有不二，名为中道。"意谓中观维系于空有二边，但又不黏滞于空有两边的某一边。《中论》亦云："已去无有去，未去亦无去，离已去未去，有时亦无去。"这是说宇宙时空从现象上看，有时似动，有时似静，实质上它是不动亦不静的。王维就曾说过："心舍于有无，眼界于色空，皆幻也。离亦幻也。至人者，不舍幻而过于色空有无之际。故目可尘也。"[①]这可视作诗人对佛教中观的彻悟。从此出发，诗人既不执着于有，也不执着于空，"碍有固为主，趣空宁舍宾"是"无空可住"；"色空无得，不物物也"是"无由可舍"。作为士大夫，他在政治热情降至冰点之后，由此选择了一条"结魏阙于山林，著冠带而禅诵"的遗世道路；作为诗人，他也由此获得一种既不舍弃感性客体，又能超脱以精神的审美态度；既触目生心，又"不于境上生心"；既"俯拾即是，不取诸邻"，又"超以象外，得其寰中"。概言之，源于生活，又高于生活。沉吟在王维的山水诗境里，你会发现他是那么喜爱用闪烁而空蒙的笔触，去表现"色空有无之际"的纷藉景象：那涧户中且开且落的芙蓉，幽谷里时鸣时住的啼鸟，明月下满把可摘的绿莆，微雨后欲上人衣的苔泽，山岗上欲湿衣衫的空翠，等等，无不寂远空灵却又可感可触。在这诸般具象性的美里，不是蕴含了某种耐人寻味的哲学理趣吗？是的，佛家中观

---

① 王维：《荐福寺尤师房花药诗序》，载《王右丞集笺注》卷一九，上海：上海古籍出版社，1984 年。

思维开启了诗人创造性的艺术联想，使他写下了那么多的传世佳句："白云回望合，青霭入看无"；"逶迤南川水，明灭青林端"；"湖上一回首，青山卷白云"；"江流天地外，山色有无中"……恰如草灰蛇线，水中月影，又似空谷足音，高山走云，若即若离，若断若续，明灭不已，都别有一番可意会却不可言传的韵味。

第三，思与境偕、物我合一的抒情方式。与李、杜山水诗抒情主体的强烈显现不同，王维后期的绝大部分写景诗，寻觅不到抒情主人公的踪影却又感觉其情感之存在。"与世淡无事，自然江湖人"，原来是诗人浑融于清风明月、流水花开的自然美景之中，已很难辨识了。这种独特的抒情方式，显然也与他的禅学信仰有关。我们知道，王维不仅信奉庄周的"道无所不在，物何足忘"，更相信禅家于顿心自现的真如佛性可以统一主体和客体。所谓"天地与我同根，万物与我一体"的佛禅信条，所谓"青青翠竹，尽是法身；郁郁黄花，无非般若"的修行方式，都在启发着诗人，主动将淡泊的心灵与大自然相默契，相融合。此时诗人那抛弃自我的主体仿佛与无穷大化相吞吐，"饮之太和，独鹤与飞"，进入"齐物"的审美境界。在自然面前，谢灵运"孤游非情叹，赏废理谁通"，尚感到缺少知音；陈子昂"念天地之悠悠，独怆然而涕下"，孤愤中明显还有些"隔"；就是李白，也只是在失意之后，才发愿即骑白鹿访名山，想到要作自然的有情人的。比较起来，他们都没有王维与大自然的关系来得平等亲近：

我家南山下，动息自遗身。
入鸟不相乱，见曾皆相亲。
云霞成伴侣，虚白待衣巾。

（《戏赠张五弟諲》）

可怜盘石临泉水，复有垂杨拂酒杯。
若道春风不解意，何因吹送落花来。

（《戏题盘石》）

思与境偕，物我两冥，这是多么怡然自适的境界！在这里，“大自然或成为诗人的朋友，或变为诗人的有机体，或者简直就是诗人自己了”①。将自己整个儿消融到大自然之中，这种拟物主义的抒情方式，遂使诗人笔下的自然万物都成为他心境的客观投影和泛我象征：

空山不见人，　但闻人语响。
返景入深林，　复照青苔上。

（《鹿柴》）

秋山敛余照，　飞鸟逐前侣。
彩翠时分明，　夕岚无处所。

（《木兰柴》）

谷中疏钟动，　渔樵稍欲稀。
……
菱蔓弱难定，　杨花轻易飞。

（《归惘川作》）

不管是青苔上的阳光、无处所的夕岚，还是暮钟、浮菱、杨花，都是诗人看到的“现前真景”。可一旦放在他的诗境中，就成为心灵的写照了。这当然不是真如佛性统一了的主客体，但它确实又在启悟着诗人主动将心灵与万物默契对应：傍晚深林，青苔上一缕柔和的夕照；黄昏秋山，那淡淡飘逸的夕岚；散布的暮钟，还有那纤弱的菱蔓，飘飞的杨花……都和诗人的心理有着某种内在的同形同构的关系。

第四，“默语无际，不言言也”的冲淡诗风。王诗风格冲淡自然，从精神追求和艺术传达方面看，同样与他的习静参禅生活有关。较早发现这一艺术底蕴的是王渔洋。他说：“王裴辋川绝句，字字入禅。他如‘雨中山果落，灯下草虫鸣’，‘明月松

① 王明居：《唐诗风格美新探》，北京：中国文联出版公司，1987 年。

间照，清泉石上流’……妙谛微言，与世尊拈花，迦叶微笑，等无差别。”“舍筏登岸，禅家以为悟境，诗家以为化境，诗禅一致，等无差别”[①]。的确，与老庄“大辩若讷”、“知者不言”的道理相通，禅家最高的悟境是“默语无际，不言言也”，主张“直指人心，见性成佛”；诗家最高的化境是“不著一字，尽得风流”，推崇“大音稀声，大象无形”。深得此中三昧的王维，因此在美丽的自然面前，常常是无言地笑着：“兴来每独往，胜事空自知”，“淡然望远空，如意方支颐”。这“无言”之中当然有深意在焉。刘熙载《艺概》一语道破：“非不言也，寄言也。”的确，我们看到，王维从纷扰的人事和险恶的官场中退避开来，一旦优游林泉遁入空门，他那颗时时惊惧的心即刻安宁、恬静了。他如此一而再再而三地运用“闲、静、空、无、寂、清”等冲淡安闲的字眼，如此一往情深地创造静然、深幽、淡泊、冲和的意境，分明都是他心魂独寄的产物。也正因于此，诗人在艺术表现上才如此精心地择取与其心境一致的色调韵味：在题材上，它不写绝巘危柏、飞湍啸猿，而是刻意表现出松石云溪的普遍寻常之景；在节奏上，它不频敲鼙鼓，也不忽徐忽疾，而是款款缓缓，从容道来；“在色彩上，它不用浓墨，不爱华艳，而追求萧疏清淡；在运笔上，既非精雕细刻，又非粗线勾勒，而是点点染染，意到笔随”[②]；在情趣上，它不崇尚夸饰，不吞吐日月，也不豪情满怀，而是“澹澄精致，格在其中”，“如秋水芙蕖，依风自笑”。

王维冲淡诗风的形成，固然有其思想经历、文化传承等诸多因素，可从美学上看，我认为主要在于他接受了佛教的色空论。我注意到诗人在倡导“默语无际，不言言也”诗风的同时，还说过“色空无得，不物物也”的话，这表明诗人对此是有自觉认识的。明乎此，我们才能搞清他何以有那么大的定力抗拒官

① 王士禛：《带经堂诗话》(上)，北京：人民文学出版社，1982年，第83页。

② 王明居：《唐诗风格美新探》，北京：中国文联出版公司，1987年，第82页、86页。

阶升迁的引诱，并实现对污浊现象的否定和超越；明乎此，我们也才能搞清诗人何以把艺术作品与现实生活的虚实关系把握得那么好。因为王维信奉的禅宗的空相在佛教各门中可以说是最彻底的，彻底到最后连“境”也要空去。然只有离境才能得境，唯空无方能显出“有”来。正是在这种意义上的“空”的背景上，王维灵动的诗情才能流转、变幻和飞升。清人华琳说：“禅家云：‘色不异空，空不异色，色即是空，空即是色’，真道出画中之白，即画中之画，亦即画外之画也。”[①]作为“宿世谬词客，前身应画师”的王维，不正是借助禅家色空观才奠定其玲珑剔透、冲淡清丽的艺术风格的吗？

四

不管是谁，倘若要对王维其人其诗作出艺术价值判断，扑面而来且难以回避的一个问题，便是如何看待人类的宗教现象。用文化眼光看，佛教乃至世间任何宗教无不具有相反相成的两重性，或曰两重价值。它那非科学、非理性的一面，显然是它的负价值。但它确实又存在着正价值的一面，譬如宗教感情所蕴含的朴素的人道主义精神，对人类社会的安定和幸福所产生的积极作用，以及宗教经典里充满辩证精神的哲理思辨，对人类认识细密周详的分析，对宇宙本体博大精深的论述，对世界运动形象精妙的描绘等等，都对人类的精神文明建设起着并将继续起到积极作用，而且一直在直接间接地引发着艺术家的灵感和想象。正是在这个意义上，黑格尔才说：“艺术到了最高的阶段是与宗教直接相联系的。”[②]深一层理解这句名言，我们会发现，艺术与宗教的价值追求是那么相似：如同所有艺术都

① 宗白华主编：《中国美学史资料选编》下卷，北京：中华书局，1981年，第391页。

② [德]黑格尔：《美学第一卷》，朱光潜译，载《朱光潜全集》第13卷，合肥：安徽教育出版社，1990年，第100页。

是以人作为其审美逻辑起点一样，任何宗教也都是以人作为其本源的。因而在它那异化了的形式里，或多或少会包含着深刻的人道精神和自由意志的内容。恩格斯指出："只有意识到这一点，才能使宗教的历史，特别是中世纪的历史不致会被全盘否定。"[①]而王维所信奉的禅宗，由于吸纳了老庄的生存智慧和儒家的达观哲学，所体现出来的自由意志与活泼个性，显然要比恩格斯所论述的西方的基督教要多得多。这，就是我们认为禅宗对王维的人格精神和诗歌创作所以产生有益影响的立论根据。倘若在这一点上大家能取得共识，那么，对王维研究的以下两个"热点"问题，似还有重新考察之必要。

一是诗人的"亦官亦隐"问题。王维干政理想破灭之际，曾一再表示："方将与农圃，艺植老丘园。"但终其一生并未成行。即使是两度隐居（开元二十八年至天宝三年归隐终南，天宝七年到十一年闲居辋川）也未脱冠带。为此长期以来，他既遭"终南捷径"之嫌，又受到消极人生、"不食人间烟火"的指责。但潜入诗人心底来看，来自这方面的批评都未免太过。的确，王维的处世之道，既和陶渊明"不肯屈腰见督邮，解印绶弃官去"的决绝态度不同，又与谢康乐在权力斗争失败后出于无奈才遨游岩栖的情形两样。考其年谱，我们知道，诗人是在官阶升迁的过程中主动避入山林和禅门的，而且在贤相张九龄被李林甫排挤之后，一直到死都未对污浊官场表示过丁点儿热情。这种精神上的避世主义，比彻底隐居的方式还需要更多的自信心和自恃力。王维正是靠他的参禅获得了这种信心和力量。因为六祖惠能弘扬的"自性自度"，作为禅门历代宗师传法的一条重要原则，反对一味靠外力乃至佛力得以超度，恰如《楞伽师资记》所云："当知众生自度，佛不能度，努力努力。自修，莫倚他佛力。"为此，禅宗向来主张"菩提只向心觅"、"心外无法，满目青

① 转引自徐岱：《宗教：艺术哲学的一个参照系》，载《文艺理论研究》，1988年第2期。

山”、“随所住处恒安乐也”。不必依赖外力，也不一定要去那渺无人烟的所在，寻求正果主要靠自性自度、自强不息的顽强精神。故诗人自信一颗耽禅之心足可以消解世间所有纷扰，一门一户就可以从精神上隔绝人世：“端居不出户，满目望云山”，“倚仗柴门外，临风听暮禅”，他的一颗心是如此淡泊闲静，无论是安禄山的淫威还是李林甫亲信秘书苑咸的“怜同”，都不能使之所动。作为一千多年前的世俗知识分子，一个衣长衫的瘦诗人，洁身自好，不同流合污，就很不错了。倘若再用今天的眼光来挑剔他为什么不起来斗争，不去“表现出自己的反抗”，也着实有些难为古人了。至于诗人继续与官场保持某种貌合神离的关系，也不过是为了免除嵇康那样的杀身之祸，以及陶潜那样到老来叩门乞食的结局罢了。

从另一方面看，避世参禅的王维并非一味颓废消极、逃避人生。对于归隐，诗人说：“无才不敢累明时，思向东溪守故篇”；对于奉佛，诗人说：“一生几许伤心事，不向空门何处销？”这些都透露了不得已而为之的胸中块垒，表明他并没有完全忘怀世事。在《与魏居士书》中他还说：“无守默以为绝尘，以不动为出世也”，也明确指出参禅“守默”不是“绝世”，归隐“不动”也非“出世”，不过是“无不可”、“无不适意”的表现而已。可见诗人并没有消极幻灭，而是将一颗活泼泼的心由现实政治转向自然美景、花鸟生机上来了；诗人也没有逃避人生，而是用他独特的审美方式玩味人生。“独坐幽篁里，弹琴复长啸。深林人不知，明月来相照”。从中我们不是感到他对于寂寞和孤独的品咂竟如此有滋有味么？

王维人生态度理想追求的大转移，从美学上看，是好事。因为一个热衷于名利或心缠俗务的人是毫无艺术感觉可谈的。而诗人正是凭借归隐参禅才在很大程度上抛开了这种常人难以摆脱的物欲俗念，并帮助他获得如《庄子·天道》所说的“万物无足以铙心者，故静也”的创作心态，真正把对象放在审美关系中来观照，从而清醒地获取丰富生动的审美感受，并带着视觉艺术的特点周览并组合自然美景，从外在美到内在美对观照对象进行深入的把握。古往今来，有多少人赞叹王维山水诗的清幽淡雅、澄澈剔透，不知是否想到，不正是诗人在“胸次洒脱，中无障碍”的审美心境下，才创造出这诸般悦人心目的美的艺术吗？

二是如何看待王维山水诗“静中有动，动中有静”的艺术表现问题。古代诗人中，还没有哪一位能比得上王维那么喜欢且擅长在写景诗中形象地描绘动静关系。诸如“声喧乱石中，色静深松里”、“谷静惟松响，山深无鸟声”、“野花丛发好，谷鸟一声幽”、“雨中山果落，山深无鸟声”、“清昼犹自眠，山鸟时一啭”、“松谷风声里，花对池中影”、“细枝风乱响，疏影月光寒”、“夜静群动息，蟪蛄声悠悠”……在静穆的整体意境中精微地表现种种声息动态，特别耐人寻味。虽说山水诗表现自然美的各种感性形态，离不开动态和静态的描绘，但王维如此一以贯之地在美学上刻意追求，则分明是受到佛教静观的影响。我们知道，正如禅家宣扬的“空”并非“没有”一样，禅宗推举的般若静观也并非寂灭之静，而是动中之静。僧肇《物不迁论》云：“法无去来，无动转者，寻夫不动之作，岂释动以求静，必求静于诸动。必求静于诸动，故虽动而常静。不释动以求静，故虽静而不离动。”僧肇说得很明白，静不离动，动不离静，动是静之动，静是动之静，动静从未相异。世人认为动只是动，静只是静，那是受感官之惑。从哲学上讲，佛禅关于心动而物不迁的见解，当属唯心认识论。但也不能简单地认为是在一味宣扬寂灭虚空思想，从而一笔抹杀。因为在这颠倒的形式下，它毕竟承认过程中的事物总是变化发展的，动静都有其相对的一面。正是这宝贵的辩证法思想，诉诸王维的直觉，“万物静观皆自得”，诗人才能从心观中流淌出美丽的神思，进而物化出生气贯注的诗篇来。有论者不从充满生机的王维诗境中挖掘美学哲学的意蕴，而仅仅据自家对宗教动静观的片面理解，就断言诗人在本质上表现“离寂非动，乘化用常”的理念思维，表现死寂和虚空，这显然是不妥的。不可否认，诗人作为特定文化境况制约下的多重社会角色，他在诗中确曾表示过灰暗和惆怅的情绪。可细加沉吟，那多是对黑暗政治和乱糟糟的社会现实的失望，对自己不能常住山林以与自然同化的遗憾。诗人一旦面向自然，其生命活力和进取气象遂成为其诗篇的主流精神，我以为诗人对动静关系的出色描绘，绝大多数情况是他这种心灵状态的表现。宗白华大师说得好：“禅是动中的极静，也是静中的极动。寂而常照，照而常寂，动静不二，直探生命的本原。禅是中国人接触佛教大乘义后体认到自己心灵的深处，而灿烂地发挥到哲学境界与艺术境界。静穆的观照和飞跃的生命构成艺术的两元，也是构成‘禅’的心灵状态。”①王维诗云：

明月松间照，　青泉石上流。
竹喧归浣女，　莲动下渔舟。

（《山居秋暝》）

人闲桂花落，　夜静春山空。
月出惊山鸟，　时鸣春涧中。

（《鸟鸣涧》）

木末芙蓉花，　山中发红萼
涧户寂无人，　纷纷开且落。

（《辛夷坞》）

这些诗中的景致处处皆动，而通体意境则是静穆的。《青溪》、《栾家濑》、《临胡亭》、《白石滩》、《送綦毋校书弃官还江东》等诗，也都堪称是这样“静穆的观照和飞跃的生命构成的”艺术精品。倘无这“艺术的两元”，王维也就不成其为王维了。从接

① 宗白华：《美学与意境》，北京：人民出版社，1987年，第215～216页。

受角度讲，倘若忽略王诗中“动中有静，静中有动”诗境的任何一边，我们所欣赏所评论的对象，也就不能说是王维本人了。

王维“诗画”论

谁都留意到了这一事实：王维“诗中有画”。或者说，王维诗本就是用诗语绘成的画面，故称“诗画”。在现存四百多首王诗中，除了少数几篇专谈佛理的嚼蜡之作外，占多半以上的山水田园诗确以“山谷郁盘，云水飞动”①的画境而悦人心目，就连那表现边塞、纪行、赠答、应制、闺怨等题材的诗，也大都给人以秀婉清新的视觉美感。诚然，从内容看，六朝以来所有的优秀山水田园诗皆可誉之为“诗中有画”；但我们还是认定：在古代中国艺术史上，只有王维才是熔诗画精髓于一炉的大师。这不仅因为，王维的诗境构成和他的画一样闲静淡远、缥缈空灵，而且还在意匠经营上自觉将绘画方法、技巧引进诗歌创作，从而大大增强了诗作的魅力。徜徉在王维的诗歌世界，你会处处感受到纤敏而睿智的画家眼光，即对形状、色彩、光影和空间关系的独特感知力，且深谙如何从了无定形的自然界抽绎出美的色彩、线条和构图。简言之，王维诗的绘画美，就形式特征而言，

① 伍蠡甫主编：《山水与美学》，上海：上海文艺出版社，1985 年，第 213 页。

具体体现在四个方面：

一、色彩

色彩感是绘画美感的最普及的形式。因此，画家无不把色彩作为描摹物象和传达情趣的重要手段。王维似在千年前就直觉到色彩的这一双重功能，把握了颜色与审美体验的某种微妙的关联，不然你便无法参悟王维诗的色彩，为何不循"随类赋彩"之传统，却率先走上了传情达意之新路。细吟王诗，我们感到，他的诗中画与其说再现了景物的本色，毋宁说抹上了诗人的心境色调。这种情调化的色彩在诗中描绘得那么自如，有时仅仅突出一两个字，整首诗的画面底色便油然而见鲜明。比如《山中》：

荆溪白石出， 天寒红叶稀。
山路元无雨， 空翠湿人衣。

就用冒出水面的磷磷白石和山野稀疏的鲜艳红叶来衬托背景的"空翠"：这空明浓郁得似要渗水的翠色，雾一般弥漫山间。山上无雨，何来这细雨润物般的凉意？原来是那无处不渗的翠雾沾湿的！苍翠欲滴的色调，饱和着诗人沉湎山水而生的愉悦。再如《莲花坞》：

日日采莲去， 洲长多暮归。
弄篙莫溅水， 畏湿红莲衣。

其基调是碧绿陪衬下的红色。一个"红"字，能引出多少丰富的视觉联想：漫漫长洲，夕照如烛红菱艳，但就在这"接天莲叶无穷碧，映日荷花别样红"的景致中，村姑的红装、红颜却比红莲更艳媚……文达三先生说对了："由于诗人从采莲的姑娘的归途中摄取了'弄篙莫溅水'这一最富于生活情趣的片刻，提供了'红莲衣'这个色彩鲜明、单纯清晰的刺激形象，这一形象又是在对人物的活动环境有层次地作了交代之后，置于诗的末尾，所以给人留下的印象特别强烈而深刻。”①

有时，诗人还通过有声有色、有动有静的景色点染，来浑化画面的生机。请看《青溪》：

言入黄花川，　每逐青溪水。
随山将万转，　趣图无百里。
声喧乱石中，　色静深松里。
漾漾泛菱荇。　澄澄映葭苇。
……

随山回旋的清川奔腾直下，湍流与乱石相搏，这是何等美妙的天籁！但没等读者耽意驻足，诗人的笔锋一转，旋即又把你带入清幽之境去欣赏松林的绿，绿得如此静谧！这一由动入静的传神描绘，不仅鼓舞着视觉和听觉的协奏，而且使视点先后落在不同的色块上（白水→绿林），由此获得目不暇接的动感。诸如“明月松间照，清泉石上流”、“寒山转苍翠，秋水日潺湲”、“漠漠水田飞白鹭，阴阴夏木转黄鹂”等所以誉为佳联，其实也是以色彩转换而取胜的。

然而，不论王维诗的色彩多少奇幻多变，其总基调乃偏重素淡。众所周知，诗人的前半生曾像中年李白、少年杜甫一样乐观、激情，高歌事业功名。但随着政治受挫特别是九龄罢相之刺激，他的心冷了，在禅学昭示下，他因同现实的格格不入而隐退山林，终于在孤独和寂寞的品咂中悟出了“天人合一”的娴静。冷月是静的：“清月皓方闲”；夕阳是静的：“心与广川闲”；鸟声更静：“窗外鸟声闲”……现代心理学与色彩学证实，与闲静心境相谐的冷色调偏于“白”或“青”，而王维诗用得最多的色字恰恰是“白”或“青”：如“青菰临水映，白鸟向山翻”、“涟漪含白沙，素鲔如游空”、“白水明田外，碧峰出山后”、“白云回望合，

① 文达三：《试论王维诗歌的绘画形式美》，载中国社会科学编辑部编：《文学探讨撷英》（上），西安：陕西人民出版社，1988 年，第 160 页。

青蔼入看无”、“素怀在青山，若值白云屯”、“山林青塞断，江向白云平”、“湖上一回首，山青卷白云”、“九江枫树几回青，一片扬州五湖白”、“渭城朝雨浥轻尘，客色青青柳色新”……“白”和“青”显然构成了王维诗的基本色调。这很耐人寻味。因为人对白的心理感受是既纯净、高洁又不免凄清；而青（绿）色作为青春、生命的象征给人以宁静舒畅的同时，也可能触发感伤。王维诗正是借“青”、“白”“这些色彩本身所具有的审美特性来表现他恬适的心境、淡泊的情怀和高清的气韵”①。

二、光影

用光是绘画艺术的高技巧。虽说王维开创的文人水墨画在再现自然光方面比不上西方“印象派”，而只用“空白”出之，但只要沉浸画境，你仍能感到那想象中的斑驳光影宛然在目。可以毫不夸张地说，王维诗几乎整个儿笼罩在月光或日影中：

空山不见人，　但闻人语响。
返景入深林，　复照青苔上。

（《鹿柴》）

秋天万里净，　日暮澄江空。
清夜何悠悠，　扣舷明月中。

（《送綦毋校书弃官还江东》）

人闲桂花落，　夜静春山空。
月出惊人鸟，　时鸣春涧中。

（《鸟鸣涧》）

空山新雨后，　天气晚来秋。
明月松间照，　清泉石上流。

（《山居秋暝》）

---

① 文达三：《试论王维诗歌的绘画形式美》，载中国社会科学编辑部《文学探讨撷英》（上），西安：陕西人民出版社，1988 年，第 153 页。

上述诗境之所以如此超旷空灵、纤尘不染，无非是写出了作者澄澈剔透的内心感觉。神游在这光与影的境界，你发现王维笔下的月色无一不爽朗明彻，且伴以泉响、松声、鸟啼；而他所描绘的阳光也绝少日行中天的灼热，只写落日、余晖、返影、斜光……如此"阴盛阳衰"，该和诗人的闲逸心境或"超以象外，得其环中"的态度不无联系。

王维的诗表现光影多用曲笔。有时用一两个表示颜色的字来暗示，如"日落江湖白，潮来天地青"：上联写日落时天光闪射，江湖呈现一片白色。乍看是写色，实则写光，表现光影变幻之美。有时则通过对光影瞬间变化的定格来激发读者的想象。塞外大漠长河，多飞沙走石、浊浪排空之怪状，可诗人却偏趁风平浪息之际，将浑圆的太阳与笔直的狼烟摄进其画面："大漠孤烟直，长河落日圆。""渡头余落日，墟里上孤烟"在表现技巧上也与此相同，诗人精确地剪下了落日与水面相切这一壮观的瞬间景象，并衬以袅袅炊烟，极富夕阳的动态美。

诗人表现光，还倾心于它的动静感和冷暖感，以传达精妙意趣。一般来说，强光亮色给人以温暖且向外散射的感觉，弱光阴影则使人觉得寒冷，是向内收缩。王维的审美触角，似捕捉到了这一特性：

轻阴阁小雨，　深院昼慵开。
坐看苍苔色，　欲上人衣来。

（《书事》）

青苔经小雨滋润涤净轻尘后，更显得葱翠鲜亮，以至于给周遭空间都映上了绿光（酷似银幕上的"出绿"效果），又似稚子亲昵地偎依在诗人身旁——王维极敏锐地捕捉到雨后苔泽向外散射的运动感，通过移情和拟人手法，创造了一个鲜亮、宁静而空灵的意境。

而《鹿柴》的意境就不一样了："空山不见人，但闻人语响。返景入深林，复照青苔上。"阳光原本是明亮和温暖的，但由于是回光返照，光线就不强烈了；而这微弱的一抹余晖又是透进冷色的深林里的，就显得分外幽暗了；再加上树荫青苔，阴影更显得幽深凄清起来。《鹿柴》是王维借助光影表现幽僻境界的精品，而“环境的幽僻反映了作者心境的幽僻，光线的收缩感也恰恰表现了他在政治上失意时消极退避的态度。光与色的形式感中，饱和着诗人的主观情趣”①。

三、线条

线条是绘画的重要造型手段，中国画尤其讲究“笔法”即线条的审美表现。南齐谢赫绘画六法中的第二法“骨法用笔”，其要义就是指线条的勾勒。线条的作用不仅可以画物体的轮廓，就是画面的空间，物体的质感、动势，乃至人物的精神风貌，都可借线条的曲直、粗细、长短、浓淡、枯润的巧妙运用而生动地表现出来。所谓“曹衣出水”、“吴带当风”，就是中国传统画论对线条传神达意的艺术功能的推崇。的确，不同的线条以及线条的不同组合，皆可引发不同的感觉意象和情感体验。深谙此法的王维，亦将绘画的这一媒介引进诗歌创作，大大增加了作品的表现力。如名篇《使至塞上》：

单车欲问边， 属国过居延。
征蓬出汉塞， 归雁入胡天。
大漠孤烟直， 长河落日圆。
萧关逢候骑， 都护在燕然。

关于这首诗的画面形象，沿用既久的一种解释说：“孤烟直”是指“为旋风所卷，直上天空的黄沙”，“在大漠长河的环境中，什么景物也看不到，只有为旋风所卷，直上天空的黄沙以及反映

---

① 文达三：《试论王维诗歌的绘画形式美》，载中国社会科学编辑部编：《文学探讨撷英》（上），西安：陕西人民出版社，1988年，第158页。

在长河中的日影”①。这说法不通。既然旋风把黄沙都直送天空，长河里也当是波涛汹涌，怎么能反映出分外圆的日影呢？其实，作者是在大漠风息长河浪止的时刻，抓住了时间空间配合得最好的瞬间，勾勒出了笔直的狼烟和圆圆的日影。这幅雄浑壮阔又安详宁静的塞漠风光图，之所以给人如此奇妙的审美感受，线条的形式感起了重要的作用。对此，文达三先生的分析尤为精当：“孤烟是一根直线，大漠边缘是一条横贯画面的地平线，落日是由弧线构成的圆形，长河的两岸则是两条圆转的曲线（即‘蛇形线’，西方美学家称之为‘最美’、‘富有魔力的线条’）。沙漠上的地形、景物本来是单调的，由于这多种线、形的组合就显得不单调了。同时，孤烟与地平线垂直，天上的落日与长河中的日影恰成对称的两个圆形，给人的感觉都是平静、稳定。此外，长河的两条曲线蜿蜒伸向远方，与地平线相接，又给人以深远、辽阔的空间感。正因为作者捕捉了适当的瞬间景象，又巧妙地发挥了线条的表现功能，所以仅用十个字就勾画出了一幅壮美的边塞图景。”②

在王维诗中，我们还能看到不少类似这样运用线条造境表情的诗句。如：“雾中远树刀州出，天际澄江巴字回”（《送崔五太守》）；“青山横苍林，赤日团平陆”（《冬日游览》）；“草际成棋局，林端举桔槔”（《春园郡事》）；“千里横黛色，数峰出云间”（《崔濮阳兄季重前山头》）；“渺渺孤烟起，芊芊远树齐”（《青龙寺昙壁上人兄院集》）……这些诗句，有的直接使用了表示线条的字眼，有的虽没使用，也能使读者由画面景象联想到多种多样的线条组合，从而产生清晰新鲜的诗画美感。

---

① 张志岳：《诗词论析》，哈尔滨：黑龙江人民出版社，1963年，第111页。

② 文达三：《试论王维诗歌的绘画形式美》，载中国社会科学编辑部编：《文学探讨撷英》（上），西安：陕西人民出版社，1988年，第165页。

四、构图

构图在我国古代画论中叫“经营位置”，是指妥善地组织有机画面来创造意境。王维诗的中国画风格在构图一环体现得最为突出。

一是用“游目周览”的透视法。与西洋的焦点透视不同，“中国画的透视法是提神太虚，从世外鸟瞰的立场观照全整的律动的大自然，他的空间立场是在时间中徘徊游动，游目周览，集合数层与多方的视点谱成一幅超象虚灵的诗情画境”[①]。这种提神太虚、散点透视的构图原则，又被北宋郭熙从操作角度释为“三远”论：“自山下而仰望山巅，谓之高远；自山前而窥山后谓之深远；自近山而望远山，谓之平远。高远之色清明，深远之色重晦，平远之色有明有晦。高远之势突兀，深远之意重叠，平远之意冲融而缥缥缈缈。”[②]王维山水诗如《山居秋暝》、《别望》、《汉江临泛》、《清溪》等莫不体现了这一空间意识或构图特点，而《终南山》尤得其韵：

太乙近天都，　连山到海隅。

（远望，仰视，整体呈现，瞬间一）

白云回望合，　青霭入看无。

（白云句写从山里走出回头看，瞬间二；青霭句写走向山时看，瞬间三）

分野中峰变，　阴晴众壑殊。

（前句写在最高峰时鸟瞰，瞬间四；后句写同时在山前山后看，深远，瞬间五）

欲投人处宿，　隔水问樵夫。

（下山后觉山之辽阔荒远，平远，瞬间六）[③]

---

① 宗白华：《美学散步》，上海：上海人民出版社，1981 年，第 111 页。

② 郭熙：《林泉高致·山川训》，转引自《宗白华全集》（第二卷），合肥：安徽教育出版社，2008 年，第 432 页。

③ 参见[美]叶维廉：《中国诗学》（增订版），北京：人民文学出版社，2006 年，第 377 页。

诗中画境呈现出了全方位多层次的视点，超象虚灵，确与西洋画大异其趣。

二是用“在远者近”的取景法。由于采用了“游目周览”的散点透视，王维诗画摆脱了现实空间的限制，按美的规律来对物象重新加以布置，譬如移远就近：

山中一夜雨，　树杪百重泉。

诗人在这里似乎端着照相机，从一个适当的角度，越过近旁的“树杪”，用变焦镜头把远方高处的“百重泉”一下子拉到眼前，并将二者重叠在同一个平面上：远处的流水仿佛悬挂在树梢上，不向下而向上，不向远而向近，山势之峻和流水之秀就表现了出来。类似这“在远者近”的取景，在王维诗中俯拾即是：“迤逦南川水，明灭青林端”、“水国舟中市，山桥树杪行”、“落日带行客，孤城当落晖”、“鸡犬散虚落，桑榆荫远田”……都是移远就近，将“川水”与“林端”、“山桥”与“树杪”、“落日”与“飞鸟”、“落辉”与“孤城”、“远田”与“桑榆”等远景和近景交错一起，渺然而神奇。

三是“广摄四旁”的组景法。王维虽多名句，但与大谢“有句无篇”相比，更以整体美见长。这在很大程度上得益于诗人善于“广摄四旁”，即将散落在各地的种种景象组构成为完整浑一的画面。如《渭川田家》：

斜阳照墟落，　穷巷牛羊归。
野老念牧童，　倚杖候荆扉。
雉雊麦苗秀，　蚕眠桑叶稀。
田夫荷锄至，　相见语依依。
即此羡闲逸，　怅然吟式微。

前八句一气罗列了四个相对独立的画面和六个并无关联的物象，貌似散乱，但到第九句，只用“闲逸”二字一点，上述种种孤立的景象就如同珍珠串成项链般缀合成一体了。在这里，斜阳光影的移动，孩童牧归的恬适，山鸡啼鸣的声响，蚕儿眠睡的娴静，农夫荷锄相谈的安详，等等，都统一在诗人的闲逸中。再如《辋川闲居赠裴秀才迪》：

寒山转苍翠，　秋水日潺湲。
倚杖柴门外，　临风听暮蝉。
渡头余落日，　墟里上孤烟。
复值接舆醉，　狂歌五柳前。

诗写久雨新晴、知音相会的欢悦，字里行间洋溢着怡然之乐。那苍翠的寒山、殷红的落日、淡青的炊烟，与潺潺流水、暮蝉长鸣以及裴迪的狂歌，都在这悠然情调中交织在一起，从中不难发现王维厌恶时政、心向自然的一往情深。王夫之云“右丞之妙在广摄四旁，圜中自显”[①]，可谓抓住了王维诗画的组景特点。

① 王夫之：《唐诗评选》卷三，《观猎》后评语，转引自中国社会科学编辑部编：《文学探讨撷英》（上），西安：陕西人民出版社，1988年，第171页。

第四编

悠游现代

鲁迅小说的叙述深意

研读小说，除了注重人物、情节、环境的分析外，至少还要关注作品的叙述才行。因为对作品中人物、事件、环境、情景的叙说和介绍，本身就凝聚着创作主体的深沉思考和心境色调，富于意蕴和意味。近日重读鲁迅小说，我就深切感受到，在那不动声色的叙述文字中，既蕴含着深邃博大的人间情怀，又积淀着隽永丰饶的审美情趣。若从叙述语言、叙述结构和叙述模式三个层面稍加审视，就不难体会到鲁迅小说的叙述深意。

鲁迅小说的叙述语言，冷静而深刻，犹如大海里的冰山，在其冷峻客观的体表之下，隐藏着巨大的思想与情感内涵。譬如《祝福》的开头，"旧历的年底毕竟最像年底"，倘用日常语言来理解，这句话因主宾同义而消解了意义，等于什么也没有说，但作者在这里显然不是为了陈述某一件事实，而是把它作为一种情境标记，为作品的整体叙述定下一个调子，预示一个悲惨而又无奈的故事即将要开始。于是原本没有语言符号意义的小说起始句，一下子便意味深长起来。还是在《祝福》里，再嫁再寡又失去儿子的祥林嫂，第二次来到鲁镇做女工。鲁四老爷和全镇上明明都知道祥林嫂和贺老六成了亲，而且有了儿子，应叫她老六嫂才对。可是，“镇上的人们也仍然叫她祥林嫂，但音调和先前很不同，也还和她讲话，但笑容却是冷冰冰的了”。鲁迅在这里暗示了小说的最根本的题旨：骨子里压根不承认她的再婚，进而视她为“不干不净”和“伤风败俗”。鲁四的皱眉，祭祖时的禁忌，还有柳妈那要命的取笑，皆源于封建礼教和封建迷信对这个女子的歧视和排斥，其直接后果，是将其陷入生也不能死也不成的极端困境，使她遭受比经济压榨、肉体摧残甚至亲人死去还要残酷的精神折磨。

《祝福》把祥林嫂之死放在开篇，这一独特的倒叙结构，在我看来，并不只是一种行文技巧，其真实的用意或许是要给这个沉痛的故事，安排一个探究死因的内在结构，以帮助读者在欷歔祥林嫂悲惨身世的基础上再进一步，忍不住追问：祥林嫂究竟是怎么死的？

关于祥林嫂之死，曾有过一种很流行的观点，说她是被封建宗法社会的政权、族权、神权和夫权“四条绳索”勒逼死的。这种说法较为笼统。还有人根据鲁迅当年对中国社会的认识以及对革命任务的理解，指出祥林嫂是被封建礼教迫害致死的。此说对头，但也稍欠具体。以儒学为骨架的封建礼教绵延两千年，且在不同时期又有不同的内涵（原儒、汉儒、宋儒之间彼此差别就很大），置祥林嫂于死地的，到底是封建礼教哪一时段的哪些东西？实际上，答案就在作品隐藏的叙述之中，即戴震曾经指斥过的——后儒以理杀人。具体说来，祥林嫂死于儒、道、释三教合流的“鲁镇文化”。本来，在唐代以前，孔、孟之道“不语怪力乱神”，是视道教为异端的，可到了宋代以后的儒家正统——程朱理学，即衰变为“隐蔽的三教合一”（侯外庐语），及至祥林嫂受难的时代，已分明是一副道冠儒履佛袈裟的怪模样了，而其虚伪性和反动性更是变本加厉。小说把这种混搭文化如何一口口吞噬祥林嫂的过程，血淋淋地摆在了人们面前。请看鲁四爷:“这是一个讲理学的老监生”,书房里摆的是理学的入门书《近思录集注》和《四书衬》,墙上挂的是理学大师朱熹的条幅“事理通达心气平和,品节详明志性坚定”。可条幅中间陈抟老祖写的朱拓的大“寿”字,却又透露出他企盼长生的道教式的生活旨趣。就是这么一个不伦不类的角色主宰了鲁镇文化,频频对祥林嫂施以礼教打击,使她失业、潦倒直至穷死。至于“鲁镇文化”中佛教的一面,小说则安排柳妈来承担。尽管这个信佛的“善女人”并不觉知她已成为精神杀人的帮凶,但正是通过她,祥林嫂才接触到佛教善恶报应、生死轮回的恐怖图景。至此,作为中国传统文化负面特性袖珍版的“鲁镇文化”,终于完成了由外部道德规范向内在精神折磨的转变,内外合力,双管齐下,置祥林嫂于死地。

通读《呐喊》和《彷徨》,还会发现鲁迅的小说有个特点,那就是将主人公置于“众目睽睽”之下,在与“社会(群众)”关系之中来展现其悲剧性格和悲剧命运,从而形成鲁迅小说“看/被看”的叙述模式。《示众》、《风波》等专写“看/被看”场景的小说不用讲,其他如咸亨酒店中的掌柜和酒客对孔乙己的揶揄取笑,华老栓茶馆里坐客对夏瑜的无知的嘲笑,以及未庄村民们对阿Q不配姓赵的反应等等,也早已被读者所熟知。鲁迅为何要在小说、杂文里一而再、再而三地写“看客”?原因在于:鲁迅自从在仙台学医,从幻灯片里看到日本军在枪毙中国人,而围观者竟是中国人后,他那憎恶看客的激愤之情毕生也没有松弛过。鲁迅清醒地认识到,在这个一切都“戏剧化”、“游戏化”了的国度里,“人”不是充当“看客”,就是“被人来看”,这构成了中国人的基本存在方式。故鲁迅认为,要揭示国民性的灵魂,“看客”与“被看”同样重要。在他的小说创作中,也便经常在悲剧主人公的周围,设置一群群张嘴睁眼的“看客”形象。《阿Q正传》中的看客“多半不满足”:阿Q当众欺侮小尼姑,他们才“九分得意的笑”了;阿Q与小D打架,他们起劲地叫好,直到阿 Q 被枪毙，他们因为没能听到一声喝唱，觉得白跟了一趟。《祝福》中的看客倒容易满足，他们跟着祥林嫂，听她一遍遍叙说儿子被狼叼去的故事，男的听到这里，往往敛起笑容没趣走了开去；女人们却不独宽恕了她似的，脸上立刻改换了鄙薄的神气，还要陪出许多眼泪来。“有些老女人没有在街头听到她的话，便特意寻来，要听她这一段悲惨的故事。直到她说到呜咽，她们也就一齐流下那停在眼角上的眼泪，叹息一番，满足的去了，一面还纷纷的评论着”。“但不久，大家也都听得纯熟了，便是最慈悲的念佛的老太太们，眼里也再不见有一点泪的痕迹。后来全镇的人们几乎都能背诵她的话，一听到就烦厌得头痛”。由此可见“看客”的麻木与冷漠。如果说阿 Q 的“看客”之不满足是出于幸灾乐祸，祥林嫂的看客却近乎以别人的痛苦来愉悦自身。二者尽管情绪反应不一，但骨子里的冷漠与残忍则是相同的，都成了窒息生命的“毒雾”。从本源上看，鲁迅曾指出：“中国的根柢全在道教”，也有学者认为中国智慧的重要组成部分是“乐感文化”，看客们这些异化了的情感态度与行为方式，显然就植根于这种儒家的“乐感文化”和道教式的人生乐趣。而鲁迅小说所独创的这种“看 / 被看”的叙述模式，恰正是刨开封建宗法制度及其礼教本质的利器。

太阳陨落在桑干河

一

丁玲《太阳照在桑干河上》(以下简称《桑干河》)曾被公认为是现代文学史上里程碑式的“革命现实主义杰作”。然而,当我们今天重读这一著名长篇时,却忍不住要打一个大问号。是的,回顾《桑干河》走过的六十多年路程,不难看出它得到的殊荣恰如作者曾遭逢的不幸一样,皆取决于某种非文学力量。这就是说,《桑干河》并非是以自身的艺术建树,而是靠昔日政治性功利才获得文学史上的高位的。事实上,作家当时也确是在“赶任务”,为了自觉配合土改运动才写这部小说的。故而通览全书,我们也承认:从政治上看,丁玲未必有愧于斯大林文学奖。作为中国历史上第一部反映土改的长篇,《桑干河》以其对1946年华北农村土改过程的顺时呈示,对当时农村阶级关系的清晰描述,对当地农民谈吐举止的逼真摹写以及对暖水屯场景风俗的生动描绘(譬如《果树园闹腾起来了》一节和斗争钱文贵的场面确实写得情景并茂),确曾有力地鼓动了席卷中国的土改斗争。倘若后人想知晓新中国成立前土改是怎么一回事，了解“土地改革是如何在一个村子里进行的，这个村子是如何成功地斗倒地主”的，翻阅这部小说也能明白个十之八九。诚然，土改作为一场震撼亿万农民心灵的、从根本上铲除封建剥削的革命风暴，是非常值得作家去写的。丁玲凭其革命家的胆识和敏感，率先捕捉并表现了这一重大题材，这对拓展现代文学的题材领域功不可没。但问题也由此产生：当丁玲主要是以革命家而不是以艺术家的胸襟去拥抱生活时，结果也就使《桑干河》在政治身价膨胀的同时，美学品位却大幅度下跌。

二

《桑干河》是以“革命现实主义杰作”称誉于文学史的，而作者也直言她是用现实主义方法来写小说的，既然如此，我们不妨就用现实主义美学尺度来衡量这部作品。

现实主义美学是以塑造典型环境中的典型性格为其特征的，正是在这意义上，很遗憾，《桑干河》似乎够不上“现实主义杰作”，因为小说未能给读者一个典型人物。《桑干河》有名有姓的人物近四十个，可惜没有一个能以深邃丰赡的性格形象而在中国新文学画廊占一席之地，相比之下，周立波《暴风骤雨》里的老孙头倒真可亲可信又可笑，即使是赵玉林、郭全海也比《桑干河》那两位主角即村党支书张裕民和农会主任程仁丰厚得多。至于其他人物，《桑干河》写得更草率，大都是简笔勾勒，抽象描述，缺乏色彩感和立体感，就连土改中两军交战的头面人物钱文贵和文采的形象塑造也欠细致、深入。显然，由于丁玲在政治上急于想反映群众斗争，从而有意无意地疏略了创造典型的现实主义使命，亦即由于把笔墨集中于土改事件及其发展过程，土改中的人也就失却了它的艺术重心位置。结果，正因为未能凸出事件过程中的人物造型，或重事轻人或因事牵人，致使事件叙述本身也缺乏艺术动力感，即情节演进不以展示人物性格、命运为目的，人物的言行举止也就沦落为事件过程的道具或旁证，这就犯了现实主义艺术之大忌。

《桑干河》艺术失误的根子在于：丁玲想直奔那个政治性斗争主题。是的，我们看到小说的每个人物、每个场景、每个情节乃至每个细部，都被紧紧地拴在同一根线上，这条线就是党团结农民斗地主分田地，舍此便看不到其他内容。正是这种褊狭的“唯主题病”诱使作家背离了按照性格命运来配置人物关系的现实主义结构原则，却搬用阶级分类的方式去编织人物关系，这就把全部人物按政治需要一分为二：一边是由文采、杨亮、章品等构成的土改干部群像和阵容庞大层次分明的农民群像；另一边是由钱文贵、江世荣、李子俊和其婆娘们构成的地主群像及其靠拢这组群像的外围人员。现实主义要求作家应从自我真情实感出发，去关注或探究人物是如何在土改大潮中展示性格的扭曲或演进，但丁玲却处处从非艺术的阶级分析出发，千篇一律地把人物行为或欲求统统用来图解政治主题，人物除了对土改或表示欢迎、顾虑、坚决，或表示抵制、恐惧、顽抗之外，几乎没有纯属自身的血肉个性，这样的小说当然是乏味的。

三

丁玲在人物造型领域本不缺少才华或艺术感觉。早在 20 世纪 20 年代末，她就以梦珂、莎菲深切痛苦的体验来折射自己对时代对人生的态度，用她的话说就是以此“代替自己给社会一个分析”。这分析由于作家自我心灵的渗入而更见深刻。可以说丁玲的创作个性就在于，用全身心来体认和塑造人物，以“我”的识见和审美趣味来安排故事，并以此来张扬其人生态度，这便是丁玲早期创作的优势或特长。但到她创作《桑干河》的时期，作家那令人激赏的艺术个性却不见了：她几乎把心灵深处那些纯属自我的情绪体验都逐出了小说世界，而把整个篇幅让给那个政治主题。当然，我不是说文学不应表现政治主题，关键是怎么表现。是依据政治需要，到生活中去搜寻素材以证明政策的正确呢，还是以个人的总体性感悟为起点，以“自我”的独特眼光来审视这段事关中国农民命运的历史。一个成熟的艺术家应该明白，他（她）不是直接在写生活，而是在写心中的生活。丁玲关闭了自我的心扉去创作当然会导致艺术个性的湮灭，这体现在《桑干河》的人物塑造上便是心理刻画的拘谨或粗疏。譬如对程仁与黑妮的爱情描写便如此。苦命的黑妮几年前就恋上了当长工的程仁，她把程仁当作自己的幸福源泉，否则“便当姑子去”；可命运偏与她作对，先是程仁当了干部，土改后又因钱文贵是她的伯父，于是爱有所疏隔，但彼此心底都不忘旧情。显然，对小说家来说，这实在是一个绝妙的故事契机，作家完全可以潜到人物的心底去刻画和渲染黑妮爱情受阻后的心理躁动和情感煎熬，并以此来展开灵与肉、人与人、人与社会的冲突，即从人性的角度来深化土改对农民精神世界的影响。我们所以这么要求作家，是因为丁玲确有能力做到这一点。她本是描写女性爱情心理的高手。我们不会忘记早在二十年前，她就以深细淋漓的笔触描绘了莎菲女士因爱的饥渴和焦灼而近乎变态的性心理，从而折射出大变动时的一代知识女性的精神痛苦。然而对于村姑黑妮，作家竟又是如此缩手缩脚，吝惜笔墨，仅仅粗略地概述这对恋人：一个怕政治影响不佳便有意冷淡对方，同时又“很痛苦，也很内疚”；另一个则因此忧郁苦闷却又无处诉说。如此而已。一曲缱绻动人的青春恋歌，就这样别别扭扭地被简化成了个人爱情必须服从阶级斗争的观念注解。这不能不说是丁玲的败笔。

四

《桑干河》人物造型的草率、肤浅、非性格化，从技巧上看，这与小说章节切割得过于细碎也有关系。二十万字的篇幅却分成五十八节，平均每节仅三千来字，用这样小的空间来充填作家铺得如此宏大错综的摊子，无论是叙述人物身世还是交代事件的来龙去脉，皆难免捉襟见肘，因此给人一种刚刚开头就匆匆煞尾的急促感。其次是作为人物与读者的中介的叙述人的声音过强过于理性化，以至于阻碍了读者与人物或人物与人物之间的感应。小说中的人物很少靠独白、对话和行为来显现情感性格，差不多全仰赖叙述人的转述或概述，结果硬是限制了读者的视听，使他们远离现场，难以与人物交流。再次，在叙述时序处理上，作家皆用过去时，这更加重了小说的隔膜感。譬如介绍钱文贵是自他“从小就爱跑码头”开始；介绍黑妮是从“五岁上死了父亲”说起；文采的出场更是足足用大半篇幅来追溯其轶事作为铺垫。这样不厌其烦地从远处说起，无形中拉大了读者与人物的距离。最后，作家对主要人物几乎一律采用小传，每人一个章节，吃大锅饭：如《有事就不能瞒他》是写钱文贵；《第一个党员》是写张裕民；《妇联会主任》是写董桂花；还有《侯忠全老头》、《区工会主任老董》、《县宣传部长章品》也如此。这样千人一面的角色亮相，与其说是在写小说，毋宁说更像是泥水匠砌砖墙。

五

以粗疏的叙述代替细致的描写，以人物行为的介绍代替内在心灵的表现，这说明《桑干河》在艺术上比《莎菲女士的日记》是大踏步地倒退了。丁玲所以未能写好《桑干河》，从美学上看，是她还不熟悉甚至还没走进这个世界。她也承认自己“农村生活基础不厚，小说中的人物同我的关系也不算深”，甚至缺乏信心写下去，并“想下去再多经验些群众斗争来弥补我生活中和小说中的不够”。确实，只凭文件学习和一个月土改经验的积累便来写长篇，困难是可以想见的。而且，由于创作与土改是同步进行的，甚至小说发表了土改还未结束，这在客观上也无法使作家拉开某种时间或心理距离，以便可以对土改进行从容的美学审视和历史评判，进而深入透视人物的灵魂，并使这种透视充分艺术化。再说，从创作心理角度看，作家素材域的转换显然还没有完成。尽管她到延安也有七八年了，但其生活敏感区却还囿于知识分子尤其是知识女性圈里。虽然《桑干河》的女人要比男人写得有生气些，而文采、任国忠的形象又比农民好些，但就靠这点功底来挥写以农民为主体的史诗显然是远远不够的。可惜丁玲没认识到这些。她大概有种错觉，认为转换自己的生活敏感区就像从机关走出来与农民打照面一样容易。殊不知一个风格定型的作家要调整其素材域犹如大换血，弄不好则会丢掉艺术生命。所以，一个写惯知识者的书生要写好工农兵，除了满腔热忱扑向新生活外，还要下大力气调整好自己的文化心理结构，仅仅靠政治立场的转变是远远不够的。当丁玲从一位小布尔乔亚作家转变为革命作家或职业革命家时，她在感情上确和农民打成一片了，可这并不等于摸透农民的心，更不等于对他们有了独特的美学发现，否则，她那太阳般耀眼的艺术才华也就不会陨落在《桑干河》。

六

退一步说，假如丁玲再下农村蹲点攒足了素材，是否就能写出一部“现实主义杰作”呢？怕也难。因为丁玲是为了“赶任务”才写《桑干河》的，她的艺术思维一开始就被土改这一政治主题所左右，然后再去有意识地“深入生活”的。丁玲不承认这一点，这并非是作家缺乏诚心而实在是她不能自知。作家让主题牵着去“体验”生活，她所得到的就不可能是情、知、意多元心理融合的个性化的鲜活印象，这样，一方面，先定的主题框架可能屏蔽了作家的视野，使她看不见甚至不愿看许多与主题似乎没有直接关联但事实上审美品位很高的素材；另一方面，这种先在的偏见又把视野内的生活扭曲为主题的直接阐释，艺术创造也就由此退化为概念图演。《桑干河》正是走了这么一条艺术歧路。因此我们认为，小说充其量只能算是一部较为形象的土改斗争史。而没有或很少涉及大变革时农村人的灵魂史。而文学作为一种审美文化，它理应通过人的心路历程来超越现实而升华到历史的审美碧空，可《桑干河》却只趴在那低低的功利性台阶上。丁玲的这一局限很可能是整整一代革命家的通病：即他们努力在思想感情上和农民打成一片，不嫌他们脏，这是对的，但这种立场的转变绝不等于文化上的认同。这就是说，在接受农民朴实人格教育的同时，作为精神创造者的艺术家，若不通过自己的切身感受去历史地、艺术地评判农民心理的文化内涵，就很难不走向肤浅。虽然新民主主义革命的特殊国情把农民推上了主力军的地位，但他们的文化精神与历史发展的方向并不总是一致，这就亟须作家有鲁迅那样的深邃眼光。然而，丁玲等正缺少这种眼光。由此看来，《桑干河》的思想、艺术水准所以平平，也就不难理解了。

《李自成》新论

一

当代中国文学走过了一个甲子，在那曲折盘转的发展道路上，姚雪垠的多卷本长篇历史小说《李自成》，无疑是其中的佼佼者。然而，与“文革”后期和新时期开初席卷党政军民学的读《李自成》“热”相比，随后对这部未完成的名著的寥寥评论，以及大众中过于零落的阅读反应，未免显得反差太大。此种很有意味的文学景观，使我想起艾略特的那段名言：文学之伟大与否并不全然取决于文学标准，虽然我们必须记住是否成其为文学只能用文学标准加以判定。是的，某种非文学的力量可以使一部分作品沉寂数载或风行一时，但若要恒常于世、永葆艺术青春，终究要靠作品本身的美学价值。故经过相当年月社会的、政治的和文化的历史沉淀之后，现在回过头来，用文学的标准即意义蕴含的深浅和艺术魅力的大小的美学尺度，重新解读和评判《李自成》，或许对我们的创作、批评乃至文艺生态的健康养成不无益处。

二

既然评论界一度对《李自成》普遍看好，而作者本人也始终对其珍视尤加，那么，今天我们重新审视这部作品的美学眼光，就理应放得高远一些。由是观之，我发现《李自成》前三卷在艺术上，对我国自《水浒传》以来表现农民革命战争的小说传统，确如论家所云，是有所突破的——尽管只是局部性的突破，但作品的特色与魅力皆集中于此。其主要成就体现为以下两点：

一是成功塑造了崇祯形象。作品以"这一个"丰富复杂鲜活可信的人物造型填补了中国小说艺术画廊的空白。因为此前还没有哪一部小说能像《李自成》这样，用如此深细的笔触，从描写有血有肉的"人"来出发，颇为立体感地刻画一个封建帝王的典型性格。我们知道历史上的崇祯皇帝扮演过不寻常的角色。他是明王朝最后一位君主，却又是朱姓皇帝群中的头号倒霉蛋。作者抓住崇祯这一悲剧意味深浓的历史命运进行多层次多侧面的艺术描写，让人们看到，这位亡国之君确与历朝沉湎酒色、荒于政务，或昏庸怯懦、大权旁落的亡国之君不同：他宵衣旰食，事必躬亲，图为"中兴圣主"而勤勉国政。可是历史偏偏要与这位自视"天纵英明"的皇帝作对。诚如崇祯自个儿一再悲叹的那样，祖上很有几位昏庸皇帝却稳坐江山，而自己虽夜以继日励精图治，国家却越发糟得不可收拾：农民蜂起造反，外族侵扰不断，民穷财尽，宫廷危机……这桩桩件件，对崇祯来说，不啻流水落花，已非人力所能及了。作者如此深刻地揭示崇祯的悲剧命运，寓意在于：在大厦将倾的总情势下，崇祯愈是像一个有为之君，愈能显示历史的发展不以个人意志为转移，愈能表现明末社会矛盾、阶级和民族关系的复杂性，也愈能衬托出以李自成为主的农民革命战争的浩浩声势。小说令人信服地描绘了这一特定历史情境，注意把崇祯放在矛盾的旋涡之中来展示其性格命运与环境之间的尖锐冲突，注意把人物外部行为、外部矛盾的描写同内心活动的刻画结合起来，特别是注意在人物外部行动与内心活动的契合点上饱蘸笔墨，这就把崇祯写活了。譬如在与袁妃下棋，向李皇亲借饷，为督师的杨嗣昌平台赐宴，为“殉国”的洪承畴亲拟祭文等细节描写中，就很有层次地揭示出“崇祯性格中的各个侧面，如刚愎、自信、容易受蒙蔽又自作聪明、专断、多疑、悲观、凶暴、残酷、歇斯底里，等等特点”①。在揭示崇祯复杂性格的艺术过程中，作者还摆脱了传统小说写人物重行动忽略心理的窠臼，对崇祯引入不少直接的心理描写。由于这种描写往往不以静态描摹而是以动态展开的方式进行，即用外部的矛盾冲突引发人物的心灵震荡，进而展现人物的精神世界。因此小说里关于崇祯的行文虽多，读来却不沉闷。这表明姚雪垠在崇祯形象的塑造中，是下了一番功夫的，达到了黑格尔所说：“心灵的方面和感性的方面必须统一起来”②的美学高度。

第二，战争场面的描写颇为精彩。已出版的前三卷描写的形形色色、大大小小的战争可谓多矣，无论是潼关南原大战的惨烈突围，还是商洛山反围剿斗争的艰苦据守，或破杞县救李公子的英勇攻战，或拿下洛阳时的破竹之势，小说皆描写得有声有色、各具风采。不管是挥写大的战役过程，还是细绘具体战斗场景，都无重复笔墨。我国古典长篇小说，由于终始未能脱离说话艺术的局限和影响，对战争场面的描写，大都来得粗疏呆板，并形成了一套“阵前鏖战貔貅将，两侧呆立草木兵”的僵化模式，即使像《三国演义》这样的优秀作品也不能幸免。这种流弊影响到现代，致使中国的长篇小说在战争描写方面难有与《斯巴达克斯》和《战争与和平》比肩者。直至《李自成》问世，

---

① 姚雪垠：《李自成》第一卷《前言》，北京：中国青年出版社，1977 年，第 28 页。

② 黑格尔：《美学》第一卷，朱光潜译，载《朱光潜全集》第 13 卷，合肥：安徽教育出版社，1990 年，第 47 页。

才有所改观。“遂使我们看到千军万马的战场上，不光有双方将士的搏斗，而且也有双方士兵的搏斗，有时写短兵相接，有时写全面战争的鸟瞰；疏密相间，错落有致”①。譬如卢象升壮烈殉国，高桂英突展闯旗，生病的李过坐在篼子里指挥智亭山战斗，李自成孤身亲赴石门寨平息杆子哗变等等情节确不失为读时令人瞠目，过后久久难忘的动人篇章。并且，作者还巧妙地在战争的动态描写中穿插人物的介绍，随着战斗场面的展开交替，自然而然地依次把李自成、刘宗敏、高夫人、郝摇旗、尚神仙以及红娘子、慧英、慧梅等人物介绍给读者，这无疑要比那种简历式的交代生动许多。

三

出色的战争场面描写和成功的崇祯皇帝造型，使《李自成》前三卷获得了较大的可读性和较高的认识价值。这对于当代长篇小说的创作来说，已经很不简单，因为事实上此前四十年来的长篇创作在这些方面能够取得《李自成》这般成就的，确实不多。然而把“精湛的史诗”和“百科全书式的作品”这样的桂冠往《李自成》头上套，则显然有些过誉了。即使我们对《李自成》叙述话语的某些平板粗疏以及第二卷中册以后在结构上的严重失控忽略不计，小说也还缺乏史诗性长篇佳作必不可少的两个条件：(1)主角造型必须是具有高度审美价值的艺术形象；(2)作品富于深邃博大的主题意蕴和广泛恒久的可体验性特征，即作品本身包孕的丰厚思想，可供世世代代的评论家和读者不断地阐释下去。让我们以此标尺来比照衡量一下《李自成》，看看它究竟距“精湛的史诗”还差多远。

首先，《李自成》的主题单一，寓意浅明，读来一目了然，体味不出史诗应有的恢宏气度和艺术含蕴。真正的史诗性作品，

① 茅盾：《关于长篇历史小说〈李自成〉》，载姚海天编《茅盾姚雪垠谈艺书简》，北京：人民文学出版社，2006年。

无论是曹雪芹的《红楼梦》，还是雨果的《悲惨世界》、托尔斯泰的《战争与和平》，乃至卡夫卡的《城堡》，哪一部不具备丰厚幽远的主题意蕴和耐人寻味的召唤结构呢？读这类作品会产生一种莫名的强大力量，攫住你的全身心，你神思顿悟而又有浑茫之感，分明感受到作者对宇宙人生神秘性的强烈探求精神，却又猜不透、说不完个中底蕴。这些史诗艺术多义性强，未定点多，其间蕴蓄的人性之光，超越民族国家，辉映所有时代，故赫尔岑才能骄傲地宣称："人类世世代代，各以不同的方式反复阅读荷马。"因为史诗属于所有时代。而《李自成》显然只属于一个时代——文艺从属于政治、为阶级斗争服务的时代。它只有一个通俗而豁亮的主题：小说通过对明末以李自成为主的农民革命战争的过程描写，展示了明王朝社会的阶级关系和民族矛盾，赞颂了李自成等农民英雄的斗争精神，揭示了朱明王朝必然败亡的历史规律，等等。舍此你看不到别的什么内容，也别想领悟到什么深刻启示。这是一个比较直白的单色世界。透过那刀光剑影热闹非凡的情景圈，来体察小说的总体意蕴，你不由得会感到沮丧：作者太迷醉于非文学的使命了，一味追求历史阶级斗争的主题显现，故对人与历史，对明代乃至整个封建社会动荡时期各种角色的文化心理、精神世界缺乏深层的开掘。对主人公李自成的造型就是这样。作者虽已隐约写出他正逐渐走上了一条无可逃避的失败道路。但是在这条悲剧道路上，我们只能看到他怎样在走，却看不清他怎样在想，对主人公内心深处属于他个人的苦恼、欢乐、迷惘、彷徨的活动以及演化过程，作者统统疏于描写了。结果，主观与客观脱节，人物在某种程度上便成了表现阶级斗争主题的符号，而不见现实主义美学要求的社会情境（阶级斗争）应成为展示人物性格命运的天地。不错，小说确实证明了历史唯物主义的一条原理，即揭示了社会发展的内在必然性。但以审美为本性的史诗艺术绝不应该只停留在历史教科书和通俗哲学的现成结论上。它必须再深入一步，让读者通过与作品中人物的交流，能触摸到社会发展必然性的底蕴，感受到那个时代的文化精神和悲剧意味。小说显然还达不到这个高度，故洋洋洒洒二百三十万言的语义指向，三言两语就概括尽净了。至于所谓“百科全书式”的说法，也值得商榷。因为小说是平面展开式，宽度够了，深度却不够。真正百科全书式的小说如《红楼梦》，关键并不在于用单一的视角在单调的主题平面上无节制地堆砌生活现象，而是在追求再现那个时代生活全景图的时候，贯穿着对人对历史的深刻洞察力，以及对表现时代的人的文化心理及其命运的准确把握，从而使读者体验到一种浑茫的历史纵深感，并从作品描绘的各个侧面品尝到深浓的人生况味和辽远的哲理品格。读《李自成》你很难享受到这些。作品描写的人和事可谓多矣，由于只是为了演绎那个明了的主题，故大都来得单调呆板。

其次，小说对主角的造型欠生动，不自然。重读小说，我尽量撇开评坛有关《李自成》与“文革”流行的所谓文学创作“三突出”议论的影响，不料却获得了一个相反的有趣印象：从造型美学的观点看，作品的主要人物李自成竟比不上次要角色，明显不如张献忠、郝摇旗、李过、慧梅等人写得潇洒，而这群一般英雄形象又不及反派角色崇祯、杨嗣昌和洪承畴来得生动。究其因，诚如有的批评家所指出的（作者本人也仿佛有所认识），主要是作者用不切实际的理想化手段，把现代人才有的意识及行为硬撮合到他所钟爱的人物身上，从而人为地把他们拔高了。记得早在 20 世纪 70 年代末《李自成》前两卷正抢手的时候，读者圈里就有“高夫人太高，红娘子太红，尚神仙太神”的谐语，而对李自成形象造型的现代化倾向责之更深。确实，像高夫人未卜先知的本领、红娘子自觉异常的阶级意识，都属于不自然的拔高，这在主角身上更严重。李自成无论作为历史人物还是小说角色，说到底不过是个逞一时之雄的农民起义领袖，还够不上胸怀家国天下、手握历史权柄的政治思想家。可是在小说的前三卷，他再三再四地报告讲演，他干练果决地处理事务，你分明能感受到现代政治家的行为风度。再加上小说的不少地方出现了作者、叙述人和人物关系的严重紊乱，你读作品免不了要心生疑惑：主角的对话、议论和举止，究竟是古之李自成呢？抑或今天的姚雪垠？从李自成一遍遍地宣讲老八队传统，一次次地率领众将士在战前开展诉苦活动中，分明看到了人民解放军曾经行之有效的思想政治工作的影子，甚至商洛山反围剿的战斗历程，也与现代中国土地革命战争的某阶段似曾相识。再加上在具体描写上有关李自成笔墨的过于呆板，以及那些动员报告式的讲话和巡视练兵的重复描写，不唯枯燥乏味，而且还给李自成那刚毅冷峻的英雄脸面上，平添了一层滑稽的油彩。与崇祯形象相比，李自成明显缺乏个性，作者对李自成心理描写上欠深入细致，疏漏了对李自成性格演变轨迹的起码描述，故而当我读到义军三围开封的一个情节时，不由得倒抽一口凉气：李自成竟轻率地下令：要将那五百被逼迫而来为官军背粮的百姓悉数斩首！后来虽经田见秀等人的苦苦哀求，他还是残忍地下令将他们“每人剁去一只右手”！当然李自成也非完人，在激烈的两军对战中，有可能枉杀或“误伤”无辜，但是作者不交代这位爱民如父的闯王，思想上何以变化到这种程度的具体过程，就必然令人觉得突然。

创作主主体把自己对现代中国历史的个人体验和认识，附托到古人身上，将历史人物现代化，势必要把作者在特定社会条件下所形成的不正确意识，有意无意地加到小说人物的言行中去。譬如中国自 20 世纪中期始，到中共十一届三中全会前夕止的二十余年时光里，由于“左”的影响和党的领导人指导思想上的错误，在社会上造成了鄙薄理论知识和知识分子，反而以“大老粗”自居自荣的不良风气。这风气显然影响到了作者的思想和创作导向。于是便让义军的二号人物刘宗敏充当上述“政策”导向的现身说法人。结果，这位在阵前佯病计赚宋义富的战斗中，以及在“白马沉江”的传奇描写中令读者喜爱不已的大将军，一旦承当“高贵者最愚蠢，卑贱者最聪明”理论的解说者，就显得不那么可爱了：审判洛阳名士吕维祺，他捎带着把天下孔孟之徒一锅烩了；与牛金星、李岩讨论招贤馆事，他又把读书人整个儿骂一通，对此作者似乎还担心未把自个儿的“立场转变过来”，于是再加码，在第三卷中册专辟数千言篇幅，安排刘宗敏在酒宴上就李广“射石没簇”的史传舌战群儒，以大老粗资格再次尽情地把书本和知识分子挖苦个够。此类曲意逢时的写作态度，当初或许能博得当权者的青睐，但时过境迁，其乖张荒唐则是不言而喻的了。

四

读完《李自成》前三卷，权量再三，便会感到作品中部分闪烁的美学之光，还不足以把小说通体照亮。站在文学史上名著的高度上来看，《李自成》还够不上“史诗”和“百科全书”之誉。现在要问，究竟是何种因素使得《李自成》在短短十年间文学声望下跌得如此之惨？或者说姚先生画虎不成的原因是什么？我以为就创作方面来看，似乎可在集中体现作者写作心态的第一卷《前言》和第二卷《重印小记》中，找到某种信息和答案。《李自成》在动笔之前，就命定不能成为史诗性作品或百科全书式的优秀长篇了。这要“命”的因素主要有两点：

一是主题先行和概念图解抑压了小说家的艺术神思。细读小说不难发现，其人物造型之所以这样表现而不是那样表现，情节设置之所以这样安排而不是那样安排，似乎都有一定之规，全然合乎作者先定的逻辑规范。在那个显豁的历史阶级斗争主题的辖制之下，无论是以李自成为代表的农民英雄们，还是以崇祯为总头子的统治势力，抑或饥民百姓、宫妃兵勇、文人方士……各色人等，无不围绕着明末阶级斗争民族矛盾的轴心旋转。这一切都表明小说主题先行的气味很浓。“随着我在新的条件下不断地学习马克思列宁主义、毛泽东思想，我对接触过的历史资料获得了新的认识，从而形成了《李自成》的主题思想”[①]。这与挥写人间史诗的巴尔扎克、托尔斯泰和海明威等伟大作家还讲不清楚其主题意蕴的情况相比，是显得有些过于先觉和理性化了。而且，此类通过理论学习提高认识先于创作而产生的主题，正确自然是正确了，放在教科书里不失为警句，但横亘在作家头脑中，不过是干巴巴的抽象概念而已。这样作者剩下的任务仅仅就在于对这抽象概念进行具体化展开和形象化说明了。惜乎《李自成》的创作正是走着这么条反美学的艺术歧路。作者自云他这是在“坚持用历史唯物主义研究明末历史问题和坚持写《李自成》的工作”。但是他忽略了对于艺术创作来说性命攸关的一个环节——从历史唯物主义原理到语言艺术作品之间必不可少的诗化过程，即作家在全身心介入生活和历史，获得独特而深刻的审美体验后，将心中那活生生毛茸茸的艺术图景化为恢宏的主题意蕴。遗憾的是，《李自成》的创作却倒了过来：作者先用从理论或政策条文中抽绎出来的主题，去“深入”生活和资料，然后据此铺排出一连串的人物和故事，再用这些具体化形象来证明那先定主题的正确性。这样做在局部范围内偶尔也能成功，像崇祯造型便是。但主题先行和概念图解实在是一对孪生兄弟，他们联合起来必然要破坏作品整体的生命力和美，李自成与高夫人不就是这样缺乏美感的概念符号吗？我们看到，作者在他们身上不仅加上了那么多内容雷同乏味的对话和议论，而且自己还动不动跳进故事里去，用教科书和社论的口吻，去评赞他们。这种写法，实际上是那种曾经受到马克思、恩格斯严肃批评过的“为一般而找特殊”的席勒化倾向的延伸。可是，与此相对立的“在特殊中显出一般”的造型法则，由于切合文学本质，早就成为美学公论，有着较高理

① 姚雪垠：《李自成》第一卷《前言》，北京：中国青年出版社，1977年，第2页。

论素养的姚先生为何还要弃坦途而就小道呢?

这就势必要探究《李自成》不能成功的第二个原因了:作者信奉的工具论文学观贬损了他的美学创造。作者曾直言道:"在阶级社会中……任何阶级都有各自的'古为今用'的原则,通过历史著作和文学、艺术等不同手段反映出来。""为要替党的文学事业多尽点微末力量,为无产阶级专政的利益占领历史题材这一角文学阵地,填补起五四新文学运动以来历史长篇小说的空白,我将不断地努力追求,直至生命终止"①。我不怀疑姚雪垠老先生对阶级斗争和无产阶级专政的那份真诚,这份真诚是否正确也姑且不论,这里仅就创作而言,如此强烈和急迫的政治热情与功利目的,势必妨碍作者的美学视野和艺术胸襟,影响其对于表现题材作深邃的审美思考,进而导致《李自成》的认识功能大于艺术功能、工具价值大于美学价值。从这方面来看,我说小说不乏历史教诲而缺少美学启迪,不是没有道理的。

① 姚雪垠:《李自成》第一卷《前言》,北京:中国青年出版社,1977年,第3~4页。

论朦胧诗的终结

一

如果从1970年北岛们处于“地下”状态的自发写诗算起，朦胧诗派迎着热风冷雨在地下生长，直到被社会普遍认可与接受，其发展的不寻常历程，可以说是相当跌宕而又辉煌的。然而，到了文学多元化的80年代中后期，朦胧诗则开始淡出，给人一种人去楼空的感觉。其时，北岛、杨炼去了欧洲，顾城正一门心思筹划携谢烨奔向新西兰，江河迷恋上远古洪荒，廖亦武走火入魔，“相信任何一个神话”，一脸孩子气的梁小斌作起了深沉状，傅天琳、李钢、徐敬亚、王小妮等人自觉改变了诗风，芒克沉默不语，只有舒婷这枝鸢尾花还在歌唱，兴许是连自己也觉得不如先前那样圆润悦耳了吧，她随即也跃入散文海洋里至今不见归来。与朦胧诗创作势头的消退相呼应，热热闹闹、长达五年之久的关于朦胧诗的大论战，也由于外部形势的逆转而偃旗息鼓。总之，作为新诗潮和诗歌运动的朦胧诗，到了这时，具体点说，在1986年《诗歌报》和《深圳青年报》发起的“中国诗坛现代诗群体大展”中颇为壮观地集合过后，宣告终结。

按理说，朦胧诗从潜流而至主潮，能在低潮中奋进十五六个春秋，这在文学思潮史上，已属不易，更为后来“各领风骚三五天”的文学现象所羡慕不已。可是，苦媳妇刚刚熬成婆，缘何就戛然而止、黯然收场了呢？在拉开三十多年时间距离的今天，我们冷静而客观地回顾一下这个问题，或许对总结文学的经验教训，推动当下文学乃至整个精神文化的良性发展，会有所助益。

二

透视朦胧诗在80年代中后期的整体性落潮，我首先看到的是，使得这股新诗潮继续汹涌的气候条件已不复存在。大家知道，朦胧诗自1979年3月浮出水面，能在两三年内迅猛崛起，遍地开花，很大程度上取决于中共十一届三中全会前后兴起的思想解放运动，得益于举国上下痛恨“文革”、渴望新生的政治热情。朦胧诗适逢其会，代表了中华民族这一时期的“最高的意识形态、最大的力量和最精细的感受”[①]。故它的繁荣，可以说是“势使之然也”。然而到了1986和1987年，中国又面临一个新的社会转型的前奏，市场经济的气息渐次涌来，诗人们惊讶地发现，他们积极投身其中的思想解放运动，虽然以其精神的纯粹性和神圣性启动了经济改革，但启动了的经济却自觉偏离了精神的规定路向。昂首阔步在这条道路中央的，是手执各种批条和计划的高干子女，以及公司经理、白领职员、炒股高手、工程转包或承包者、个体业主……在由计划经济向市场经济的转轨过程中，一些大捞了一把和狠赚了一笔的人，成了一个标志，标志着世俗化甚至粗鄙化时代的来临。虽说这似乎是中国走向现代化的一个必然阶段，诗人们还是思想准备不

① 艾略特语，转引自宋耀良《十年文学主潮》，上海：上海文艺出版社，1988年，第59页。

足。他们痛心地看到，这是一个商品大潮涌涨而文化知识贬值、文化地位失落的年代，“傻得像博士，穷得像教授”竟成了一时之顺口溜。这是一个小品而非诗歌的年代，熙攘逐利的人们挣钱之余，渴望的是放松和宣泄，于是与之相适应的娱乐方式雨后春笋般遍布中华，KTV、歌舞厅、酒吧、电视肥皂剧、网络游戏乃至各种名堂的“浴”，更能给他们以感官的满足；恶性循环，金钱拜物教的流行亦使大众的文化水准急剧滑坡，色情、警匪、武侠、秘闻、搞笑等文化快餐越来越迎合他们的胃口，哪里还有兴致吟哦纯文学的诗歌？再加上文学与政治开始了真正的疏离，逐步向自身回归，顺理成章地失去了所谓的“轰动效应”，以及经济的激活和社会的开放，带来的精神生活的宽松、丰富与多样化，诗人和诗歌便无可挽回地从中心被挤到社会的边缘了。在这种情势下，朦胧诗人何为？不能再充当宣示神谕的牧师，也不能再担任道德说教的导师，更不能也不愿意再来作社会群体的代言人和时代政治的传声筒，剩下来的，只有两种选择：出走或转行。故从某种意义上说，朦胧诗运动的难以为继，也是“势使之然也”。

三

倘若朦胧诗人们铭记丹纳在一百多年前的告诫，相信任何艺术的品种和流派只能在特定的精神气候和社会环境中生长，从而及时地调整自己的诗歌观念，从纯精神性和神圣性的高地跳下来，让创作贴近世俗社会的日常生活，或许还会辉煌一些时日的。然而朦胧诗人文化姿态上的先天不足及其局限，使其无力实现这一美学变迁。所谓“文化姿态”，我这里指的是诗人把自己放在社会上的何种位置，又以怎样的态度对待自己的创作和面对想象中的读者。说到底这是一个社会、自我和他者的价值判断问题。朦胧诗派表现在这些问题上的不足，当是他们的事业难以为继的内在原因。具体说来有四个方面：

(一)精英启蒙意识

这方面的典型代表是北岛,典型意象则是“纪念碑”和“墓志铭”。我们知道,朦胧诗是在当代中国史无前例的大灾难中萌生,在血与泪的痛苦反思和憎与爱的冷热交加中崛起的,因此历史决定了这一代诗人“表现出更多的历史感、使命感、责任感”,他们是“沉重的,带有更多的社会批判意识、群体意识和人道主义色彩”[①]。不容置疑,这是朦胧诗派一个可贵的特点。可历史从来不会刀切豆腐两面光,它在赋予朦胧诗以独特存在价值的同时,又恶作剧般地“决定了朦胧诗的批判意识和英雄主义倾向”,“含有了贵族气味”。[②] 的确,北岛们初登诗坛就有意无意地充当了精神启蒙者的角色,他们怀着兼济天下的雄心(《今天》宣告:“反映新时代精神的任务,已经落在我们这一代人的肩上!”),以教化民众为己任,洋溢着人文主义的自信与豪情,开始了呐喊:

琴声飘忽不定,/捧在手中的雪花微微震颤。/当阵阵迷雾退去,/显出旋律般起伏的山峦。

我收集过四季的遗产,/山谷里,没有人烟。/采摘下的野花继续生长/开放,那是死亡的时间。

沿着原始森林的小路,/绿色的阳光在缝隙里流窜。/一只红褐色的苍鹰,/用鸟语翻译这山中的恐怖的谣传。

我猛地喊了一声:/“你好,百——花——山”“/你好,孩——子——”/回音来自遥远的瀑涧。

那是风中之风,/使万物应和,骚动不安。/我喃喃低语,/手中的雪花飘进深渊。

(北岛:《你好,百花山》)

---

① 舒婷:《舒婷诗文自选集》,桂林:漓江出版社,1997 年,第 283 页。

② 徐敬亚:《历史将收割一切》,载《中国现代主义诗群大观》,上海:同济大学出版社,1988 年,第 2 页。

这首诗的前三节给我们展示一个蒙昧的世界，充满了“迷雾”、“恐怖的谣传”和死亡的气息，“没有人烟”，连阳光也不是金黄色而是“绿色”的，它不能普照大地而只能在“缝隙里流窜”。不过，在这一蛮荒之中，“我”还是感到了某种隐伏的生机，那就是神奇的“琴声”在山谷间“飘忽不定”地流动，被采摘的“野花”居然还会神奇地“继续生长、开放”。但真正具有启蒙威力的却是来自“我”的一声呐喊：“你好，百——花——山”，立时唤醒了沉睡而无语的山峦，引起了生命的复苏和积极的“回音”。这声呐喊的威力是多么巨大，效果又是多么明显呵！于是，“我”不禁对自己的声音充满了自豪：这是“风中之风”，能神奇地“使万物应和”。不难看出，这首诗是一个象征。“我”与“百花山”的关系，分明是“精英与大众之间的独白型语言关系的一种寓言性显示”[①]。精英向大众展开启蒙性演讲，而大众只能被动而默默地倾听，最多也不过来点“回音”以显示精英的威力。于是精英对大众的启蒙，总是表现为精英自己的“独白”，甚至是自说自话。有意思的是，在七八十年代之交，诗人的这一姿态，并不是孤立的存在，它与当时小说中乔光朴、李向南、陈抱帖之类改革英雄，以及其他作品中类似的形象和观念，共同构成了那个特定时期的文化语境，试图让人们相信，少数精英人物的特殊力量能在短期内扫净奥吉亚斯的牛圈以实现中华腾飞的宏伟蓝图。其诚可嘉，然而其燃烧着浪漫激情的眼神却有些可笑。

深究《你好，百花山》式的精英独白，端详《纪念碑》似的英雄造像，你一定会发现北岛、江河们的尴尬。首先，从精神结构和思想上看，他们有无在圣坛布道的资格，还很难说，更不用讲什么救世英雄了。譬如北岛那声有名的呐喊：“卑鄙是卑鄙者的通行证/高尚是高尚者的墓志铭”，确实鞭出了那个人妖颠倒岁月的血痕。然而无论是参照历史，还是近观现实，北岛的概

---

① 王一川：《中国形象诗学》，上海：上海三联出版社，1998年，第51页。

括都还不够。与此相关的,还有更为深刻和更为沉重的一面:“高尚是卑鄙者的通行证/卑鄙是高尚者的墓志铭。”故宫养心殿至今还有副雍正所撰写的对联:“唯有一人治天下,岂为天下奉一人。”瞧这家伙说得多么冠冕堂皇,可是就连中央电视台播出的《雍正王朝》,也不难透过“爱国爱民”的表面看出他的卑鄙与阴毒来。此类事在现实中也有许多。君不见当今一些标榜为“公仆”的人,也并不妨碍他将主人口袋里的钱大把大把装进自己的腰包吗?而正直的人,真正全心全意于人民反而蒙受奇耻大冤的人,即使在当代中国史上,无论从数量上看,还是从受难时间之长久上看,都是令人触目惊心的。惜乎北岛们天真,看不到这更内在的一面。其次,从对自我的认识上看,他们也有某种程度的偏颇。当然,作为新诗潮,朦胧诗的一个突出特点就是高扬个体存在的主旋律,恢复作为一个普通人的自尊和价值。北岛《宣告》:“在没有英雄的年代里/我只想做一个人。”所谓“没有英雄的年代”很好理解,那就是“上帝死了”——世上从来没有救世主,也不靠神仙皇帝,只有自己救自己。而“做一个人”的语义甚丰,至少有三种含义:一是做一个普通的人,应有基本的生存权利;二是颠覆神化偶像英雄典型;三是个性意识的觉醒。总之,在那十年浩劫,人被异化为非人,如今噩梦醒来,诗人庄严呼唤一个正常人的本来面目和基本权利,这个要求不管从当时还是在今天看来,都是难能可贵的。但细较起来,甚至没能达到存在主义哲学人学观的高度,却是颇为遗憾的。虽说二者都承认人的异化,都要求回归自我,但存在主义的回到自我,是本来的自我,即具有个体性的单个人;而朦胧诗派的“自我”还只是一个类概念,是“一代人”的大我,是充满斗争精神肩负历史使命的“我们”,“是个人对一代人的兄弟般呼吁”[①]。以如此“自我”为基础的精英启蒙意识,在颠覆旧神偶像的同时

① 徐敬亚:《崛起的诗群》,《当代文艺思潮》1983年第1期。

又宣扬了傲世独行的个人主义，势必有再造新神的危险。正是在这个意义上，稍后崛起的“新生代”，才高呼“Pass 北岛”、“Pass 舒婷”的。此外，诗既然要表现自我人生和生存状态，就应认识到，它是由衣食住行、七情六欲、生老病死等形而下的基本层次和奋斗、探索、牺牲等形而上的高层次构成的。比起新生代诗主张从前者去表现对生命的全部体验，朦胧诗的启蒙，忽视前者却对后者的一味高扬，的确显得有些空洞。

（二）病态青春意识

今在重读朦胧诗，我每每感到震惊：这群参加过“文革”又对“文革”表达了深刻感受的诗人，何以鲜有巴金式的反思与忏悔？特别是以顾城为代表的一些人，总是用孩童的视角，以自恋、自怜的病态情调，把自己描绘成弱小无助的受害者，在经受风摧雷击之后，仍似出水芙蓉，纯真依然且童心未泯。请看：

妈妈，/我看见了雪白的墙。

早晨，/我上街去买蜡笔，/看见一位工人/费了很大力气，/在长长的围墙粉刷。

他回头向我微笑，/他叫我/去告诉所有的小朋友；/以后不要在这墙上乱画。

妈妈，/我看见了雪白的墙。/这上面曾经那么肮脏，/写有很多粗暴的字。/妈妈，/你也哭过，/就为那些辱骂的缘故，/爸爸不在了，/永远地不在了。

比我喝的牛奶还要洁白/还要洁白的墙，/一直闪现在我的梦中，/它还站在地平线上，/在白天里闪烁着迷人光芒，/我爱雪白的墙。

永远地不会在这墙上乱画，/不会的，/像妈妈一样温和的晴空啊，/你听到了吗？

妈妈，/我看见了雪白的墙。

（梁小斌：《雪白的墙》）

这首诗现在读来仍撩人心弦。诗中妈妈、我、雪白的墙显然都有象征寓意。我向妈妈的倾诉,正是经历了“文革”的年轻一代向祖国的倾诉。雪白的墙,既指未被污染的纯洁心灵,也可看作健康、纯洁的社会环境。诗以一个孩童的视角,把对读者的告白,巧妙地转变成对妈妈的诉说,这个抒情角度,对于表现纯洁心灵的复苏,无疑是最佳的。但问题也在这里出现:既然为了狂暴的激情,你“曾经向蓝色的天空开枪”①,你的梦中怎能如此单纯地“一直闪现”“雪白的墙”? 显然,总体而言朦胧诗对自身与“文革”关系的认识,是大大低于同一时期社会政治抒情诗的水平的。《小草在歌唱》写到张志新烈士被枪杀,诗人尚能因自己“竟睡得那样死”而深深自责;流沙河也曾悔恨地说:“我像猪一样被拖到街头/向打手求饶,请打轻些/仰面我有愧于张志新大姐姐/俯首我有愧于遇罗克小弟弟/枉自你教育我好多年/我居然这般不成器。”朦胧诗人却极少这样对自我的坦诚批判,一味天真自恋,委实令人感到遗憾。

病态青春意识,在顾城其人其诗中体现得最为突出。平心而论,顾城对于“昨天”的认识,还算是独特而深刻的。他的一些短章,如《一代人》、《远和近》、《弧线》、《感觉》等,出语新鲜,寓意俊朗,至今还值得激赏。但对于“明天”,对于当下现实,这个“被妈妈宠坏了的孩子”,却任性涂抹起来了。其中由绿苹果、红樱桃、新鲜的花朵、年轻的树和快乐的小河组成的种种景观,美则美矣,却没有一丝人间烟火气,也不知是我们共和国的哪个境地。应当指出,顾城用梦幻编织的童话世界,虽然鲜红,虽然淡绿,却只表现出他精神生命的孱弱,而放不进尘世中任何一个人的足迹。联系到他后来可悲的结局,于坚的评说就不显得过分了:“顾城是一个有着中国传统诗歌才子一切毛病的男子,多愁善感,神经质,老天真,弱不禁风、苍白、冥想、连自行车都不会骑,凡有关生命、健康、有关具体存在的一切他都不

① 梁小斌:《我曾经向蓝色的天空开枪》,载阎月君编选《朦胧诗选》,沈阳:春风文艺出版社,1986 年。

会。他公然还想纳妾。他只会靠着才气写诗，最后却举起了一把利斧。他的诗是逃避现实、逃避存在的。……都有一个相同的主题，即人们置身其中的生活是不值得过的，在天边外，在某个岛上，存在着'真正的生活'、美如童话的生活。……这种诗是令人丧失存在的勇气的，后来又被汪国真等通俗化，使一大批青春男女成为白日梦者，丧失操作能力。"[①]

（三）爱情乌托邦

说到新时期爱情诗，我们应当感谢舒婷。这位温婉的南国歌手，在朦胧诗派中独树一帜地贡献了那么多情真意切的爱情诗篇。《致橡树》、《神女峰》、《双桅船》所表现出来的现代爱情观念，不啻是对中国绵延千年的封建婚姻意识的总清算。其他一些表现少女初恋情怀的诗，也柔美亲切，温馨动人。可是话说回来，舒婷的这些爱情诗，从总体上看也存在着某些不足。简单地说，主要是诗歌中的爱情时空，与当下现实严重错位，结果令人遗憾地遁入了乌托邦。由阎月君等编选、春风文艺出版社出版发行的《朦胧诗选》，收舒婷爱情诗七首，从中人们看到的，全是这样一些美丽的意象：河湾、桂花树、星星、海岸、天空、田野、月光（出现六次）、细雨、灯光、花雨、橡树、木棉、凤凰树、枫叶，等等；而在《会唱歌的鸢尾花》这首诗中，你一下就看到如此之多的优美词句：泉水纵横的土地却把路标交给了花朵、南瓜棚、青稞地、荒野、蔚蓝的小星星、扬起浅色衣裙/穿过蝉声如雨的小巷/来敲你的彩色玻璃窗、鸽子、橄榄树……爱情是人生最美丽的风景，诗人当然有权利用美丽的意象来营造爱情世界，但一味的美丽，一点儿不涉及爱情婚姻的当下现实，也就显得虚幻了。面对现实婚姻中普遍的苦涩和沉重，诗人多少有点表示才好，何况美丽的童话还有大灰狼呢。我如是说，并非反对爱情中应有美丽的梦，只是担心沉醉在这爱情乌托邦中的少

---

① 于坚：《棕皮手记》，上海：东方出版中心，1997年，第181页。

男少女们，长不大，太脆弱，丧失创造和享受真正爱情的能力。

还有，那首流传很广且给舒婷带来极高声誉的《致橡树》，所表现出的男女平等、志趣一致、彼此独立又相互扶助的爱情观念，其实早在一百多年前，恩格斯就在《家庭、国家和私有制的起源》中已作了更为准确、完整和明晰的表述。可在当代中国，《致橡树》却具有了新的意义，成为现代女性的爱情宣言。这是诗人的幸运呢，还是我们民族的不幸？故对《致橡树》的思想内涵不可拔得过高，更要注意对它的"误读"所产生的负面效应。对此，舒婷本人倒十分清楚："1980 年我去湖北……有一位女研究生始终默默守在墙边等众人走光才单独面对我。那时的研究生已属凤毛麟角，女研究生更是稀世珍宝。但这位姑娘以无神的大眼睛逼问我：'橡树在哪里？'……直到我在四川遇到一位广播员，极妩媚极干净的一位姑娘，打扮很有气质，又在上函大，追求者众多。但她一找到我就痛哭起来，她也寻找橡树，我才感到心情沉重，这时要将《致橡树》撕得粉碎已经太迟了。"①不过，诗人也没必要过于自责和沉重，说到底是这些姑娘们，自己错以为是天上的仙女，拒绝了尘世的爱情，才面对一片虚空的。

(四)语言主流化症状

早期否定派批评朦胧诗的一个重要理由，是说朦胧诗语言晦涩，语义含混，弄得他们这些大文人都焦躁气闷，文化层次较低的大众读者更难接受。其实这只是皮毛之见。随着时间的推移和作者诗艺的提高，问题是可以解决，事实上也已基本上获得了解决。

从语言文化角度看，我认为朦胧诗的症状，发生在它的深层结构里，即"精英独白"式话语，使其陷入主流化语言的泥沼之中，从而丧失了很多独具魅力的文学个性。所谓"主流化语

---

① 舒婷：《舒婷诗文自选集》，桂林：漓江出版社，1997 年，第 292 页。

言”，是指某一特定时期在整个文化领域里具有统治性权威的话语形态。它把官方或体制文化语言作为自己最高的权威规范，作为其他各种语言所必须遵循，或不由自主效法的基本语言模式。在主流话语圈内，文学语言的独立自足性多被遮蔽。遗憾的是，朦胧诗运动在向文学语言卓有成效的复归之中，由于前述文化姿态的缺陷，有意无意地沾溉了浓重的精英语调和意识形态色彩，使其形成了“启蒙/被启蒙”，“说话/听话”的二元对立结构。这样一来，本应是精英与大众平等的交流与对话，却变成了前者向后者的演讲或上课。结果，本已缺失个性自我声音的精英们，却被“推举”为理性的化身或真理的代言人，而大众则相应变成了亟待被启蒙的愚昧听众或学生。于是，精英们居高临下，位居光芒四射的“中心”，大众则被置于暝暗的“边缘”。今天重读朦胧诗，总感到字里行间流露出号召性和鼓动性，有种浓重的训诫口气，根子就在这里。退一步说，就算当初你把主流语言诗意化是适时的、正确的，但世变时移，当主流语言随着国家政策的调整和社会的转型而发生变化之后，进入你诗中的主流化语言就一点儿诗意也没有了。“斗争就是我的主题/我把我的诗和我的生命/献给了纪念碑”（江河：《纪念碑》），如此激昂的文字，今天还能引起谁的兴奋呢？而且，随着市场经济的展开，步入 90 年代的人民大众拥有了越来越多的话语权，而自以为精英的知识分子，则一个个感觉被抛向了社会的“边缘”，等待朦胧诗人的，自然是“失语”而无其他。

四

作为朦胧诗整个发展过程的亲历者，我至今仍对它情有独钟，不时翻阅。可在这篇文章里，我却数落了它那么多的“不是”，实为出于求真的心愿和科学的评判。二者并不相悖。事实上，导致朦胧诗终结的外部条件和内部原因，也没有遮挡住这只报春飞燕的魅力。作为诗歌运动和审美对象，相信它永远具有欣赏与研究价值。仅从诗歌观念上说，当年朦胧诗为了冲决古旧的政治神话，为了扫除封建意识，治疗社会上普遍存在的个人崇拜、愚昧和迷信，承续“五四”传统，极力张扬近代人文主义启蒙精神，毕竟是适时的、必要的。因为刚刚从非人道反人性的十年“文革”厄运中挣脱出来的人们，惊魂甫定，都从内心欢迎朦胧诗高扬的人道主义。而人道主义的本义就是要突破封建神学的囚禁而肯定人的权利和价值。故当年最缺乏这些东西的国人，皆从内心赞同朦胧诗派以及新时期许多作家对人性、人情、人权、人道、人的自尊的呼喊。这是共和国第一次人的发现。仅此一端，朦胧诗就达到了那个时代的最高水平。虽说囿于历史局限，这群英雄未能掌握在两次大战废墟中升起的现代文化观念，不能确认人既伟大又脆弱的双重本性，不能看到自身也是历史悲剧赖以铸成的一个因子，也应对历史承担应尽的责任，故未达到人的再发现这一更高水平。不过，今天我们可以指出他们的不足和局限，却不应苛求他们。说到底大家都是历史中人。

提及朦胧诗的终结，我还要满怀敬意地介绍这些出局者所表现出来的雍容大度。面对一片“超越”、“打倒”声，北岛们微笑着保持了默然。他们深知新的文学力量在成长过程中遭受压制、贬斥和打击的痛苦，故对激进的新生代诗人，表示宽容和理解。舒婷说：“在读到目前‘大学生诗派’或者叫‘新生代’，我一直认为他们的起点高，是时代给予他们的优势，但同时也将他们放在一个竞争极其激烈的开阔地上。……更年轻的诗人们的挑战是很有力量的，他们不是在‘个人’意义上的题材，而是已经学会了用自己的目光选择适合自己的题材，这样发起的冲击才有突破性。”[①]这种亲切、敞亮的态度，是有利于文学的生长和繁荣的。对朦胧诗派这最后一次体面的亮相，至今我还想为之喝彩！

---

① 舒婷：《舒婷诗文自选集》，桂林：漓江出版社，1997年，第277页。

是成功也是缺憾

柏林国际电影节把最佳故事片奖金熊奖拱手给了《红高粱》。据报道,《红高粱》放映时,那些享有盛誉、仪态庄重且头发花白的评委们,开始为颠轿的场面所吸引,继而被野合的镜头所激动。电影放完,他们齐立鼓掌,表示出强烈的赞赏,并给深深感动了他们的这部中国新片投了全票。《红高粱》既然能以自身的魅力在国际上获得大奖,那么它在国内公映时受到广泛的好评、激烈的争论,也在情理之中了。这一现象已经说明:在我国当下总体上不景气甚至可以说很糟糕的电影现状下,《红高粱》的成功应该说是显见的。

一味争执《红高粱》是表现了民族精神还是亵渎了民族尊严,已没多大意思。由于不同接受心理的参与,这问题永远不会得到圆满解释。反之,我对紧密结合影片实际所作出的艺术分析与评论则产生了浓厚的兴趣。很多艺术眼光敏锐的人都注意到,这部片子关于现代电影语言的成功运用、新颖浓烈的视觉造型、主体情绪的热情宣泄和具有神秘意味的传奇色彩,的确不同凡响,令人耳目一新。可我又觉得,上述评论尽管中肯可还有点“飘”：只谈到电影本体论意义的艺术表现手段及其美学效应，但没有涉及它们的基点——《红高粱》民俗表现的美学追求。而生成这部电影强烈艺术冲击力的造型、音响、场面、情调、氛围、故事等等，正是深深附着在这独特的民俗画面之上的。

民情风俗，作为某一特定民族或地域的人们生活方式与文化意识的习规形式，历来受到以主情性和知解性为其特征的电影的青睐。电影艺术家利用民俗来揭示主题、推进情节、刻画人物，烘托情感氛围，不仅能获得本民族（地域）人们审美心理上的认同，而且还会受到外民族人民的欢迎——民俗引起了他们心理上的好奇和艺术上的新鲜感。比如《人生》中巧珍结婚的婚俗场面，《老井》中旺泉“倒扎门”过日子的情节，《芙蓉镇》的坐喜堂唱歌等等，就取得了这样的审美效果，人们至今还交口称赞。但《红高粱》的民俗表现与上述情况不大一样。如果说《人生》等电影是严格按照民俗的“原生态”形式真实予以表现的话，那么，《红高粱》的民俗表现则采取了主观强化形式。这就是说，《人生》等电影把民俗当作一个或一组放大的道具，来发挥其背景渲染和故事衔接的作用，而《红高粱》则把民俗作为“戏”的本身，作为表现的主体加以主观情绪化的改造。这就使《红高粱》的民俗表现具有了不同的鲜明特色。现谨以颠轿、野合和敬酒神为例试加详述。

结婚坐花轿，是我国传统婚俗中的一项重要活动。在我国北方有轿夫颠花轿戏谑新娘子的记载。但究竟是怎么个颠法，现在已搞不清楚了。导演张艺谋和他的哥儿们，设计了现在这种颠法，整整颠了十分钟，占全片放映时间的九分之一，演足了这场戏。那脚踏黄土的有力造型，恣肆狂放的颠轿动作，粗犷嘹亮的尽情歌唱，产生一种强烈的冲击力且韵味深长。这个场面恰当地表现了（通过唱词）青春娇美的新娘子嫁给五十多岁的麻风病李大头的不合人性，也表现了生活在贫瘠之地的人们在大自然的陶冶下流露出的精气神儿。轿夫们粗野无忌地颠着唱着，新娘子花轿内则痛苦得几欲呕吐。与其说这是因颠而造成的生理性反应，不如说是她即将到来的灾难性婚配的心理恐惧与痛苦的表现。有意味的是，粗野的轿夫一旦听到轿内的哭声就戛然停止了狂颠猛唱，这说明轿上轿下的人此刻似已达到某种情感上的默契，心灵上的沟通。

野合这场戏，是《红高粱》最精彩的一笔。我国古籍上和古代民歌中，关于野合的记载和描述，是屡见不鲜的。就在电影表现的地方山东，早在先秦时期，春之时也，男欢女爱，奔之不禁，这是有史料记载的。可见野合是有其坚实的民俗基础的。了解这一点，又在"九儿"是与一个老麻风病结合的极不合理的基础上，导演为浓浓烈烈、张张扬扬地表现人性、表现生命的自由，精心安排了"我爷爷"和"我奶奶"在高粱地做爱的一场戏，我认为是非常之好的。俯拍的全景展现"我奶奶"仰面"大"字躺在青青高粱铺成的圆台上，犹如躺在圣坛上，等待着；而"我爷爷"则面向"我奶奶"，双膝下跪，脸朝着那炽热而又耀眼的太阳……这充满写意色彩的画面，伴随着撩人心弦的欢快音乐，产生了一股极强的情感动势。尤其是那三个高粱叶子在太阳光下随风摇摆的镜头，象征着自然本性的人和人化的自然融为一体的强盛生命力。几千年来被封建理性视为不光彩的野合，就这样得到了神圣的礼赞！从中我们看到了对传统文化的蔑视，对人格力量的张扬；听到了对民族精神和新的价值观念的热情呼唤。这仪式化的野合场面，这高粱地里的氛围，促使着我们对现代人、对人性、对性、对生命力的深沉思考；其自由自然境界，反衬出如今那被金钱、被权势和实用理性所异化的两性结合的黯淡无光。

敬酒神的两个场面，也是一种仪式化的民俗表现。电影抛弃了我国拜神民俗中迷信落后的东西，把它纯粹作为一种精神活动——一种激励踔扬精神力量的活动来表现。《酿新酒》的歌唱则把这种精神渲染得酣畅淋漓。我们看到由罗汉带领众伙计第一次敬酒神，显然是在出酒的喜庆气氛中，这群手捧大碗酒的顶天立地的汉子神情肃穆地向神向宇宙炫耀自己的创造和力量。看到这里，使人自然想起打了胜仗的将士向元帅汇报战绩的情景。第二次由“我爷爷”带领众伙计敬酒神，气氛有所不同，影片把这复仇气氛揭示得极有层次：桌子和大碗，第一个下跪的人，紧跟着后面的人，再后是暗红的火堆和墙的背景。压抑不住的歌声响了，人们的激动，人们的复仇情绪，涨满了这个空间。

从上述分析中可知，《红高粱》在艺术上运用民俗又不拘泥于民俗，它根据表现内容和情感的需要大胆地对其割舍、改造和强化。这部电影的成功，在一定程度上取决于此。可惜成功的因素也成了电影某些艺术上失败的因素。这就是民俗表现的强化怎样把握才适度。掌握适度需要很好的文艺民俗学修养才行。看来张艺谋在这方面的功力还差把火，因而暴露了两个明显的不应该出现的疵点：

其一，正如很多影评所指出的，影片风格前后不一，给人们以强弩之末之感。其中一个原因就是减弱了民俗的表现力。譬如“我奶奶”的死，处理得太简单草率。这与前半部分“野合”的表现太不般配了。“我奶奶”爱在高粱地里躺在高粱地里，走完了她传奇叛逆的一生，应该是影片的精彩段落，遗憾的是电影没有通过一种民俗的仪式化场面，来表现应有的悲怆和崇高，来表现民族的生命意识的升华。

其二，从颠轿直到新娘进门的整个过程中，导演犯了一个不应犯下的错误：要表现轿夫的生命力当然很好，可怎能让他们一个个光着脑壳赤着上身展示肌肉？这在古往今来东南西北的婚俗大典中，无论如何是不允许的。尤其令人迷惑难解的是新娘进门的场景，怎么会这般冷清凄凉，只有一个老妇将其搀进门里，而且是在黑沉沉的背景里。导演可能是想表现这儿保守封闭和婚姻的不合理性。可是能用一头骡子换房媳妇的酒坊掌柜竟没能买上一挂鞭炮来放，这无论如何是难以令人置信的。这就把民俗表现得出格了。因此我以为《红高粱》的全票获奖有些侥幸。倘若评委中有一个懂得中国民俗的人，其结果可能就不会是这样了。

自然与朴素孕育文学的精灵

2000年底，为了完成罗振亚、黄光伟二位学兄交给的“迟子建创作论”研究任务，我有幸与这位实力作家作了一次愉快而收获颇丰的访谈。访谈记录如下：

方守金：在接受《北国的精灵——迟子建论》选题任务的时候，我突然想起十几年前闹出的一个笑话。1987年我曾在课堂上宣布：“请同学们注意了，黑龙江出了一位叫迟子建的小说家，他对情感的表达和对东北原野景色的描绘，像一个女性作家那样优美细腻……”当时就有学生嗤笑道：“嘻！像一个女作家？老师，迟子建就是女的。”今天想起这件事，还觉得很不好意思。为了让喜爱你的读者不至于像我这样出错，请先谈谈你的经历吧。

迟子建：也许是我的名字中缺少“雪”、“荷”、“月”、“琴”之类阴柔之美韵味的字眼，所以不只你一人曾把我当成一个男性作家。我想若我生为男性，也许就不会成为作家，因为男性往往对大自然不敏感，而我恰恰是由于对大自然无比钟情，而生发了无数人生的感慨和遐想，靠着它们支撑我的艺术世界。

我出生在黑龙江畔的北极村，这是中国最北的小村子，界河那边就是苏联了。小时候住在姥姥家里，每天早晨起来，看到太阳从苏联那边升起，常常有一种非常奇妙的感觉。我的故乡有广袤的原野和森林，每年有多半的时间是在寒冷中生活。大雪、炉火、雪爬犁、木刻楞房屋、菜园、晚霞……这都是我童年时最熟悉的事物，我忆起它们时总有一种亲切感，而它们最后也经常地出现在我的作品当中。我想没有童年时被大自然紧紧相拥的那种具有田园牧歌般的生活经历，我在读大兴安岭师专中文系时就不会热爱上写作。

当然，我最初的文学启蒙也得之于我的父老乡亲。我们家乡冬天下午三点钟天就黑了，大家就聚在一起，抽着黄烟，嗑着瓜子，喝着那种很劣质的茶，开始谈天说地，讲鬼神故事。我从这些鬼和神的传奇故事里面，获得了无穷无尽的幻想。我想这也许是我最早的文学感觉吧。

方守金：听了这段介绍，我倒明白了你创作中极具地域归属感的个中缘由了。你说没有童年时被大自然紧紧相拥的生活经历，就不会热爱上写作，这话挺有意味。请谈谈自然对你创作的影响。

迟子建：我觉得自然对人的影响是非常大的。我一直认为，大自然是这世界上真正不朽的东西。它有呼吸，有灵性，往往会使你与它产生共鸣。很小的时候，我就有这种感觉了。现在我印象比较深刻的，还是童年经历中的自然画面与生活场景。比如小时候跟着家人去黑龙江捕鱼，傍晚时分，一堆堆篝火点起来了，更使得冰天雪地一片苍茫，给人非常生动和活跃的感觉。那时我根本不知道什么叫伤感，也不会想到今后去表达它，可当时就有种说不出的感觉。现在想起这些，心中还有一种意外的感动。这种感觉促使我走上文学创作道路以后，脑海里还时常浮现出童年时家乡的山峦、河流、草滩的自然画面，似乎还能闻到花草的香气，嗅出河流的气息；也常常不由自主地想起童年故乡的生活场景，乡亲们言谈举止的方式和表情，他们高兴时是什么样子，发怒时是什么样子，说话时是什么样子……种种情态，在我脑海里特别深刻，一下笔，故乡的人、事、景、情就扑面而来。

方守金：你从什么时候开始写小说的？什么原因促使你对文学创作情有独钟？

迟子建：我写作比较早，80年代初就开始了，那时我还不满二十岁。本来我读中学的时候就非常喜欢看书和写作文，可高考却考得特别糟糕，我把作文写跑题了，只得了最低分五分。按我的分数只够上中专的，可那年大兴安岭师专扩招，降下好几个分数段，我便非常幸运地作为最后一名被录取了。我们学校坐落在大山里，没有围墙，直接面对山峦、溪水和草滩，可以说我是在妖娆奇异的自然风景中读了三年中文专业。那时候课程不紧，每天有很多时间可以自己支配。我去图书馆看了大量的书，创作的“野心”就在不断读书和无所事事之中渐渐长大了，而且那个时候又很爱做梦，整天多愁善感的，这好像是我最初的写作契机吧。开始是写自然景色的观察日记，我常常坐在教室的窗前，看着那太阳怎样落下，开始下落是什么颜色，后来又是什么颜色，然后就把它写下来。我觉得写观察日记，对我走上创作道路是一种很好的锻炼，当然，那时用的是一种形容的、抒情的语言，笔端充满了莫名的伤感。经过一些锻炼以后，我便产生了写小说的冲动，1983年起开始向文学刊物寄稿子。记得有一篇稿子曾得到编辑宋学孟的回音，可改了三遍也没有成功。但我仍然痴迷不悔，在毕业前两三个月，每天晚自习的时候，都在写《北极村童话》，就在教室里，一展开纸笔，故土的乡亲们就仿佛非常亲切地纷纷来到我的面前，我往往写得激情洋溢。所以说，我最初的创作就与自然和故乡那么密不可分地结合了起来。

方守金：从你的散文和小说里可以看出，你的父亲迟泽风先生，是一位爱好文艺且多才多艺的文化人，他给你起的名字多么富于文学意味！老人家生前和辞世之后，对你精神世界与创作个性的影响是非常巨大和明显的。他对你走向作家之路有无进行过具体的指导，或者说在文学创作上有没有直接的影响？

迟子建：我父亲对我的人生和创作确实都有很大影响。但他从未对我的写作做过具体的指导。我曾说过，我没有任何家学底子。父亲辞世之时，我仅仅发表了《沉睡的大固其固》和《北极村童话》等两三篇小说。我想他给我人生的最大教诲就是：人要靠自己，要自由地活着。他生前从不约束我，哪怕是我的“个性”惹他不痛快了。除却“溺爱”我之外，我相信父亲是不愿意遏制我的天性发展，这点我一直对他心存感激。

方守金：不少评论家说你是文坛上的独行客，但我理解你的孤独主要是指创作精神上的。漠河的亲友自不用说，在文学界和出版界你也有一大批朋友，这些朋友对你的生活和创作也有很大影响和帮助吧？

迟子建：作家在精神上肯定是孤独的，因为孤独感可以使想象的世界变得异彩纷呈。在生活中，我热爱亲朋好友，他们使我感受到尘世生活的一种关爱和暖意，至于他们对我文学上的帮助和影响，我想这并没有太大的关系，因为生活和写作是两回事。

方守金：你曾介绍过在成为职业作家之前，你喜欢罗曼·罗兰、屠格涅夫、川端康成、鲁迅、郁达夫等大作家。现在仍然喜欢后三位和福克纳、爱伦·坡、杜拉斯等作家，除他们之外，你还喜欢哪些作家？包括当今活跃在文坛上的中国作家。

迟子建：我喜欢的作家很多。除以上你点到的名字之外，还有挪威的汉姆生，英国的莎士比亚。汉姆生作品的朴素令我敬畏，而莎士比亚的语言令我着迷。中国当代文坛上，我觉得优秀的作家不少，比如张承志、韩少功、莫言、刘震云、王安忆、苏童、方方等。

方守金:新时期涌现出来的作家,在初始创作中往往有着较为明显的借鉴和模仿的痕迹,而在你的创作中却不大容易看到师承的迹象。当然,潜移默化、自然而然是一种更高水平上的继承和借鉴。请你谈谈这方面的体会和经验。

迟子建:这是一个很难谈的话题。我想没有人生来就会写作的。读书帮助我丰富了自己的艺术世界,文学前辈们对我潜移默化的影响肯定存在。一个作家必定是在用“天赋”做了“敲门砖”之后,要不断汲取营养才能完善自己。问题在于,一个人的艺术个性总会在不断总结前人创作经验的过程中逐渐突现出来,形成属于自己的独特风格的。

方守金:让我们谈些读者感兴趣的具体事情吧。我知道你至今不用电脑写作,为什么?此外你还有哪些写作习惯?

迟子建:我会用电脑抄稿,但不会用它“写作”,也许这是由于我智商不高所造成的缘故吧。在敲击键盘的声音中,我很难气定神凝地进入写作状态,这令人无可奈何。

我是个职业作家,因而写作不用开夜车。通常是白天写作,大约工作四五个小时左右吧。

方守金:你是怎样给笔下人物起名字的?你的一系列小说中人物的名字真好,像七斗、宝坠、马孔多、天灶、天云等等,不仅读起来响亮,而且有的还隐隐透发出人物的身份和命运。譬如《清水洗尘》中的天灶,“灶”字代表了他眼下的身份和地位:给全家人烧洗澡水;“天”却表明了这个小男孩远大的志向和理想,不过现在他只能满足烧一锅清水来给自己洗澡的愿望。

迟子建:我给作品中的人物起名字往往是从人物身份上来考虑的。譬如一个农民如果叫“徐悲鸿”、“白杨”就会显得滑稽。而一个知识分子如果叫“张二狗”和“李老拐”也显得唐突可笑。不过我很少给名字附加什么“寓意”,小说是靠艺术取胜的,名字充其量只是一个符号而已。

方守金:我发现你与新时期大多数活跃的女作家在“性别书写”上很不相同。譬如较早一些的张洁、张辛欣,现在大红大紫的池莉等,她们笔下的男人,多数猥琐无能,而女主人公在生活中成功不成功姑且不论,却大都精明能干,泼辣强悍,很少能嗅见她们温柔的气息了。近读池莉的《生活秀》,来双扬的形象更加深了我的这一感觉。而你笔下的女主人公却一个个女人味十足,男性形象中也有不少从气质到外貌都是相当伟岸的人。可你显然又与“才子落难佳人救助”的张贤亮模式有所不同。请从性别的角度,谈一谈你对这种创作形象的认识。

迟子建:我不喜欢给自己作品中的女性或男性形象“定型”,因为生活中的性格本身就很复杂,更不要说在作品之中了。我稍微回忆了一下,觉得自己作品中的女性形象除了“女人味”之外,也有泼辣和坚强的人物,如《逝川》中的吉喜、《罗索河瘟疫》中的老女人、《树下》中的姨妈等等,很难一概而论。小说中的人物最忌落入同一模式。

方守金:《晨钟响彻黄昏》中的刘天园,读大学时就因心理困扰自杀过,当了记者后又连连被恶人强暴,后来还是在精神病院里上吊了;《树下》的主人公李七斗,从一开始就是一个柔弱的小女孩,在她的成长经历中,一直是随遇而安,甚至逆来顺受。她们仿佛被冥冥中的命运紧紧抓住,难逃一劫。这是否体现了你创作心理中的宿命意识?

迟子建:生活中往往有意外事情的发生会改变一个人的命运。这种“打扰”了正常生活的事情也许是“宿命”的。人是坚强的,可在遭遇“打扰”时却又是脆弱的。我的小说有时会表现这种“脆弱”。但我觉得刘天园不是,她是清醒地自杀,非常坚强,没有“宿命”的痕迹。

方守金:营造温情,是你的小说总体上的一大特色,也是你赢得众多读者的重要因素。然而读者和批评家对你的温情表达却有很大争议,关键在于你的温情是否有些过了。1997 年你与文能先生曾讨论到这一问题。文能委婉地认为，你太过温情的笔触遮蔽了人生某些残酷的世相，阻遏了你对人性中恶的一面的更深一层的探究和揭示。记得徐坤也这么看。而你则坚持认为，温情表达过多而造成了你的作品的某种局限，主要原因并不在于温情本身，而是你表达温情时力量过弱所致。现在整整三年过去了，你仍然坚持原来的立场，还是有了新的看法？

迟子建：其实我的很多作品意象是苍凉的，情调是忧伤的。在这种苍凉和忧伤之中，温情应该是寒夜尽头的几缕晨曦，应该让人欣喜的。我一再强调过，我对辛酸生活的温情表达是没有错的，只不过表达温情时有时“火候”掌握得不好，我想年龄的增长会弥补这一缺憾。

方守金：张红萍在《文学评论》上撰文归纳你的小说为前后两个时期，以《北极村童话》为代表的早期创作为童话时期，往后发表的作品如《秧歌》、《旧时代的磨房》、《白银那》、《逆行精灵》等则划归神话的麾下。当然这只是大略的说法。但我觉得从创作精神上看，童话之后是神话的观点倒很符合你的小说实际。你意下如何？

迟子建：张红萍的这篇文章我没有看到过，她对我创作分两个时期的看法也许是有道理的。但我想无论是童话色彩还是神话色彩，它们都应是超越现实的丝丝细雨，该同属一个范畴的。

方守金：你说得对，就对现实的超越而言，你创作的前后两个时期同属一个范畴。但就题材内容与风格来说，它们之间的差别还是很明显的。我觉得你童话时期的创作偏重于对自然和人生的个人性感受，相对单纯。而后期的创作则丰富、复杂、辽远和阔大得多了，有一种强劲的想象力驰骋其间。比如《秧歌》、《旧时代的磨房》和新近出版的长篇《伪满洲国》，都是写你出生前几十年甚至更久一些的人和事，这单靠对当下的体验是难以完成的。请你结合自己的创作实际，谈谈你对想象力的理解。

迟子建：这个问题提得好。我非常想表达这样一种观念，即作家可以分成多种类型，有的作家是写自身的生活经历，其中也有一些写得非常精彩，成为非常优秀的作家。但我觉得仅仅靠叙述所见所闻写不出好作品，因为作家是要靠想象来完成艺术创造的。一部作品如果单单靠史实、靠完全真实的历史即完全真实的人物事件构筑而成，那会是非常匠气的，也没有光彩。就我的创作而言，我很庆幸我所处的社会环境给我提供了想象的空间。我常想，假如我经历过那个时代，从那个时代走过来，成为一个白发苍苍的老人，再回首往事去写它，我未必会有激情，未必会有那种强烈的表达欲望。恰恰是这个时代离我很远，而又发生了那么多惊心动魄的事情，你追忆起来便有了非常遥远又非常亲切的感觉。这大概就是你们文艺学上所说的审美距离吧。就我的创作来说，这距离给我留下了巨大的想象空间。我认为这是作家的一笔很大的财富。譬如在《伪满洲国》的写作中，我一进入这想象空间，就有一种说不出的快感。好像有一座大房子矗立在这儿，很多人都陆陆续续搬进来了，除了溥仪等个别人之外，大都是我想象中的人物，他们活灵活现，与我朝夕相处。作家的想象力是要靠写作来锻炼的，在以前的中短篇小说创作中，我就着力进行想象力的锻炼，在《伪满洲国》的写作过程中，我又发自内心地、很痛快地锻炼了一回。

方守金：刚刚由作家出版社出版的这部历史题材小说，近七十万字的篇幅，可以说确是你想象力的结晶。小说出版后，好评如潮，你自己也认为是迄今为止最为满意的一部小说。我读后感受良多，其中颇感兴趣的一个问题是，你是用怎样的历史观来写这部作品的？

迟子建：我的历史观很简单，就是：历史是过去发生的事情，评述历史总是后人们做的事情。就像现在发生的“历史”，我们不能做出完整、客观、公正的评价，而需要后人来做一样。我对过去的那一段历史也这样看，这就是我很庆幸我是历史后人的原因。在创作的准备过程中，看了一些资料之后，我首先觉得这一段历史是不应该忘记的。比如说，当时日本人在伪满境内有平顶山大屠杀，有惨无人道的“七三一细菌部队”，还有在边境一带滥抓劳工修筑伪满洲国要塞等等。我认为这些重大历史事件都是值得书写的。但是我的着眼点还不完全是这些，作为小说来表达它们，我觉得还得靠我作品中的人物来支撑。所以我在动笔之前，迫切地想知道伪满时期的经济状况、文化状况、风俗等等，我花了较大力气做了一些这方面的研究。它们丰富了我对那样一个远逝时代的联想。我的基本态度是，尊重历史，保持历史的真实，在葆有一个作家应有的良知的同时，对我作品中的人，不管他是中国人，还是日本人，均赋予以人性的意义。

方守金：你是怎样用小说表达这些的呢？

迟子建：在写作时我还有一个想法：伪满那一段历史仅仅靠一个“皇帝”、几个日本人，以及历史书上记载的一些人，无论如何是不完整的。而在众多的小人物身上，却更能看到那个时代的痕迹。从社会各个层面的人物身上，你能看到普遍的不满。他们中有这些不满，还有爱情生长，还有婚姻与亲情，以及那些尔虞我诈的东西等等。我想应该从他们身上来看这一段历史，所以我在作品中往往特意让小人物来说历史。

方守金：请具体谈谈你是怎样让小人物来说历史的。

迟子建：我很在意把历史上的重大事件融入到小人物的命运中去。比如看日本人平顶山大屠杀资料的时候，我受到了极大的震动，人们基本上都被杀掉了，逃出来的很少，大概只有几个人。所以我在描写这一惨案的时候，设计只有一个小孩逃出来了。但我绝对不想把这一残酷世相整个地写出来，我只写它的一个片断，把人物放进去来体现这个事件。因为我觉得单纯去写事件没有意义，事件只有人去经历了，它才会有意义。于是我写了吉来的姑姑，她从新京嫁到平顶山，怀了孩子还没有生下就遭遇上大屠杀，真是很惨的。但我又觉得，在这样的时代，发生这样的事情，又是很正常的。因为在这样的时代，人的命运是不能由自己做主的，他(她)随时随地都可能遭遇到意外的变故。像吉来的姑姑，她喜气洋洋地嫁过去，想生一个孩子，和和美美地过日子，中秋节的时候还在供月，等等，一切都那么安乐、平和，但你就是不知道生活中还有这种惨案，随时就发生了。我就这样让人物在幸福平和的生活当中，突然遭遇到这种变故。于是这个大屠杀，就通过吉来姑姑的命运体现出来了。

方守金：历史书上所谈的就是历史和对历史的评价，而用小说表现历史则要像你的小说这样，靠形象来说话。可能是因为《伪满洲国》所叙述的故事太悲惨太凝重了，迄今我读到的几篇评论，大都把注意力放到小说的历史政治意义上去了。而我除此之外还深深震撼于你在人物身上所赋予的人性意义。譬如读到土匪胡二的混账行径和他最终对妻子负起做人的责任时，我就感慨万端；中村正保辛酸的命运以及他内心的凄凉也令人同情(这个日本人不也是侵略战争的受害者吗?)，而在日本劳工营里十几年来表面上一直唯唯诺诺的王金堂，终于熬到“8·15”光复，大踏步回到家中与老伴会面，他生命的坚韧和顽强可以说到了相当辉煌的境界。这三个人物，在我以前的阅读经验中，好像还没有见过。请问你是出于如何考虑来创造这些人物形象的?

迟子建：迄今为止，我还没有看到你提到的那些评论，因为我在遥远的故乡，看不到信报。评论家与作家一样，类型各不相同，对一部作品的关注点也就不同。如果仅仅从政治意义上去考虑《伪满洲国》，这是件十分令人遗憾的事情。因为这样一部长篇，除却那个时代的悲剧色彩外，上演的故事都是“人”的故事。人的故事的复杂性和丰富性是小说家应该努力和探求的方向,如果仅仅从战争的正义和非正义层面去写人物,这小说中的人物形象就非常"一统化"了,没有任何文学价值。你所提到的作品中的三个人物,的确都是我塑造得较为满意的人物。胡二是土匪,可他更是一个敢爱敢恨值得信赖的一个人;中村正保的遭遇令我这个作者也对他抱以同情,这时你脑海里就不会浮现出寻常的鬼子兵的形象;而王金堂坚韧的生命力,我也为他所震动,写到东北光复后他历经屈辱和磨难与老伴重逢的一节时,我自己也十分激动,眼睛竟有些潮湿,仿佛真的经历了他所经历的这一切似的。我想这是三个个性丰满的人物,因而如今忆起他们仍是历历在目。

方守金:许多人注意到,近年来你的创作日趋朴素。像1997年发表的《观彗记》,就一改你以往的诗意叙述风格,而运用"天上要出现大事故了"这样的口语化方式来叙事,语言平实而质朴。《伪满洲国》的语言感觉更是如此。李潘在中央电视台《读书时间》与你做专题节目时特别提到这一点,并认为小说的第一句话"吉来一旦不上私塾,就会跟着爷爷上街弹棉花,这是最令王金堂头疼的事了"非常有意味,给整个作品定下了叙述的调子和感觉。请问你的语言风格何以发生如此之大的变化?在写作特别是长篇小说的写作中你是怎样保持叙述语调的一致性的?

迟子建:其实我一直信奉用朴素的文字来表达传神的生活这个原则的。我喜欢朴素的生活,因为生活中的真正诗意是浸润在朴素的生活中的。随着年龄的增长,我越来越喜欢朴素的事物,而且往往容易被这些朴素的事物所感动。表达朴素的事物和感情,自然要用朴素的语言才能契合。除了这个原因之外,我想我朴素的语言状态,还与我喜欢中国的古典小说有关。我觉得古典小说的语言非常讲究,它不啰唆,简约而有韵味,很雅。现代小说语言应该像古典小说语言学习,去追求这种朴素而雅致的东西。就《伪满洲国》的创作而言,我确实在语言上下了一番功夫。首先我想，这样篇幅巨大的一部长篇，应该有一个很好的适合它的叙述方式，就是说，要从容不迫地去写，用平静的语调来叙述，不要很激情地来表达这种比较悲惨的故事，而要从平静中看出激情，看出大的悲哀。我采用这种慢慢悠悠的叙述方式，还有一个好处，读者读这些遥远而纷繁的故事不会感到吃力。至于小说的开头，现在的这句话，读起来的确很平易，也很流畅，可当初写开头时我却是非常非常的痛苦。我写了一张撕了一页，写了一张撕了一页，整整写了一天，直到写成现在这个模样，才算找准了小说的调子。之后就很顺了，每天写两三千字。如何保持小说的调子？我的办法是，今天开始写作之前，回头把昨天写的内容再看一看，找出感觉，接上"气"，力避昨天是一个调子，到了今天又变成另一个调子。就这样通篇下来，我觉得文气还是一贯的，是娓娓道来的。所以对整部作品的语言感觉我比较满意。

方守金：两月前从报纸上看到，你的《白银那》正在改编成电影《美丽的白银那》。在我的印象中，写小说十几年来，你这还是第一次"触电"吧？关于小说家与电影界的关系，真是可以说上一卡车的话。像外国大作家莫里亚克、海明威、福克纳等人与电影的关系到今天也牵扯不清。在当代中国，一方面有莫言、史铁生等一大批作家借鉴影视的艺术和技法，写下了不少出色的小说；另一方面，新时期以来优秀的影视作品又十有八九出之于好小说的改编，像《人到中年》、《老井》、《人生》、《红高粱》、《我的父亲母亲》等等。请问，你对电影姗姗来迟的光顾感到高兴吗？你的小说包括《白银那》在内并不以情节取胜，拍成电影你不担心？而且《白银那》中的风景虽然非常美丽，可故事本身并不那么美丽，你不顾忌电影有可能走样？

迟子建：从小说到电影，肯定是另一种艺术了。说到底，小说是语言的艺术，而电影的"语言"则是画面和"戏剧性冲突"。电影能够最大限度地保持原作的风格已属不易。我从来不想自己的作品变成电影会不会让自己满意，严格来说它与我已没什么关系。不过也有一些小说被改编成功的例子，除你说的国产电影之外，还有《安娜·卡列尼娜》、《茶花女》等。

方守金：从散文中得知，你也是一个超级球迷。这使得你和我和爱读你小说的广大读者一下子就缩短了距离。我很羡慕你对中国足球有如此精辟的见解。你还写了一组描述足球人的好散文，像《黄健翔：午夜的清晨》、《怎一个“戚”字了得》等，今天读来仍觉在情在理。现在我以一个球迷朋友的身份向你征询一个谜底：为什么作家对足球的痴迷比一般人还要厉害，是否与其独特的思维方式和生活、工作方式有关？

迟子建：我喜欢足球只是因为这项运动具有不确定性、无边无际的悬念和赏心悦目的观赏性。紧张的写作之余，周末看一场德甲和意甲联赛，确实比较轻松愉快。我从不考虑自己爱足球与职业有什么特殊关系，只能说是热爱它，爱是没有道理的，就是这样。

童年视角与情调模式

在当今颇具实力的作家中，迟子建的小说别具一格。创作题材的新鲜朴素、主题表现的深刻博大，每每激荡现代人那颗日渐疲惫和麻木的心，而在叙事上的着意经营，更使得她的小说亲切而耐读。

进入迟子建的小说世界，你首先就会看到叙述内容的丰赡、叙述视角的新异。所谓“叙述视角”，是指作品叙述人观看和讲述故事的角度，它是作者和文本的心灵结合点，亦即作家把自己体验到的现实世界转化为语言叙事世界的基本角度。因此叙述视角表现着作家的写作立场，甚至决定着作品的价值取向。故迟子建小说对故土家园的钟情挚爱，对朴素生命和爱情的温婉表达，对世道人心尤其是寻常百姓的独特解读，以及作品总体上“浪漫、空灵和忧郁”的美学格调，可以说都与其叙述视角密切相关。然而，在叙述层面上作家又是隐藏不露的。她让各种各样的叙述人来完成这一切，由叙述人称来决定叙述视角的特征。在现今已发表的五百多万字的小说作品中，从人称上看大致有这么三种：一种是第三人称，即全知视角叙述，这在迟子建小说中占了多数，长篇《树下》，中篇《秧歌》、《香坊》、《旧时代的磨房》、《岸上的美奴》、《洋铁铺叮当响》、《日落碗窑》、《逆行精灵》，短篇《沉睡的大固其固》、《葫芦街头唱晚》、《罗索河瘟疫》、《挤奶员失业的日子》、《月光下的革命》、《盲人报摊》、《亲亲土豆》、《腊月宰猪》、《逝川》、《银盘》、《雾月牛栏》等等都是；第二种是第一人称，以作品中人物的视角叙述，《北极村童话》、《炉火依然》、《原始风景》、《东窗》、《原野上的羊群》、《麦穗》、《向着白夜旅行》、《白雪的墓园》、《重温草莓》、《从山上到山下的回忆》、《庙中的长信》、《朋友们来看雪吧》等等即是；第三种是交叉使用第三人称和第一人称，即用两个以上叙述人的复合视角叙事，像长篇《晨钟响彻黄昏》的第一章由"我"（宋加文）充当叙述人，第二章的"我"的叙述则改为刘天园来完成，第三章和第五章（最后一章）则是第三人称的全知叙事，第四章又以"我"——宋加文的儿子宋飞扬担任叙述人；《遥渡相思》、《白银那》和《音乐与画册里的生活》也是两种人称交互使用，双视角的参照，使故事内蕴更显得丰厚和幽微。

一般说来，第三人称叙事，最能见出作者的经历、学养、写作才能和文化立场。故透过全知叙述的那些作品，我们可以看到一个真实的迟子建，一个深受祖国传统文化熏陶和黑龙江水土滋养且对生活充满忧伤但并不绝望的知识女性，一个有着悲天悯人情怀、坚守民间立场且注重"对辛酸生活的温情表达"的优秀作家。第一人称叙事，作家的写作姿态则不大好把握，因为在不同的作品中，"我"像川剧中的变脸者那样，一会儿是一个天真活泼而又调皮任性的小女孩（《北极村童话》），一会儿是一个深有涵养却不能生养的女画家（《原野上的羊群》），有时是个勇敢的男学生（《麦穗》），有时又成了热情尽责却有点儿好色的镇长（《关于家园发展历史的一次浪漫追踪》）……但不管怎样，说到底作家塑造的众多人物中，或多或少都有她的身影。据此我们可以认为，不论迟子建采用何种叙述视角，用哪一种人称叙事，她都不以启蒙精英或“精神领袖”的姿态居高临下，而是贴近底层，置身民间，带着热切的人文关怀从事写作。因此她的作品总是洋溢着善意和良知，有着唯美的倾向。

在探讨迟子建小说叙述特征的时候，我觉得她对童年视角的运用特别富于美学意味。毋庸讳言，迟子建的早期创作，像《北极村童话》、《沉睡的大固其固》等小说，在用童年视角叙述的时候，确实有些稚嫩甚至表现出些许矫饰的痕迹，比如让七岁的学龄前小女孩告别北极村亲人的时候，从心里迸发出“纯真”、“苦涩”、“自由之子”、“羡慕”、“思恋”、“彼岸”等一连串文绉绉的词语来，就显得很不自然。看来初出茅庐的迟子建还没有驾轻就熟地做到合理适度地调节和控制自己的情感表达方式，故情不由衷地把成人的思想感情和行为，硬加在童年的主人公身上了。尽管同后来对于童年心态的大多数成功描写相比，迟子建这些违背一般情理的地方不过是白璧微瑕，但毕竟对她作品的完美性造成了一定的损害。不过我们在批评作者童年视角有所不足的时候，千万别忽略了它的巨大的美学生成意义。因为作为一个新手，叙述上的稚嫩是极自然的事儿，但在初始创作的童年视角中就包孕了诸如题材、情调、结构、语言等多方面的、具有独创性的生成因子，可就有些不同寻常了。这些具有独创性的生成因子，在《北极村童话》中，表现得尤为出彩。

《北极村童话》写小女孩迎灯六七岁时被留在北极村姥姥家的生活故事。这部散淡的中篇几乎没有什么情节，通篇都是叙述一个孩童在北国乡村毫无羁勒地玩耍，以及和亲人、村邻日常交往的事儿。相信这是作家童年生活的一段经历。和许多作家一样，迟子建在这里倾注了全部情思，追忆和描写她的童年时光与经历。按照儿童心理学的观点，童年那些最深刻的记忆往往能构成一个人的基本的思维类型。因为七岁儿童的脑重量已能达到一千两百多克，接近了成年人的脑重量水平，由此脑结构、脑功能发生急剧变化，外部语言逐步向内部语言过渡，于是最初的意识便开始产生了，生命在这时鲜亮得如清晨的露珠，最先进入的深刻印象会深深附着并化合到思维结构和方式之中，而且必然会在今后的过程中一再地获得复现。尤其对于作家来说，童年记忆不仅在情感上始终缠绕着他们，而且会成为他们创作思维的某种定向路标，成为他们创作中取之不尽的灵感的泉眼。这就说明了为什么迟子建成名后的绝大多数作品，都有《北极村童话》的影子，或者简直可以说是这部小说的进一步展开。《原始风景》、《东窗》这样《北极村童话》的成人版自不用说（和《北极村童话》的现在进行时的叙述不一样，这两部小说故事时间和讲述时间是历时态的，因此虽说在大多情况下是用童年视角叙事，但又明显有一双成年人的眼睛在打量着这一切），其他内容各异的作品，从《北国一片苍茫》到《雾月牛栏》（短篇），从《树下》到《晨钟响彻黄昏》（长篇），从《逆行精灵》到《观彗记》（中篇），都可以发现作家流溢在《童话》里的情愫、感觉、人生姿态和美学追求。譬如对家园和亲情的依恋，对东北边陲原野风光的神秘与美丽的神往，以及小迎灯姥姥的慈祥唠叨、姥爷的温厚沉默、姨娘和舅舅的亲切爽快、猴姥的热情和邋遢，都如旋律般地一再回响在这些作品中；再如对死亡的描写，我们已经说过，迟子建有种浓得化不开的死亡意识，好像在新时期青年作家中还没有见到哪一位像迟子建这样如此热衷频频地描写死亡，以至于像《日落碗窑》这样表现生命蓬勃的作品在迟子建笔下似乎成了特例。或许与大舅的死对姥爷造成的哀痛、给姥姥带来的不幸有着深深的关联吧，而且"苏联老奶奶"的死，这位把"我"带入文化之门，甚至可以说引向人生之路的慈爱而孤寂的老奶奶，在年节前夕死去，对"我"幼小心灵的刺激，一定会像童年海明威看到的因妻子难产而自杀的印第安丈夫那样强烈，那样深深影响到一生的创作吧！还有在纯净感觉的叙述中，"我"流露出来的对成人世界和习俗陈规的怀疑精神与反叛性格，也成了迟子建后来创作的一贯追求，成为她对世界的一种独特认识。

从艺术经营方面来看，《北极村童话》也可以说是迟子建一系列小说的生长点，譬如从这部中篇开始，迟子建是那么钟情于童年视角，在迄今发表的所有作品中，对于童年生活的回忆和遐想的该有半数以上了吧？有论者说迟子建小说由此形成了叙述的追忆模式，当是有一定道理的。我们确实在她的许多作品中读到了趣味盎然的童年生活情景，感受到大兴安岭山野迷人的风俗人情。叙述人那浸润着温馨气息的对童年和故乡的回忆，又雾一般地弥漫着惆怅、失落和忧郁，使我们也和她一样担心那纯净和朴素的美，逝去永不再来。与这种偏重于个人化的体验和情感的抒发相关的，是《北极村童话》这部小说没有传统文论所说的那种结构的完整性，只是些童年生活的片段加上些个人化的感触，因此从结构上看它是由一段一段的生活场景联结而成，而这些生活场景彼此之间又未必有人事勾连，它们的有机结合主要靠叙述人的感触和情思来完成，故从文学本质上说，这是一种诗话了的情绪结构。这种貌似"太散文化"的结构方式——姑且叫作"板块拼合式"吧，一开始不少人可能因不习惯而不大欣赏，两次被退稿，就表明了这一新颖的结构方式诞生初期的命运。随着小说观念的开放和人们视野的扩大，迟子建是越来越有信心并越来越习惯地运用这种板块式结构了。不仅《原始风景》、《东窗》等比《北极村童话》在这方面走得更远，而且那些直觉表现和意识流动的作品如《炉火依然》、《遥渡相思》和《重温草莓》等，甚至包括故事性强的一些小说，像中篇《秧歌》、《原野上的羊群》、《白银那》，长篇《晨钟响彻黄昏》等等，也大都由零散的板块衔接而成，其用意已不是追求情节的完整统一，而是重在人生形态和生命状态的表现。迟子建的这一不懈努力，使她的情绪结构小说形成了与众不同的独创性，成为她作为一个出色作家的显著标志。还有，迟子建小说总体上空灵与充实和谐相融合的美学风格，也是很大程度上始于《北极村童话》的。《北极村童话》中的山林、晚霞、干得裂了缝的田埂、回荡着歌声的大江、星星和淡淡的月牙，菜园中的蚂蚱、蝴蝶、蜻蜓和蜜蜂，还有那梦中的项圈与屋外松软的雪地，实实在在又淡若岚烟，那阔大、空明和梦幻色彩，是生活在逼仄的城市空间的人们难以想象的；而小说描写姥姥带“我”去看孤独死去的苏联老奶奶，“我”轻轻地合上她眼睛的细节，却又真切得让人落泪。在迟子建以后众多的小说中，大都具有这样在写实中弥漫着空灵的氤氲之气，在空灵中又有着精细的写实之处的魅力特色。如在《重温草莓》中，“我”与父亲在酒店会面纯属虚构，而父母日常生活中的温情嬉戏却又写得非常真实，给人亦真亦幻的感觉。这样的小说感人之余，还能引领人们在精神的太空做自由的飞翔。

对于迟子建这样具有鲜明个性和风格的作家，通过讨论她的小说模式，来彰明她的小说主导方面的叙述形态与特征，把握其题材内容和美学风貌，应该说是可取的。我发现，就收入四卷本《迟子建文集》中的一部长篇和几十部中短篇而言，凡具有童年叙述视角和情绪化结构以及温情表达辛酸生活的作品，都与传统的情节模式明显有别，这些小说并不热衷于故事的悲欢离合或惊险曲折，人物也不在聚焦镜头之中而是退居二线，因此故事在文本中不仅显得散淡，人物的面貌也往往有些模糊，而且作家对人物心理活动及其行为特征的描写，也不为刻画性格服务了。当然我们这样说并不意味着迟子建不会讲故事，相反，我们一直认为她在新时期青年作家群中是位讲故事的高手。因为能把金戈铁马、朝代更替讲得惊心动魄并非真本事，这样的故事本身就很诱人，而把平庸凡俗的日常琐事叙述得津津有味那才叫真有才。读《洋铁铺叮当响》、《逆行精灵》和《观彗记》这些小说，你不得不惊叹迟子建何以能把我们身边常见到的人和事，叙述得如此娓娓动听、情趣横生。然而迟子建又是很善于节制故事的讲述的，她不屑于对现实生活的仅仅复原，而是执意寻找人物和生命的意义。故在她的这一类型小说中，叙述人讲述一些事件、介绍一些人物，大都在于渲染一种气氛，营造一种意境，借以反映一种生活状态，传达一种审美情调。我们把迟子建的这些作品命名为“情调模式小说”，当是恰如其分的。“情调”作为人的一种情感特征，在心理学上一般指同感觉、知觉相联系的某种情绪体验。在小说中，作家总要或多或少地表现情感，因此情调并不单单是一种叙述的功能模式，而是所有小说佳作共有的因素。但像迟子建这样的情调小说，和一般小说中的情调因素的不同点在于，前者的情调已从从属性的地位一跃而为文本的精髓，它流贯在小说的每一场景之中，且将它们结构成一个诗意整体，从而表现出一种独特的叙述风貌。譬如发表在《山花》1998 年第 1 期上的《朋友们来看雪吧》，迟子建写了胡达老人与他的孙子鱼纹，写了一位面目酷似已故父亲的电视人。虽然作家较为详细地介绍了胡达老人的衣着、相貌、身世和手艺，写出了小鱼纹的灵性，但与以塑造人物性格为指归的情节小说相比，这爷孙俩充其量也不过是“扁平”人物，更不用说那位不知姓名的、在晚上突然跑来与“我”共同做菜、唱歌、吃饭、喝茶、聊天，过了一个温存的晚上就永远天各一方的中年男子了。这篇从心底呼唤出来的小说也有些故事，像胡达在“我”来的当天晚上就来“看”我的栗色皮箱，鱼纹用他自己编的“草编铜钱”和“我”交换东西，胡达在正月十五死去，鱼纹点礼花为爷爷守灵等等。然而这些描写，不仅与以故事的生动性和惊险性取胜的情节小说比起来微不足道，而且在作品中，也让位并服务于对雪国小镇民情风俗以及“我”的感受的描写。读这篇小说，我们和这位下乡采风的年轻女画家一样，印象最深刻的，是乌回镇忙年的景象，胡达老人丧葬的气氛，这儿特有的松脂和烤土豆、雪爬犁和狍皮靴子、画炕琴和门神，还有“我”在这儿丧失可能诞生灵性儿童机会的深深遗憾。其间交织出的明朗热情和忧郁伤感，真是撩人心弦。由此我们可以看到，构成迟子建情调模式小说主体的，不是人物，不是事件，而是有滋有味的生活场景和人生体验。

如上所述，在迟子建的小说中，情调的情绪体验性来自于具体的生活场景，而组合成这个场景的便是那些富有特征的细节描写，故注重生动的细节描写成为她的这类小说的又一审美特点。当然，所有优秀的情调小说，都离不开对富有特征性的细节的发现和描写，某种情调的产生，就是靠这些细节给出的情趣凝聚而成的。但是与一般情调小说中的细节大都轻松有趣不同，迟子建的这些情调小说，由于多数是她“哭”出来的，故细节描写除《东窗》的末尾，女人们让俊俏的小媳妇去勾引爆米花的以把他赶走的描写有点儿发噱之外，一般都来得沉重，就连其中的暖意也带着些许苦涩，别有一番情味。像《白雪的墓园》中“我”的一家刚刚安葬好父亲，正陷于难以自拔的巨大悲痛之中，年关猛然来了。小说不止一处描写“我”握着炉钩子下意识不停地烧火炉的细节，“炉火越来越旺了，我仿佛看见父亲正推开走廊尽头的门，微笑着朝我走来。从他去世的那时起，这种幻觉就一直存在。他走到我面前了，他伸出手抚了抚我的肩膀，我握着炉钩子的手就抖了一下，墓园的情景又锐利地再现”。而刚哭过的姐姐明知故问地说“我”老站在炉子这儿干吗，弟弟后来也走过来烧火，他们想着这难过的年，想着被哀痛击倒在床上的母亲，更想着山上白雪的墓园，都希图用这旺旺的炉火来驱除那发自内心的寒冷罢！又如《东窗》里写酒鬼倪满仓一醉就虐待妻子魏金枝，酒鬼的两个儿子便思谋着替母亲报仇解忧：

……魏金枝醒来，见两个儿子正窃窃私语着，魏金枝过去一看，十岁的倪力和七岁的倪旭正把一根尼龙绳系成活扣，倪力往弟弟倪旭的脖子上套上尼龙绳，试探性地拉了拉说：“这回对了。”

弟弟对着哥哥说:“能勒死吗?”哥哥说:“咱俩合伙勒,准能勒死。”

魏金枝浑身哆嗦着训斥着儿子:“你们要去干什么?”

“勒死那个酒鬼,他一喝醉就欺负你,不能让他再活了。”倪力说。

作家捕捉的这个细节真令人哭笑不得,细想想又心酸不已。还有《亲亲土豆》中秦山得知自己患的是晚期癌症后,从妻子李爱杰手里“骗”了三百元钱,买了一件宝石蓝的软缎旗袍,秦山死后妻子穿上那件旗袍为丈夫守灵的细节,以及《树下》七斗和小日在船头撒面包屑引来盘桓的飞鸟与七斗倾慕黑龙江两岸平阔绿野的描写,既伤感异常又使人温暖欲泪。

不少论者都注意到,契诃夫的中篇小说《草原》极浓的情调意味,在很大程度上来自于作家对俄罗斯草原的描绘。而我们发现迟子建的许多小说在这方面同契诃夫异曲同工。她是那样钟情于景物描绘,使作品溢满了情调。欣赏迟子建笔下的景物,你会发现它们简直和人一样有心情、有神态、有动作,这就形成了她的情调小说的第三个特点:拟人化。这兴许是情调模式在景物描写上与其他叙述模式的一个明显不同。我们看看迟子建对北国四季的描写:一开始冬天还在阻止春天的到来,“地上的雪坚强地存在了一个冬天,终于没能在春风的柔情下再坚强下去,它坚强不住了,化做了春天的泥泞,任人踩着,也任人埋怨着”(《旧时代的磨房》);而春天却傲得不能行,它“就在屋里屋外竖着或者躺着,它的身体绿得明滑鲜艳。由于树芽中的那种绿让人牙痛,而草甸子上整整齐齐的像密密实实的丝绒地毯的绿又给人一种抽筋断骨的感觉。在这种时候哪怕是一只羊走进草丛,你开始觉得羊是白的,但它在草丛里活动久了,你就眼花缭乱了,羊仿佛也因沾染了满天春色而变成绿的了,你会心惊肉跳地以为羊丢了呢”(《东窗》);北国的夏天是短暂的，“就像一只漂亮的梅花鹿从森林中跑出来，再接近你房屋的时候又突然掉头而去一样的匆匆”（《东窗》），于是迟子建就用这一句话带过；而秋天，北方的原野就像一个待孕的地母：“土地真是奇妙，只要是点了种，到了秋天就能从它的怀里收获成果。别以为成果是千篇一律的，它们出土时姿态万千，可见这土地是多么奇妙，让它产生什么它就生了什么。圆鼓鼓的白土豆出来了，它的皮嫩得一搓即破。水灵灵的萝卜也出来了，它们有圆有长，圆的是红萝卜，长的是青萝卜。宛如荷花骨朵一般的蒜出土时白白莹莹，而胡萝卜被刨出时个个颜色金红。每逢这种时刻，大地上人欢马嘶，羊叫狗吠，一片沸腾”（《日落碗窑》）；冬天呢，漫长的冬天可就是多种多样脾气多变的了，内心孤独的夜晚，你觉得“寒风像小叫驴一样，一声比一声急，无边无际的茫茫林海回响着这尖利的叫声，天上少了月亮，只有几颗孱弱的小星，在黑沉沉的天幕上打摆子”（《北国一片苍茫》）；这时候你就会认为，漫天飞舞的“雪花拥挤在一起涌向地面是因为它们自身无法承受寂寞，它们以寂寞来拥抱寂寞，所以才有胆量叛逆天庭，才有勇气接触尘土”；而冬天毕竟更多的是让你心境平和的日子，这时候你能看到，“上帝把寒冷季节中最温柔最灿烂的景色播在这里，本身就造成了一种雄壮和神秘的气氛。雪的色彩极为绚丽，它时而玫红，时而幽蓝，时而乳黄。雪光呈现玫红时是朝霞初升时分，那时炊烟在鸡啼之后升起。雪光展现幽蓝时是在傍晚时刻，这时所有的恋人都在祈祷黄昏的消失。雪光隐现乳黄时星月稠密，树林中所有的鸟都因眷恋美丽的景色而放弃歌唱”（《原始风景》）。在这里，景色与心境、人与物，都默契相通，抒情意味得以强化，情调感也油然而生。

耐心的读者至此会发现，我们讨论迟子建小说的情调模式，一直都是引证《北极村童话》、《东窗》这样“太散文化”的作品加以阐释的。那么，在她的那些故事性强、动作紧凑且人物命运令人牵肠挂肚的作品中，其情调意味是何以浓郁的？这就关涉她的这类小说的第四个特点了：用意象的穿插或抒情文字的诗意表述来营造情调氛围。像《逝川》、《洋铁铺叮当响》等作品中如何捕捉意象来拆解故事线以强化情调的状况，我们将在意象叙述一文详细分析，这里着重谈谈诗意文字表述。《观彗记》写"我"和记者、其他游客一同乘火车、搭汽车，一路颠簸去漠河观望千年不遇的彗星和日食的大交合。小说写得热热闹闹，特生活化，可读到其中这样一段文字，情调就在你的心里荡漾：

> 不过现在的松苑还有积雪，雪依然很干净……直立而无绿意的松树给人一种孤寂的感觉，仿佛它们每天都想与上帝对话，而终无结果一样面目冰冷。我不知道树是否与人一样也有五官？如果它没有耳朵，怎么会在风掠过它的枝桠间时制造出美妙绝伦的沙沙声？如果它没有鼻子，又怎么会过滤出如此动人的清香气？我相信树还有舌头，它能品尝朝露细雨。那么树的眼睛呢？它也一定在树身闪烁，领略着大自然的风云变幻。既然树有眼睛，那么它们也将能看到3月9日的日全食。当阳光突然把触角从它们身上收回，它们会有顿失温暖的忧伤吗？当太阳完全被遮住，短暂的黑暗中有一颗彗星精灵般飞来，它们会感动的落泪吗？树如果落泪了，大地上空是否就会呈现出流星雨一样的气象？那肯定是一种达到极致而破碎的灿烂。

《亲亲土豆》的故事是近年少见的伤感小说，对死神活活要把这对三十出头的乡村恩爱夫妻永远分开的描写，具有很强的下向性，即有种使你强烈地想一直看下去的吸引力。能干、爱种土豆但有抽烟毛病的秦山，终于在咳嗽得受不了的情况下，由妻子陪着去县里、省里看病。诊断、看护、伤心、绝望，所有这些迟子建写得都很细致，再加上对病友王秋萍夫妇的陪衬性描写，更能引发你的同情心和注意力了。然而迟子建并不满足于此，她还要在此基础上用她那颗温婉的心，在一种温馨亲切的情调氛围中，去赞美寻常百姓中美好的人性。为此她不惜在故事开头用了一大段文字写天上与人间的心灵对话：

> 如果你在银河遥望七月的礼镇，会看到一片盛开着的花朵。那花朵呈穗状，金钟般垂吊着，在星月下泛出迷幻的银白色。当你敛声屏气倾听风儿吹拂它的温存之声时，你的灵魂却首先闻到了来自大地的一股经久不衰的芳菲之气，一缕凡俗的土豆花的香气。你不由在灿烂的天庭中落泪了，泪珠敲打着金钟般的花朵，发出错落有致的悦耳的回响，你为自己的前世曾悉心培育过这种花朵而感到欣慰。

紧接着这段动情文字下面的，是晨曦中两个在土豆地劳作的礼镇人，互相诉说着先人托梦想吃新土豆的事儿。土豆连接着亲情，连接着生与死。小说的结尾又写到，李爱杰将五袋土豆倒在秦山的新坟土，阳光下秦山的坟豁然丰满充盈起来，“李爱杰欣慰地看着那座坟，想着银河灿烂的时分，秦山在那里会一眼认出他家的土豆地吗？他还会闻到那股土豆花的香气吗?”这天上人间的首尾呼应，这亲亲土豆的故事，审美重心依然是撩拨人心的情调。

意象叙事:迟子建小说的艺术亮点

读者和评论家都注意到了,在新时期中青年小说家中,迟子建的创作最具让人心里温润的诗情画意。无论是对辛酸生活的温情表达,对东北地域风光的热情歌吟,还是对童年经历的美好记忆,抑或对人类情爱和死亡的形上探讨,迟子建都以其独特的感觉和传神的语言,或泼墨写意、或简笔勾勒、或工笔精摹,描绘出一幅幅清新优美的画面,营造了意味邈远的意境或氛围。这使我们在读她的小说时往往感受到一种说不出妙处的享受。当然,你若是细细品味还是能够发现,作家赖以营造诗情画意的资本,除了悲天悯人的人道情怀、倾向古典的美学追求,以及出色的语言功底和北国边陲迷人的地域特色与民俗风情等等之外,还有在叙述中不经意地创设意象,也使其小说增添了亮色,从而产生出一种特别的美感来。

说起意象,我们这个古老诗国的每一个子民都会感到熟悉和亲切。它首先是抒情文学中由语言和物象结合而成的、包含着只可意会而不能直说的具有多重意义和意味的审美融合体,或可简称为表意的象。倘若考其概念和含义过于费解,你可以感受它是《诗经》中的依依杨柳、霏霏雨雪，是李白笔下涨满乡愁的月光，是周敦颐深情诉说的莲荷，是使苏东坡欲仙欲醉的江风明月……不过意象还不止于这些，诚然，它是诗学的基本范畴，但由于中国人的诗性思维，特别是中国诗词对其他文体的普遍而又深刻的浸染与泛化，使得意象的营造成为我国“几千年的文化和艺术的发展积淀在中国人心理深处的一种普遍的审美意识”[1]。意象在叙事文学中往往形成极为精彩、极有关键价值的点睛之笔。中国古典小说中就颇多意象叙事的佳品，比如《世说新语》的“鲈脍菰羹”、宋人话本的“戒指儿”、明人拟话本的“珍珠衫”、《金瓶梅》中的“金莲”，尤其是《红楼梦》中奇幻精深的“通灵宝玉”，“都以独特的意象牵连着、甚至拨弄着人的命运”[2]。现代小说中像鲁迅《药》里联结着壮烈而孤独、愚昧而认命两种死亡的“人血馒头”，钱锺书《围城》里方鸿渐家那座祖传的“老式自鸣钟”，沈从文《边城》中分别象征着财富与爱情的“碾坊”和“渡船”，赵树理《登记》里凝铸着两代妇女恋爱婚姻的痛苦和欢悦的“罗汉钱”，以及铁凝《哦，香雪》中山村少女香雪一人在大山中奔跑三十里夜路，仍充满巨大幸福感地抱着怀中的那只“带吸铁石的泡沫塑料铅笔盒”，都犹如蕴藏着丰富的文化密码和审美信息的矿藏一般，使小说充满了诗情和哲理，从而令读者怦然心动并怀想至今。

新时期作家中成功的意象创造者不乏其人，但我认为，从意象创造的形态之多和成就之高来说，老作家中汪曾祺最为风光，而中青年作家中则要数迟子建较为瞩目。在她的小说里，有一批这样的意象：它们虽然不如形象那样长于描绘经验世界的形形色色，亦只不过是对一人、一事、一物、一景

---

① 中国社科出版社文学编辑室编：《小说文体研究》，北京：中国社会科学出版社，1988 年，第 33 页。

② 杨义：《杨义文存·中国古典小说史论》，北京：人民出版社，1998 年，第 578 页。

的表现，故构不成叙述的主体，充其量只是形象、情节的点化和修饰，但由于借助了作家特有的人生体悟和丰富的艺术想象，一个个独特的表象里便包孕了独到的意义和情思，从而使它们“成为形象叙述过程中的闪光的质点”①，作品也因之大有意趣起来。

较早捕捉到迟子建小说意象之美的，是敏锐的批评家雷达。《逝川》发表后，雷达先生评论道：“世间是否真有‘泪鱼’，我不详知，但这一意象实在太美丽了，太神奇了。”②对著名批评家的赞许，年轻的小说家当然非常快慰，可她还是老实率真地承认世间是否真有这种鱼，她也不知道。小说中的“泪鱼”其实是作家带着感情想象出来的精灵。这是一种什么样的鱼呢？大约每年的九月底或十月初，当南国的人还大汗淋漓，长江、黄河流域的人也不过刚刚穿上长袖衫的时候，“泪鱼”就从北方第一场雪降临后的逝川上游“呜呜呜”地哭着下来了。这种一斤重大小、扁圆形的有着红色的鳍和蓝色鳞片的鱼，是逝川上独有的一种鱼，“被捕上来时双眼总是流出一串串珠玉般的泪珠，暗红的尾轻轻摆动，蓝幽幽的鳞片泛出马兰花色的光泽，柔软的腮风箱一样呼哒呼哒地翕动，渔妇们这时候就赶紧把丈夫捕到的泪鱼放到硕大的木盆中，安慰它们，一遍遍祈祷般地说着：‘好了，别哭了；好了，别哭了……’从逝川被打捞上来的泪鱼果然就不哭了，它们在岸上的木盆中游来游去，仿佛得到了意外的温暖，心安理得了”。作家让这美丽神奇的“泪鱼”成为贯穿整个形象叙事层面的中心意象，以此牵连着两个令人心动的故事。一个是每当泪鱼下来的时候，阿甲渔村家家户户都要在初雪的河边点起篝火张网捕捞，干它一个通晓，然后在天明时分再把这些小生灵放回逝川。因为他们相信，如果哪一家没有捕捞到泪鱼，这家的主人就会

① 杨义：《杨义文存·中国叙事学》，北京：人民出版社，1997年，第276页。

② 转引自《迟子建文集》第3卷，南京：江苏文艺出版社，1997年，第2页。

遭灾。这真是天人和谐相亲、人鱼美好相处的动人一幕！泪鱼是有福了，然而面对那些几乎就要被捕光捞净的天上飞的、林间跑的、水中游的众多生灵来说，文明的人类要不要一点忏悔乃至禁忌？再一个故事主人公是吉喜。七十八岁的吉喜大妈张罗好捕鱼工具准备出门，村邻胡刀突然来请她去给媳妇接生，而这孕妇正是闪了她一生的老冤家胡会的孙媳。于是行走在风雪中的这位老人身影，渐渐幻化为五十多年前那个活泼大方、健康美丽的姑娘，当初男人们都欣赏她，到她家喝酒、吃茶、抽烟，仅仅因为她太能干了，便没有一个男人敢娶她。逝川日日夜夜奔流，吉喜一天天地苍老，一生的悲剧就这样酿成了。幸福难以追寻，而不幸没来由地就会降临，作家无奈地发现了人生这可怖的一面。那些呜呜呜的泪鱼难道是为吉喜大妈的不幸身世而哭？然而在小说的结尾，我们感到了宽慰，当吉喜大妈把一对龙凤胎接到人间，半夜又赶到逝川忙到天明，她也没捞到一条泪鱼从而陷入绝望的时候，回身却惊讶地发现她的木盆里竟有十几条美丽的蓝色泪鱼在悠闲地舞蹈。“吉喜的眼泪不由（自主地）弥漫下来了。她抬头望了望那些回到渔村的渔民和渔妇，他们的身影飘忽不定，他们就快要回到自己的木屋了，一抹绯红的霞光出现在天际，使阿甲渔村沉浸在受孕般的和平之中”。是村民们悄悄给了她活下去的希望和意义，看来泪鱼的美最终是由人心的美造化而成的，当霞光中的吉喜大妈被这一美好袭得“摇晃了一下”的时候，相信每一位读者都感到了温馨。

“泪鱼”显然是带有神话色彩的美丽意象，靠着令人羡慕的天分和才情，迟子建更多的是在平庸的俗世中去发现并组合意象。《洋铁铺叮当响》大概是作家忍不住加入新写实大合唱的产物。赵孝仁和余美珍夫妇带着四个已经长大了的孩子，靠收废铁开洋铁铺子过着最一般最底层的日子，大女儿丽娟在饭店帮工，打了结婚证未过门就离婚了，眼下正和一个中年屠夫黏糊着；二女儿丽晶二十二岁了，没工作在家做饭兼养鸡养鹅；大儿子跟着爸爸打铁收破烂，小儿子闹走了全部积蓄一万五千元招工到大连去了，能否落户鬼都不知道。这样的日子，还有这“乌鸦在菜园后的垃圾堆上觅食”的环境，实在是太灰暗、太压抑、太没有生气了，作家因此着意描写了丽晶喂鹅的场面：

> 六只大白鹅见了她便从鹅圈里嘎嘎嘎地叫着聚过来，鹅的脖颈一律高耸着，像是一棵棵挺拔的笋。丽晶将鹅食盆放进去，六只鹅就绕着盆垂下脖颈吃起来。它们丰腴白皙的身体对称相挨着，看去像是一朵芍药花的六个大花瓣，而那些嫩黄的鹅嘴碰到一块，就是最好看的花蕊了。丽晶用手拍了一下那只最贪吃的鹅，它惊恐地一耸身子离开鹅食盆，丽晶就有打落一片花瓣的怜惜之情，但那只鹅很快又奋勇地跻身同类当中，一朵娇艳异常的白芍药花就美不胜收地活泼地跃入她的视野。这花微微拂动着，犹如受到了微风的怂恿。如果此时晚霞再浓烈一些、红艳一些，那么鹅身上将被被上一层粉红色的微光，花色会更扣人心弦的。

读到这里，人们不能不对这位娇艳异常之花的创造者丽晶姑娘产生了恻隐之心。这个勤快能干、热爱生活、能做出可口的家常饭菜而且特别喜欢小孩子的善良姑娘，二十二岁了，没有工作，没有爱情，虽然对未来不敢存有一点儿奢望，也还是过得那么不如意。烫了发也比她矮半头的小骗子王有杰初次见面就让她产生了“醉醺醺的感觉”，不提防有了身孕，以上吊作为代价才保住了孩子，后来只得以与王有杰到东山岗过种地养猪养鸡的日子为满足。生活咋就这样亏待善良痴情之人呢？仅仅是因为她出身于洋铁铺之家？迟子建把一腔的同情都投注到了这个挣扎在生活底层的姑娘身上，临走时让她再喂一次鹅，“六只洁白的大花瓣再次把一朵怒放着的芍药花呈现在她面前，那花瓣真是娇艳明丽极了。丽晶的眼泪一滴一滴地落在鹅身上，使这朵在冷风中不凋的花朵又沾染了一片晶莹的露珠”。《洋铁铺叮当响》对生活不像一般新写实小说所描写的那样灰暗和绝望，让人看到挣扎在最底层人家的酸甜苦辣中也有着些许的希望和美好。这一切多亏了这特异的“芍药花”的美丽意象，以及作家流注在这花瓣中的温热的感情。

当意象在叙述中成为人物的理想和价值追求，且充盈着一股激昂的生命气息的时候，它就显得格外的美丽和庄重了。我们这里说的是《日落碗窑》中那只“仿佛是由夕阳烧成的”、闪着暗红光泽的窑碗。小说中那浓郁的生活气息，温热的人道情怀，北国秋天特有的田野风光和淳朴的乡情民俗，使我感到这是迄今读到的迟子建小说中最昂扬也最明亮的一部中篇。在小说的叙事层面，为了将来走四方，看了场马戏团演出的小学生关小明，带着他的狗“冰溜儿”着魔似地练顶碗，本领没长进，倒把家里的碗摔光了，风烛残年的关老爷子就走出家门，重操旧业，到南坡废弃的窑场为孙子烧泥碗。干了一个秋天，关老爷子竟然把为家里烧泥碗的实际考虑，变成了他老来辉煌的梦想。他“不止一次梦见烧窑时旺旺的火苗和那火苗燃烧时充满激情的声音，有两次他在梦中竟然看到出窑的碗，它们一个个迤逦相挨，颜色金红，在阳光下像一片盛开的金钟花，比鸡血还要灿烂”。为此他邀来了一大群叽叽喳喳的麻雀来看他出窑。然而就像关小明顶碗没学成反把“冰溜儿”的一只眼砸瞎了一样，爷爷的一窑泥碗也都烧成了金红的碎片，于是关老爷子有了死亡的感觉。小说的另一条线索是乡村小学教师王张罗已经流产了两个孩子的傻老婆刘玉香，虽说有小明妈妈和自己丈夫白天夜晚轮流照看的精心呵护，还是在临产的关键时刻，又跑不见了。正在一切都无望了的时候，是“窑碗”意象的光芒照亮了回峰转路，原来刘玉香挺着个大肚子去窑场为将出世的孩子讨碗去了，她在一堆废墟中竟扒出了一只完美无瑕的金红色窑碗，而且还独自顺利地生下了一个七斤半的男婴！更令人雀跃的，是在这关键时刻，瞎了一只眼的“冰溜儿”带着关小明找到了刘玉香母子——再晚到一个小时孩子就可能会被冻死。于是关老爷子和打碗模子的王嘘嘘这两位老人神气了，在孩子的满月酒宴上，他们像敬奉神明一样，久久盯着这只金黄色的碗，然后给这个生命力极强的孩子起名叫“福临”，乳名唤作“碗窑”。

在迟子建的小说中，与伴随着新生命的诞生而出现的意象相对存在着的，是一些弥漫着死亡气息的意象。这类意象似乎更多一些，像《白雪的墓园》里嵌在母亲眼中的圆圆的红点，《炉火依然》中的温暖的火炉，《树下》像旋律般反复出现的四匹红马拉着的棺木，等等。这些用酸楚和惨痛造就的令人忧伤的意象，主色调当然是忧郁的，但由于有了作家的生命热情和日趋练达的人生态度的融入，就显得依然美丽，依然像暗夜中灼目的流星一样诗意盎然。《白雪的墓园》开篇的哀伤使人透不过气来。父亲在离除夕仅有一个月的时候去世了，姐姐、“我”和弟弟凄惶得不知做什么才好，年关到了，“很少哭，有时哭也是无声的”妈妈还整天躺在炕上，姐弟三人既为失去父亲伤心不已，又为妈妈可能因思念爸爸过不去年关而分外担心。父亲咽气时，母亲因伤心流泪，左眼里突然生长出圆圆的一点红色，像一颗红豆似的。“我总觉得那是父亲的灵魂，父亲真会找地方。父亲的灵魂是红色的，我确信他如今栖息在母亲的眼睛里”，直到大年初一，母亲一人到白雪的墓园探望父亲归来，“我才吃惊地发现她的眼睛如此清澈逼人是因为那颗红豆已经消失了！看来父亲从他咽气的时候就不肯一个人去山上的墓园睡觉，所以他才藏在母亲的眼睛里，直到母亲亲自把他送到住处，他才安心留在那里”。夫妻之情、父女之情温馨如斯，亲切如斯，驱散了死亡的阴影，使得那大雪覆盖着的洁白的墓园，这一刻显得温柔、安宁与和暖。一家人终于开始了新的生活。不难看出，这个短篇里具有幽雅格调的爱与死的旨意，都包孕在母亲眼中那个红豆般小圆点的有无之中了。意象点醒精神的非凡功能，在这里得到了非常好的体现。

徜徉在迟子建的小说世界，你会看到她的意象创造是非常自然非常贴切的。这是诗艺成熟的境界。唐司空图《诗品·缜密》云："是有真迹，如不可知。意象欲出，造化已奇。"是说在意象细致绵密的运作之中，真迹已然显豁出来了，却看不到一点儿描写的痕迹，一切都来得自然贴切，如同自然化育一般，妥帖到天衣无缝的程度。我们觉得迟子建的绝大部分意象创造，是称得上这一评价的。虽然她很少直接选择世间的既存物体作为意象的外壳，而多用主观色彩很强和神话味道很浓的个人性造象来熔铸情思，使其所创造的意象不仅与其情境、氛围、关系和背景等等合榫合卯，自然天成，还鲜嫩得如同刚出荷塘的藕。《雾月牛栏》中反复出现的"梅花扣"，是迟子建小说意象中为数不多的含义幽邃而复杂的一个意象，它一头记录着宝坠被失手打傻了的悲剧和酿成这悲剧的继父因之而死的悔恨，另一头则维系着孩子纯洁美好的心地以及人与牛、人与人关系的亲密和疏离。小说让失去了大部分记忆的弱智儿宝坠熟练地在牛栏上盘成一个个梅花扣，时常出神地想着他何以有创造出这花儿的本领，并憧憬"牛屋的白桦木牛栏的梅花扣会越聚越多，一朵朵相挨着开放"。在这雾气迷蒙的昏暗的牛屋，只有这莹莹欲动的梅花扣在给宝坠这可怜的人生以希望。生父和母亲的怜爱、继父泣血的忏悔，都渗入这朵朵"梅花"中去了，与人世的悲欢、雾月的牛栏特有的氛围浑融一体，积蓄成一股强烈的审美冲击力。

迟子建小说意象还具有单纯明朗的特色。无论是渔民呵护的泪鱼、丽晶喂鹅时形成的洁白的大芍药花，还是母亲眼里的红豆、小姑娘染指甲的胭粉豆花，都澄澈鲜明得如晶莹的露珠，让人不难洞彻蕴含其中的情愫。在诗学讨论中似乎存在着这么一个误区，认为意象越复杂寓意就越深刻，而意象越单纯含义就越浅薄。事实上无论在抒情作品中还是在叙事作品中，二者都不一定呈正比关系。像迟子建创造的这些意象，虽然一个个显得单纯甚至可以说是简单，说不上有多丰富，但寓意却都有着很高的美学品位。像《白雪的墓园》中母亲左眼里那个红色的圆点，看上去一目了然，可其中凝结的哀痛和亲情，却集中而强烈，有着直撞人心的审美力度。还有那六只大白鹅形成的芍药花意象，也是再明朗再单纯不过的了，可是作家寄寓其中的情思，譬如对普通百姓的关切和同情、对人性弱点的宽容，以及对最底层生活的美好希冀等等，却是温婉细腻而深刻有加的。看来意象含义的深刻与否，关键还是取决于作家是否有一颗博大而深邃的同情心，是否对生活有着独特的体验。

在叙事过程中着意调控意象，使其在情节中有变化地反复出现，是迟子建营造意象的又一特点。我们注意到她所创造的成功的意象往往在作品中出现多次，像泪鱼意象出现五次，“芍药花”三次，“胭粉豆花”五次，三足青铜雕龙香炉(《香坊》)六次，“梅花扣”在一万多字的篇幅中竟也出现六次！作者让众多的意象在叙述中如此频繁地出现，一定是意识到了意象在行文中递进性反复出现、相互呼应，是会生发出多重艺术功能的。首先，相同意象在同一作品中反复出现，可以使寓意在推移中不断丰富，并产生强大的审美吸附力。其情形如同前述对“泪鱼”和母亲眼中的“红豆”的意象分析。其次，意象的反复出现，在贯穿叙事结构和疏通行文脉络方面也有其独特作用。作家的创作实践表明，“在情节与情节的转换之间，设置一个意象，可以使转换不流于生硬简陋，而在从容转换中蕴含着审美意味。在情节与非情节的跳跃之间，如果也能设计一个意象，跳跃就会变得更加潇洒，甚至产生一点蒙太奇的效果。而且，由于同一意象在纷纭复杂的情节或非情节线索之中，别具匠心地重复出现，就可能造成有若诗歌中同一语句、意象反复出现的回环复沓的旋律波动”①。像“梅花扣”意象，就可以在过于密集的叙述流中，以作品光亮点和非光亮点的疏密度，形成一种音乐般的停顿和间隔，使得整篇小说疾徐有致，不致过于急促。大家都夸赞《雾月牛栏》具有空灵流转之美，从叙事学的角度来看，底蕴或许就在这里。《东窗》里的“胭粉豆花”意象，则是另外一种情况：这部作者偏爱的中篇，在《芙蓉》发表后久久无声无息，她自认为是有些“散文化”而缺乏故事凝聚力的原因。我则觉得这篇小说即使从结构上看，写得也还是不错的，只不过它不是像人们惯常见到的小说那样，靠情节和人物命运来贯穿叙事结构，而是一个“另类”：小说有头十个叙事单元，像苏鸿达父子常打常新的“内战”，美人李曼云在东窗下从年轻一直坐到老死，杨学礼的儿子响应“在大风大浪里锻炼成长”的号召而淹死在狗鱼泡子里，瞎子给父亲和“我”算命，郭富仁与徐曼曼在坟场上说亲，魏金枝带上两个孩子对酒鬼丈夫的离去又复还，张得富与黄鼠狼怄气出了事，媳妇们串通起来用计赶走了爆米花的外乡人……彼此确实没什么内在联系。倘读者没有注意到作品的结穴点，《东窗》的确“散”得没形没状了。然而我说这部中篇的“另类”之处，恰恰就在于它是用“胭粉豆花”的意象作为结穴点，把上述散漫的故事都连缀和凝聚起来了。这不仅表现在当故事扯远了的时候，作者让胭粉豆花染指甲的描写像旋律般的重复出现从而“言归正传”，更重要的是这一意象还象征着一种宿命般的时间意识，散发出自然永恒和人生短暂的深浓意味。眼见着鲜亮的李曼云染着指甲，可不觉意间，当小女孩染了红红的指甲跑到东窗下给她看的时候，她已经老死了；“我”出场的时候正在用白瓷碗泡花汁染指甲，故事结束时却站

① 杨义：《杨义文存·中国叙事学》，北京：人民出版社，1997年，第320页。

在东窗下粗声大气地骂女儿："这是作践饭碗呢，还是染指甲？"胭粉豆花开了许多年了，而且年年开放着，一如往昔，一切都一如往昔地存在着，只有这幕风景下的人，由生到死，悲欢离合，一茬茬换着。想到这里，你能不惊悚地打个激灵？

第五编

人物春秋

王国维自沉之谜及其文化意蕴

1927 年 6 月，国学大师王国维自沉于颐和园昆明湖。此前，他已在哲学、美学、文学、史学、小学、伦理学乃至汉晋简牍、西北地理诸多领域取得了辉煌成就，其学术业绩蜚声海内外，却又留下“五十之年，只欠一死。经此世变，义无再辱”的遗言，从容赴水。王氏之死，是一个谜。他在青少年时期生计窘迫，体弱多病，痛苦万端，宛如风雨中的一盏油灯，随时都有熄灭的可能，却顽强地活了下来，且苦恋文哲，收获颇丰。谁能想到，在身为清华国学研究院导师，生活安宁并奠定执学界之牛耳地位的知天命之年，这位“以学术为生命”、在中国文化建设上已经取得并正在继续做出光辉业绩的人，竟遽尔轻生！这真是中国现代文化史上的一大疑案。有着“文如其人”、“知人论世”悠久传统的中国学界，面对这位学术泰斗，在深究其学问的同时，必然要知晓其人格构成，故八十余年来不少人对此疑案一直关注有加。人们寻根问底，探讨其故，或谓窘于经济（如史达、溥仪等的“罗振玉逼债”说），或谓迫于政治（如罗振玉、赵万里等的“殉清”说，梁启超、徐中舒的“冯玉祥北伐军威胁”说），或谓某种特殊理想（如叶嘉莹的“殉身于他理想中所欲持守的最后一点清白”说)等等。上述所见,除第一说与事实不符、难以成立外,其余诸说大都持之有故,各有其合理因素,只可惜多从外部环境来求其死因,故不免流于皮相,难得底蕴。还有人“臆测”王氏自沉“跟他的相当深固的美学体系……颇有关联”[①]。我则认为此说不妥,因为王国维生平史实本身证明,青年王氏的“人本—艺术美学”的价值取向,恰恰与晚年王氏的人生态度和政治抉择形成对峙,即早在他自沉十五年之前,他已坚定作别了他的美学体系。也有人将王氏之死归咎为受叔本华悲观哲学浸润太深。此说更没有说服力。因为早在辛亥之年,他就诀别文史哲之学并自觉清除了叔氏影响,更不用说后者反对自杀,终究成为遗世独立的哲学强者了。

由此看来,探讨王国维之死须另觅思路。著名史学家陈寅恪早就指出:“古今中外志士仁人,往往憔悴忧伤,继之以死。其所伤之事,所死之故,不止局于一时间一地域而已;盖别有超越时间地域之理性存焉。”[②]当代学者夏中义则进一步指明,王氏自沉是王学研究的焦点,“为了弄清他为何要死于此时此地,首先得说明他为何想死乃至非死不可”[③]。我以为两位先生的见解颇中肯綮,指明了探究王氏之死的正确路向。不知生,焉论死?王国维自沉之谜的答案,或许就在王氏的价值背景即他生之如何且为何而生之中。

考其生平,我们会发现,王国维的一生可谓一波三折,而每一转折都分明染上了他迥异鲜明的生命色调。1894 年至 1901 年从举子业到神往新学可称为他的少年“忧世”时段。这时期少年王氏饱溉私塾家学,循着儒生“忧世”道统踌躇而行,其重政轻学之经世抱负,在所作“气象阔大,昂扬、乐观”[④]的《咏史》

---

① 佛雏:《王国维诗学研究》,北京:北京大学出版社,1987 年,第 364 页。
② 陈寅恪:《金明馆丛稿二编》,上海:上海古籍出版社,1980 年,第 220 页。
③ 夏中义:《王国维:世纪苦魂》,北京:北京大学出版社,2006 年,第 258 页。
④ 佛雏:《王国维诗学研究》,北京:北京大学出版社,1987 年,第 353 页。

二十首中昭然可见。他以恢宏的怀古胸襟，纵情"讴歌舜禹、汉武、文皇为'神武''雄材'，而对萧纲、萧绎等'江南天子'则不客气，以'词客'鄙之，只擅酣歌恒舞，而无横槊疆场之命世胆略"[①]。由此可见这一时期王国维的价值取向是儒生"忧世"之道统。此当为师承传统教育之结果。1902 年至 1911 年从治数理之学到专攻文哲之学为青年"忧生"时段。这时期他的诗文创作一派"伤心人"语，充满"忧生"情调，与少作《咏史》"重阳刚的美"相去甚远。这种反差，从表面上看，是审美观点变了，骨子里却是在总体价值取向上，同忧世用事的少年时段相比，明显有了界限。这表明，流贯在青年王氏诗文系列(自《红楼梦评论》→《静庵诗稿》→《人间词话》)中的"忧生"母题，源自他的天才情结与人生逆境严重失衡所酿成的灵魂苦痛的价值颖悟。"其特征是为了自身安魂而去探询人本意义。这是近代人文水平上的个体本位，而非传统儒教水平上的社稷本位或官本位，故与外部世变无直接关联"[②]。令人遗憾的是，此时王氏虽已转向重学轻政，但并未对其忧世情怀作卢梭或列夫·托尔斯泰式的价值忏悔，而是让其蛰伏心底，且时不时在其诗文中有所透露——《静庵诗稿》主旋律当是忧生之苦，但其间偶尔也有几声忧世遗响。于是一个极富理趣的文化现象在王氏身上出现了：前额"忧生"，新潮；后脑"忧世"，传统。如此对立迥异之取向，就这么在他心中签订了为期十年的互不干涉之协议，以至于留下致命隐患，最终诱发了他 1912 年的价值反叛，开始了从文哲之学到考据之学并积极干政的晚年"忧世"时段。此时段是王氏一生最糟糕、最黯淡的岁月。谁能想到他竟然对心仪过的西方哲学反戈一击甚至破口大骂呢？为了表示对文哲的诀别，他还一把火烧了自己布满"忧生"心迹的《静庵文集》。"多更忧患阅陵谷，始知斯道齐衡嵩"，王氏在 1912 年写下的这则诗联，既

---

① 佛雏：《王国维诗学研究》，北京：北京大学出版社，1987 年，第 347～349 页。
② 夏中义：《王国维：世纪苦魂》，北京：北京大学出版社，2006 年，第 243 页。

表白了他的学业转向，又预示了他的价值位移。从他这一时期的言行举止来看，他以学术巨擘之身应召入值南斋，任废帝溥仪之五品行走；任教上海仓圣明智大学，亲自设计搭盖“芦殿”，指点学生“演习古礼”，并赞此为“极美”之事[①]，无不表明他重操考据其意却在重整纲纪，复辟帝制，这就让国学遵命于政治了。出于这一目的，王国维还把“忧生”时期提出的关于“古今之大事业、大学问者”的“人生三境”说加以重释。“本来，从‘昨夜西风凋碧树，独上高楼，望尽天涯路’之第一境，到‘衣带渐宽终不悔，为伊消得人憔悴’之第二境，再到‘众里寻他千百度，蓦然回首，那人却在灯火阑珊处’之第三境”，明明是在对逐层深入的生命体验作诗性描述；可到 20 世纪 20 年代初，王国维却将这幽美深邃的‘三境说’彻底政治化了，篡改成‘第一境即所谓世无明王，栖栖皇皇。第二境是知其不可为而为之。第三境非归欤归欤之叹欤？《湘山野录》：李后主神骨神异，骈齿，一目有重瞳。笃信佛法。殆国势危削，叹曰天下无周公仲尼，吾道不可行。著杂说百篇以见志。’然则具周思孔情乃为大词人。这就将他年轻时曾神往的诗境要义为人生感悟甩得净光了”[②]。令人心痛的是，他甚至拟长篇七古《颐和园词》和《隆裕皇太后挽歌九十韵》谀美凶残的慈禧……这一切在今天看来真是可气又可笑，但王氏当时却是庄严肃穆一本正经的。唯其如此，才表明他在青年时期视为重如泰山的东西，到了晚年却看得轻如鸿毛了，而青年时期视为鸿毛的东西，到了晚年却认为重如泰山。这还表明王氏年轻时曾独立自由过的人格之“毛”，又牢牢黏附到封建帝制这张“皮”上了。一旦废帝途穷，他的路也就走到头了。后来奉废帝“面谕”，受聘于清华研究院时，他致友人书曰：“离此人海，计亦良得。”[③]流露出的情绪，既有对废廷内部倾轧的厌倦，也有对

---

① 罗继祖：《王国维笔下的仓圣明智大学》，社会科学战线，1982 年第 2 期。

② 夏中义：《王国维：世纪苦魂》，北京：北京大学出版社，2006 年，第 253 页。

③ 佛雏：《王国维诗学研究》，北京：北京大学出版社，1987 年，第 371 页。

自己不擅权术、不懂政治的无奈。这是晚年王氏的又一重失望。

故我认为，王氏人生虽短，可死途漫漫，最迟在1912年他义无反顾地从“忧生”转向“忧世”，从文哲转向考据，从“无用之用”转向“经世致用”时，他就向死亡之门迈开了脚步。嗣后还有1917年《补家谱忠壮公传》中叙其远祖王禀“忠节赴水”所蕴含的景仰与悲剧意念，是1924年冯玉祥军“逼宫”时的自殉御河之悲剧预演……考察王氏的心路历程和人生跌宕，你会由衷赞同夏中义的精当分析：“‘五十之年，只欠一死’，虽是王氏1927年之绝笔，但他将与其所奉的文化同归于尽之种子，想必是早就埋在心底，且扎了根，发了芽的；而‘逼宫’将军冯玉祥再次威逼京城，不过是使‘经此事变，义无再辱’的王氏撞上了一个兑现其夙愿的机遇罢了。总之，王氏最后死在何时何地似属偶然，但他终将为‘忧世’捐躯则属必然。……王氏自沉并非殉清，而是殉文化，目睹‘赤县神州值数千年未有之巨劫奇变’却又无力补天，则王氏作为‘此文化精华所凝聚之人，安得不与之共命而同尽？’于是也可以说，王氏之死是对处于价值转型期的传统文化危机的悲剧性放大，亦即民族或人类价值转型首先通过其文化精英的心灵裂变来演示的……民族或人类文化是在其精英身上体现得最纯粹，故其裂变之阵痛，也是他们体验得最深刻，若至痛不欲生处则舍身耳。假如能这么看王国维之死，当不得不承认王国维确实死得回肠荡气，凝重而悠远。”①

王国维，作为20世纪初中国人本自觉的先驱，作为中国现代美学的开创者，到头来就这么自寻绝路，被传统阴霾所湮没。这令人痛心的事实，一方面表明青年王氏的人本自觉之超前，不仅使他的时代顿显滞后，而且当整个20世纪已成为历史的今天，内地学界也未普遍认清“青年王国维”对当代中国文化建

① 夏中义：《王国维：世纪苦魂》，北京：北京大学出版社，2006年，第258～259页。

设的重大意义。另一方面又表明封建传统的惰力万万不可低估，与其说它像酱缸，毋宁说它酷似引力无限的黑洞，把曾辉耀在青年王氏身上的人本曙光连同肉体一道吞没尽净。故王氏毕生的价值探询及其宿命，对人文学者来说，似比他留下的学术遗产更沉重，也更具文化神韵。王氏的人生轮回，简直可以看作是在超前预演现代学人的价值困境。因为不论胡适、陈独秀、瞿秋白，还是周扬、冯友兰、何其芳，这些知识精英们都始终未能确定自己的人生坐标，未能找到足以安魂立命的价值定位，老在读书与做官、治学与应景之间吃力而痛苦地迂回，皆像晚年王氏那样，自觉不自觉地让时势政治牵着鼻子走，也不问问自己是否真有从政才干，自己所附庸所效力的"政治"是否真值得把自己的学业和生命都赔进去，其代价必然是丧失纯正的学术人格。其结果，从好的方面讲，是个体自虐，即学人硬让自己干他不愿干，就是日后想通了也不宜干，也干不好的事；从坏的方面看，则是群体自虐，即学人间的"窝里斗"，自相摧残。恶劣者不仅自己不务正业，也不准他人务正业。大半个多世纪以来，学界这方面的教训太深重了。因此笔者对那浸入学人骨髓的"皮之不存，毛将焉附"论颇多怀疑。上述知识精英附上政治之皮于国于民于己皆未见好，而耐得住寂寞，执意将生命托付给遗世静思的顾准、陈寅恪、熊十力、朱光潜、宗白华、钱锺书、任继愈等，既成就了学业，又拥有了心灵的充实与欣慰。当今学人似可从中悟出些什么。此外，还要实事求是地看待人文学科的功能。不能像青年王氏那样纵情放大人文学科的作用，仿佛世间真个是"万般皆下品，唯有读书（文哲之书）高"，只有大诗人、大学问家才是天才似的。更不能像晚年王氏那样羞于染指非功利之文哲，似乎既无"经世之用"，也就一钱不值，乃至自暴自弃，从一个极端跳到另一个极端。以王国维的曲折人生作鉴，当代学人是不难找到自己如何生存，以及为何如此生存的意义和理由的。

迟子建论

大自然之子与北极村童话

1985年，刚满20岁的迟子建在读师专时发表了处女作《那丢失的……》。这个短篇写女毕业生杜若离校前夕在空荡荡的宿舍里回忆和感怀同窗生活的情景，由于题材较窄和叙述的稚嫩，没能引起广泛的注意。但作品中那细腻的笔触，那晨雾一般笼罩着的温情和忧伤，则预示着这位大学生写作小说的出色才能。果然，接下来《沉睡的大固其固》、《北极村童话》、《北国一片苍茫》等作品的连续发表，犹如大兴安岭森林中抛洒的珍珠般的水滴和黑龙江湿漉漉的歌声一样，给干渴与躁动的当下中国文坛，带来了美妙的凉爽和清新。在随后的年月里，迟子建没有辜负广大读者的期望，不断推出佳作。如今迟子建已是蜚声中外的知名作家了，她把带着体温、凝聚着心血的五百多万字的创作成果，全部献给了亲爱的祖国和人民，而自己则孤独地流连在黑龙江畔，行走在北国的原野之中。

论者一般把迟子建的小说创作分为前后两个时期。发表于1985年的短篇小说《沉睡的大固其固》以及稍后的《北极村童话》、《北国一片苍茫》是她前期的代表作。这时期的创作在取材上有一个明显的特征，那就是刻意描写东北边陲的自然景致和乡镇生活，作品中充满了浓郁的生活气息。作家笔下的白雪、月光、懂人性的狗、有灵性的马、会流泪的鱼、嫩绿的青葱、醉人的都柿、散发着香气的土豆花，无不充盈着她精微平和而又蕴藉深沉的情思。然而这位自然的女儿并不仅仅漫游在自在状态的自然之中，化育她的，是内涵与外延都相当深广的“大自然”，包括故土淳朴的风物习俗，家人和乡邻“平庸和灿烂”的朴素生活。这些“人化”的自然，都成为她创作中持久的题材内容和个性特征。在《北极村童话》为代表的早期创作中，我们不但能领略到大兴安岭和黑龙江畔黑云白雪、绿水青山的自然风光，还能感受到有着中华民族传统特性的朴实而奇异的风情民俗，凝聚着底层人民智慧的神话与民间传说，更重要的是还能看到由此而构成的祖国北疆民众的生活境遇，以及在这种生活中体现出的人生命运，他们生命的挣扎和伸展，心灵的冲突与和谐。颇有意味的是，迟子建的创作愈到后来愈强化风物习俗的描写，愈加添神话传说的意味，以至于中篇《秧歌》、《香坊》、《旧时代的磨房》、《东窗》，短篇《逝川》、《鱼骨》、《支客》、《腊月宰猪》等等作品都以风物习俗或神话传说作为叙述框架与重心，其故事的发展、冲突的开合、人物的命运，皆与之密切相关，结果一方面凸显了作品的地域风貌，渲染了生活氛围和民间文化色彩；另一方面也从中展开了人生的世相百态，表现了人物的人性本真与生命意识。

贴心于自然，呼吸在民间，帮助迟子建获得了心灵的充实和创作的自由。然而自然和民间之于迟子建的意义，只是在她走出家园来到大城市过上一段无根的生活之后，才显得分外珍贵的。为了阻止森林、原野、河流、野花、草垛、松鼠、小鸟和四轮马车这些熟悉的景物一天天地远离记忆，为了不至于让那些发生在灰色庄园里的故事，那遥远的草甸子，那诡谲的晚霞，那生命之河的往事会像梦一般的丧失，同时也为了排解现实的压力和安慰她那颗疲惫的心灵，迟子建通过《原始风景》的写作，依靠大自然的力量激活了昏睡的情性，成功地实现了灵魂的返乡。这是一篇纯然回忆童年情景的小说，在不少地方甚至重复了《北极村童话》的内容，然而迟子建对灵魂与自然关系的表述，是那样亲切生动，充满诗意，分明体现出更为纯粹的美学深度。我们跟随作家如潮的忆绪，能看到姥爷沉默而倔强的一生充满着对生命的豁达。这个古怪而忧悒的老人，在晚暮时总是把自己久久沉浸在对往事的回忆之中，在他强健有力的岁月，酒和女人成为他命中注定的欢乐，可眼见那世事更迭人情变迁，特别是多情妩媚的女人一个个纷纷凋零为乳房般的坟墓后，老人对如斯岁月的忧伤和感喟便超越了当下生活的痛苦。而月光下服着精神苦役的父亲，则以永恒眷恋的双目仰望着星空，那如泣如诉的琴声，跳宕着、回旋着父亲一生的艰辛与欢悦。

不管沉入回忆之境的自然，对于处在当下喧嚣城市中的人们来说，是多么的缥缈，作家回归自然的努力，却像巴赫、贝多芬的小夜曲一样，足以让我们安魂，并帮助我们对人类文明的进程中包括高科技的发展，保持足够的戒心。所谓“工业文明”，包括当今全方位展开的信息时代，事实上并没有给人的心灵和情感领域带来多大滋养。相反，那么多的舒适、方便和富裕却是以激情的消逝和想象力的萎缩为代价的。难怪晚风吹来，迟子建要感叹这个冷漠的世界“房屋越建越稠密，青色的水泥马路在地球上像一群毒蛇一样四处游走，使许多林地的绿色永远窒息于它们身下。我们喝着经过漂白粉消毒的自来水，出门乘着喷出恶臭尾气的公共汽车。我们整天无精打采，茫然无从”[①]。此种境况下的人难免麻木、刻板、庸俗和疲软，更不要说还有防不胜防的吸毒、仇杀、战争和灾害了。人类特别是知识群体的出路在哪里？如此之多的“后”学家们喋喋不休，好像也没说出个所以然。倒是《原始风景》透露了其中一个讯息：亲和自然，置身民间。

当然，我们不否认迟子建笔下的自然景观和民间生活有着较明显的童话色彩。尤其在早期创作中，她所营造的北极村童话世界，虽然清新、纯净，毕竟还有些稚嫩、简单，且不够开阔，然而我们还是要说，“北极村童话”对于迟子建的创作来说是至关重要的。“因为这些纯净的、独特的，不够深刻和完整的小说是不曾模仿，没有经验、标准和榜样，但完全是个人化的，具有独立性和纯粹感性的东西。在这里或许没有对世事的通脱和练达，但却有难能可贵的绝对的怀疑精神和批判精神”[②]。是的，《北极村童话》中那种纯净的感觉，那种对成人世界的怀疑，对约定俗成生活的质疑和反叛，对弱小无助的底层民众的同情与理解，可以说代表了迄今为止她对世界的独特看法，她的始终向着民间的写作立场和审美追求。

无限度的温情与有代价的幸福

从《北极村童话》直到今天的创作，迟子建在题材内容、想象方式与语言表达上几多变化，但对人间温情一往情深的表达却是始终一贯的，以至于许多读者包括迟子建本人都认为这种温情的表达有些过多。然而，文学从某种意义上说不正是表达情感抚慰心灵之学吗？对于那些挣扎在生活底层且弱小无助的人们来说，温情恰似上苍馈赠给龟裂土地的甘霖一样宝贵。我想，迟子建的小说之所以那么感人，读起来往往使人心里湿

---

① 迟子建：《晚风中眺望彼岸》，载《中国当代作家选集丛书·迟子建》，北京：人民文学出版社，2000年，第442页。

② 张红萍：《论迟子建的小说创作》，载《文学评论》，1999年第2期。

润，主要原因就在于她的作品始终闪烁着一种人性的温情之光。如同文能先生所言，那是一种在沉重、庸常的生活中慰藉人心的温情，是一缕穿透黑暗的生存夜空的希望之光，而且“这种希望之光又不是虚无缥缈的乌托邦承诺，她如同一年一度如期而至的元宵、秧歌一样，成了支撑人们生活下去的理由。”①的确，作家的创作理想，她的独特的个人气质，在她“对辛酸生活的温情表达”中体现得最为明显。

迟子建的温情之光，首先挥洒在她对亲情关系的描写之中。早在抒写童话的创作初期，小主人公在姥姥、姥爷、二姨、小舅面前表现出来的调皮娇憨之态，以及对世事的懵懂感知，就已透露出弥散着苦涩的天伦之乐，而作品中对父女之情的描写，特别是父亲去世后女儿对父亲的依恋和追忆，更是充满了令人心灵震颤的挚爱和感伤。然而作家的温情又不仅仅局限在家人和亲情之中，她在情感表达中的最为可贵之处，借用新时期的一句熟语，是把爱推向了每一片绿叶，从而在普通百姓中发现高贵而感人的人性光辉。于是我们看到了媪高娘在对全村孩童命运的恐惧中，以及在杀猪禳灾的无为之举中所表现出来的虽不无迷信但珍贵万分的善良心愿(《沉睡的大固其固》)；看到盲人夫妻胜似豪门的相濡以沫(《盲人报摊》)；看到因偶发事件致使弱智却能日夜与牛儿交谈的牧童宝坠，他那不幸的境况和简单而美丽的愿望(《雾月牛栏》)；我们还看到了秦山、李爱杰超越生死的爱情故事(《亲亲土豆》)。我们甚至还看到了那些个人命运与自然环境相互依存的底层人民，对田野河山，一草一木，马狗牛羊乃至伤害人类的黑熊，都充满着温馨与爱意。作家关于人对自然万物的关切与尊重的动人描写，其重要意义在于“向人们呈现了一种更具现代性和前卫性的人与自然的共存关系，体现了人类对个体生命价值更普泛的尊重。这

① 文能，迟子建：《畅饮天河之水——迟子建访谈录》，载《花城》，1998年第1期。

种对人间万物极富人性的理解，使迟子建的小说呈现了空灵而又朴素的宁静之美”①。

或许是黑龙江广袤的原野给了迟子建异常宽厚的胸怀，不然你很难理解她对那些有着人性缺点或污点的人也怀有如此之多的温情。通览迟子建的小说，你会发现这类人简直形成了一个系列。他们损人利己，但又不是彻头彻尾的恶人，而且他们的使坏还大都有点儿这样那样的理由，最后又都良心发现回到善的行列中。譬如《洋铁铺叮当响》中的王有杰，他因既穷又矮，讨不到老婆，便谎称自己是城市复员兵，欺骗了善良的丽晶，后来又诚惶诚恐地带着歉疚之心回到了丽晶身边，靠种地和开修车铺承担了家庭责任；《腊月宰猪》中的外乡女，为了生孩子躲避才欺骗齐大嘴愿做他的续弦，可孩子一满月她就偷跑了，但又每年给齐大嘴父子做衣做鞋来弥补她的欺骗行为；《鱼骨》中旗旗大婶的男人，怪老婆不能生养，“就像甩一条老狗似的把她甩了”，十几年后这男人回来了，他一边责骂着自己，一边甘愿领受着旗旗大婶的桦木棒，请求着妻子的宽恕；还有《雾月牛栏》中的宝坠继父，《秧歌》中开羊肉面馆的龚友顺，乃至像《银盘》中初次进城的农村姑娘吉爱、《北国一片苍茫》中脾气暴躁的父亲、《麦穗》中的图画老师等一些人，作者都一样表达了善意和爱心。

迟子建的温情表达倘到此为止，我认为她的努力将会是非常完美的。可是她的温情与善意像黑龙江一样无尽止地流淌，就不能不引起人们的思索了。譬如她对美奴的态度，就引起了颇大争议。小学高年级学生美奴患有精神病的母亲经常毫无顾忌地去找语文老师白石文，也不过是想看看他，与他说说话，却引起了满镇人的风言风语，美奴因此感到痛苦和耻辱，便在一个月黑之夜把母亲推入江中淹死。镇长和前来帮忙的人似

① 刘传霞：《迟子建小说创作论》，载《黑龙江社会科学》，1999年第5期。

乎知道这回事，可都一个个隐瞒起来并竭力对美奴表示出关爱和照顾(《岸上的美奴》)。小说在《钟山》上发表后反应寥寥，以至于作家在编入文集时还表示遗憾。颇费思量的是，迟子建给这部中篇写了句“给温暖和爱意”的题记，不知是给患了精神病又遭横死的母亲呢，还是给自以为屈辱就杀了母亲的美奴？从文本中细腻的心理刻画和场景描写来看，迟子建的情感天平似是倾向后者，故有评论说美奴这“看似违背常理的举止，其实渗透着温暖的人性，体现了人类的现实关怀”[①]。不管从传统伦理道德方面看，还是从现代理性和法制角度说，蓄意害死母亲，哪怕是小孩子所为，也属于天理难容的恶行。迟子建却对此给予同情与宽容，是否对那横死江中的精神病患者太残忍了？芜镇的这位疯女人，对谁(包括她的女儿)都没有任何妨害，为何要让她死得这么惨？至于美奴的痛苦和耻辱，只能说是她的心灵长了霉，小说一开始就明白告诉我们，在她母亲接触白石文老师之前，她就“对病后的母亲已经厌倦之极”了。看来迟子建这一次的温情确实给错了地方。类似的还有《白银那》中的因金钱而冷酷的马占军夫妇，迟子建同样也滥施了温情。没有人会怀疑迟子建温情和善意的美好，可她这太过温情的笔触确实遮蔽了人生中残酷的一面，阻遏了作家对人性之恶的更深一层的探究和揭示。

虽说对温情的表达有过多过浅之嫌，但迟子建对幸福的理解却是相当深刻的。这表现在她极力主张一种有代价的幸福。李爱杰对秦山，吉喜对胡会爷孙，齐大嘴对外乡女，吉爱对虎生，宋加文对菠萝和马林果，都是付出许多许多，才换来一点安慰和幸福的，故这幸福来得弥足珍贵。在对幸福的艺术阐释中，“迟子建能够将朴素的情感、朴素的人性传达得那样传神，使我们一度忘却了人性中的黑暗图景，这样的阅读使人有一个

---

① 刘传霞：《迟子建小说创作论》，载《黑龙江社会科学》，1999 年第 5 期。

很深的感觉：人生是多么艰难，又是多么美好”[①]。而且，迟子建还清醒地避免她幸福承诺中的乌托邦成分，因此在创作中特别重视理想破碎的描写，为失落的理想唱出一首首挽歌。《秧歌》中小梳妆的美，在小说中被描写成一种极致的理想，可是女萝与巷子里的人们只满足于对小梳妆以及秧歌队的追忆和怀想，而会会这一辈却要重新看看她的美。当会会不惜冒险掘墓来满足他的这个理想时，所得到的却是“小梳妆一点也不好看”的极度失落；《旧时代的磨房》里四太太寂寞时总是想念少年伙伴蟋蟀，可蟋蟀突然以短工身份来找她时，四太太却不敢也不愿与这个她唯一温馨记忆中的人相认了，因为这个人与二太太的苟且，已使她心中残存的诗意情怀荡然无存。“为什么现实中的悲剧总是离我们很近，而理想中的幸福却往往遥不可及？”[②]谢有顺的这一发问，可真触及现代人心底的痛处了！迟子建如此沉重地探讨人生的这一困惑与无奈，便使她跨入大作家的行列。

幸福，说到底是一种感觉，它与身外的需要和满足没多大关系。《岭上的风》中的那对教师夫妇、《亲亲土豆》中的秦山夫妇、《逝川》中的吉喜、《晨钟响彻黄昏》中的王喜林，他们所获得的，都是不受欲望的引诱而保持心灵自由和人性美好因而具有高尚品质的幸福。这幸福之所以如此高尚和宝贵，还在于他们都付出了受难的代价。如果受难之后还得不到幸福，迟子建宁愿让她的主人公一直生活在缅怀或追忆之中，像那位伴随着音乐和画册，始终沉浸在回忆中的老妇人那样，表面看来虚妄但内心相当真实的生活，同样具有幸福感(《音乐与画册里的生活》)。迟子建所描写的理想与现实的冲突，付出努力甚至受难之后才获得的幸福，却少有乌托邦气息。因此她对幸福的描写，便有了刷新文学史的意义。一个充满温热情怀的年轻女作

---

① 谢有顺：《我们内心的冲突》，广州：广州出版社，2000 年，第 219 页。

② 谢有顺：《我们内心的冲突》，广州：广州出版社，2000 年，第 220 页。

家，对人生能有如此冷静而透彻的理性思考，真是难能可贵。

婚恋困惑与死亡情结

评论家一般认为迟子建关于情爱题材的小说飘忽而难懂，其实这只是针对她那些涉及性爱心理且个人主观色彩浓重的小说而言。在《亲亲土豆》、《盲人报摊》这些讴歌小人物美丽爱情的作品中，迟子建的笔触却是朴素、温婉、清晰和实在的。作家深藏起自己的主观态度，只让人物的命运负载着情感和意义，是否可以说从一个方面体现了她对爱情的理解和向往？然而个人性的情感一旦涉入文本，以宁静著称的迟子建，面对爱情和婚姻这个古老的话题，却不由得陷入困惑与焦虑之中了。在《炉火依然》、《遥渡相思》、《向着白夜飞行》、《回溯七侠镇》、《庙中的长信》中，包括《逆行精灵》、《观彗记》与《朋友们来看雪吧》的部分描写里，迟子建一方面采取虚幻叙事方式，细微探讨人类的情感和爱情的力量，显示出将个人的领悟提升为人类经验的努力；另一方面又表现出对性爱情感理解的不自信及其失望。她的不自信和失望感在作品中可浓缩为八个字：爱情无果，婚姻乏味。《炉火依然》集中表现前者，《遥渡相思》鲜明传达后者。青年迟子建的婚恋观在这两部中篇里体现得最为显眼。

与失落感和忧伤情绪相契合，《炉火依然》的叙述呈现出虚无缥缈的梦幻风格。这是一篇典型的意识流或曰直觉表现小说，对往昔情景的追忆似乎还能清楚辨析，但对现实状态和心理感受的描写却扑朔迷离，如月夜树影般摇曳不已。虽说作品在这种近于二重奏的交叉、转换中进行，但细加品味，在飘忽的场景和情感的宣泄中，小说的意旨不难发现，那就是祖父所唱的《忆昔时》："想着到达山顶的日子/有一间熟悉的房子在等着你/而当你推门进去/那里火炉依旧/可坐在炉火旁的已不是/你的女人，你的心多么难过。"尽管炉火依然，"我"与心上人禾近在咫尺并且常相见，但终未相认。这真是"我"与禾情感厮磨十几年却终不愿也不能结合的最佳注释了。在不少小说中,作家似乎都持这种认识:爱情和婚姻之间隔着一条难以逾越的河,只能相望而不可相遇,而在“河”这边的女人们又总是错失时机,感伤不已。在《观彗记》中,王无寺痛心疾首地说:“婚姻实在跟旧时代女人的裹脚布一样臭”,“结了婚的日子就跟外面的天色一样暗无天日,而夫妻双方又都像坐上了一列只有终点的火车一样身不由己,只能由着它走下去”。这个小报记者似于无意中道出了迟子建对结婚的恐惧和无爱婚姻的厌倦。“我”(《东窗》)、西西(《麦穗》)、丽晶(《洋铁铺叮当响》)、李七斗(《树下》)……这些可爱而又出色的女孩子们,都曾有过白马王子翩然而至的梦,可最后遭逢到的,无一例外都是庸常而乏味的婚姻。到了《遥渡相思》,主人公得豆对无爱婚姻的厌恶更是达到了生理层面:那个即将与她结婚的男人的嘴唇粘上来的时候,“让我想到一只小老鼠啃啮食物的情景。我不知怎么的觉得浑身奇痒起来,并且有一种隐隐的恶心涌上心头”,两人要结婚了,却毫无激情,十分漠然,其前景必然是渺茫而暗淡的。得豆的母亲在婚姻之外一再寻求满足和刺激,便预示着这渺茫和暗淡婚姻的必然结果;另一方面,迟子建又隐隐表现出对不可遇之爱人的深情想往,这不仅有少女梦中的英俊少年“悠扬的脚步声踏过雪地留下的芬芳音乐”(《遥渡相思》),有骑着小白马的鄂伦春青年猎手(《树下》),还有在成熟女子面前表现出幽默而温存的周方庐(《观彗记》),那个在雪夜中突然造访的酷似父亲的电视人(《朋友们来看雪吧》)……这真是人生的大错位,爱而不得所爱,不爱却要羁守终生。在她笔下,现实往往是阴险、肮脏和充满恶意的。水秀追求温柔的爱情和理想,等待她的却是虚伪、欺骗、背叛和死亡(《回溯七侠镇》);阿媚渴望爱情,痴情于C,结果发现C是一个地地道道的卑鄙的伪君子(《庙中的长信》)。花心而不安本分的马孔多,成为亡灵后才显出温柔与可爱……作家对现实如此悲观,兴许与她长期等不到幸福的心态有关，然而她从婚恋一角，对人生一个方面真相的揭示，却达到了令人战栗的程度。

令人惊讶的是，与其对婚恋的困惑和无奈相比，迟子建对死亡却表现出了少有的清醒、深刻和练达。可能是童年过早地接触死亡和听说死亡事件的缘故吧，她描写死亡、葬礼和墓地似乎达到了热衷的程度。1997 年江苏文艺出版社出版的四卷本《迟子建文集》，收小说三十九篇，直接写到死亡的竟有二十九篇之多，远远超过了性爱题材作品的数量。这里边有对死亡因素的运用，对亲人的追忆和怀想，还有对人的生存方式和情感生活的关注。在众多涉及死亡的作品中，我特别推崇短篇《白雪的墓园》和长篇《树下》。因为前者虽然写到失去父亲的感伤，但已滤去了死亡的阴影，作家着重探询的，是死对于生的意义。小说叙述父亲去世后，全家如何相帮着鼓舞继续活下去的勇气，母亲、姐姐、弟弟和“我”沉痛而又坚韧地熬过了本应充满喜庆气氛的腊月和大年三十，终于在漫天飞雪的初一的早晨，一家人在白雪的墓园安顿了父亲不舍离去的“灵魂”，开始了新的生活。这里没有了死的阴森和梦魇，相反却充满了温热、明媚和浪漫。不难看出，作家如此处理，是基于这样的认识：“无论是死，还是爱，它们终将让位于蕃息不已的生活，这个命题，貌似平凡，却折射着曾经拥有的珍贵，现在的肃穆和庄严，使过去的一切成为不可判断的记忆。”[①]而《树下》的死亡主题及其意义，却显得复杂和深刻多了。按迟子建的说法，“树下”即“墓地”的代名词。这部长篇叙述了各色人等一系列的死亡达十三人之多。可以说，作家的“死亡情结”一直贯穿于《树下》的创作过程，越到后来体现得越为浓重。

应该说，除《树下》之外，在迟子建的大多数作品中所描写的死亡，其意旨都是不难理解的。譬如苏联老奶奶和大舅的

① 许振强：《年青而练达的心灵——迟子建小说论》，载《文学评论》，1992 年第 6 期。

死，分明流露出对“文革”摧残人性与生命的揭露和控诉；父亲之死，作家于深切哀痛中，凝结着对生命的飘忽无定等形而上问题的沉重思考；刘天园和宋飞扬的死，折射出转型期中国社会的混乱和人性的弱点；安乐（《从山上到山下的回忆》）、继父（《雾月牛栏》）、卡佳和胡达老人的死，寓示着普通百姓生存的艰辛；而秦山、邵红娇之死，则象征着人生幸福和人性尊严的昂贵代价，等等。可《树下》那一连串的死亡意味着什么？诚然，我们同意《树下》在某种意义上是作家青少年经验生活的展览这一观点，小说在材料的选取和组合上，确实也暴露了作家生活储量以及想象力的上限，但作品中俯拾即是的死亡对主人公生活经历和生命进程的影响，却是巨大的和显而易见的。不过，稍稍使我们不能满足的是，迟子建让此起彼伏的死频频改变李七斗的生活内容，而对她的精神生活却鲜起作用。面对厄运和生活的摆布，李七斗一直采取随遇而安的人生姿态，而绝少抗争的努力。这不免使读者感到沮丧：在这位具有东方女性美德的少女身上，难道没有一点抗拒命运的想法和力量？相信作家如此处理自有其理由，譬如基于对现代人生存困境的透彻理解等等，但我认为迟子建敷设在主人公身上的色彩过于灰暗了，因为李七斗“对生活的承受能力已经淹没了她对生活的选择以及由选择带来的人生乐趣，承受、忍耐力是满负荷的，渴望和追求却没有在一次次的精神刺激、打击下喷薄而出，不健全的人性只能导致她‘双手合十’祈祷了，继续自我麻醉”[①]。以启蒙者、精英的身份来指点现代人的迷津，当然不是迟子建的写作姿态。但既然已经有了“拯救一个人”的愿望，我们就有理由期待作家在今后的创作中，努力给李七斗等的心中加添一点亮色，即唤起生活在底层的人们以改变境遇的勇气和力量，哪怕是向死而生，也能生活得滋润和坚强一些才好。

---

① 许振强：《年青而练达的心灵——迟子建小说论》，载《文学评论》，1992年第6期。

学界三弊

不管是用历史的眼光来看，还是以今天的价值观来衡量，被公众所景仰的人文社会科学领域里的专家学者，都应是这样的一群人：他们古卷青灯，甘于寂寞，孜孜不倦地追求学问亦即人类精神文化成果；他们锲而不舍地追求并坚持真理，从不随波逐流，也不看重那些眼花缭乱的荣耀和可以任意挥霍的财富，为了传承既有的人类文明，创造新的知识，维护社会公平与正义，他们甚至情愿放弃眼前的虚荣和实利。古代有司马迁、陶渊明，今之有顾准、陈寅恪，他们的学业建树，当然功不可没；其高尚人格，更能彪炳千秋。当今这样的大师是愈来愈少了，但其学统之光，仍闪耀在高等学校和研究机关。未名湖畔的旧平房里那些视功名利禄为浮云的知名学者，筒子楼的逼仄宿舍里潜心苦读的青年学子，薪火相传着的，既是学人本色，也是民族文化兴盛的希望。

然而，处于社会转型期的当代中国，由于经济体制方面由计划转为市场，思想文化方面由单一转为多元，必然在价值判断与选择上，出现了多重标准；在社会生活领域，呈现出五彩缤纷的局面。从来没有这么多的干扰和诱惑，一股脑儿且源源不断地出现在学者的面前。于是有些教授、专家坐不住了，他们神乱身歪，心浮气躁，贪名慕利，爱出风头，完全忘记了“处事不惊”、“淡泊明志”、“无欲则刚”、“宁静致远”等等古训，亦把“心静则神清，神清则思正，思正则能冷静处事”的道理置于脑后，整天忙着赶场子，上电视，上报纸，甚至沽名钓誉，造假生事，每每使学界蒙羞，国人耻笑。这些人中最不耻的行为，当数抄袭他人论著剽窃别人成果。鉴于此类违法者已成过街老鼠，故搁置不提，谨就当前学界愈演愈烈的三个弊端，用案例之法，抨击并评析如下：

弊端一：媚俗惑众，欺世盗名

媚俗，米兰·昆德拉爱用的一个词儿，意即迎合市场的消费需要，取悦大众的庸俗趣味。记得 20 世纪 80 年代后期，这概念在中国文坛风行一时，评论家只要批评某作家媚俗，这作家心里一准会发慌。孰料三十年河东转河西，近年却轮到一些学者和批评家们争相媚俗了，其突出表现是以娱乐化的姿态，提出“新说”和“恶搞”。谓予不信，请看事实——

毛志成教授在 2004 年第 4 期《文学自由谈》发表《中国文人千年作秀史》，一口气往屈原、曹植、李白、杜甫、白居易、苏轼等九位大诗人的脸上都贴上了“作秀”大家的标签，且发怪论道：屈原用投江“壮举去玉成大文人的作秀”，金圣叹“用被杀头去作秀”，周作人“作秀做到了当汉奸的地步”，郭沫若“作秀导致不瞑之悲”……一部辉煌灿烂的中国文学史在毛氏笔下，竟成了令人作呕的“千年文人作秀史”！

名嘴纪连海 2008 年春在上海电视台《文化中国》栏目讲述《历史上的非凡女人》，说大禹治水三过家门而不入，并非都是在忙治水，而是有了婚外情。这位纪先生像是亲眼看到了似的，绘声绘色道：除了妻子女娇外，大禹生命中还有一个女人叫瑶姬，她送给大禹含有治水妙法的“红宝书”（丹玉之书），其实就是“走婚”时代的定情物！

杨雨教授在专著《莫道不消魂》中，从传主的诗词和文章里吹灰找裂缝，断章取偏义，论证出“人比黄花瘦”的女词人易安居士竟是一个贪杯、嗜赌和好色之徒。在杨雨看来，万千“李迷”（笔者也在其中）心中的文学偶像其实是个酒鬼加色鬼，而李氏那一泓清水般的婉约词也与当代的《遗情书》无异了。杨教授在这本电视版图书中奢谈什么“酒色财气只是一种形式，形式后面突出的是一种精神”。遗憾的是，她突出的、令庸众流下哈喇子的，正是酒色财气！

类似这样的颠覆性“新说”还有许多，譬如说孔子是私生子、柳下惠是同性恋、诸葛亮是伪君子、苏轼是好色男，以及“司马相如追求卓文君是有预谋的劫财又劫色”等等，真是花样多端，愈出愈幻。这些戴有桂冠的专家教授不讲史实、有悖学理的惊人之语，理所当然地受到严肃学者和广大读者、网民的谴责。有人援引鲁迅先生谈《红楼梦》时的一段名言：“单是命意，就因读者的眼光而有种种：经学家看见《易》，道学家看见淫，才子看见缠绵，革命家看见排满，流言家看见宫闱秘事。”[①]以此认为纪连海、杨雨们眼中有淫，才盯上祖先的裤裆的。窃以为除了这些“选项”之外，可能还另有隐衷。纪先生遥指原始社会的大禹“包二奶”，杨教授判定中国词史上著名的女词人李清照是宋版的“木子美”，以至于毛教授惊世骇俗的“千年作秀史”云云，均系为了个人出彩而罔顾事实的戏说。戏说为何？最大化吸引眼球也。吸引眼球为何？作家李国文先生曾一针见血地指出：作家写性，为性而性者，少；为钱而性者，多。把“作家写性”，改为“学者谈性”，答案就出来了。

读书之事，倘若为了消闲和娱乐，来点噱头未尝不可，甚至

① 《鲁迅全集》第8卷，北京：人民文学出版社，1981年，第143页。

像易中天品三国时点缀些“绩优股”、“诸葛亮一米八四，是个大帅哥”那样的科诨也是可以的。但是，读书一旦与做学问挂上钩，与精神、文化、审美产生关联，并涉及公道、正义和良知的时候，对书写或讲述的对象就绝不能再以媚俗的心态视之，用娱乐化的调侃待之，如同不能亵渎我们头上的星空和心中的道德律令一样。面对如潮的批评，纪连海仅承认自己“只是一个历史知识的普及者，我研究得不够”。看来他还不知自己的症结所在。我认为所谓大禹治水三过家门而不入，只是一个代代流传的民间传说而已，原本就不是什么可以靠史实史料支撑的“历史知识”。究其实，这一传说已成为中国历史上绵延四千余年并辉映着民族文化光芒的精神意象，内中积淀着从远古到今天老百姓对当政者吃苦在前勤政为民的希望与劝勉。你纪先生在这里摆弄娱乐八卦，不是往万千善良民众的心中插刀子吗？

古往今来，严谨正直的学者，无不对先贤和先贤创造的精神文化，心存敬畏之心，且在文史研究中秉承史才、史学、史识和史德，虽穷到箪食瓢饮却也不改其乐，虽险至断头阉割仍然不弃其志。由此想到，知识分子尤其是人文学者得以安身立命的，应是凭借真理的力量来征服人的头脑，用潜移默化的情思来滋养人的心灵，靠渊博的学养来提高而不是迎合大众的审美趣味。这里边的内核，是一个价值观的问题。让我们铭记先贤张载的教诲，学者应“为天地立心，为生民立命，为往圣继绝学，为万世开太平”！

弊端二：拒绝批评，污言秽行

此弊恶性发作于 2008 年春天，虽系孤案，但性质恶劣，代表了一种霸道无理的习气。事起 2007 年第 11 期《文艺研究》刊发的四川师大钟华教授的一篇论文。钟文批评北京师大教授季广茂的一本学术著作“阐释牵强附会”，“屡屡出现常识性错误”，“实实在在的‘干货’和‘新货’不多”。孰料季教授在自己的博客里一口气写下十篇肮脏文字，公开大骂：“这种鸟人，在下一般不去理他。不理有不理的道理：跟畜生摔跤，输了，畜生不如；赢了，比畜生还畜生。……这回有当一当畜生的必要，因为见过无知的，没有见过这么无知的；见过无耻的，没有见过这么无耻的；见过狂妄的，没有见过这么狂妄的；见过下流的，没有见过这么下流的。其知识之贫乏，其逻辑之混乱，其用心之险恶，其语言之变态，罕见……”以这种泼妇骂街的方式对待学术批评，真可谓亘古未见。即使在世界历史上，像这般心智失控、对批评者怀着疯狂仇恨且表现出强烈的语言恋污癖的教授，季某确该当选为第一人了！请读者诸君掩住鼻子，再看看他那些人身攻击污言骂人的系列文章标题：《做回畜生》、《昏话连篇·臭气熏天》、《患上脑便秘，难免满纸都是屁》、《屎壳郎搬家——走一路，臭一路》、《教授与痔疮》、《“痔疮教授”乎？“屁眼教授”乎？》、《不折不扣的屁眼教授》……不知这位季某是怎么当上国家头牌师范大学的文艺学教授的！教授者，学高为师身正为范者也；文艺学者，假文艺以弘扬真善美之学业也。如此泼妇骂街，既戕害了教授尊严，又违背了学业要义。法律和社会舆论完全允许正大光明的批评和反批评，季某为何不对批评者施以学理反驳，顺带再展示一下学术功底呢？如此气急败坏，莫非这位用污言秽语将其博客变成了化粪池的教授，果真对自己一点也不自信了？季氏口口声声说对他的批评者是“草包教授”和“学术混混”，可自己的言行则似乎连“混混”也不如了。

在强大的舆论压力和北师大官方的帮助下，季某已删除了他那些不堪入目的文字，但还不够，他还需要一个对钟华教授的郑重道歉，对社会道德的一个诚恳检讨。而且此一事件暴露出来的问题，的确应引发学术界和高等教育界的深思。因为，一个教授粗口骂人，绝非偶发的事件，从中可窥见当今学界的不良风气及其背后的社会文化背景。对此，我国著名戏剧理论家、南京大学文艺学教授董健先生说得好:“诚然,这是学界之耻,但其耻并不仅仅在于这表面上的‘骂’多么下作、多么肮脏——这是有偶然性的。我们应该想一想这‘骂’的‘文化背景’,分析一下这‘骂’是怎么来的。可以看得出,北师大这位教授在学术上是底气非常不足、缺乏起码的自信心的——这样的人最怕批评。他说:‘学术生命就是我的全部,除了它我一无所有。’他觉得自己的一本书受了批评,就是自己的‘学术生命’受到了伤害,于是便用了疯狂的谩骂‘治疗我心里的伤痛,不然我觉得我早就崩溃了’。这位骂人者根本就不知道什么是‘学术生命’的灵魂!为了真理的探求,为了学术立场的坚持,决不曲学阿世,决不向任何‘权’、‘钱’的势力低头,也决不与任何谬误妥协,并勇于修正自己的错误,力争把最好的成果献给社会,并能容忍异己之见。这才是‘学术生命’之所系啊!如果认为别人冒犯了你的学术立场,可以起而反击;如果你觉得观点相左,你可以起而捍卫真理,痛痛快快地辩论;如果人家讲得有道理,就应该虚心接受。可是我们这位满嘴脏话的教授却把自己区区一本小书当成了守护一己‘名’与‘利’的保护墙,当成了不可冒犯的‘生命’,于是动了这么大的肝火。这是怎么一回事呢?”[①]董健先生进一步分析道:“其实这也不能全怪这位骂人的教授,这里有更深层的社会体制方面的原因。在我的印象中,1990年以来,以恶劣的态度对待认真的学术批评的事件,已经发生过多次。共同的特点是:出错者死不认账。例如,1998年葛剑雄、曹树基批评三百七十万言的《中国历代人口统计资料研究》质量低劣、错误连篇,但遭到了作者近乎是强词夺理、胡搅蛮缠的‘反击’,这从当时《中华读书报》所报道的双方的‘辩论’,就看得很分明。当时我就指出:‘当人们在某种具体的政治或经济利益的驱动下,陷入无逻辑、无原则、无道德、无学术

① 董健:《从学人之“骂”看学术精神的萎缩》,载《中华读书报》,2008年3月13日刊。

规范的操作之中，不要说杜绝劣书是一句空话，就是揭露劣书也会遇到社会心理保护的干扰和阻挠。’(1998.4.12《扬子晚报》)这次事件发生在文艺学领域，但大背景是一样的。大家知道，在文艺学领域，上世纪80年代有不少新收获，但90年代以来，可以说进入了一个‘虚假、浮夸、平庸’的时期，‘假、大、空’的东西特别多。再加大学科研管理体制日渐僵化，成果多而杂，好书难求，‘垃圾’多多。钟华批评季教授的书说：‘从总体上说，本书内容芜杂而漂浮，实实在在的干货和新货不多。’我相信这本书不一定是同类书中最坏的，但我认为批评者指出的问题是带有普遍性的。有些‘项目书’、‘工程书’，恐怕问题比季教授的书还要多得多(这大概也是使他不服气的地方)。这几年，许多‘国家项目’的书，怎样申报、怎样写作、怎样出书、怎样评奖，然后作者又怎样得‘名’得‘利’，圈内人尤其是大学的老师们都是心知肚明的。近十年来，至少在文科可以说，中国学术总体上是走下坡路的。真正像陈寅恪、顾准那样做学问的人，不敢说完全没有，基本少见则是事实。而完全是抄袭剽窃、欺世盗名者也不是很多。介于这两者之间的是大多数。令人悲哀的是，在学术研究上，‘大多数’是没有什么意义的。平庸之作出版一万部和一部之间没有质的区别，只不过多出多浪费些人力、物力而已。现在有不少教授、博导，就靠种种‘项目’、‘工程’的经费，在‘量化管理’的指挥棒下，搞研究、带博士生、出书、评奖、拿岗位津贴，在这条‘知识生产线’上，充斥着平庸之作以至学术赝品。严肃的学术研究已经‘异化’为知识分子求‘名’获‘利’的‘文化打工’行为，所谓‘学者’也已经‘异化’为‘剪刀手’、‘糨糊匠’和‘码字师傅’了。学术到了这一步，人们‘没有了能想的头，却还活着’(鲁迅语)，学人就再也不会去维护什么学术的尊严，也就必然会失去自由讨论、自由批评的雅量。‘我坚决不同意你的观点，但我誓死捍卫你讲话的权利’，启蒙思想家伏尔泰提倡的这种伟大的自由精神，在庸俗化、‘物质化'——'奴化'了的教授们眼里,大概就是'犯傻'的表现了。于是,要誓死捍卫自己的'成果'(书),而不是捍卫学术的独立和尊严。于是,就失去道德底线地骂起来,就不惜去'做回畜生'。所以,稍往深处想想,人们的心情不能不沉重起来:从这里可以看到中国学术精神的萎缩,以及中国学人道德的滑落。"[1]由此可见,要从根本上避免此类季广茂骂人的恶俗事件,必须在体制上革除弊端才行。

弊端三:其言乖张,其行失德

此弊由两大当红教授领衔表演。一是当代中国著名的金融与资本市场研究专家、复旦大学博导谢百三教授。2007 年 11 月 15 日下午,他利用前来珠海文化大讲堂开讲《人民币汇率升值对股市、楼市的影响》的机会,应邀到珠海城市职业技术学院先行做了一场同题演讲。谢教授是名家,果然妙语连珠,不时语惊四座,四点半开始的讲座,不觉意间就到了六点半。吾生也愚,工作三十多年了,至今不敢也不会去炒股,直到听了谢教授报告后,才对汇率、升值、贬值、炒股等"热词"多少有些感觉,就此而言,我感谢他。然而,作为经济学家的谢教授,在演讲中明显流露出来的价值推崇,我却百思难得一解,甚至有些惊愕。其愕有四:

其一,关于炒楼。谢教授演讲开篇就说:我有五套房子,北京两套,上海三套,现在都是一万多块一平方米。我这还不算多的,我的朋友炒股炒楼有几十套房子。言谈中充满自豪与羡慕。记得八十年代周扬宣传马克思的"异化"学说,主张重视"人的异化"问题,竟受到批评,殊知今天楼也"异化"了:本是给人住的所在,现在却变成了炒的东西,变成了炫耀的资本和聚富的工具。这一功能异化必然连带楼房价值与价格的严重背

---

① 董健:《从学人之"骂"看学术精神的萎缩》,载《中华读书报》,2008 年 3 月 13 日刊。

离，导致楼价的一再虚高，导致千千万万工薪族变成了房奴。谢教授一再说，珠海的楼价便宜，城市的楼价还要涨。设若谢教授和他的那些朋友不再炒楼，国家的政策和手段对炒楼行为再严厉些，同时承担起低收入者的廉租房、安居房的责任，还会有今天这些伤天害理的高楼价吗？一千多年前身居漏雨破房中的杜甫希冀“安得广厦千万间，大庇天下寒士俱欢颜”，请谢教授指点我，在老杜和您那位炒楼赚了几十套房子的朋友之间，我更应该敬畏和羡慕谁呢？

其二，关于女大学生“嫁”楼房。谢教授说，有两个不同地方的女大学生都向他强烈表示，只要有房子，什么样的男人都愿嫁，哪怕他是自己父亲甚至爷爷的年龄。这传闻我也听说，确有女大学生羡慕翁帆嫁给爷爷级的杨振宁。但我认为这绝不具有普遍性。拿自己的青春甚至一生的幸福去赌楼房，岂不是太无奈太伤感了吗？谢教授是在讲经济学，倘若用伦理学和现代爱情观念的视角来看，会是一种怎样的情景呢？反正我是坚定地认为，二十岁的姑娘七十岁的郎绝不是和谐的婚配。

其三，关于农民工唱卡拉OK。谢教授介绍说，他的朋友刘敏（民、铭、明？）为了买下上海一处三十年代的二十六套老房子，对不愿出让的房东采取的战略是，雇一群农民工，在已买下的房子里，每天从早八点到晚八点，不停地唱很难听的卡拉OK，周边的房东告到派出所，演唱者理直气壮地说，我们唱歌不违法，搞得警察也没法处置，结果房东们被骚扰得一个个把房子都卖给了刘敏。刘稍事装修，三十多万到五十万买的房子，他六百万卖出了二十四套，自己留下两套，赚的钱去炒股，又有几个亿的进账。谢教授多次乐滋滋地夸奖这个刘敏好玩，并把他列入《中国的巴菲特》其中的一个传主。刘敏炒房是谢教授演讲中最得意也最生动的案例，可我怎么听也觉得不对劲：有意用难听的卡拉OK逼迫人卖房，也只有在中国在上海不违法，你在巴菲特的国家试试看？退一步说，不违法的事就能做而且就值得推许吗？为富可以如此不仁吗？这人格底线未免也太低了吧？身为现代公民，除了法律的规约外，不是还需要道德良心的管束吗？我看这个刘敏一点也不好玩，他拉扯一帮农民工去唱卡拉OK时的嘴脸，与上海马路边的瘪三、天津卫码头上的青皮以及广州火车站前的滥仔们，有什么区别！

其四，关于股市有风险的问题。也许是时间不够的原因，谢教授演讲中只字未提股市风险问题。是的，我们就算肯认您一再强调的，现在是中国五千年难得一遇的大盛世，“黄金十年”，股市行情依然大牛，可盛世牛市炒股也有风险呀。自2007年“5·30”以来，我见到的炒股朋友绝大多数都是一脸苦相，都说亏了，被套牢了。A股上证指数从2007年10月的6120点到2008年9月的2000点上下，已跌去70%左右，他再三推许的招商银行股票市值也遭到了腰斩，是谢教授专业知识不够看不清这些，还是为了拉个垫背的，忽悠学生进场接他们的“棒”？面对年轻的大学生们，谢教授鼓吹“中国巴菲特”的间儿，是否也该讲讲风险？股民千千万，巴菲特毕竟只有一个。我甚至猜想：炒股暴富者钱褡里装的，正是那些懵懵懂懂稀里糊涂被鼓噪而卷入股市那些人的加仓筹码。

炒股有可能赚大钱，巴菲特们已为我们证实了；不炒股就活该受穷一辈子，谢百三等的这句狠话，窃以为不免绝对。其实穷富、幸福这些事，自古以来就有多种理解。写此文时，正好在《珠海特区报》上读了李更先生对著作家张远山的访谈。1963年出生的张远山二十年来埋头书斋，一心著述，涉猎文史哲，出书十二种，在学界产生了很大影响。虽无炒股经历，他不也是富翁，但他是那些有钱人难以望其项背的精神富翁。他们身上的书卷气、事业心、道德感与文化使命感，正是“中国巴菲特”所匮乏的，所谓穷得只剩下钱了是也。我视巴菲特为心中之神，不仅在于他在股海里百战百胜，更重要的，是他多次投巨款于慈善事业，且立下遗嘱，将身后所有都捐赠给比尔美琳达慈善基金会。什么时候中国的亿万富豪们，在行动上也学学巴菲特回馈社会苍生了，才能称之为“中国的巴菲特”。我的这一看法，谢教授以为然否？

不可否认，经济学者在祖国强盛人民富裕方面殚精竭虑，贡献颇丰。听谢教授讲演，忽又悟到：他们也应该与人文学者一起，在社会伦理、价值追求、心灵情感方面，也做点事。渴望下次再能聆听谢教授的演讲，题目最好是《道德或正义经济学》。

第二个表演者是专谈心灵美丽和仁义道德的于丹。和众博士证据确凿地指出她的过多的常识性错误不同，也与复旦博导朱维铮不无霸气的挖苦迥异，我之批评于丹，甚至与她的“心得”本身也没多大关系。是的，当初观看于丹在央视开讲《论语》，我颇欣赏这位年轻学者思想的机敏、语言的新警与演技的熟练。然而当我翻阅《于丹〈论语〉心得》的时候，却如鲠在喉，因为我发现这位当红教授所言所行暴露出了一个天大的悖论！

这悖论，须站得远一点，联系到她的举止做派，具体说联系她有关“心得”的行为，才看得清。我认为，作为一家之言，于丹的“心得”本身只要能自圆其说，便有其存在的理由。问题在于她这本书的出版，令人遗憾地表现了她在说和做、学问与人品方面实在是抵牾甚大。区区10.3万字（这是出版社按版页的折合字数，实际不过7万字，倘减去完全不必要的15919字的《论语》原文，真正字数也不过5万字左右），竟用16开本印了160页，书价也顺理成章地飙升到了20元。对于数百万甚至更多的于丹“粉丝”来说，以及对于早呈病态的图书市场来说，这一回于丹和中华书局干得可不够地道！

从版权页上看，作者和出版社都认定《于丹〈论语〉心得》为“通俗读物”。既已如此，还有必要搞精美书腰、彩色插图、双色内芯且用高档轻型纸吗？如此过度包装，意欲何在？还有，为了把书“做”得厚一些，把字号放大，行距拉长，尚可原谅；但此书留白之多，空空荡荡，简直如同卖纸，就使人难以容忍了。陈传席那8帧与本书并无多大内在联系的国画占去16页,每章的标题及摘要按常规来说半个版足矣,也硬要用2页又占去16页,这每本32页总共要浪费多少纸张?还有,既已用粉色突出重点语段,为何外侧的页边距还要留有5公分之多!一般图书是2公分,你多出3公分,又造成多大浪费?这里不妨帮她算算:1万册用纸2.5吨,到2007年底6次印刷共130万册,用纸高达325吨,那3公分与图书等长的多余页边,白白浪费的至少该有25吨!当然这些都得由读者来买单。于丹教授,你一本书至少拿走2.4元版税,总共装入腰包少说也有300万,其中靠卖空白纸张赚了多少?"《论语》的真谛,就是告诉大家,怎么样才能过上我们心灵所需要的那种快乐的生活"[①]。乘这洪钟大吕般的话语尚在耳际回响的时候,我想问一声:你凭20多吨白纸从上百万喜爱你但并不富裕的读者口袋中,多掏去如此之多的不义之财,心灵快乐吗?这些纸用去多少宝贵的资源,又给我们可爱但脆弱的大自然造成多大污染,你想过吗?

写到这里,我突发奇想,若来个2006年度书业稿费之超常、包装之过度、定价之虚高和浪费之巨大的排行榜,《于丹〈论语〉心得》是有希望进入三甲的。不妨做个比较,易中天《品三国》(上)24集23万字外加一个光盘才售25元,《于丹〈论语〉心得》7集实际字数约为前者的三分之一,定价10多元都大赚了,竟敢要20元!于丹教授,你这胆量与做法,与你所主张的"设身处地站在别人立场想问题"[②]相符吗?你高度赞扬"在孔子之后,中国古代有许多名士当自己穷极潦倒的时候,还念念不忘苍生黎民"[③],你在京师,日子滋润得令人羡慕,为何还要配合(至少是默许)书商,去"抢占眼前小便宜"[④]呢?写到这里,脑

① 于丹:《于丹论语心得》,北京:中华书局,2006年,第5页。
② 于丹:《于丹论语心得》,北京:中华书局,2006年,第55页。
③ 于丹:《于丹论语心得》,北京:中华书局,2006年,第58页。
④ 于丹:《于丹论语心得》,北京:中华书局,2006年,第60页。

海里突然冒出了两个小人形象,《儒林外史》中的王德和王仁,这两个卑鄙小人满嘴的仁义道德,一肚子的男盗女娼。作为专攻古代文学和传播学的于丹教授,不可能不知道这样的小人。“道不远人,让我们在圣贤的光芒下学习成长”,于丹在《于丹〈论语〉心得》扉页亲笔写下的这段心语极为精典,但我们还得警惕,因为在一切向钱看的今天,一不小心就可能恶变为“道不远人,让我们打着圣贤的旗号生财牟利”!

上述案例表明,至少在此时此事范围内,这几位名家作为学者的社会责任与良知丢了。学者们为什么会丢失良知呢?一方面是金钱、权力、荣耀和奢华享受,使得众多的学者耐不住寂寞,纷纷走出书斋逐利捞钱;另一方面是缺少严厉的法规,造假的教授依然逍遥法外,剽窃的学者继续走上讲台,没有了制约,学术腐败和弊端就愈演愈烈。深层次的原因是没有建立鼓励学者做学问的机制,不能要求所有的人都能甘于清贫,而要为真正的学者们解决后顾之忧,当学者们不为稻粱谋时,他自然会专心做学问。然而,就学者的自身修养来说,已经有所积累和建树的学者们,还应该自觉追求一种大师风度大师人格。什么是大师人格?从精神层面上讲,就是坚持不懈地献身事业、追求卓越。在某一领域能够称得上大师的,往往是指那些在相关领域造诣深厚、研究精湛、开拓创新、贡献巨大的人。而且,这些成就的取得需要耐得寂寞、勤奋执着,甚至穷其一生而为之。这需要“江湖夜雨十年灯”的耐力,“面壁十年图破壁”的意志,“板凳要坐十年冷”的寂寞。如启功先生长期致力于国学探秘、文物鉴赏和翰墨之功。即使在“十年动乱”中被打成“牛鬼蛇神”,他依然利用抄写大字报的机会,练习笔力,钻研笔势,终成书坛泰斗。

从道德层面上讲,大师人格就是淡泊明志、远离世俗,“好德乐善而无求”。凡大师者,必注重于人格的修炼和自我的完善。他们不功利,不媚俗,不趋炎,不附势,坦荡高洁而拒绝诱惑，刚正不阿而宠辱不惊，信奉真理而求美崇善，助人为乐而以德服人，从而达到大贤之境。仍以启功先生为例，作为一代博学鸿儒，他不仅是鉴定权威、书法名家，而且曾任中国书法家协会主席、西泠印社社长、中国古代书画鉴定小组成员。这在某些人看来是很能产生经济效益，“钱不会少”，但启功依然身居陋室而粗茶淡饭，出无专车而行无侍者，过着平常人的简朴生活。此外，大师人格还包括大爱之心，大仁之情，大度之风。凡是大师者，都拥有人性之美。其具体表现为对人的尊重和关爱，坦诚相见，肝胆相照。处世仁厚随和、豁达坦荡，“不以物喜，不以己悲”。1948 年内战时期，战乱中的四川邮路不通，北大川籍学生许多生活无着，王利器先生就广散家财，或把小同乡请到家中用餐，或发给他们生活补贴。启功在自己并不富裕的情况下，也常在星期天将贫困的学生请到家中改善伙食，而且一请就是数人。当学生因穷而影响学业时，他们义无反顾地慷慨解囊。这两位大师身上闪耀的仁爱、大度的光辉，使后学无不感到心头温暖。总之，陈寅恪先生提出“自由之精神，独立之人格”，便是对知识分子特别是人文学者良知与气节的绝佳概括。这里的良知和气节，不是迂腐，不是固执，而是包含着思辨的气质、怀疑的精神、批判的思想、悲天悯人的情怀、兼济天下胸襟和改造现状的实践。

写出这篇文章初稿五年后的今天，我环视中国文坛、学界，发现此等弊端已发展到恶俗和犯罪地步了，譬如肖传国教授雇佣流氓锤击方舟子；北大孔庆东教授出口喊脏，以骂求名，以贱求敌；北航副教授韩德强掌掴 80 老翁；中国政法大学副教授吴法天微博约架……但从另一方面看，这帮人的下作行为，受到了学界、媒体和大众们一致谴责，岂不表明了我国文明程度和道德水平的提高吗？大浪淘沙，鱼龙混杂，学界的弊端终究难成气候，对此我倒是坚信不疑的。

张颐武:风马牛也相及

2006年5月10日,《华西都市报》一则《孔子不如章子怡?》的报道,激动了因长假而略显疲惫的国人神经。报道披露北京大学中文系的张颐武教授,4月接受广州《新周刊》记者访谈时说:“一个姚明,一个章子怡,比一万本孔子都有效果。《大长今》就是韩国把低端和高端的文化打通的一个好例子。”“所以,要像重视孔子一样重视章子怡,中国文化才会有未来。”张的这个“新锐”观点,引发了无数网民和读者的愤怒与不满,几天来他们跟帖,打电话,口诛笔伐,几乎要将这位著名教授淹死在口水里。在被动中,张颐武回应说,他“从来没有说过章子怡代表中国,但是在西方人眼中确实是这样认为的”。他指出,2005年5月9日,美国的《新闻周刊》就以章子怡的照片作为封面,“就目前看来,章子怡形象是积极的、年轻的,她形象的积极性确实大于消极性”。他还表示,自己并不是章子怡的影迷,“但是在国外知道章子怡的人确实比知道孔子的多,这是一个客观存在”。张抱怨《华西都市报》将无中生有的观点加给了他,并在13日的博客中放上一篇三年前写的小说评论《现代语境中的孔子》,请大家看看他对孔子的真实观点。在我执笔写这篇述评的时候,网上的争论仍激烈地持续着。至于火气大的互相开骂,甚至对章子怡对孔子实施人身攻击,则为笔者所不齿:此不良做派已逸出了与这场有益的争论,不说也罢!然而,直到现在张颐武还是说冤枉、无聊,仍无一点反思之意,我认为,对他本人和他的这番言论,则有深入讨论的必要了。

身为著名后现代批评家的张颐武,近二十年来在中国文坛,书生意气,挥斥方遒,这几天却成了落汤鸡,在我看来实在是他自己烂眼惹灰,自作自受。诚然,“孔子不如章子怡”只是媒体的臆测加工,但其“传统文化的精髓要通过大众文化的出口才能流传出去”的昏话;“一个姚明,一个章子怡,比一万本孔子都有效果”的谬言;以及“要像重视孔子一样重视章子怡,中国文化才会有未来”的阔论,却白纸黑字印在《新周刊》上,是他自己不否认也无法否认的事实。不亲见你怎能相信,如此轻率的语气、如此混乱的逻辑和如此糟糕的表述,竟出自北京大学的名师之口。

我同意张颐武的辩解,他是没说过“孔子不如章子怡”的原话,但其“一个姚明,一个章子怡,比一万本孔子都有效果”的说法,在含义上却庶几近之;他把二者放在一起对比,确系事实。姚、章是当下体育、演艺界的明星,孔子是思想文化史上的巨子,前者时尚,为大众消费娱乐文化的偶像;后者经典,是修身养性治国安邦的师表,理性和常识都告诉我们,他们不在同一领域亦不处于同一层面,是不具可比性的。就连此君羡慕的那些文化出口大国,也不将彼此放在一个平台上说事。譬如美国就没有人将麦当娜、麦克尔·乔丹与富兰克林相比;意大利也鲜有人会拿帕瓦罗蒂、莫妮卡·贝鲁齐来与西塞罗和维柯作比;世界杯前夕的德意志,最风光的人物当数贝肯鲍尔,可这个国家也没有人将他和康德、黑格尔相提并论。尽管知道前者的人确实比知道后者的人多,“这是一个客观存在”,可上述国家就是不愿两相比较，这是不是从一个方面表明了，我们张教授的思维出了问题？

思维有问题，眼光就会偏。我不明白，在中国的最高学府从事精英教育并有国外执教经历的张颐武，可以不知美国等国家学者将孔子排在世界大思想家的前列，可以忽略联合国教科文组织的孔子教育奖，也可以无视伏尔泰、歌德对以孔子为代表的中国传统文化的心仪，甚至可以忽视史景迁、宇文所安、马悦然等当代汉学家在传播中国传统文学和文化方面的深刻影响与巨大贡献，但为何不知截至2005年末，国外已有四十多家孔子学院开张，并且还有四十余家正在筹建？为何不知随着中国影响力的上升，全球已有四千万人学习汉语文化并参加水平考试？或许，是奥斯卡颁奖场面和NBA球迷狂热等流行时尚的风景线，遮蔽了张教授的眼睛？

我如此猜测，不是没有根据的。关注出名度和上镜率，以此来衡量文化含量的孰轻孰重，并进一步强调明星偶像在推广民族文化方面的巨大“效果”，就是当下张颐武清晰的内在理路。然而，此理路只清晰地表明了这位精英教授在价值观上的倾斜：将国人视为圭臬的经典文化、人文精神，降到大众文化流行时尚之下。这就是张颐武在《新周刊》上感言的要害所在！不然，他何以会得出“要像重视孔子一样重视章子怡，中国文化才会有未来”的宏论！当然，姚明在NBA的出色表现，向西人证明中国人并非东亚病夫；章子怡在多部电影中的上乘表演，总体来说也给老外以清纯美丽积极向上的形象。我们应感谢明星们在树立中华民族正面形象方面所作的贡献，但又不可拔得过高，甚至将推广、出口民族文化精髓的大任也都寄托在他们身上。张颐武生生拉来代表中国传统文化的思想家孔子为章子怡们垫背，确实过分了。

此外，深受网民诟病的，还有张颐武那句“一万本孔子”的含混表述。这说法和“十页张颐武”、“五条张教授”一样不可理喻。我猜他是随意将孔子这个人来代称《论语》那本书了。虽然社会上有“读点马列”的说法，但仅说说而已，可身为文科重镇的教授，在讨论中国文化及其出口的正经时刻，竟也如此不讲文法规范，着实不该。

什么原因致使风光无限的张颐武，这会儿大跌眼镜？有网友认为他是炒作自己，以此赚取国人的眼球；也有人觉得他数典忘祖，唯西方马首是瞻。由于证据不足，我无由置评，但作为地方上的同行，我多少知道些先锋批评家们的工作生活状态，其浮躁而哗众取宠的程度，已接近戴维·洛奇《小世界》里教授们的言行了。研讨会、答辩会、报告、访谈、评奖、酒会、舞会，整天赶场子，哪还有时间和心思来坐冷板凳！从媒体上看，近年张颐武的行踪，也多在惹眼扎堆的地方出现。可是，北大学人薪火相传的本色，毕竟是谦谦君子之风和面壁十年之功呵！你张教授动辄口无遮拦出观点，信口开河皆文章，是否有悖于北大精神和学人风范呢？我想，倘若用心读书深思熟虑后再去发表文化感言，满腹才气的张颐武无论如何也不会弄出“要像重视孔子一样重视章子怡”这样粗糙而鲜有正面价值的东西的。联系到十年前他捕风捉影，硬说韩少功《马桥词典》抄袭帕维奇的《哈扎尔辞典》，结果被韩告上法庭从而被判决公开道歉的旧事，我觉得，张颐武君今天虽已荣任为教授和博导，但在做人和为文两方面，似乎还需要谦虚谨慎些为好。

肖鹰：忘不了苏紫紫，转不过妓女弯

在《金陵十三钗》落选奥斯卡外语片提名奖、视张艺谋及其电影为仇雠的肖鹰教授内心狂喜的当儿，我撰文批评这个戴着美学家帽子却很像美盲家的清华教授，似乎不合时宜。但读他咬着牙批判《金陵十三钗》（以下简称《金》）的八篇文章，让我这个普通观众如鲠在喉，不能不说真正转不过妓女这个弯的，不是张艺谋，而是肖鹰！

为何说是肖鹰转不过妓女这个弯，道理下面再谈。先说这个人批《金》的系列文章，所暴露出来的一个明显的逻辑矛盾：他指责张艺谋团队“拼了身家性命要做的一件事，就是让《金》片获得山姆大叔的欢，偿《英雄》以来冲击奥斯卡奖的宿愿”，“一切都向好莱坞看齐”。言语中流露出的不满和蔑视，和当下非理性小愤青无异。可他批评乃至审判《金》片的依据几乎又都是来自西方媒体、山姆大叔影评家。肖鹰教授说：“我所阅读的十余篇美国评论家评论《金》片的标题文章，是严肃依据电影作品的实际有针对性的评论，表现了令人尊重的专业性。就此要特别指出的是，美国评论家对《金》片的批评，均是在电影艺术的层面上展开的”，听这话，不难想见此人嘴巴里流出哈喇子的模样。一个美学家，为什么自己不针对电影本身去作具体的美学分析，从作品的人物、情节、环境、声响、画面中，来梳理其思想内涵并作出价值判断，却一味拾美国媒体及批评家的牙慧，算什么本事？还有，肖鹰气愤张艺谋、张伟平们做电影就是冲着美国“金球奖”、“奥斯卡”奖来的，看不起他们的这个动机（这有一定道理，未获这种奖的好片子多得是），可他自己又以能否得这两个奖作为电影成败的标杆，一而再再三地预测《金》的落选；他讥讽二张的“十亿票房目标”（这也有一定道理，票房只是商业价值而非艺术价值的体现），可自己又以《金》片放映第一个月未达到预订票房目标来说事。论辩双方只能以一个标准为是非，这是中学生都应该懂的常识，倘用双重标准势必滑落到批评的底线下方去了。《金陵十三钗》在思想和艺术方面不是不可以批评，也确有可批评之处。但是，很遗憾，清华美学家肖鹰就是如此不讲学理，不讲逻辑，老用自己的巴掌，打自己的脸！

现在再谈不是张艺谋而是肖鹰转不过妓女这个弯。肖鹰在《张艺谋转不过妓女这个弯》一文说：张艺谋想独创一个“妓女救国”的“新画面”，“但是这个画面上只有‘妓女’的出位，没有‘救国’的诚意”，“从《金陵十三钗》的实际成效看，我们可以直白地讲——以其才、其识和其志，张艺谋转不过妓女这个弯”。这吓人的大帽子盖得毫无道理。首先，张艺谋没有这样说过、电影也没有表现“妓女救国”的宏大主题，它只不过在述说特定情境下，一群妓女顶替唱诗班小女生去遭受凌辱的故事，只是传达被救赎者对施救者——这群妓女的记忆、怀念和尊崇，故“没有‘救国’的诚意”云云，实在是空穴来风又武断霸道。肖还指责《金》片中，“南京大屠杀”的历史真实被严重虚化和弱化。可影片所展现的国军官兵以血肉之躯对战日军坦克，豆蔻为取琴弦而落入日寇手中惨遭奸杀，一队日本兵在教堂二楼追抓并强奸一个女孩，女孩从楼上挣扎，掉下来摔死了，书娟等女生为了不受凌辱而爬上教堂尖顶准备集体自杀等让常人喘不过气来的画面，小说原作中都是没有的，这是对“南京大屠杀”历史真实的强化，肖美学家怎能罔顾艺术的事实，对此不赞一词呢？问题在于，肖氏不能容忍战火中屠杀中有“花枝招展的女人”出现，特别是妓女的出现。若是他有“战争让女人走开”般的怜香惜玉倒也罢了，不，肖教授是厌恶、轻薄和否认这些女人的存在，这就有大问题了。诚然，在十二月的空旷大教堂里，赵玉墨穿着紧身单薄旗袍在约翰面前扭来扭去，这从细节上看，却有些过了而有失真实，但“十三钗”们躲在温度十五度左右的地下室里“衫薄裙轻、酥胸半裸”，又有什么可奇怪的呢。对此，张艺谋说得好，“关于这段历史，一个十二三岁小女孩的眼睛看到了什么，记住了什么，这其实就是我们的特色。我是这样想的：这个小女孩没有记住残酷，她记住了美丽。我们愿意忘却痛苦，记住一些美好，似乎是人类一种本能。所以我相信，如果活到今天九十多岁，孟书娟最后的记忆应该是美丽的”①。“记住了美丽，其实就记住了这些可贵的、可歌可泣的人。我觉得外表的美丽，画面的美丽将和内心的美丽融合在一起，哪怕只是短短的一瞬”。而肖鹰最反感并据此来彻底否定《金》的表现性的镜头，即伴随着《秦淮景》歌声，十三个妓女身穿旗袍并排走向摄影机的画面，张艺谋也解释说，“这当然是利用孟书娟的幻想、想象来完成的”②。

在艺术创作和鉴赏中，从维戈茨基到孙绍振，都一再强调，在特定情感的作用下，人的知觉会变异。出于感恩，主体会把丑的脏的感恩对象想象成美的干净的人，情感就是这样会对外

① 《“我们不要做狭隘的民族主义者”——张艺谋讲解〈金陵十三钗〉》，载《南方周末》，2011 年 12 月 5 日。

② 《“我们不要做狭隘的民族主义者”——张艺谋讲解〈金陵十三钗〉》，载《南方周末》，2011 年 12 月 5 日。

在现实世界实现超越。身为美学教授难道不知审美情感的这一基本特点和基本功能吗？如果知道，肖鹰为什么还要对《金》片予以骂死而后快呢？看来在他心中转不过弯来的，只有“情色”与“花枝招展的女人”了。其实，在历史上，在艺术中，谁也没有资格剥夺这类女人“有情有义”的权利！可肖鹰教授就有这样的“胆识”，我据此预测，肖教授下一步，将要对茶花女玛格丽特、怒沉百宝箱的杜十娘、血溅桃花扇的李香君、举身赴清池的柳如是，都从感人的正面形象里祛除，归入另册中去。

二十多年前，初读肖鹰的美学文艺学论文，今天没什么印象了；可 2011 年 1 月 22 日晚在凤凰卫视“一虎一席谈”节目讨论“苏紫紫人体作品是不是艺术”的话题节目里，得以亲见肖教授的“风采”，却印象深刻：此君引经据典论证汤加丽人体肖像是艺术，而苏紫紫只是情色；可当汤加丽出场搂着因冤屈而流泪的苏紫紫表示支持和声援她时，肖教授语塞的模样不怎么好看；当张鸣教授抗议他用大批判的方式对着一个大二女学生时，肖教授更是一脸的尴尬。读者可上网搜索，各视频网站都有这个节目实况。鲁迅先生曾说过，有人就会有如此强旺的想象力：“一见到短袖子，立刻想到白臂膊，立刻想到全裸体，立刻想到生殖器……”大家别看肖鹰教授这回狂批《金陵十三衩》如此神气活现，但在骨子里，却和“一虎一席谈”节目上镜时的表现一样，只不过是善于如此想象而已。

第六编

特区文评

长篇小说的精神内涵与叙事创新

人们一直相信短篇创作靠技巧、长篇创作靠生活的说法，览阅珠海作家王海玲的《何家芳情事》和《命运的面孔》之后，我对小说界的这句行话有了些新的体认：作家只有靠技巧把他对生活的独特发现和哲理感悟，融合在艺术形象之中，才能成就好的小说，短篇如此，长篇亦然。

《何家芳情事》（百花洲文艺出版社 2002 年版，以下简称《情事》）述说主人公 20 世纪 60 年代至 80 年代的坎坷际遇。作为苦难叙事，世纪之交内地文坛涌现了一批令人唏嘘不已的感人作品，其上乘之作，除了真挚的同情与悲悯外，无不蕴藏着丰富深广的精神内涵。《情事》在主人公多舛命途的展开中，将更多的同情与思考，倾注在精神文化层面上，从而使读者感受到，何家芳的一次次悲苦遭际，其直接和更为深层的原因，与其说是那个动荡而疯狂的社会时代，那种贫瘠而穷困的物质生活，不如说是在那种境况下精神生活的荒漠化，特别是对性、情感与婚姻的文化关怀的荒漠与缺失。

何家芳出生于城里以红薯咸菜果腹的小户人家，从六岁到十六岁,上学之外,还一直承担着煮饭洗衣带弟弟的繁重家务。1969年12月下放到离家最远也最穷的小家桥生产队,苦累脏饿,虽给她的生存带来很大困难,但似乎并未难倒这个早经贫苦打磨的少女,由于不再担心粗暴的爸爸拍桌子、凶戾的妈妈敲脑壳,她反而觉得日子过得轻松些了,一如逃到鲁四老爷家帮佣的祥林嫂,整日不停地做反而白胖了一样。回城结婚,到“重机”厂干既脏又累的翻砂工,她却满足这份工作。甚至两次婚姻因有极大的买卖成分导致的卑辱地位,何家芳似乎也认命了。那么,伴她一生的泪水、羞辱、痛苦与辛酸缘何而来?作家以细腻而深刻的笔触告诉人们,何家芳的悲苦与不幸,来自她成长过程中精神生活的缺失与畸形。令人可怕的是,这种缺失与畸形,几乎是全方位的。

首先是亲情特别是父母之爱的严重缺失。操刀卖肉的父亲和拉板车的母亲,将打骂女儿成为日常消遣,使得何家芳自懂事起就感受不到丁点儿父母的慈爱,以至于十几年来她一听到拍桌子就浑身哆嗦,筷子一敲上脑壳头就发懵。遭受如此家庭暴力的女孩,在心灵深处怎能不冰凌长驻?又怎能聪明伶俐学习优秀?心理学和无数确凿的案例早就证明,缺乏父母之爱的人,要么怨毒存心,要么情感焦渴,两种症候对身心的健康发展都是要命的。何家芳当属后者。小说多次写到,不管是谁,只要对她稍稍表示点好感或同情,她就会两眼噙泪充满感激。她与知青战友刘毅民不成功的初尝禁果,与搬运工人熊云根的牵手相随,与“流氓老师”彭印春的惺惺相惜,皆起步于她内心自我放大的关怀和温情。倘此关怀和温情在男女交往中升华为心心相印的爱情,他们的恋爱婚姻便会有长久的幸福保证。可惜何家芳没这个福分,她遇到的三个男人一个比一个差劲,初始的关怀和温情,或稀释,或变味,她只有倒霉透顶。

其次是性的愚昧和无知。20世纪六七十年代,国家对青春期教育和性知识是彻底规避的,那时的“同学少年”,虽革命造反不停，战天斗地不止，但也总难抑制生命的奥秘在胸口兀然隆起，令他们害怕又渴望的，正是彼此间眼波交织起来令人昏眩的羞怯与热切。他们惊慌无措，急需获得包括性生理、性心理、性社会学在内的性知识。对于文明社会来说，这需求是自然而正常的，可当时的学校、社会和家庭却联手锁上了他们求知的大门，生生以革命的名义，将他们闷在愚昧和无知之中。故十七岁的何家芳仅与刘毅民接吻拥抱了一次，就无端深信自己怀孕了；"花痴"刘小翠生孩子的不堪场景，更刺激了她平生第一次长达十几天的大恐慌和大焦虑；于是就有了十八岁男孩陪十七岁少女去公社医院做人流的故事，原本处女的何家芳，却在人工妇检中被捅破了处女膜。其结果之惨痛，间歇性地在她的新婚和再婚中一次次恶性发作，且梦魇般地影响着她的一生。

从小说的叙述中，我们看到，何家芳精神成长匮乏的第三个方面，是建立在平等关爱基础上合乎人道顺其自然的性观念、性道德、婚育观和家庭观等。记得周作人曾在《人的文章》中肯定从动物进化而来的人，必然带有动物的本能，而性欲正是人的本能之一，又承担着生殖功能，故不能压抑它而必须肯认它；但是人又是从动物"进化"的，当然要超越本能和兽性，使其在生殖功能之上，还具有非生殖的、在获得快感的同时以交流情感、增进恩爱为目的的非功利特征。遗憾的是，何家芳的两任丈夫，搬运工人熊云根和后来的"流氓教师"彭印春，都因为没能实现这个超越，而在性事活动中一再表现出兽性和鄙俗。前者夜夜疯狂地在自己娇美的妻子身上发泄性欲和怨恨，并在性嫉妒和无后的恐慌中，迫不及待地以三千元的价格出卖了何家芳；后者在渡尽劫波后喜新厌旧，忘恩负义，熄灭了何家芳心中的情爱，弄死了他们的婚姻，其人性败坏和道德沦丧之行径，显然低于动物水平。对此，小说有一处发人深省的场面描写：粗俗无文的熊云根新婚之夜，在将妻子压倒之前，却知道从枕头底下扯一块白布垫到她的身下。一夜疯狂之后，他早上醒来做的第一件事，就是将白布平展开来细看，看到白布依然是白布，没有所谓处女血的时候，这头熊立刻发了疯，拎起何家芳就打，他老娘也气急败坏地走过来，在“造孽”的何家芳身上拧了一把又一把。这一幕，在80年代以前的中国并不鲜见。仅在我的生活经历中，就闻知有两对新婚夫妻即因这处女血而闹得不可开交，其中一对蜜月未完就离异了。见红即贞洁的陈腐观念是很成问题的，一是不准确，何家芳即如此。其后果像双刃剑，在极大伤害女方的同时，男方自己也受伤。二是反人道，凭空设定自己的新娘可能是“破货”，本质上是对自己心爱之人人格尊严的凌辱。故熊云根对何家芳下意识的怀疑和验证，无论是从手段还是从动机方面看，都是违反性道德的。可惜当时他们双方都不觉知。

当我在具体探讨何家芳苦命成因的时候，曾一遍遍谴责败坏她一生的那几个男人：父母（拉板车的母亲张红霞一点女人味都没有了，姑且也把她归入男人行列吧）、刘毅民、熊云根和彭印春。然而平心而论，这几个人虽说都是灰色而无品相的芸芸众生，但要讲他们存心加害何家芳，或让他们承担何家芳一生悲苦的直接责任，理据似乎不够充分。就像不能简单地把鲁四老爷、“婆婆”、柳妈和“我”称为害死祥林嫂的凶手一样，不能简单地判定这几个差劲的男人是害人之徒。毕竟，刘毅民与何家芳的初恋是真诚而宝贵的，事发后倾其所有陪伴何家芳上医院，表明这个十八岁男孩有其可贵的责任心，问题出在二十年以后，当了博导的他竟然在与别的女人寻欢的时候，把本应刻骨铭心的一段恋情当作笑料来开心取乐，在贬损自我的同时，也表现出了这个教授的冷漠人性；捏不动笔杆却能打死一头野猪的熊云根，在与何家芳谈对象的日子里，也是百般喜欢这个可爱的女人，对她极尽柔情蜜意之能事。一家人东挪西借，加上姐姐卖血凑够一千五百元彩礼迎娶的妻子是个“破货”，用庸常的眼光看，熊云根婚后成了凶神恶煞，多少也有些原因；那个窝囊、猥琐到连父母亲都瞧不起的彭印春，对何家芳在他人生最潦倒的时候走进他的生活，感激得涕泗滂沱，可时来运转后无情地冷落和抛弃了何家芳，竟也找了个不能生养的理由。到底谁是加害何家芳的真凶呢？我认为《情事》比一般苦难叙事作品的深刻之处，就在这个追问之中。是一种精神文化及其生态的缺失，造成了何家芳的悲苦。缺失了精神文化再加上物质生活贫乏，粗俗、野蛮、愚昧、冷漠等便乘虚而入，合力形成一个像撒哈拉沙漠般空旷、荒凉和苦寂的"场"，将何家芳包围其中。我们当然可以说，上述几个没起色的人，是这个"场"的主要发力者，但也不能不看到，何家芳本人何尝不也为自己的淹蹇命运出过力？这个一辈子渴望爱情但又不懂得爱情的女人，其与生俱来的胆怯懦弱、逆来顺受，以及低下的文化素质，不爱学习不思进取的精神惰性，也都影响、阻碍着她在人们发疯追逐利益最大化的时代，去争取和创造幸福。由此我联想到，一个女子，单凭年轻美丽善良温柔和能做家务，理性点说，当她还不能从一种生物学层面的肉体存在，跃迁到精神文化学层面的价值存在，她还很难在世上自立、自强、自爱，以及与意中人平等相爱。

海玲的长篇新作《命运的面孔》(花城出版社 2009 年版，以下简称《面孔》)，给我的阅读感觉，与《情事》判然有别。打比方说吧，《情事》宛若田野上芬芳的野花，《面孔》则像园林里精致的盆栽。看得出作家在叙事艺术上另辟蹊径，着意良深。具体说来，与《情事》在现实层面上的叙述一气呵成不同，《面孔》的情节显然是在现实时空和心理时空两个维度上交织展开的，故有评论家称《面孔》是心理小说，我亦认同。冯晓枫，这个年轻美貌整日被鲜花和掌声簇拥着的都市女性，突然从明星沦为死囚，她经历了些什么？身边发生了些什么？其大起大落命运的原因是什么？如此命运又给她的心灵以怎样的撞击？这些阅读热点，逼使作家非得操练些"新式武器"才可得以呈现。故与以往的长篇创作相比，海玲这部长篇小说显示出了如下艺术特点。

一是叙事时空的腾挪转换，已臻于自然而然、圆熟老到的境界。小说叙事的现在时空(现实世界，即一审宣判死刑后冯晓枫关押在牢狱中的神情举止与境况)，与叙事的呈现时空(心理世界，即随着冯晓枫的回忆、思考而展开的她的成长经历，她的恩怨情仇，她那沦为杀人犯的过程)，交替运行，从头至终，都若行云流水，一点儿没有"隔"的感觉。读者不无同情地谛视着囹圄中的美人儿，不觉意间又随着主人公的思绪沉入她往日生活的点点滴滴；品咂命运赐予她的多重滋味，又被叙述牵回当下，远些距离来反思、批判其行状……《面孔》人物不多，题材范围也不广，却有着迷人的力量和深邃的思考，我想，其多重叙事时空的纯熟运用，当是一大原因。

二是人物性格鲜明，使人过目难忘。无论是主角冯晓枫的骄纵，其母张大夫的"洁癖"，还是张宏敏的花心，张妻杨君玫的俗笨，甚至小姑娘蔷薇的任性，都在这一起合力酿造的杀人案件中，浮雕般呈现在读者眼前。而舞台B角筱玉婵这个人物，在我以往的阅读收藏中，似未所见。作为同事，她深知自己在冯晓枫的青春、美貌、演技特别是人气面前皆大势已去，察觉冯与张宏敏的私情后，便在嫉妒驱使下，有意无意地设局下套，成了冯晓枫悲剧的催化剂。然而筱玉婵对冯报复杀人的后果也是始料未及的，事后她还去看望冯晓枫行将就木的妈妈，这表明她人性未泯，并非像伊阿古那样坏到骨髓。生活中有些坏但还存有天良的人，应该比坏透了的人多得多，惜乎作家们很少注意这一点而往往走极端。筱玉婵的形象打破了中外小说关于挑拨离间制造悲剧的女人一定是蛇蝎心肠的俗套，这是《面孔》在人物形象塑造上对传统小说的一大突破。

三是经由细节、场面的精细描写而营造的镜头感，使《命运》散发着持续的魅力。实话说，开篇读到冯晓枫囚室高悬的那扇铁窗，以及阳光对铁窗等距离竖条嵌着一道横条的投影时，我就用电影思维，来阅读这部语言作品了。或许作家有意运用蒙太奇方式来结撰、组合和转换小说的场景与情节，小说反复描写冯晓枫透过铁窗所看到的、在枝头上绽放的木棉花，简直就是电影的特写镜头，且因打上了主人公的命运色彩而赋予了象征意味。还有，随着情节的展开，同样的场景或画面一再复现，由此产生的抒情意味和哲理沉思，更能打动人心。前述铁窗外蜿蜒枝头的娇艳花朵及其逐渐败落，以及幼年晓枫踩过没踝的荒草梦游医院太平间的情景，甚至家中紫外线灯光下那双优雅柔美又有些可怕的手，甚至冯晓枫演出时舒展开来的水袖……这些具有特征性的、左右着主人公命运的场景、画面，如同交响乐中的"主题动机"一般，反复出现，一次胜过一次地强势进入读者的意识中。其实，这正是电影的复现性蒙太奇或曰持续性"闪回"艺术。在读图时代，影像成了强势媒体，小说家借鉴电影艺术，不啻是一种好的路数。

还有，生活中快人快语的海玲女士，在《命运》的写作上，却表现出了可贵的内敛，一直恪守文学的纪律，好和坏都不说出声来，而是让人物通过自身的言行举止体现出来。"'……即使拽上我，又何必要我费心打扮呢？我又不想和冯小姐媲美，再说，谁能比得过她呢，戏迷都说她是漂亮得足以担纲市花美誉。'杨君玫虽然嘴里这样说，但仍然仔细地描眉"。这言行举止，颇得契诃夫"彼得留沙的母亲已经到了作祖母的年纪，还要涂黑眼圈"的神韵：不动声色的描述，不带一点儿主观评价，但臧否立见。它如用戏文唱词来烘托、印证人物的心理与命运，也颇见机巧。

当然假以时日，作者若再版或将《面孔》编入文集，我提两条建议供参考：一是封底简介"她发现爱人竟是有妇之夫，痛苦的她沦为杀人犯"与小说叙事严重不符，应修改；二是冯晓枫在大学艺术系所学专业问题，似应做些了解求证工作。据我所知，中国的戏曲、京剧也好，地方戏也好，演员的培养，一般都是从小开始，在剧团或戏曲学校以师徒制方式带出来的，而绝不与话剧和西洋歌剧混同。况且，高中毕业考大学之后再学戏，身段和唱念做打之功也就练不出来了。除中国戏曲学院1978年成立之外，戏校升格为戏曲学院，大概也是2000年之后的事。大学艺术系培养本科戏曲演员，可能还没有。

王海玲是以创设特区人物画廊和中篇创作丰硕而独步当代文坛的作家。据我所知，十余年来，她至少有十五部中篇小说被权威刊物选载，引起读者与评论家的热议，其中多部作品获奖。同时她还出版了《热屋顶上的猫》、《何家芳情事》、《所有子弹都有归宿》和《命运的面孔》四部在人物、构思、叙述乃至意蕴方面均有不同呈现的长篇小说。期待辛勤而笔健的海玲不断有新作面世。

意象和象征深处的美学光芒

相遇胡的清诗集《裸露的事物》很久以前，我们就深味汉语新诗写作的艰难。抛开西川所言“广大的黑暗”[1]等诸多外在因素不谈，仅古典诗歌尤其是唐诗宋词那臻于极致的精炼、绝妙的声律、构成形象化的民族心灵史的丰富灿烂的意象世界，就把新诗逼仄到了一个狭窄的表意空间。然而现代优秀诗人的可敬之处，正在于面对不可企及的范本，迈着西绪弗斯坚定而沉稳的脚步，向汉语诗歌的艺术高地进发。他们负载着现实的感受、时代的情绪和民众的愿望，努力提升着新诗的品位，净化并滋润着我们当下的精神生活。长期以来，珠海诗人胡的清用自己的写作践行着这一担当，获得广东省首届诗歌奖的这部诗集，显然是其担当的出色成果。

一、意象

中外诗学关于意象的论述积案盈箱，近三十年来，诗人和学

---

① 西川：《诗歌发展的自律》，载谢冕、唐晓渡主编：《磁场与魔方——新潮诗论卷》，北京：北京师范大学出版社，1993 年，第 313 页。

者对它的命名,也不下数十种。为避免含混,结合《裸露的事物》的解读,我们把意象的含义,限定在构成诗歌艺术魅力的两大要素之内(另一要素是声律,《文心雕龙·神思》:“玄解之宰,寻声律而定墨;独照之匠,窥意象而运斤”),具体说来,就是诗人物化在文本中的“表意的象”[①]。由是观之,胡的清在她的诗集中,似于有意无意之间,上承屈、陶、李、杜,横接庞德、修姆,旁顾“现代”、“九叶”、朦胧及后朦胧诗派,遥望对岸的余光中、郑愁予、痖弦、洛夫……孜孜于意象经营,每每独舒机杼,有灵光乍现:

> 一群鹅,在水边的湿地里/嘎嘎欢叫着。突然/它们沉静下来,一齐引颈望天/像是祈求。像是期待//我悄悄靠近,拿相机拍摄/此时,一行雁阵从头顶掠过/浮动的虚线,将天际拉扯得更加空阔,邈远//用一丛阔叶灌木作掩护/我选择最佳角度,将天地间/两种心息相通的生灵/摄入同一个画面//透过长焦镜头,我看见/那些鹅,目送大雁远去/一种别样的乡愁/弥漫在湿润的空气里。(《别一种乡愁》)

不言而喻,鹅与雁都是汉语诗歌的传统意象。尤其是雁(鸿、鸿雁、飞鸿、孤雁、征雁、断鸿)意象,从《诗经·邶风·匏有苦叶》“雍雍鸣雁,旭日夕旦”起,经班固(雁喈喈以群翔兮,鹍鸡鸣以哕哕)、曹丕(草虫鸣何悲,孤雁独南翔)、江总(心逐南云去,身随北雁来)、王维(征人去日殷勤嘱,归雁来时数附书)、杜甫(戍鼓断人行,边秋一雁声)、王昌龄(莫道蓟门书信少,雁飞犹得到衡阳)、张继(月明潮渐近,露湿雁初还)、杜牧(为问寒沙新到雁,来时还下杜陵无)、范仲淹(塞下秋来风景异,衡阳雁去无留意)、柳永(断雁无凭,冉冉飞下汀州,思悠悠)、辛弃疾(落日楼头,断鸿声里,江南游子)、吴兆骞(雁飞白草年年雪,人老黄榆夜夜笳)…… 在历朝历代诗人的笔下一再复现,其寄寓对

① 流沙河:《流沙河诗话》,成都:四川文艺出版社,1995 年,第 285 页。

故乡的思念，或表达对亲人音信盼望的元初含义，在千万首中华诗词里获得了稳定的承传，形成了弗莱所说"那种在文学中反复使用，并因此而具有了约定性的""原型"[①]。然而，诗人凭着手持数码相机对群鹅和雁阵心息相通的这两个生灵的介入，更凭着她对自然与人生况味的精微品咂，竟在《别一种乡愁》中，成功转换了这一积淀着集体无意识和民族情感的原型意象。你看那诗境中的大雁，潇洒而决绝，豪迈而有力地将天际拉扯得更加空阔、邈远，完全抖落了附着其身的思念和悲苦。浓郁的乡愁还在，只不过都移向了引颈向天的群鹅。群鹅呀，你们本来不是也会振翮天穹的吗？但有了温暖的湿地和长足的草食之后，就不愿候鸟的劳顿，而安然于主人的驯养了。可被驯养的代价是飞翔能力的衰亡，于是看见自己的远亲翱翔天际时，你们心有余而力不逮，徒有无望的祈求和期待——空有双翅却终生只能在一方湿地里掩沓，等着必然宰杀的结局，而你们的后代将更惨，湿地不在，只能批量在笼子里圈养一生，这是怎样浓黑的一种悲催？

可以看出，在诗歌写作中，胡的清努力把自己的情思作为意象营造的中心与灵魂。在《裸露的事物》里，将古典诗词中的传统意象赋予新意，从而发出异样光彩的，还有"树"："它正在运用内在的力/努力抻长枝杆丈量这个世界/并且要去很远的地方/够一个广博的灵魂"(《感应一棵树》)；还有"月亮"："月亮在红酒里浸着，轻轻一晃，碎成好些游鳞"(《月夜》)；还有"萤"："唯有你的火/熬不干生命的油/当永夜来临/你是我眼眸中/最后一滴亮光"(《萤照》)；还有"雨后的虹，弯着腰藏进窗台上的镜片里"(《像在雨中》)。然而，缪斯并不总是给诗人过多"采奇于象外"[②]的现成机会的，何况，在21世纪，亘古如斯的田园已

---

① 叶舒宪主编：《神话—原型批评》，西安：陕西师范大学出版社，1987年，第16页。

② (唐)皎然：《诗评》，载赵则诚等主编《中国古代文学理论词典》，长春：吉林文史出版社，1985年，第495页。

被现代人糟蹋成了荒原，我们目所能及的物体，又多为工业社会的产物或被现代文明扭曲了的景观，还有什么诗意可言！此时，诗人何为？只有迎面而上，化腐朽为神奇。譬如"钟表"，现代社会记录并报告时间的计时器，机械单调，与诗无关，可胡的清却肯认余光中腕表即《水晶牢》的吟咏，也视钟表为囚禁时间的牢笼，进而发现了余氏没能虑及的一个人类困境，即许多人本身就是这牢笼般的计时器："谁能够从他们的命里/取出时间/如同从太阳里取出火焰?!"这质疑颇有些无奈，可在无奈之中，却不难看出诗人对生命、对时间的敬畏和珍惜。还有"玻璃"，12 次见之于诗集所收的 68 首诗中，或许是《裸露的事物》出现频率最高的名词了——

它圆润。鲜艳。明亮/在玻璃饰品店里/各色小玩意儿当中/……或许，受了那条蛇的引诱/一个玻璃女孩推开店门/……(《苹果》)

想起雪/天空就变成半明半昧的/磨砂玻璃……(《想起雪》)

橱窗里一个石膏模特儿。它的/侧面轮廓，与她极其相似//用手扣了扣厚实的玻璃/扣了扣玻璃。仿佛扣一扇门……(《橱窗》)

哎呀！室内的海/把玻璃顶棚认作天空……(《室内的海》)

在各自的感觉中/对方的面孔/好像隔着/一块厚厚的毛玻璃……(《回忆一条河》)

隔着雨帘窥视/那张脸还隔着/一层玻璃窗……(《像在雨中》)

真有些令人沮丧，12 个玻璃意象中竟然还有两个是半明半昧的！有什么办法呢，生活在当下的人们，谁不成天看着、接触着这冬日冰冷夏季灼人的玻璃呢？玻璃瓶、玻璃缸、玻璃门、玻璃窗、玻璃饰品、玻璃大厦，直看到麻木，看到对它没感觉，或看到对它产生错觉，以为这透明的玻璃，一无所挡。我们猜想，诗人堆积了如此之多的玻璃意象，非在抒情，这些满世界的工业品在今天也委实无情可抒，她只打量它，在思想的深处感觉它，终于“裸露”出它的伪装：玻璃借着透明实施着公然的隔离与遮蔽！生活中我们不是有过这样的经验吗？一只误入室内的蜻蜓，一次次飞撞貌似无物的玻璃最后却歪歪斜斜地累倒掉地；一只小花猫，窜向玻璃门“砰”的一下却只能在门下打滚……玻璃，厚厚的玻璃，表面透明，实则严密，阻挡着自然的声息，人们的交流。在诗人笔下，玻璃莫非成了文明社会人际隔膜的象征？

那么，我们就此谈谈象征吧。

二、象征

好诗，能在有限的形式里直观显示远远大于形式的内容，因而就本质而言，诗就是一种象征。倘若提及《裸露的事物》中的象征诗，我们对象征似有进一步探讨之必要。在纷纭的定义中，我们肯认大师歌德的表述：“象征却是把现象转换成观念，又把观念转化成某一意象；这个观念始终保持其无限的活跃性，在意象内难以捕捉。”[①]循着这一理路，我们可否这样理解，但凡在意象里难以捕捉，却外溢着说不完也道不明的观念与情思的诗歌，就是象征诗。即如胡的清如下哲理意味浓郁的隽永小诗：

门的表情/在门背后/外面的人/往往/把意思弄反了。(《空房子之三》)

一只鞋/在另一只鞋的/阴影里/入梦。(《空房子之八》)

---

① 转引自[美]M. H. 艾布拉姆斯：《文学术语词典》(第7版)，吴松江等编译，北京：北京大学出版社，2009年，第627页。

要开就开在珊瑚礁上/任性地/香着。美着/耳朵里灌满浪花的情歌//飘零,也是一种反叛/对季节的突围/死咬住海。留下/青春的齿痕。(《水芫花》)

没有背景/也没有支撑点/琴,在绝对孤独中/平衡自己/不忍相问/你的弓哪去了?//一缕月光/明媚如眼神/纯情地注视着/勾勒出流线形阴影/四根喑哑的弦/唱不出歌来。(《静物》)

你那么远离世界/与我隔绝,远不止/一个世纪的距离/我的前生后世/五百年之前,有你/五百年之后,有你/我在其中,被水贯穿/体温接近水温/接近你。(《无标题音乐·距离感》)

吟哦这些颇得卞之琳《断章》神韵的象征小诗,在感受诗美的同时,你会获得多样理解的自由。究其实,象征诗不拘泥于诗意的唯一性而呈现出多义甚至歧义。这源于诗人赋予自己的作品透过表层形式窥视深远的蕴藏。上引这些小诗的表层物象形态,门、鞋、阴影、珊瑚礁、浪花、琴、水,等等,皆宛然可见,"但这又不能成为阻隔人们视线的屏障,人们可以透过它而看到藏在它背后、又比它广阔和超逸的意义",且能"通过短暂,并在短暂中半透明式地反映着永恒"[①]。是的,这就是中国古代诗论所推崇的"韵外之致"、"象外之象",也是西洋"象征的森林"飘溢而来的气息。故,我们愈是难以参透胡的清此类诗作的命意,便愈能激发参与其中的兴趣。

在《裸露的事物》中,有两首象征诗值得人们特别留意。一是《裸露的事物》,一是《一个柚子的时间单位》,篇幅都比上述小诗长,含义更显得深广繁复。

一场骤雨将我阻隔/从迈出的时间抽回/置身室

① 余秋雨:《艺术创造工程》,上海:上海文艺出版社,1987年,第211页。

内/心，却执意留在雨中/和裸露的事物一起//任雨水冲刷、荡涤/窗外，街道两旁的树木/奋力撑着伞形冠/行人尖叫、奔跑/车辆却因拥堵而缓行/雨刮器飞快打着/“不”的手势//我看见透明的雨丝/将裸露的事物洗净/像火，使暗淡的物质/发光/雨拂去尘埃/显现世界的本质。(《裸露的事物》)

诗人拈出这首诗的标题，定为诗集的名称，看来有深意在焉。实话说，初读这首诗，我们是有些不以为然的：“裸露的事物”，没什么诗味啊，倒像是哲学论文的题目。把玩再三，才悟出唯有这首诗方可统摄诗集的全部诗作。它在表达诗人反观自我和烛照人生的哲理思索，故你只可揽收其整体象征意味，而不可用世情俗眼视之，否则必然接受错位而难以产生美学共鸣。如此，你才能容纳诗歌首尾两节的抽象性，并透过中间一节对现实生活样态的意象组合，发现真谛：这个世界需要“雨水”的荡涤，方能洗净尘埃，裸露万事万物的本真。循着这一象征暗示，我们可以对诗歌作多重的理解而不会跳出它的审美视域：“裸露”可以喻指对重度污染的灰霾空气的驱散，还我一个新鲜清爽的健康环境；“裸露”可以喻指对现实政治公开透明的期盼，让那些肮脏的“表叔”、“房叔”和不雅照的主演们无一遁逃，从而使各级领导在公众视野下清廉有为；“裸露”还可以喻指对人造之神及“一句顶一万句话”语体系的祛魅；“裸露”也可以喻指对当下人际关系中复杂势利互存戒心的层层解套；“裸露”甚至还可以喻指对文艺虚假的抨击，这儿的假人假唱，实在是多得车儿拉不动，船儿也载不完啦！

比较起来，《一个柚子的时间单位》，因表意的“象”是人们熟悉的水果，且诗人辅以通感、隐喻和时空变形等艺术技巧，使表层形态与隐含其中的意义，浑融一体，其具象效果要比《裸露的事物》好许多，但所暗示的象征意义，却更为深奥。全诗如下：

我给你解释，什么是时间/什么时候是“现在”//坐在后院的石条椅上/我开始剥柚子。仅仅是剥/先用尖尖的发卡，在柚皮上/划几道深痕。/冲鼻的味儿/就撒出大把大把刺来/将空气戳些细密的孔//遇上这么好的天气。遇上我/我想，时间它不会不愿意/被这样细腻地——剥着/去掉橙黄色外壳，露出里面的白/恰似一团毛线/一匝匝缠绕着时间/但对我来说，这只是为了/延长剥的过程。延长“现在”//翻出饱满晶莹的柚肉/触到饱满晶莹的/去夏的阳光。我看见/绿油油的柚树上/挂满洁白的花。蜂儿/蝶儿们，叮住花房/一些果实，悄然成形/酿制酸甜的汁液//我给你解释，什么是时间/什么时候是“现在”/我就这样坐着/这样想着。春天的一个下午/就这样，从一个的柚子的/时间单位里，迅速/跌进黄昏。

这首诗的题旨，深奥在表现话题的永恒与难索：时间，现在，生命存在的价值。自孔子怅叹“逝者如斯夫，不舍昼夜”、屈原哀歌“恐鹈鴂之先鸣兮，使夫百草为之不芳”始，中国诗歌史上的时间意象多如恒河沙数，“一类是个体生命的时间的意象，像白发、朝露、落花、野草，它通常是在自然中很快被吞噬的事物或它的结果。另一类是像克利诺斯那样具有吞噬性的宇宙时间意象，像太阳、月亮、河水等等，它们通常是亘古不变的”[①]，吞噬与被吞噬能达成某种和谐共适吗？张若虚回应：“江畔何人初见月？江月何年初照人？人生代代无穷已，江月年年只相似。不知江月待何人，但见长江送流水。”他从个人的、历史的、宇宙的三个维度透视时间，发出不无伤感但又“快慰清扬”（李泽厚语）的哲理感喟，启迪我们，在无始无终的时间绵延中，只有紧紧地把握住现在，把握住当下的感性生活，才是生命的真

① 肖驰：《中国诗歌美学》，北京：北京大学出版社，1986年，第237页。

谛。胡的清可能正是参透了这一要义吧，在开剥柚子的过程中，才由饱满晶莹的柚肉，追想它的来历：因阳光的照耀和雨露的滋润，还有蜂蝶的授粉，洁白小花方能挂果并日渐生长为汁水酸甜的柚子。诗人“用人们在日常生活中司空见惯的琐事去寓意一些大家意料之外的生活真谛”[①]，并轻轻告诉我们，就是这过程，这“现在”，包孕着时间和生命的存在价值。在那个春天的下午，诗人感悟现在和时间，释放了古代文人的惊惧，弃绝了猪栏哲学的餍足，让哲思走向庸常，更显其独具特色的象征，旨永神遥，淡然有味。

三、不止于意象和象征

凝聚了诗人多年心血的这部获奖诗集，仅从意象和象征两个观景台望去，它那圆融与多层面的美，似难以尽收眼底。为了避免我们的唠叨败坏朋友的胃口，这里只择其要者，再谈两点：

（一）沉思品格和大气象

就总体风格而言，我们认为《裸露的事物》不是少年的引吭高歌，也不是斗士的激情呐喊，而是一种静穆的凝眸沉吟（悼念昌耀的《千年之祭》椎心泣血，应作别论）。这与其说是天命之年的生活阅历，赋予了诗人沉思的品格，毋宁说是甘露般的童年记忆，给了她和她的诗以温婉单纯、不事张扬的气质。当然，沉思和低语，并不意味着萎靡无力。吟读《凝视》、《钟楼》、《茶语》、《萤照》、《月夜》和那些以花草、水果、静物为题的诗，你总是流连忘返，不忍离去；你的情感，你的思绪，也不能自已地跟着诗的感觉和意象走——这就彰显了诗集巨大的审美吸附力。而且诗集的沉思品格，还呈示出了一种别样的美感：虽无暴风骤雨的壮丽，却有如润物无声的春雨，丝丝洒播在你的心田。

---

① 亚丁：《巴黎的忧郁·译本序》，载［法］波德莱尔《巴黎的忧郁》，北京：生活·读书·三联书店，2004 年，第 6 页。

就我们接触到的意象诗和象征诗来说，尤其是女性所作，大都偏于阴柔之美，可从阴柔之中又易于衍生出格局窄小的不足。有着丰富写诗经验的胡的清，似乎注意到了这个问题，故特别留意于诗境大气象的营构："我认识了大海/空濛和蔚蓝/圈出人生大牧场/放牧我这颗心//把情书写在海上/把盟约写在海上/把梦呓写在海上/把遗书写在海上"(《盟约》)，没有海一样宽阔的胸襟，很难与大海订立这样的盟约；同理，没有超越时空的双眸，也很难如此深邃："巴音布努克的夜呵/青草疯长抬高了天空/星斗下坠，如沉思者的头颅/闪烁智性的光辉//宇宙动用了多少黑暗挤压我/当我抬起头，目光触及的星子们/发出尖叫——是我体内的黑/将它们打磨得更加炫眼！"(《谁带我走过星夜》)没有"星垂平野阔"、"波撼岳阳城"般的气势，也发不出"八百里洞庭啊/谁摔碎了，明晃晃的宝镜/你的浩瀚，泻向哪个星宿"的天问(《水乡》)。或曰，如此壮阔的气象仰赖于歌吟对象的浩瀚。不错，设若没有主体对对象的感应和同构，我们又怎能见到这阔大的气象？关键还取决于主体的心魂。故从小小茶杯中，诗人也能见到"山的倒影"(《茶语》)；从杨丽萍的曼妙独舞中，能聆听出宇宙"清冽的水声"(《蝴蝶泉观舞》)；诗人还能让种子"为大地分布/色彩、清芬和养分"(《当春天来临》)，可使"心灵的钟摆/暗含着潮汐起伏的节拍"(《海在身边》)……说到底这些大气象，皆来自诗人的大胸襟。

(二)用痛苦换取世界的美好

我们一直觉得，上帝把诗人打发到人间，就是要他们用泪水来荡涤和维护好这个世界的。于是，我们看到了屈子呼天抢地、伯玉怆然涕下、子美感花溅泪、易安满衣清泪、稼轩揾英雄泪，就连旷世刚毅者鲁迅，也曾梦里依稀慈母泪，敢有歌吟动地哀……泪水中含有的忧患意识，凝结为最能感动代代中国人的民族魂！览读《裸露的事物》，我们也一次次看到诗人在落泪，在品尝"陪伴终生的痛苦"。当然这里表现出来的忧患意识，由于沾溉了21世纪的时代风雨，也由于诗人独具的幽深情怀和纤敏感觉，与先贤有了明显区别：杜甫们的忧患意识源于现实刺激，兼具有面向忧患本身的"在场"性；而胡的清的忧患意识，就主导部分而言，却属于精神层面的，具有诗人的神性之思和人性柔情。当然，诗集中也不乏这样的"在场"：为自然的美转瞬而逝泪如雨下，为商业、传媒合谋制造的生物性欲望——"极大的快感"——娱乐致死的粗鄙精神生态而心痛不已，因家乡的洪汛而"哗哗"涌泪，为城市三月躲在空调机里的鸟儿无枝可栖而痛心自谴……这些诗很感人，然而没有达到前辈的高度，故不具备超越性。下面这几首则不同，堪称完美地实现了对古典忧患意识的超越：

痛苦吗，是啊/表达出来就好了/你看，云借助雨/树借助风/泪流滂沱，呼天抢地/折腾自己或者侵犯别人/对于痛苦，是很好的宣泻//而鱼呢/那些没有肢体的脊椎动物/没有鼻翼而用鳃呼吸的水族/一生下来就泡在水里/怎么也流不出泪来/它们的痛苦才是真正的/——任张多大的嘴/也吐不出一个声音/只好眼珠凸凸地/你望着我，我望着你/它们所能想象的最大的幸福/是鸟类的幸福/扑棱棱聚集在一起/相互嗔怪，相互抱怨/把满肚子委屈/一股脑儿倒出来//有谁同情过那些鱼呢/它们实在憋不住了/挣扎着跃出水面/岸上的人，还当它们/多么自在/多么快活呢！(《痛苦》)

生物学早就告诉我们，鱼是没有痛感的，但这一科学结论，却不能阻止诗人的移情和沉思。《痛苦》诗境中，有眼不能流泪、有嘴不能出声的鱼，其实隐喻着被剥夺了一切自由的人。人生最大的痛苦是什么？不是守财奴失去的金钱，甚至也不是少女失去的爱情，在有精神性追求的人士看来，应是这些鱼们的痛苦，即无由表达的痛苦。此最痛苦。若痛苦的自由都要剥夺，这世道真的没一点存在的理由了。"生命诚可贵，爱情价更高。若为自由故，二者皆可抛”。共产党先烈白莽八十多年前意译裴多菲的这首诗，于今还可对接上胡的清这首《痛苦》。这表明，在中国，在当下，牢记马克思“自由是人的幸福的核心”、“自由是人的固有本性”的教诲，实现“人的自由自觉的活动”[①]，还任重道远。

想起雪/天空就变成半明半昧的/磨砂玻璃。想起那些/六只脚的白蜘蛛//因吐不出富有弹性的丝来/更像是蝴蝶/漫舞着飞旋着/互相嬉戏，相互捕捉//有一次我偶然想起/如此美丽地降落/只是践约而死/禁不住泪如泉涌。(《想起雪》)

一条鱼，跃出波面——/雪亮的柳叶刀/投向星空/剖开夜，囤积的黑//是昨晚餐桌上/那条昂贵的抗浪鱼吗/东道主夹到我碗里：/“这种鱼已濒临绝迹！”//是我从古玩店里觅到的/那件鱼骨雕吗？打包邮寄时/竟折了一块。跌在地/令人心惊：莫非故土难离！//枕着洱海的这一夜/我辗转难眠。一条起飞的鱼/将深处的水提到空中/悬挂我的梦境。(《梦见一条起飞的鱼》)

雪本是无生命的自然物，可诗人的柔情，却赋予了它飞旋嬉戏的生命及践约赴死的美丽；洱海里的抗浪鱼，本是常常跃出水面宣示其生命活力的动物，此刻却成了夺去生命后的佳肴、古玩店的鱼骨雕！对此，诗人痛心疾首，以至于梦中竟出现了超现实主义画面。百度百科介绍说，据世界《红皮书》统计，20世纪有一百一十个种和亚种的哺乳动物以及一百三十九种和亚种的鸟类在地球上消失了，截至世纪末，世界上已有五百九十三种鸟、四百多种兽、两百零九种两栖爬行动物和两万多

---

① 转引自丛大川 林琳：《当代“人学”的支点：人的有意识的自由自觉的类特性——读马克思〈1844年经济学哲学手稿〉之感悟》，载《井冈山学院学报》，2008年7月第29卷第7期。

种高等植物濒于灭绝。人的贪欲要毁灭这个美丽星球上多少生物才会歇手？从这个沉重话题入手，这两首诗不啻“像山那样思考”。倡导环保和生物多样性，这极有意义，但仅仅如是解，诗人的忧患又跟杜甫等一样“在场”了。在21世纪保护地球保护我们家园的行列中，胡的清和她的诗，是否有先贤不可替代的独特性？答案是肯定的。

能从拇指大小昆虫的复眼里发现快乐时光的诗人，对大自然，对万事万物，必然会有一颗温柔缱绻的心，必然会虔信万有之神和万物有灵。这就是《裸露的事物》痛苦表达的根由，是诗人环保呼吁的最强音，亦必然会主张众生平等。我们曾在漫长的岁月里，一直生活在“与天斗其乐无穷”的豪言壮语中，自然与自然中的生灵，在我们这里往往是作为被征服的对象来看待和书写的。而三十多年来近乎野蛮的城市化进程，给自然万物带来的伤害更大。诗人忧思这现状，从心底呼吁人类，不要再虚妄地自我宣称什么“灵长”了，与万物平等相处就好。明乎此，我们对诗人视虫鱼、飞蝶、花草、树木、小兽，乃至无生命的清水、月色、浪花、雕塑，都一样的亲切，一样的敬畏，不由得要发出如下赞叹：这是最古老的文化理念，也是最单纯的赤子所见，亦是最现代的宇宙观。约翰·唐恩唱道：“谁都不是一座孤岛，能岿然独存……无论谁殒灭，我都受折损，因为人人皆我，我皆人人；所以，不要去打听丧钟为谁而鸣，钟声超度的，恰似你的亡灵。”[1]世变时移，《裸露的事物》显然在用它无限的柔情，呼吁把这首鸣响了三百多年的诗改动一个词，即将“人类”，替换为“众生”。

① 转引自[美]海明威：《丧钟为谁而鸣》，韩忠华译，武汉：长江文艺出版社，2012年，扉页。

透过高楼的缝隙回望家乡

不事张扬，在诗歌园地默默耕耘近三十年的珠海诗人卢卫平，以其旺盛的创造力和不菲的业绩，受到了当代诗坛的高度关注。2003 年，新世纪首届《北京文学》奖诗歌奖颁给了这位偏居南海一隅的诗人；2004 年，继《异乡的老鼠》、《戴错的面具》和《九人诗选》（合集）面世之后，他的第四部诗集《向下生长的枝条》由中国文联出版社甫一出版，便在诗歌界产生了热烈的反响；2005 年 5 月，他获得了由《诗刊》主办的第三届“华人青年诗人奖”，成为当年全国最具实力并获此殊荣的三位青年诗人之一。2006 年，他的诗集《尘世生活》获得华语年度诗人提名奖。组诗《随想与感动》2008 年在荣获《诗刊》年度优秀诗人奖之后，又于 2010 年获得广东省首届青年文学奖。2010 是卢卫平的收获年，他的诗集《各就各位》入围第四届鲁迅文学奖终评，获首届“苏曼殊”诗歌奖。作为一名诗歌爱好者，我对诗人心生羡慕。但我的羡慕并非因为他如此年轻就获奖颇丰，也不完全在于他已发表了五百多首诗且有七十多首入选《中国年度最佳诗歌》、《中国诗歌年鉴》等四十余种重要选本，我的艳羡主要来自于我读诗的感觉:许多日子过去了,好多事情忘记了,可卢卫平那么多平实、朴素的诗句,他在诗句中所传递的感情,他所表达的现实关怀与人生叩问,至今仍精灵般游荡在我的心底,深切而清晰。

打工者的歌哭

多年以来,卢卫平一直以"打工诗人"的面貌活跃在诗坛,在当下社会普遍缺乏对于打工者的起码尊重、缺乏对于底层民众生存状态应有关注的情势下,诗人这一"向下"的写作姿态尤显可贵。与那些把双眼盯在富豪大腕、政坛高手、知识精英和帝王将相身上的作家不同,与那些把自己装扮成牧师从而站在高处对芸芸众生施加怜悯的"启蒙者"也不一样,卢卫平没有"打工"的经历,但他始终认为自己只是一个平常人,并在诗歌想象中每每把自己视为卑微的民工,主动与他们站在一起,从而长久地、感同身受地注视并歌吟这些贫弱者的痛苦与希冀,与那些内心遭受创伤甚至就死的人一同担当苦难。在《向下生长的枝条》所收诗人的一百五十首诗作中,打工诗歌约占了五分之一,由此可见为卑下而无助者言说,已成为诗人自觉的精神路向。在这类诗中,如果说《沉重》、《乡下人进城》、《被看成人的时候越来越少》等篇章是直接倾诉打工者内心的隐痛,《民工》则用对比蒙太奇的手法,将人们习见的两组场景并置在一起,使我们顿时看到了社会的不公:

> 大厦动工　我看见民工/光着上身　大厦封顶/我看见民工　仍光着上身/大厦剪彩　站在大厦前的个个/佩带红花　衣冠楚楚/不见一个民工　大厦动工/我听见搅拌机/在吼民工　大厦封顶/我听见搅拌机　仍在吼民工/大厦剪彩　站在大厦前的个个/声音洪亮　华章连篇/不见一个民工。

比较而言,他那篇在诗坛影响更大的《老鼠家史》,更为全面而深刻地反映出民工们的生存状态和尴尬命运：

> 因血统低下　出身卑微/我们这个家虽繁殖能力不错/男女均衡　人口众多/但从古到今都是贱民/只能在各种可能的乡下角落/偷偷摸摸活着/不知从什么时候/几个不肖子孙经不起诱惑/跑到城市/一年后回到家乡风光一阵/于是就一群一群来到城市/这时的情况开始糟起来/除了地下　没什么好落脚的地方/因为证件问题　我们/从没有在大街上放心大胆地蹓达过/不小心断胳膊断腿/被人抓住尾巴　受了迫害/不敢呻吟　也不敢哭泣/高兴时磨磨牙　用方言打个电话/读一封有一半错别字的信/还得东张西望/唯一的欣慰是猫们每餐都吃上鱼虾/忙碌在小康奔向大康的路上/也许是出于同情　或者愧疚/猫不再用杀头来吓唬我们/碰到发了奖金　中了彩票/儿子结婚　闺女出嫁/还默默地向我们表示友好/看样子我们的地位正在提高。

全诗语气诙谐，但所表述出来的打工者的屈辱和希望，却深刻、沉重到令人心悸的地步。这些"贱民"们在转型期的生存境遇、精神状况和悲苦命运，在老鼠这个意象中获得了真实呈现。从诗艺上看，"诗人拉长、延伸了'老鼠'一词的归趋性所指，这个平常的我们从未注意过的词汇顿时获得了令人惊讶的隐喻意义和涵盖力"①，沉淀在诗中的良知、激情和审美，不仅净化着我们的灵魂，同时也是对现实政治、法律和其他文化制度的不满。

不少诗评家激赏卢卫平诗歌的"草根性"立场，我理解这一立场主要体现在诗人对底层人民生存境况及其命运的深切关怀上，在更高的层面上，也是对个体生命的体认、尊重和痛惜。

---

① 柳冬妩：《在城市里跳跃》，载《读书》，2004 年第 11 期。

为此，诗人轻唤汽车小声点，别吵醒睡在垃圾堆里的人，“在梦里/他也许是个富翁/睁开眼睛/他就是个乞丐”(《人道主义》)；一个乞丐身份的老奶奶被城市奔跑的汽车轧死了，悲伤的诗人说，他已不再为老奶奶悲痛，而是为他自己和这座城市悲痛。因为，“我在老奶奶留下的一摊血污中/看到我和这座城市的内脏/血腥 脆弱 惨不忍睹”(《乞丐之死》)……这些诗句都是非常个人化的，所透发出来的同情心和生命关怀，却深沉而博大。十几年前读艾略特的《传统与个人才能》，对其“诗不是放纵感情，而是逃避感情，不是表现个性，而是逃避个性”[①]的见解一直搞不懂，结合卢卫平的“草根性”诗作，现在我明白了：具有恢宏气度的诗人，不屑于只在小我的圈子里一味卿卿我我；真正的好诗，哪怕只抒写个人的心灵，也会折射出特定时代的光芒。

意外之光照亮后的欢欣与彻悟

打工诗歌的创作，使卢卫平成为当代中国颇具实力的诗人。然而在我看来，仅仅凭着这单一的题材，还不足以使他独步诗坛。因为当代中国活跃着一群“打工诗人”，像张守刚、刘虹、刘洪希、罗德远、游离等人，他们在这方面所取得的成绩，应该说和卢卫平不分伯仲。而后者之所以更出色也更令人注目一些，实是因为他的包括打工诗歌在内的许多诗作，总有“某种意外之光突然照亮”[②]。读罢《向下生长的枝条》，我发现，这“意外之光”源自心灵，是诗人独特的内心观照精神。在这种观照精神里面，寓含着诗人审美的纤敏和对于生活哲理的彻悟。

生活的重压，驱使着人们总是匆匆赶路，而不能停下来用赤裸之心看一看身边的事物，可卢卫平却做到了这一点。他以

① 艾略特：《艾略特诗学文集》，北京：国际文化出版公司，1989年，第8页。

② 李少君：《从身边开始的“草根性”》，载卢卫平：《向下生长的枝条》，北京：中国文联出版社，2004年，序。

纤敏的审美情怀，对人们习焉不察甚至冷漠看待的庸常事物，施以令人感动的亲近、体察和爱护。譬如他写水果：

它们当中最优秀的总是站在最显眼的地方/接受城市的挑选/它们是苹果中的幸福者　骄傲者/有多少苹果　一生不曾进城。(《在水果街碰见一群苹果》)

写路边的树：

树是我在城里　惟一的/远房亲戚　冬天到了/树用叶子和我耳语/早点回家吧。(《树是好人》)

写他常年坐的椅子：

十年间　无论我的内心多么激烈/椅子都不吭一声/……/12 月 23 日晚我像往日样喝了两杯小酒/坐到椅子上　突然听见椅子发出了声音/像一个患感冒的老人的一声咳嗽。(《椅子》)

他还写了阳台上的花朵、楼顶的麻雀、擦亮天空的乌鸦、降落到城里的雪、一下雨就往高处搬家的蚂蚁、动物园的众生灵等等，这些无生命或虽有生命却不会思想和言语的“物”，在诗人眼里全都成了善解人意、可亲可敬的亲友！大树说话、苹果脸红、椅子咳嗽……或曰卢卫平的这些诗颇似童话？不竟然。因为他的诗所包孕的现代人生观念，是那些美丽童话所没有的。传统童话中的植物、动物，虽会说话，也有爱恨情仇，可都不过是人的替身，占据故事中心的，说到底还是人。而卢卫平的诗则彻底消解了自文艺复兴以来盘踞人们头脑几百年的所谓人是“宇宙的精华，万物的灵长”的精神虚妄，坚信人只是这颗小小星球上与万物平起平坐的一个种类，没有资格也不应该睥睨万物。故诗人不管窗外“人定胜天”的口号喊得震天响，而认定高高的大树和小小的蚂蚁们，都是与人类休戚与共的亲戚和朋友。他怀着敬畏之心充分尊重它们的独立价值和存在理由，并努力与它们和谐相亲。不要小看现代哲学对人的重新定位，也别小看处于这种定位中的诗人写作，因为从中我看到了人类自我救赎并可持续发展的可能。

面对大千世界，卢卫平常常陷入沉思，通过对现象界的追问与呼告，展开颇具人生要义的思辨：

你梦想着能抚摸大地/在大地的怀里返老还童/青春期的树干向着天空疯长/你的梦想在成为现实的瞬间落空/你是大地走失的根/你将老死在奔赴大地的途中。(《向下生长的枝条》)

闪电深藏于乌云内心/当我爱着闪电/我就无法不爱着乌云//乌云将我的身体覆盖/闪电将我的灵魂照亮//当闪电撕裂乌云/我泪流满面/干渴的人在奔走呼告/这是一场好雨。(《好雨》)

老实说，虽然我很喜欢这些诗，可至今却不大懂，颇费脑筋也仅仅知道它们与社会和我们的人生经验有关，但又很难确定其含义。虽说能让你留步并引发你思考的诗，就已有其存在的价值和文学的有效性，但比较起来，我更偏爱他那些从琐屑的日常生活中寻觅诗情，并把其诗情升华为具象化哲理的作品，我认为这是卢卫平诗歌写作独特性的另一亮点。《三叠泉》记述诗人和三位诗友天黑后前往珠海名胜三叠泉的一番经历，开车的宋词、“我”和湖南的海上，对抵达目的地充满自信又聊发诗兴，一路上互相提醒，嚷嚷不停，可还是迷了路。结果呢，“只有树才默不作声　像个单独者/但‘三叠泉’这三个字是树才最先看到的”。这个有趣的场景富有多重意味：过于自信者迷狂？张扬者无能，沉默是金？“有心栽花花不发，无意插柳柳成荫”？……看来只要进入诗歌文本的召唤结构，你怎么理解都行。而广获好评的《楼道的灯坏了》更具象征：

楼道的灯坏了/我摸黑走到七楼/打开家门/我发

现/我的家竟然/那么亮堂/多少年视而不见的东西/

也在闪闪发光。

关于这首诗的意蕴和审美价值,我想只有通过比较,才能作深入的把握。因为初读这首诗的时候,我一下子就想起了1979年顾城对"文革"进行控诉和思考的《一代人》:"黑夜给了我黑色的眼睛,我却用它寻找光明",也忆及当年读这首诗时内心的辛酸和慨叹。两首诗都谈到了黑夜和光明,两相比较,可能今天还要数《一代人》的影响更大些吧,但客观地说,《楼道的灯坏了》以其禅意般的彻悟,远远超过了《一代人》而达到了更为理想的精神高度。顾城说,"黑夜给了我黑色的眼睛",言语中不无怨天尤人的语气,一个"给"字则暴露出一代人对民族灾难的自我忏悔与个体承担的空缺,而"寻找"二字今天看来更是不可理喻:眼光既已遮蔽("黑色的眼睛"),又怎能寻找和到哪里去寻找光明?当然《一代人》表现出来的问题是时代的局限。四分之一世纪的时光过去后,卢卫平理所当然地通过自省和对生活的领悟,从三个方面实现了对《一代人》的超越。首先,他从"摸黑"的具体感觉出发,避免了《一代人》格言般的空洞玄思;其次,他是内心去蔽后偶然发现了"亮堂",而非刻意寻找。这就意味着经过黑暗的眼睛之"光",是不可能被"给"的,只能靠自己来"发现",来发"光",这一点尤具哲理蕴涵和现代公民意识;第三,诗人摸黑走到七楼,发现闪闪发光的东西,正是自己多年"视而不见的东西"。这就告诉我们,是眼睛有"光"了,变明亮了,而非"东西"本身在发光。卢卫平发现旧有的东西在闪光,黑暗中有光亮,这一人生体察充满辩证思维,比当年顾城等"黑暗与光明"、"革命与反动"、"正确与错误"等等截然对立的二元思维,显然要高明许多,也实际许多。

从高楼的缝隙寻找回乡之路

在这个喧嚣而冷漠的时代,卢卫平何以把弱势群体的苦痛当作自己的苦痛？面对如此琐碎而平庸的日子，他依凭什么把自己的诗情与哲理演绎得如此精彩、幽邃？一个乡下孩子，靠油灯下的苦读进了城，可二十多年来在情感上和思维方式上却一直与城市、与现代工业文明难以合拍，像一只失鸣的公鸡充满了恐惧与不安。他不无偏激地看到，被高楼切割的天空已没有一丝蔚蓝，水泥钢铁森林肮脏到了每个角落都堆满了文明的垃圾；而城里人又是那样的冷漠，除了金钱你不知道他们还关心什么，高速路出了车祸，会成为他们无聊旅途中的兴奋剂；大街上有人喊“杀人了”，他们也只会朝相反的方向奔跑。为此诗人重新定义城乡差别：

在乡下/耳朵贴近乳房/听到的是乳汁/神秘地流淌　在城里/耳朵贴近乳房/听到的是欲望/赤裸地燃烧。(《城乡差别》)

城市抛弃了他，他也把城市抛弃。带着对家园的深深怀念，诗人在高楼的缝隙中苦苦寻找着回乡之路。正是这持续不已的怀想和寻找，强有力地支撑着他的诗歌写作。在写作中，诗人一直没有忘本。这个“本”，就是一生苦累的父母、乡亲，是故乡的小路和田土，是家园的牛、鸡、青草、野菜、庄稼和农具，以及儿时那虽则艰辛，但亲切、温暖、纯朴和自然的乡村生活。所有这些，都化为股股氤氲之气，时时刻刻缠绕着并浸润着诗人的心魂。

土地用一棵树牵挂我　活着就要扎根/土地用一根草抚慰我　再卑微/也要抬头看天　笑对风云/爱恨交加的土地　让我受苦难的土地/当岁月遗弃我时/土地最终将我收留　让我的骨头/点亮磷火　这就是一个乡下人/一生的光芒。(《土地》)

带着这渗入骨髓的故土情结，诗人游走在高楼与车流之间，只要看到树，看到草，看到野菜和高粱酒，看到暮色中搬家的蚂蚁和清晨叫醒他的麻雀，心中就会生出忆念家园的感动。这种令人感动的故园意识，流贯在他的诗集中，又化为诗人“活在精神里”的行为方式。他以此将灰鼠般的打工者、拾荒者视为兄弟，也以此来对抗现代工业文明的恐惧，对抗城市的堕落与虚伪，对抗人潮中的世故和冷漠，并在对抗中思索人生的意义。

基于对诗人故土情结并非抽象之物的理解，我在此特别想说一说卢卫平表达亲情的诗。我觉得，收入《向下生长的枝条》一组怀念母亲的诗，像《母亲不知道自己死了》、《遗像》、《母亲活着》、《在母亲坟前》、《修坟》等，应是诗人所有创作中最令人动容的诗篇。在《修坟》中，他深情地唤道：

> 母亲　儿子给你盖房子来了/……/母亲　你住上好房子后/会不会像你在城里住的那几天/天一黑就找不到你儿子的家门/你说城里的灯比天上的星星还多/不像乡下　认准一盏灯就能回家/有一间好房子　住在乡下/你就哪儿也不去了/母亲　你一生第二次出远门就到了天堂/你什么时候回来　母亲！

倘若到朗诵会上朗诵这首诗，我相信诵者和听者无不泪水涟涟。因为诗人用朴素的语言表达失去母亲的哀痛，以及“子欲养而亲不在”的愧疚和遗憾，在无意之间触及了人们最普遍的情感体验：这一刻谁不对亡故的亲人怀有无尽的思念？亲情，在诗人的故园意识中，占有重要的位置。

卢卫平对弱势群体的同情，对社会不公的义愤，对父老乡亲的挚爱，对妻子女儿的怜惜，还有对日常生活的精神性追求，等等，都在他的诗中得到了生动而丰赡的展示。如上所述，这些诗作之所以如此亲切、感人，主要应归因于诗人对生命意识和故园意识的彰显。生命之爱和故园之恋，是中国古典诗歌的命脉所系，同时也是华夏诗歌意象世界中最常见、最基本的寓意。重视生命，依恋故园，实则是中华民族世世代代传承、累积的共同心理体验。故这一共同心理体验在诗歌领域的审美传达，深切动人，并具有普遍而永恒的艺术魅力。诗是民族心灵的歌唱。生活在当下城市中的卢卫平，用现代日常话语，表达对生命和家园的珍视，似乎在不经意间与民族共同心理体验建立了某种联系，他的诗因此而放射出人性美的光辉，给当代人的心灵以温暖和安宁。按照荣格和弗莱等人的说法，做到这一步，就离大诗人不远了。我们期待着。

“冷枪手”的温热情怀

在我的记忆中，时代文艺出版社2003年出版的《绑赴文坛》，应是李更到珠海以来出版的第五本书了。这位对文学对文化貌似“晃晃”实则心存敬畏的作家，后来又有不下十部著作出版。然而我觉得，最能体现李更学识、才情和个性的，还数他的《绑赴文坛》。翻阅这部三十四万字的厚重文集，我仍然感到“冷枪”嗖嗖，犀利依旧，作者还是用他那口无遮拦的惯常姿态，嬉笑怒骂，挥斥文坛。正因于此，写小说起家的李更却以“冷枪手”和骂派批评家名闻国中。

如此之“损”的李更，没想到近年在文坛、在读者中却颇受欢迎和好评。1998年出版的《李更如是说》初版一万册，在西安书市甫一出手即告售罄，后又加印了几万册才基本满足读者的需要。紧接着他又有《向后进看齐》、《特区女人素描》等书问世，以至于文化记者朱健国忍不住于2002年4月的某天，专程来到珠海，与李更作彻夜长谈，刮目相看之余，写下十万字的《“晃晃文化”与“文人喜剧”——李更的故事》。只要细读附在《绑赴文坛》后边的这篇超长访谈，你便可尽知李更的成长经历、心路历程、为人作派和为文追求。然而此刻更能引发我的兴趣和思考的，却是"损人"未必利己的李更，缘何受到文坛内外的欢迎和好评？答案似可从《绑赴文坛》中去索解，那就是看看李更骂了些什么，又为什么要骂。

骂了些什么呢？概括《绑赴文坛》的开骂对象，不外如下互有牵扯的三个方面：

一曰文学的堕落。对于今日文学的风光不再，李更是颇为伤感的，故对口碑尚不错的《漓江》、《昆仑》、《小说》等纯文学杂志的停刊和"每种文学期刊只有十个读者"的消息特别敏感，但另一方面他又认为"至 20 世纪 90 年代一定是中国长篇小说最多最差的年代"，而对于不少作家为获利重复出书，书商为了猛赚而粗制滥造的"准文盲行为"，李更则按捺不住愤怒了，指名道姓斥之为"信息污染"。

二曰文人的无行。对抄袭、剽窃他人成果的恶行，以及习惯"在别人田里种自己的庄稼的人"，李更就不是放冷枪，而是像我们在影视中常见的那样，站起来端着冲锋枪连射了："用别人的心血伪作自己的作品，无中生有，沽名钓誉的老顽童、老徐娘混迹于街市，对真正的文化产生严重的不良后果。"——此话尖刻，可放眼一望今之文坛，这些造假者和文化贪污犯不知廉耻仍沐猴而冠，让他们吃李更的枪子儿，不是理所当然吗？

三曰人性的黑暗。文学的堕落，文人的无行，李更觉得都应归因于那些"灵魂工程师"面对"名利"二字失去操守，而导致的人性的堕落和霉烂。由此他们滑落到一般做人的底线之下，或在开评"长江"奖时利用主持人之便利，给自己也评上一个奖，或用自己的"三点"宝贝猛赚版税，哪管它社会上以前所未有的速度增长起来的意淫病者，或见了当官的甚至娱乐明星也直不起腰来，大写"擦背"文章……

限于篇幅，我不能一一论列李更所"扫射"的作品、人物和事件了，但自以为总的印象不会有大的偏差，即李更所骂的对象大都是人所该骂的！此话说理论点，就是《绑赴文坛》的批判精神和道德义愤，充分体现了现实主义最为宝贵的品格，而这也是作者公民意识和社会责任感的鲜明体现。我如是说，善于调侃别人也不吝调侃自己的李更可能难以消受，但书中时时流露出来的对底层民众生存状况的深深思索，对先进文化的神往和优秀文学的追求，分明告诉人们，“冷枪手”有着温热的人文情怀。诚如在森林中，黄鹂的鸣啭、乌鸦的“恶声”和啄木鸟捉虫发出的“砰砰”声，都是自然的和谐歌唱一样，在思想文化界，有人把赞歌献给人生真理和社会美丽，有人把投枪刺向人生虚伪和社会腐败，其内心出发点也都是一样的，即都有温暖而明亮的人文情怀在支撑着他们。李更受到大众和文化界的欢迎，其根本原因就在这里。

李更把这部文集起名为《绑赴文坛》，视文坛为刑场，颇有些悲壮或苍凉的意味。或许他私下认为，在当今这个已被市场大潮抛向边缘的文坛厮混终身，结局不外乎两种：身败名裂或“英勇就义”，想修成正果，则难上加难。我觉得李更最终找准了自己的人生位置。从这个角度上说，悲壮的李更可以骄傲一点。绑赴文坛，死地生还，方为涅槃！

好一片瑰丽的恶之花

我曾用近一个月的余闲时光，饶有兴味而又不无费神地端详一大片恶之花。当然不是惊世骇俗的波德莱尔 1857 年问世的那一束《恶之花》，而是有些腼腆的珠海七零后作家韦驰，在他近年出版的《对另一种存在的烦恼》(下称《烦恼》)中，垦殖出来的妖冶瑰丽的恶之花。徜徉在这一望无际、五光十色、放荡不羁而又丰富怪诞的花海之中，有着五十年小说阅读经历的我，虽知其中瑰宝繁富，亦不免目乱神迷。读罢这部四十五万字的长篇，我不由得感慨：老夫揽阅现代新小说，自需相当的定力；而年轻的作家用一己之创新，来颠覆中外传统小说的写作范式，又要拿出多大的气魄、才华和力气啊！

批评家瞿冬晴指出，韦驰包括《烦恼》在内的“存在三部曲”，是“色彩斑斓的时代拼贴画”，是“众声喧哗的后现代狂野世界”。这一评论提醒我调整了美学期待和阅读视角，方才见其所见，收获良多。

譬如，我不奢望在这部长篇中，去追求人物性格的丰满和典型化之类。既然作家已不关注阿芭芭和“我”性格中的幽邃复杂，也不在意他们命运的起浮沉落，那么，就将这两个主要人物，视为体察小说欲望世界的观景台、望远镜或显微镜吧。由此我们看到了都市的繁华与罪恶、乡镇的去势和溃败、穿梭其中的各色人等的是非善恶，以及作家潜隐于此的人文精神和济世情怀。

当然，也不能希求这部长篇有曲折而流畅的情节。倘有人若以情节驳杂而否认这部小说的艺术价值，我倒想为它辩护：当夜莺鸣啭的同时，路灯下有个衣衫褴褛的老太婆正在分拣破布条，不远处的豪宅里却灯红酒绿……同一时间发生的诸多事情，小说只能按照语言的线性发展，先后排列在时间链条之上。显然，曲折流畅的情节既有悖于生活的原生形态，也与不符合瞬间变幻的心理状态，长久浸淫在这貌似有序而实际上是人为的时间之流中，会使人弱智的。20世纪五六十年代法国新小说派开创共时性空间叙事，即通过片段、场景的连缀或拼贴，来同时表现互不依赖、互无因果的故事，取得了令人羡慕的艺术成就。这个流派的主将克洛德·西蒙1985年获诺贝尔文学奖的《弗兰德公路》，就是运用空间叙事取代巴尔扎克式小说的时间性，将主人公佐治战后与队长雷谢克轻佻的妻子科里娜夜宿时所产生的片段的回忆、模糊的印象、零碎的思绪和杂乱的想象，组合成一个个场景，共时态地表现出二战对自然和人生的破坏，以及时间的遗痕、死亡的阴影、战争的残酷、饥寒的折磨、爱情的渴望和性欲的冲动等等，犹如转动着的万花筒一般色彩斑斓、丰富多样；中国新时期一些作家，如阿城、王安忆、郑万隆、赵长天、乔良、洪峰等的某些中短篇，在空间叙事方面，也曾有过不俗的表现。[①] 现在我要说，得益于前辈作家的艺术开拓，韦驰的《烦恼》，有可能是迄今为止的中国当代小说，在空间叙事上“工程量”最大成就也最高者。至于这部长篇中在时间叙

① 方守金：《画面：小说文体的一个审美追求》，《文艺理论研究》，2008年第2期。

述上出现的一些问题，诸如若兰、桂花年龄上的错乱，是需要解决的。还有，在21世纪资讯迅猛发展以至于形成了“地球村”的态势下，覃项这个人物在拉巴拉城一地短短十年间犯下的三个惊天大案，即价值上亿美金的钻石珠宝盗窃案、骗取某富婆七百五十万后又索要四千九百万的色男诈骗案，以及高达五百亿美金的金融诈骗案，会有可能吗？

话说回来，习惯了在小说中随着时间绵延的读者，自然不适应空间纬度上的连缀和拼贴叙事。韦驰依靠什么法门来吸引读者，换句话说，淡化了人物和情节的《烦恼》，其审美动力及艺术特色是什么？我认为，最主要的一点，是情思喷涌的作家，调动了全部感官来营造他的小说世界；我们解读时亦需伸展视觉、听觉、触觉、嗅觉等一起来感知和体悟其中的蕴含及美妙。这是个说来话长的大题目，限于篇幅，仅以听觉感悟为例：《烦恼》从第一章到二十四章，“二十三岁”这个词，反复出现十多次。开始是“当时我已经二十三岁”，后来则是“二十三岁的我”、“那年我二十三岁”……与其相匹配的，是阿芭芭至少五次的絮絮叨叨，对“我”，对女友晶晶，有时干脆自言自语，述说她的老情人（市长？某大人物？）与她交媾“快活死”去的情形以及她的伤感、冤屈等等。读者诸君千万注意，这绝不是拖沓啰嗦，兴许是作家受《追忆似水年华》中“‘小玛德莱娜’点心”的影响，为了创造小说的乐感，有意为之的。反复强调“二十三岁”和老情人在阿芭芭身旁变成尸体的事件，犹如交响乐中的“主题动机”，产生出一种回环往复的旋律感，既突出了作家对当下社会人生的拷问，也把那些没有因果关系的画面和场景，连缀成为一个艺术整体。倘无一双聆听音乐的耳朵，面对这一艺术整体，你仅用眼睛看到的，依然是杂乱的碎片。

最后，我想就《烦恼》的容量，和作家探讨长篇小说多长为宜。眼下，包括小说在内的中国文学被大众文化和现代科技联手挤压到了边缘，已是不争的事实。在信息爆炸全民娱乐、亿万国人特别是青年人沉迷于网络和智能手机的情势下，我觉得每一位小说家在写作之先，都要考虑尽可能争取读者的问题，否者难免落入自娱自乐的陷阱。从这点出发，我觉得《烦恼》有必要也有可能进一步提高趣味性。在韦驰那里，办法有多种。其中之一，是将四十五万字的篇幅至少压缩三分之一。我觉得从美学上看，《烦恼》到第二十四章业已结束。如上所述，这二十四章凭着音乐性的贯穿联接，凭着对放纵欲望的描写和质疑，凭着对现代人生的呈现与反思，依然形成了一个艺术自足体。可贵的是，小说至此还给读者留下了新小说派推崇的“缺项”，即足够的思索与想象空间。然而，从二十五章开始，不管是四十六岁的白梅因网恋惨遭温顺的丈夫杀害；还是“我”与黑社会头子肖的情妇若兰一夜情，导致她怀孕后胡乱做流产手术而死去，肖雇枪手要杀死“我”，吓得“我”躲入大森林；抑或覃项犯下的三个惊天大案，以及“我”(注意这个“我”已不是前二十四章的我)陷入对阿芭芭的迷恋形同困兽也难回头，等等，在结构上已与前面脱节。所有这些叙述，故事性虽有所增强，但前二十四章雾一般的氤氲气息却飘散了，对现实和历史的形上追索也衰减了，故而若把这十几万字，改写若干中短篇另行发表，仅保留前二十四章的二十七八万字，效果或许会更好。需知，喜欢搬砖头的贾平凹、莫言、刘震云等，这几年也靠二三十万字的小长篇来维系其帮主地位了。

巨商和他的人生境界

20世纪最后一年就听说，珠海市作家曾宏燕要为自己太外公的传奇一生作传。2004年5月，人民文学出版社将其《上海巨商黄楚九》列入“中外名人传记”丛书出版。捧读这部三十八万字的文学传记，一种沧桑而厚重的历史感紧紧攫住了我，同时心头溢满了惭愧和自豪。惭愧的是，素以喜读文史而自许的我，此前竟对黄楚九这位影响中国现代历史的一代巨商、我国西药业和现代娱乐业的先驱人物一无所知；自豪的是，在清季民初积弱积贫、备受欺凌的中国，只身在上海城隍庙行医售药的小郎中黄楚九，历经十五年的艰苦创业，终于创建了中法大药房、龙虎公司、中西大药房、九福公司等二十一个知名工商企业，并拥有新新舞台、楼外楼、新世界特别是大世界等休闲娱乐场所，崛起为威震八方、连洋人也不敢小视的沪上工商巨子，着实为我中华民族争了光。

无独有偶，此前几年在央视热播的《大宅门》，与我读到的这部传记，述说的都是医药人家的故事。但二者又有不同：大宅门的白家世代经营国药，家大业大，其医德医方以代代相承为鲜明特色；而从城隍庙起步的黄楚九，却因少年丧父，十五岁即辍学就业，仅凭父亲教他的《治眼七十二症方》白手起家，全靠不屈不挠的意志和独立自强的精神，由中医而涉足西药和娱乐业，体现了中国人的智慧和创造力。《大宅门》演绎的悲欢离合，表现了老北京的沧桑风云与独特风味；而黄楚九的生平更是跌宕有致，折射出十里洋场的如梦繁华和民族工商业的艰难发展，故从社会影响的深广度及其历史价值来说，我以为“黄”略胜于“白”。

我建议当今办实业搞贸易包括媒体、广告业的朋友，都能抽暇读一读这本书，因为从黄楚九的身上，不仅可以领略到智慧、坚韧、果敢、创造、执着等民族精神的伟大，敬佩其诚信经商、宽厚待人的处世原则，而且还能学来至今仍具先锋性的营销理念及其策略。他在经营中显示出来的对市场的周密调查、准确定位，以及强烈的商标意识和维权意识自不必说，单是广告宣传，其用力之猛、手法之多、影响之广、收效之大，在上世纪初实属罕见，就是在 21 世纪的今天，诚如著名经济学家于光远先生所说，作为黄楚九经商之道的一个很重要的方面，仍有研究和推广的价值。

当然，光从经济角度看黄楚九对民族工商业的贡献，还不足以使我们对他如此敬重。曾宏燕以翔实的史料和细腻的笔触，生动展示了使他得以出类拔萃的三大可贵素质：一是广交文友，一生渴慕并大力扶持文化。作为药房老板，黄楚九几十年来却与文化圈子有着广泛而频繁的交往。他与当时的大作家孙玉声、著名书法家刘介玉、画家朱染臣、广告师周名刚以及刘山农、何铁珊、陈夔龙、张横海、陈蝶仙等上海文化界名人，与谭鑫培、盖叫天、麒麟童、王美玉、王雪艳、笑嘻嘻等著名演员，或为互慕之人，或成莫逆之交。像黄楚九斥巨资帮助孙玉声办新新舞台以遂其弘扬新文艺的心愿，而后来孙玉声为配合大世界的经营，主编《大世纪报》，一办就是十四年，最高发行十几万份，二者相得益彰，今天看来也是美事。不是利益驱动，而是对文化的深深向往，驱使黄楚九与文人精诚合作，荣辱与共。

二是作为一名商人，黄楚九从不掺和任何党派活动，也不投靠任何政界人物，但却有着坚定的政治立场和鲜明的政治倾向。早年他倾慕于孙中山领导的同盟会和辛亥革命，支持孙玉声上演《秋瑾》、《徐锡麟》等进步剧目。1931 年 3 月 20 日宋教仁血案发生，黄楚九当即授意孙玉声编排剧目，不顾袁世凯走狗的死亡威胁和洋巡捕的无理刁难，于第八天就主持公演了《宋教仁遇害》，在上海乃至全国产生了很大反响。面对列强欺凌，黄楚九始终葆有一颗强烈的爱国心。这里我想特别说说他为了民族尊严与日本人持久抗争的壮举。1911 年 7 月，他在上海成立了国内第一家民族资本药厂——“龙虎公司”，生产龙虎牌人丹，目的就是要对抗在中国大地不可一世的日本翘胡子仁丹。他宁愿数年亏本经营，也坚持让龙虎公司生存下来，并以非凡的韧劲历时十几年，耗资十几万与日本仁丹公司打了一场旷日持久的维权官司，直至获得彻底的胜诉。一个商人近二十年来为一个非赢利药品投入如此之大的心血，足见其可贵的民族情爱国心。

三是一生急公好义，慈善为怀。或许是少年时代遭受的屈辱和艰辛所致，发达后的黄楚九始终急民所困，热衷于公益和慈善事业。他将一些药品低价卖给甚至无偿送给贫穷的病人，对大世界等娱乐业的大众定位，包括实在没钱也可以进去游览的措施，表明他并非唯利是图之人。他先后开设明济眼科医院、上海急救时疫医院和黄楚九医院，免费为贫苦人诊治。更令人感动的是，1919 年河南发生特大水灾，数万人濒临绝境，黄楚九当即和慈善机构联系，个人出资收养千名孤儿，十几年来一直践行着自己的收养义务，且年年派专人前往河南灾区看望这些孤儿。我不知道中国慈善史上还有没有如此之大手笔，但可以肯定，在富人增多贫富悬殊却在拉大的今天，黄楚九的义举特别值得我们回味和学习。人道精神和慈悲情怀将他提升到民族英杰的行列。

然而就是这样一位工商巨子、民族英杰，在黑暗无道的旧中国也难逃劫数。曾宏燕极为痛切地作了这方面的详细记述：少时他在城隍庙蹒跚起步即遭官府和无赖的联手迫害似乎是个先兆，此后恶势力一直没有停止对他的骚扰和迫害，在投资房地产使其相关联的事业陷入低谷的时候，在长子先亡、次子失慧、自己又重病家业无人继承的情况下，青红帮乘人之危搞垮了他的两家银行，病逝后尸骨未寒，黄金荣就霸占了他的大世界……一生辉煌的黄楚九，结局则是悲剧性的。俱往矣！然而矗立在黄浦江畔的大世界，遍及四方的"黄九芝堂"，还有仍在焕发勃郁生机的中华制药公司和延安制药厂等等，都还会默默而恒久地诉说黄楚九的不凡人生，以及他对国家和民族的巨大贡献。

金鼻寓言童话的人生况味

人们感叹邝金鼻先生给自己创作的寓言和童话配了那么多充满童趣又契合旨意的图画，佩服他写出了如此之多朗朗上口且言简意深的寓言诗。所有这些，既显示了邝先生多方面的艺术才能，又形成了他创作上的鲜明特色。我以为，除此之外，邝先生几十年来，一直坚持从旧有题材中发掘出新的故事情节，赋予其新的人生况味，以表达他对真善美的追求，也是他文学写作的一个独特创造。阅读他的《动物王国的寓言》、《智慧的镜子》，还有以《白藤仙子》为代表的众多精美童话，无不像一杯杯香远益清却又滋味不同的美酒，直令我们陶醉其中。细加品咂，我发现，邝先生几十年来源源不断地贡献给读者的这些风味多样的家酿美酒，其实多是从他为数不多的几个旧瓶子里倒出来的！

此话怎讲？我想主要是指作家的题材取向。从他已经发表的作品来看，邝先生所走的，不是一味扩大新领域的路子，而是专注于“接着说”，即借国人老少咸知的寓言故事、童话传说，写出专属于自己的新鲜而独特的作品，来表达他对社会、人生的体悟。譬如乌鸦和狐狸、龟兔赛跑、狼和小羊、猴子捞月亮、鲤鱼跳龙门、鳄鱼的眼泪、济公的传说、阿凡提的故事，等等，都一而再再而三地出现在他的作品里，且一个个经过他那魔术棒般的生花妙笔，置换了情节，添加了新意，既与原始作品保持着丝丝缕缕的联系，又展现出新颖夺目的艺术风神。与广袤艺术天地中那些跳来跳去的追新族相比，邝先生犹如长年固守于一地的打井者，孤独而执着地循着先贤冥冥中的指引，旷日持久地钻探着，终于在一小块真正属于自己的园地里，挖掘出了汩汩甘泉。好水，善技，再加上一颗淡定的赤子心，他怎能不酿造出一瓶瓶美酒来？

是的，在儿童文学创作中，邝先生喜欢旧瓶装新酒。所谓“旧瓶装新酒”，是文艺理论的老话题了。它的内涵既有传承借鉴、革新创造之意，又有用传统的艺术形式表达新的生活内容一说。一些声称与传统断裂的新潮作家似乎不屑于这个话题，殊不知文学史上许多峰巅上的作家无不青睐旧瓶装新酒，像屈原那一组清丽曼妙的《九歌》，皆源自于荆楚民间祭祀的歌谣；张若虚那篇被誉为“诗中的诗，顶峰中的顶峰”的《春江花月夜》，沿用的就是隋炀帝创自的乐府旧题；还有李白、杜甫的许多古题古意诗，苏东坡的《前赤壁赋》和《水调歌头》（明月几时有），鲁迅的《狂人日记》，郭沫若的《凤凰涅槃》……皆为旧瓶清醇，所出有自，但丝毫也不减损其光辉。况且，用既有的题材和形式，推出新的艺术作品，比起从未有人知的新题材新形式来，要花费更多的力气、拥有更丰富的想象力，才能抓住读者的心。这是因为，你若不翻出新意，就会滑入近代文艺心理学家所说的“套板反应”（stock response）里去，读者因无新鲜而真切的感受势必弃之不顾。正是在这个意义上，鲁迅先生才说画鬼容易画人难。

在寓言童话创作领域，邝先生就是这么一位孜孜于“画人”的勤勉作家。不是一篇两篇的偶尔为之，而是数十年有计划有目的地大量创作，像收入《动物王国的寓言》中的一百则寓言里，从人们熟知的寓言生发出新的艺术创造的，就有《狡猾》、《解馋》、《后悔和教训》等二十余则，占五分之一强，而《阿凡提寓言》则是百分百的旧事新提，旧人新说。此举殊非易事，是对作家智慧和想象力的双重挑战，缺一难得成功。令人感佩的是，“孺子牛”邝先生经受住了挑战，获得了成功。以我有限的阅读视域，在当代中国的寓言和童话创作中，似乎只有邝先生一人在一以贯之地这么做，倘如是，则他的成功更有不容忽视的价值。

关于邝先生儿童文学创作的机智和幽默，关于他在创作中对真善美的一往情深，已有方家精彩论析，此不赘述。不过，仅就他借旧题说新事表新意的寓言创作而言，我还想补充说明两点，以提请大家特别留意。第一，故事翻新的系列化和新意表达的多元化。像《乌鸦和狐狸》、《龟兔赛跑》、《鳄鱼的眼泪》等系列寓言达到了这个高难度水平。伊索原典中的狐狸恭维乌鸦歌儿唱得好听，乌鸦一高兴张开嘴巴唱起来，结果肥肉落入狐狸口中。到了金鼻寓言中，至少形成了六个变体，一是《狡猾》：“狐狸骗了乌鸦的肥肉把肚子填饱，/舔舔嘴唇，一边跑来一边叫：/‘明儿我要离开大森林，/将天下所有的人儿都骗倒！’/锦鸡在树上听了哈哈大笑：/‘快去吧，我聪明的狐大嫂！/狡猾有时会尝到一点儿甜头的，/别忘了市上常常出售狐皮大袄！’”尝到点甜头的狐狸大叫要将天下所有的人都骗倒，锦鸡警告它“别忘了市上常常出售狐皮大袄”，这不啻是对不可一世的害人者的形象写照；二是《奉承》：“狐狸将乌鸦吹上了天，/骗了她口中的肥肉美美进餐。/乌鸦大骂狐狸死不要脸，/狐狸吃饱肚子慢慢开言：‘几句奉承话就使你浑身飘飘然，/你说每个音可值多少钱？如果混不到一块肉，一口饭，/谁愿意恭维你这个大笨蛋？!’”狐狸倒是坦白：如果不为了混一块肉，“谁愿意恭维你这个大笨蛋？”恭维逢迎的真实目的昭然若揭，生活中的人啊，尤其是那些居高位有“肥肉”的人，听听狐狸的“开言”吧；三是《骗子和傻瓜》：“乌鸦又衔了块肥肉停在树丫，/跟着那只狐狸又来到树下：‘上次你请客是对我恭维的报答，/可你不骂自己虚荣反骂我狡猾！’/‘呸！’激怒的乌鸦正要破口大骂，/肥肉又掉进狐狸那张讨厌的嘴巴——/‘唔，头次上当还是可以怪骗子的，/第二次受骗得怪自己啦，傻瓜！’”狐狸用激怒的方式惹得乌鸦破口大骂，结果肥肉又一次落入狐狸的嘴巴，你在讨厌狐狸狡猾的同时，不得不同意它的话确实有道理：“头次上当还是可以怪骗子的，/第二次受骗得怪自己啦”；四是《聪明和狡猾》：“狐狸一天到晚去找朋友，一见了它个个转身就走：‘先生，你脑袋聪明过了头，/我们实在不配做你的朋友！’/狐狸说：‘聪明有钱买不到手，/不跟我结交，太没理由！’/乌鸦笑道：‘你的聪明叫作“狡猾”，/谁敢找你这滑头讨罪受？！’”情势开始逆转，乌鸦嘲笑起狐狸了。这表明，每每上当受骗的人一旦觉醒，就有了警觉和自信；五是《虚荣和教训》：“骗了乌鸦嘴里的肥肉美餐一顿，/狐狸突然收到老山猴的邀请信：‘老兄聪明绝顶才智超群，恭请到猴山讲学，发表天才高论！’/狐狸忙请人拟讲稿，花去一笔重金，/谁知到了猴山一盆冷水当头直淋——/老山猴说虚荣心这病最容易得，/要他改论《虚荣心与乌鸦的教训》。”老山猴对狐狸的教训耐人寻味；六是《甜和酸》，狐狸和乌鸦的境况完全调换过来了：“脚骨差点跳折也尝不到一颗紫葡萄。/狐狸咽咽唾沫：‘走，别让它把牙酸掉！’/乌鸦衔来块黑卵石悄悄往地上抛/‘甜葡萄！’狐狸先生张口拼命去咬。/啪！馋嘴里两只牙齿当场报了销；/哇！棚顶上突然传来一声冷笑——/‘吃不到的甜葡萄是酸溜溜的，/吃到口里的石葡萄味道一定好！’”把这六则寓言放在一起看，你不能不服膺其寓意的丰富与深刻。第二，“趣”、“情”之中还深蕴着“理”。作家让当了寡妇的母鳄控诉人类一边喊着救救鳄鱼，一边将公鳄捕杀的假慈悲（《慈悲》），通过《大花猫养老鼠》让人们直面“只看表面成绩，不讲实际效果”造成的恶果。而《长颈鹿和上帝》、《黄山松》通篇弥漫的人生哲理，更是三言两语难以尽释！“贪，必然以降低人格开始，以丧尽天良告终”（《蚂蚁和蚜虫》）。读着这样的警句，谁还敢说好酒的邝先生整日几分醉意，在人生大问题面前，他一直清醒着呢！

金凡画作的文化意味

欣赏金凡的绘画，无论是她以人物、风景和静物为主的油画创作，还是其速写作品或文艺期刊上的插图，你都不难发现画家对艺术独特性的可贵追求。这种独特性追求，并不完全在于她偏爱表现异域风光，喜欢少数民族风土人情，而主要在于她通过自己非常个人化的思考与感悟，赋予表现对象以独特的精神气质与生命感觉。《拉卜楞的回忆》系列，画中那一幅幅藏族寺庙和民居图景，以朴拙厚重的空间感觉，展示了辽远幽深的时间意识，那每一块墙石、每一根柱檩、每一扇门窗，以及从门窗悄悄溜进来的阳光，无不诉说着这块高地，以及生活在这块高地上的人们万千年的历史沧桑；《石头城的妇女》，则以现实感、庸常性和亲切性吸引我们的眼睛，也诱发我们的思考：妇女、食品、奶茶、欢快的劳作场面、洋溢在烙饼女子脸上的热情和满足感……世间还有什么比这些更有意义，更有人生的实在性？多少年来，我们过多地看到了攻城略地、杀伐征战、机关算尽、山河巨变、皓首穷经、兀兀穷年，再端详这样的女性、这样的场景，和平与温暖感觉充盈了我们胸间。

作为中国画家，年轻的金凡努力将欧洲的古典油画技法及其体现出来的理想美，与中国的传统文化加以融合，创作出体现东方民族审美品格和文化韵味的优秀作品。《夏日莲溪》于绚丽的色彩和沉稳的构图之中，透发出使人心醉的宁静和清凉。这幅受到好评的作品是画家师法大师的成果，颇有莫奈睡莲系列的画风，一样有清澈的小溪、葱郁的树林、富有诗意的小桥，等等，充满生机而又深沉无语。是的，金凡将中国最高的人生哲学"天人合一"赋予画境之中，她用"特写镜头"把小桥流水、葱茏绿意拉到我们面前，邀请我们优游其中。优游其中的朋友，你是否已经达到"物我两忘"的境地？

现在，我想集中谈谈金凡的静物画。西洋以水果、餐具为题材的静物画，从古希腊开始起即奉逼真为圭臬，直到19世纪末，以塞尚、凡·高和高更为旗帜的后印象派，推崇"主观化了的客观"表现原则，才彻底颠覆了传统静物画惟妙惟肖的美学追求。凡·高等画的花果罐盘等，用现实之眼察之，没一个像是真的，但谁能否认这些心魂所系的作品，比之逼真的静物画，更具情思蕴涵和形式美感呢？或许是明白了这个道理，当我捧起金凡画集《画布上的灰调》(下称《灰调》)，欣赏一幅又一幅皆不大像的花果陶罐时，并不感到惊讶。不过，还是遇到了欣赏难题，逼得我不得不沉思其中。

当然，难题不在金凡对色彩、构图、光影等艺术技法层面。这位从出生到读大学之前都生活在多民族聚集的新疆，却又受着华夏文化教育的满族画家，其独特的生活经历和文化熏陶，自然会在艺术表现上，"不追求三度空间形成的光影效果，缺少足够与真实匹配的图式与兴致"，且"极少面对静物进行亦步亦趋的描绘，她那直中求屈、一波三折的造型极具东方意味，在内外轮廓歪歪扭扭、曲曲折折的趣味追求中，她笔下的色彩与其说是三维纵深梯度的塑造，不如说是墨分五色的理念在油质媒材上的延伸”[①]。由此给我带来的困惑和求解兴趣是，画家凝练在歪歪扭扭的陶罐和恣意挥写的花果之中的兴致与追求是什么？或者说，透过技法和风格，我们应从《灰调》心领神会到的，该是怎样的文化意味？

由此连带而来的第二个难题，是金凡在人物画和风景画都取得突出佳绩的时候，为何于2008年至2011年春，将兴趣相对集中到静物画的创作上来？实话说，迄今我还是偏爱她那些有着异域风情的生活场景画，每每读之令我思考庸常生活的平实，以及平实联结着的博大；还有那些广袖轻扬、裙摆飞旋的维吾尔少女系列画，谛视这些人物，你似乎也被这朴野的舞风旋转起来，感受着生命的舒展与自由；还有她那些或静谧或广袤的风景画，甚至其中的一片树叶、一颗草尖上的露珠、一方沉静水面的倒影、一片湖塘的波光，都像小精灵在抓挠你的心，《灰调》中有十二幅浸润着南国盎然绿意的风景画，更辉映着丝丝宁静和亲切。故初读《灰调》那幅幅灰扑扑的陶罐、花瓶，胡乱摆放的水果，软耷耷或刺蓬蓬的花草，一时真的难掠其美。及至展读再三，调整自己的接受心理，我才渐入佳境，发现这些油画别样的风采。

《灰调》收入金凡四十一幅(组)布上油画，其中静物画几乎占四分之三。仔细端详，我发现二十九幅静物中，题目标明为《花》、《夏花》、《绿》和具体花名的油画，处于焦点并占据大块面位置的，是绚烂的花成熟的果，花瓶或陶罐成了不起眼的陪衬；而命名为《陶与果》、《土陶与花》、《三个陶罐》、《秋语》、《月色》、《知秋》、《陶罐与彩绘马》等画作，情形却倒了过来，醒目且占据画面主体位置的，是或古拙或苍凉的陶罐、陶俑和花瓶。这颇有意味：反差极强的两组静物一以贯之地如此并置、对照和呼应，难道是画家自己也不一定明了的幽邃哲思，在暗中策动、制

---

① 陈勤群：《东方新语境》，载金凡：《画布上的灰调》，长沙：湖南美术出版社，2011年，第5页。

导她挥毫而成？我如此猜测，一是来自揽阅《灰调》所产生的直觉印象，一是根据英国意识流小说家伍尔芙的如下论断：艺术家既然“能使用他的工具来达到它为之创造出来的目的”，那么就应“允许读者从中推测出观念、动机、冲动以及情感”。[①] 倘我的直觉与伍尔芙的论断大致不谬，我则想说，流注在《灰调》系列静物画中的幽邃哲思，源自于画家随着阅历见识增长而日益浓郁的历史感和生命意识。在画册的“前言”中，金凡隐约道出了这一点：“久远文化、历史、民族浸染的散淡与从容，是原生态存续与民族发展的和谐。”“那沉着高远的本真会使我再次前往的”[②]。本真何为？娇艳绚丽的花，就是要尽情怒放以逞其至美；鲜脆欲滴的水果，就是要及时享用方知其香甜。否者，那将是多大的浪费和无意义！况且，与见证了几千乃至万年人类历史的陶罐们相比，花呀果呀的，存在价值不就是这分分钟的事吗？先贤长叹：“可惜流年，忧愁风雨！”《灰调》静物画似也跟着追问：果亦如此，花更如此，人呢？顿悟到这一层的欣赏者，不由得会打一个激灵，从此作别慵懒，让自己的生命，若夏花般灿烂；让存在的价值，像陶罐般亘古。

关于陶罐，多少次我曾在博物馆和画册中与之相看两不厌。悠游在金凡所创作的这些形色不一的陶罐系列里，要数《回声》给我的心灵撞击尤甚：十二只高高矮矮形态各异的陶罐，队列般突显在黑色背景前面，画家给予它们以强烈的光线处理，故一个个沉稳而又精神抖擞地夺人眼球。那有着一抹两抹微红的浓黑背景里，潜隐着、远去着多少历史的沧桑、深奥的理性和灿烂的美！而这些一律大口径的陶罐，是在接收天穹传来的生命永恒的奥秘？抑或诉说大地数千年兵燹灾祸也难阻挡的繁衍生息之要义？而我，此刻于陶罐的口中，似分明听到

---

① [英]伍尔芙：《绘画》，载赵磊等选编：《艺术情思录》，长春：长春出版社1994年，第132页。

② 金凡：《画布上的灰调》，长沙：湖南美术出版社2011年，第1页。

了唐人的歌唱:“人生代代无穷已,江月年年只相似。不知江月待何人,但见长江送流水。”是的,这回声有些忧郁,有些惆怅,然而却是“快慰清扬、广昌流利”[①]的,难掩轻快甜蜜的激扬和欢愉。

① 李泽厚:《美的历程》,合肥:安徽文艺出版社,1994年,第128页。

第七编

艺文杂谈

梦开始的地方

1962年秋天，上小学三年级的时候，我就像个吸向磁石的钉子一样，一有空就往大通转盘街西角一个小小的旧货店里跑。店内侧的货架上，堆着些论斤卖的旧书，两位店员爷爷笑眯眯的，任由我们这些小家伙翻来拣去，或捧起一本看上半天。旧书三四分钱一斤，运气好，一分钱可以买上两本。可我通常是一分钱也搞不到的，于是就在店里蹭，或借同学买来的看。在这里看过的书，今天还记得的，有高尔基的《童年》。高尔基用打酱油的钱买了小说，亲爱的母亲打了他一顿又抱住他哭。我们没钱却有书看，又不会挨打，身处新社会的优越感加深了我对高尔基传记小说的记忆。还有一本童话，忘了名字了，其中有篇写一群鸡鸭，老是受一只霸道的大鹅欺负，于是鸡鸭们商量，从此把好东西都孝敬给鹅吃，结果主人提前把这只霸道而贪吃的肥鹅捉去杀了——这使我初识世道的险恶，且迄今拿不准：鸡鸭与鹅，谁值得同情，谁应受谴责。

这个小小的、不起眼的旧货店，是我人生之梦开始的地方。那些破旧的、卷了边掉了页的故事、童话、寓言、小说书，使我看到了世界的阔大、新奇、精彩、美妙。那时，父母因忙于生计而对我们这帮孩子疏放不管，加上半日制的上课方式，使得我有充足的时间去借书找书和看书。《格林童话》、《克雷洛夫寓言》、《天方夜谭》、《阿凡提的故事》、《巴拉根仓的故事》、《黑龙江民间故事》、《云南民间故事》、《钢铁是怎样炼成的》、《青年近卫军》、《十字军骑士》、《西游记》、《水浒传》、《东周列国志》、《苦菜花》、《红日》、《平原枪声》、《林海雪原》、《铁道游击队》、《红岩》、《红旗谱》、《创业史》、《风云初记》、《黎明的河边》、《野火春风斗古城》、《三家巷》、《火种》、《前驱》、《过年》……包括定居珠海、令人敬重的庞学勤先生当年主演的电影《战火中的青春》的小说底本《踏平东海掀起千顷浪》在内，那几年囫囵吞枣读过的文学书，该有上百种。尽管如此，我当年最羡慕的人还是煤矿图书馆的管理员和新华书店的店员，多少年都想着这件事：长大后就干这样的工作，有那么多新书，不花钱都可以看，多好。

文学使我原本贫寒单调的少年生活变得有滋有味，且每每想入非非，莫辨文学与人生、幻想与现实。曾读到一本后来忘记书名的小说，写波兰乡村少年扬克，家里穷得实在是揭不开锅了，为了省下一口饭而使父母和妹妹少挨一点儿饿，想来想去竟投了河，我难过得一个多星期近乎发呆；《创业史》中的梁生宝和徐改霞不在一起时天天思恋着对方，好不容易见了面却因误会冷了场，急得我恨不得钻到书里把他们的心思当面挑破；保尔·柯察金的英雄形象在我心目中高大起来的时候，我好几次对着镜子，端详镜中这个细细脖颈连脑袋都挑不直的人说："你这家伙，这么窝囊软弱，能骑上战马挥动大刀么？你不能立功，又不敢漂亮地打上一架，冬妮娅，将来你的冬妮娅能多情地看你一眼吗？"今天我述说四五十年前的心思，丝毫没有自我逗笑的意思，反而庄重地认为，文学，正是文学的故事、情节、形象和情感，多年来的潜移默化、熏陶涵养，才使我的秉性中有了些许称道之处，比如同情心和正义感，以及做人的责任等等。

而几十年来无休无止的学习班，没完没了的说教，事实上对我的心灵滋养无涉。

我庆幸儿时的梦想于冥冥中一直在规引着我的人生之路。不然，你何以能够让当年的班长成为理解你、支持你，并始终与你志同道合的妻子？不然，你又哪里来的决心，在市委文教书记的支持和安排下，毅然作别官场重返讲坛和书桌？不然，你又从何而来的动力，年近不惑时考上名校读研，尽享阅读与聆听的乐趣？还有，教了大半辈子书，你对幸福含义的朴素理解，不就是一个人的志趣与职业的结合？

童安格唱道："能不能把碧绿还给大地/能不能把蔚蓝还给海洋/能不能把透明还给天空/从梦开始的地方/一切还给自然。"他这是以博大的情怀，祈盼人与自然的和美共处。然而在我看来，这动人的歌唱，更是冀望精神世界的和谐与美丽。愈是现代化，愈是富有，人的心灵愈容易干枯与荒漠，这在世界范围内已是不争的事实。救赎在哪里？或许就在文学艺术和审美。我的梦，我的存在价值，可能就在此处。

三十年河东转河西

法国“文学的社会学研究中心”调查认为，百分之九十的文学著作，面世一年后就会被淘汰；二十年之后，淘汰率将高达百分之九十九。这结论虽很恐怖，但见证了新时期文学发展历程的我则坚持认为，许多所谓被淘汰的作品实际上并未消失，而是以另一种姿态存活在人们的记忆中；而战胜了淘汰率的那百分之一，绝对堪称时代的文学代表。中国从 1977 年底至 2007 年的三十年文学，就是如此。

1977 年底至 1985 那七八年间，是当代中国文学最风光最得意的年代：一首诗，一篇小说，或一篇报告文学，就可产生上至中央高层下至民众的激动、欢呼、悲痛、愤怒……那样的轰动效应。动辄印数几十万甚至上百万份的《十月》、《当代》、《收获》、《清明》、《花城》以及各地作协的《××文学》，被迅速而广泛地流传着，流传之不足，还有手抄本与复印件。当时我在机关做秘书工作，心思却在每晚九点到十二点有时直至凌晨两点的文学阅读之中，以至于踩单车上班都没了劲儿，有好几次到了办公室还沉迷在昨夜的阅读中而神情恍惚。顾盼几位同事，情形也和我差不多，而一说起《爱，是不能忘记的》、许灵均不愿出国是否就是爱国或乔厂长的闪电式婚姻却立马兴奋起来。

于今回望那几年的文学景观，有一个问题是需要给出答案的，即新时期文学启动于一个较低的坡道，为何能每每引发轰动效应？我的回答是时代使然。那时的中国百废待兴，拨乱反正，但政治体制思想学术诸多层面却徘徊迟缓，唯有文学一骑绝尘，成为启蒙者和时代话语的中心。包括我在内的万千读者沉迷文学，从中最想得到的，实际是政治、历史与社会变革的信息。然而新时期前几年的文学毕竟曲折而辉煌：从 1978 年开始的关于"伤痕文学"的论争，"歌德"与"缺德"的论争，到"朦胧诗"与"意识流"小说的论争，一直到"人道主义"与"主体性"问题的大讨论，与井喷般的创作和饥渴般的阅读协同构成的精神氛围，"都令人想起'五四'时代。人的启蒙，人的觉醒，人道主义，人性复归……都围绕着感性血肉的个体……要求解放的主题旋转。'人啊，人'的呐喊遍及了各个领域各个方面"[①]。

我给这篇小文起名"三十年河东转河西"，实有两层意思。一是 1985 年后，文学逐渐失去了轰动效应，作家感到了上帝不再发糖果了，更多的读者则把时光和兴趣转向了电视、休闲和娱乐。我觉得依旧是时代使然：社会政治经济文化生活日趋正常，无需文学代庖了。加上市场化的无情冲击，文学的确被边缘化了。当然还有文学自身审美品位不高的原因。不用说文笔粗糙的《班主任》、《伤痕》今天难以卒读，就是当年曾感动过整个民族的轰动之作，像《大墙下的红玉兰》、《犯人李铜钟的故事》、《公开的情书》、《今夜有暴风雪》等，今日视之也是瑕疵多多。当然，我这样说并不意味着 1978 年至今的文学没有佳作。像表现民情风俗美的《受戒》、《大淖遗事》，具有民族性格寓言意味的《爸爸爸》，昂扬奔放的《北方的河》，深刻触及政治荒谬

---

① 李泽厚：《中国现代思想史论》，合肥：安徽文艺出版社，1994 年，第255 页。

感的《蝴蝶》与《布礼》，初具史诗风格的《白鹿原》、《古船》，以及《爬满青藤的木屋》、《内奸》、《剪辑错了的故事》、《被爱情遗忘的角落》、《厚土》、《命若琴弦》、《亲亲土豆》和《哦，香雪》等，都是有望传世的好作品。

第二层意思，与我个人的职业选择有关。出于对文艺美学及批评的兴趣和攻读文学硕士学位的向往，1984 年我终于从市委机关调往高校重执教鞭。然而世事难料，少年愿望蹉跎到了中年才得以实现。故 1987 年 9 月，当我步入华东师大文艺学研究生班的时候，真是感慨万端！在花木葱郁的丽娃河畔，我有幸拜谒了许杰、施蛰存等文学老人，亲聆过时任上海作协主席的徐中玉，名声远播的钱谷融、张德林等文学“亚老”的教诲，得到了在文坛叱咤风云的夏中义、王晓明、宋耀良、花健、李劼、夏志厚、陈勤建、方克强等青年才俊的熏染和点拨。所学文艺心理学、文学社会学、文艺民俗学、小说美学、西方文论、新时期文学主潮等课程，都是新鲜而有味道的。20 世纪 80 年代后期的师大校园虽然娱乐风行、游人如织、情侣遍地，但探求真理与学识的清谈风气依然盛行，中文系就有好几个固定的圈子，像吴洪森处、李劼处以及徐麟、张闳、宋琳等人的宿舍，都是当时既私密又开放的清谈“圣地”。我等学浅进不了圈子，但也有办法。记得 1987 年冬，我就和室友喻见、黄光伟出钱买了一听雀巢咖啡，请年纪轻轻就声名显赫的李劼来寝室聊了两次。两个月前李劼同时夺得上海小说创作奖和文学评论奖，且在中文系门外的小黑板上，每天都能见到他领取稿费单的通知，故被学生们视为神明。可这位身材壮硕桀骜不驯的学者型作家，坐在我们中间并不摆架子也没啥脾气，说话倒有些结巴，神情中透发出来的对文学的虔诚，至今令人难忘。然而他在华东师大似始终不顺，连副教授也评不上。后来听说他去了美国，行前出版了长篇小说《丽娃河》，把恩师钱谷融先生也骂了。新世纪之初，我在《读书》上看到刘再复评论他的两部长达八十万字的小说新著，说他通过写作已滤去了浮躁之气，内心一片安宁什么的。

在师大求学，我感到比上课收获还大的，除了与师友的清谈外，还有大大小小各色各样的讲座。徐中亚、钱谷融先生讲座对我们的勉励，老人一派慈祥而流露出来对后学的拳拳期望之情，至今令我难忘。班主任夏中义老师为我们安排的每月一次的作家讲座也使我们获益良多。我们聆听了白桦、余秋雨、沙叶新、陆星儿、王小鹰、毛时安、吴亮、朱大可等名家的讲课。余秋雨当时四十出头，英气勃勃，雄辩滔滔，不用稿子，一口气讲了两个多钟头，讲述他的角色性格论取代刘再复性格组合论的合理性。沙叶新更是锦心绣口，幽默风趣，他说，我写《假如我是真的》，是想告诉人们党内有这样的坏人，不应去学他；写《陈毅市长》是告诉人们党内有这样的好人，应该去学他。出发点一样的，可是前一篇被“效果”掉了，后一篇却得到了最高奖赏。记得陆星儿讲完课后，我曾向她请教过知青文学话题，对这位衣着朴素内心纯净的女作家很是敬佩，2004 年看到病魔掠走她的消息，内心不禁悲戚。

师大读研，是我人生中的重大转折。二十多年来，我不时感念那段美好时光和师生情谊。1988 年春季开学第一天，同学告诉我《文艺理论研究》发了我关于小说艺术研究的一篇文章，我大为惊讶，因为这份期刊当时是文学所和作协的研究员与大学教授梦想跻身的园地，怎可能发表我无名小子的文章？况且我又没投稿。同学见我一脸狐疑，又说，是张德林教授批阅小说美学作业时推荐发表的，他还问谁叫方守金呢，还不快去感谢他。当时五十多岁的张先生时任《文艺理论研究》副主编兼编辑部主任、现代文学博导。后来尽心尽力地指导我的硕士论文，并把其中关于小说与戏剧艺术融合部分的一万五千字推荐给徐中玉主编，再次发表在《文艺理论研究》上。班主任夏中义老师邀上我们几个班干部，请《中文自学指导》编辑部主任陶型传先生吃饭，一下向他要来十四篇文章指标，安排同学来写，又一一帮助润色，全部发了出来。1988年暑假回家不久，我还接到了《民间文艺季刊》用稿信，通知我《〈红高粱〉中的民俗描写》将发表在当年第4期上，我知道这是主讲文艺民俗学的陈勤建老师推荐的，不久他就去了日本访学，后来作了对外汉语系主任，终身教授，只可惜至今没能向他面谢一声。联想到今天发文章不找路子不付版面费已很困难，当年导师们的无私提携弥足珍贵！

当然，有些记忆是令人遗憾和伤感的。1993年，我请华东师大中文系一些老师到我家乡的高校讲学，时任系教学副主任的赵山林教授向我推荐赵勇和胡河清两位，胡我是知道的，钱先生的博士，风头正劲的批评家。赵勇是谁？听起来像是个搞体育的，我不同意。后来知道他就是大名鼎鼎的小说家格非时，连向他道歉的机会都没了，彼时他已调往清华大学，错过和这位名作家交友的机会，使我至今不能原谅自己。胡河清邀来淮南讲了一个学期的现代文学，几次到他宿舍里长聊，他的言谈总是与他的批评文字一样，充盈着智慧与灵性。三十三岁了，还没有女友，我开玩笑说帮他找一位煤矿工人的女孩，绝对漂亮和贤惠，他笑笑说，就这样吧，一个人自在。1994年1月中旬，他结束了课程，想回祖籍皖南绩溪看看。我托学生帮他买了车票，并带学生送他到长途车站。至今记得上长途汽车时，天空飘着雪花，他从车窗里向我和十几位学生挥手作别时还微笑着呢，谁能想到三个月后，1994年4月19日，夜里，他竟跳楼自杀身亡，结束了三十四岁年轻的生命。那几天，整个师大校园在哭泣。后来夏中义师跟我说，胡河清早就有了弃世的年头，火凤凰文丛有他一本，书名是他定的，《灵地的缅想》，封面是他自己设计的，金字塔墓。至今我想不明白，在他天真可爱的神情掩饰下的孤独心灵里，对生活，对生命，是怎样的一种想法呢。转眼间二十年了，我也远走他乡。今天写这篇文字，也表达对他的思念。

照耀和温暖世界的阳光

冉阿让凌晨被抓的时候，不光逮捕他的警察认定这个胡子拉碴、衣衫褴褛布袋里却藏着银器的人是个贼，就连他自己也一准觉得这回死定了。想想吧，当年仅仅抢了一个面包给饥饿啼哭的外甥，就被判刑复又加刑竟在监狱里度过了十九个春秋，这次他以怨报德，偷拿的可是教堂里珍贵的法器呀！出于求生本能，冉阿让撒谎说银器是米里哀主教送给他的。清晨，他被押到狄涅城去见主教，然而谁能想到呢，主教却说银器是他情愿送给冉阿让的，还说冉阿让忘了把一对银烛台带走，说着又拿出银烛台递将过去。警察以为抓错了人，便把冉阿让放了。主教轻声对冉阿让说，不要忘记，您拿了这些银子，是为了去做一个诚实人用的。

米里哀主教，这个七十五岁老人那天清晨为冉阿让所做的，犹如寒夜尽头的缕缕晨曦，照亮并温暖着这颗因受伤而阴冷和疲惫的心，冉阿让的灵魂由此升华到辉煌之境。当然，一个被社会抛弃、在污浊中蒙垢了近二十年的生命，刚被阳光接纳时是不可能一下子苏醒的。雨果在这里精彩描绘了冉阿让人性复苏的三级跳：第一级是当"劳改释放犯"的身份使所有旅店都把他关在门外时，主教敞开大门请他进去，且请他共进晚餐，十九年来第一次被当作一个人看待，他虽诧异却未触及灵魂；第二级是偷东西，本该重进监狱或上绞架的，但主教救了他并将银器送给他，使他的心灵深处激起了排山倒海的波澜。十九年前无奈落水，他在无边波浪中一次次呼喊救命，大船上的人却无回声，跑得无影无踪。于是所有怨恨和愤怒都转为敌视：他下决心要和这不公的社会与法律拼到底。可是米里哀主教的宽厚、宥勉和激励却如春光融进坚冰，淹没在波浪中的他陡然感到了冰块的晃动，这使他眩晕并恼怒。由此引发了第三级：抢小瑞尔威铜币。但小孩的尖哭声以及钱币在月夜里的闪光，却又在米里哀主教身上的光芒照耀下渐渐远去和模糊：尘封太久的人性穿过岁月在这一刻复苏了，冉阿让在人格裂变的痛苦中审判自己，起诉人和宣判者都是被告冉阿让。在雨果笔下，米里哀的十字架终于实现了其原初意义：苦难的灵魂面向救世主哭泣，听到允诺，重新燃起生之希望。我们看到这个粗犷刚强的汉子在旷野里第一次哭了，他仰望着徐徐升起的太阳，感到上帝的手正放在他的头上并告诉他：你新生了！

米里哀的形象从此占据了冉阿让的心，人所不齿的苦役犯从此成为大慈大悲的圣徒：他也一身光芒走遍世界播撒上帝的爱的种子。随后我们看到，每当命运发生转折时，驱使他作出选择的，依然是那明亮而温暖的阳光谱写出来的爱意，个人的生死荣辱倒在其次。当他已成为德高望重的马德兰市长，并将幸福不断送进每个家庭时，商马第案件却逼着他必须迅速作出抉择：不自首，可以继续体面地作市长，永远告别囚徒生涯，但仅仅长相像他的商马第却可能上断头台；自首，倒是实现了自我道德的完善，但可怜的芳汀母女咋办？他的工厂和蒙特其小城咋办？然而不自首，又如何面对米里哀信任的微笑以及对他做一个诚实人的期望？自首……一夜无眠的冉阿让的脑海里无疑掀起了风暴，天一甫明却镇定地自投罗网：他宁可回到地狱里做天使，也不愿留在天堂当魔鬼。还有，当他带着珂赛特九死一生逃脱沙威的追捕，躲进修道院得以享受安全与慈爱之后，他又为了珂赛特的幸福重返凶险的社会。这同样是一种自我牺牲性质的选择。实际上冉阿让从拘押中逃出之后，他所付出的一切努力，所作出的一切牺牲，都是为了让温馨的阳光照耀芳汀那疲惫且满是伤痕的身心，使其在临终时望见幸福的曙光；他又用这温馨来浇灌被折损的小树珂赛特，使其枝叶繁茂，摇曳妖娆。他甚至将这温馨送给一直追捕他迫害他的法律机器沙威，最后他还冒死救下误会他并仇视他的马吕斯，为了珂赛特与马吕斯的爱情，他又忍受着巨大的孤独一人默默地终老……总之，这道道温暖之光，透过世俗硬壳抚慰了在苦难和罪恶中呻吟的无数灵魂。冉阿让不是教徒，但却是真正的耶稣。

曾记得有位学人说过，一部伟大的小说犹如大树，它由无数细枝、绿叶和主干合成，无尽的意义和魅力就在这风吹枝叶的沙沙声中。今夏我在这棵叫作《悲惨世界》的大树之下，于风吹枝叶的沙沙声中，听到了良知、慈善、道义和激情的永恒呼唤。我还在绿荫下看清了高尚与卑鄙的分野：冉阿让完全可以打出“为大众谋福祉”的旗号，使自己免于牢狱之灾，然而他不。今天有不少人做着最自私最无耻的事，却总能找到冠冕堂皇的理由。

爱情考验

与Y由同学关系发展为恋爱关系那一年，有一天我突然想到自己一两岁起就患下的关节炎，曾在初二那年冬天右膝肿得升直腿膝盖处可盛下一酒杯水，就约了Y跟她说，我有关节炎，快二十年了，治不好，医生说三十岁左右可能瘫痪。我们还没结婚，彼此没有约束，你可要考虑好。Y听了我没来由地诉说，一双好看的大眼睛里蓄满了惊恐和忧愁，呆了会儿，她一字一句对我说，找了你，今后不管发生什么我都要承当，你放心，你真不能走路的时候，我给你推轮椅！那一刻我很感动，可又不安，因为瘫痪云云是我瞎编的。弹指间和Y牵手四十多年了，当时她的眼神，她坚定的话语，不时提醒我要做一个有良心有责任感的男人。

后来我发现，恋爱中人和小夫妻间，经常会发生此类考验对方爱情忠诚度的小把戏，文学作品中也多有描写。《原野》中花金子几次逼着怯懦的焦大星回答，我和你瞎眼的娘同时掉到河里你先救谁？这考验未免刁蛮；而《堂吉诃德》第三十三至三十五章神父在客店里读给大家听的《何必追根究底》，则考验得更是荒唐。故事说佛罗伦萨有两个交情极深的富贵公子，一个叫安塞尔模，一个叫罗塔琉。安爱上了城里高贵美貌的小姐卡蜜拉，在罗的帮助下，安与卡蜜拉结婚了，夫妻俩琴瑟和谐，幸福无比。然而不久，安却起了疑心病，一再央求罗去帮助他试探妻子的贞洁，不仅具体设计罗怎样一步一步地去勾引她，还为罗写引诱自己妻子的情诗，并给他巨款让他去买首饰送红包，又多次借故出走，给罗勾引卡蜜拉留下足够的时间和空间。一开始罗坚决反对朋友的荒唐之举，可经不起安的死乞百赖，只好虚与委蛇，可假戏演多了也能成真，面对石头人见了也会动情的卡蜜拉，血肉之身的罗塔琉怎能自持到底？后来就那样了。几个月后私情败露，安受不了这个打击气急而死，罗负着罪感走上拿坡里战场主动阵亡，躲进修道院的卡蜜拉不久也带着愧疚离开了人世。我从小说戏剧里读到的爱情考验，多是这样负面的故事，许是作家好心，用以警示现实中头脑发热的恋人。诚如《何必追根究底》所引诗句：

> 女人是琉璃做成，/别考验她的坚脆，/试试她碎、不碎，/因为两者都可能。/而碎掉更是容易，/你如果冒险尝试，/你就是无知的傻子，/打碎焊不上的东西。/这样看法并非过虑，/大家都认为应该，/因为世上有达那艾，/也就会有金钱雨。

诗歌最后一句，引用了罗马神话：天神朱庇特化作一阵金钱雨打进塔里，使囚在这儿与世隔绝的达那艾公主有感而孕。

至于现实中的爱情考验，我认为最美莫过英国的红玫瑰故事了。1942年二十出头的约翰·布朗参加英军第八集团军开赴北非作战，被隆美尔的大炮和坦克轰鸣得染上了恐惧症，一度想过逃走和自杀，多亏一本《在炮火中如何保持心灵平衡》的书，使他摆脱了恐惧。这本书和年轻的女作者朱蒂丝成了布朗的精神支柱。他不断地给朱蒂丝写信，经过了三年的通信，两人相爱了。1945年战争结束，已是中校的布朗给朱蒂丝写信，要求会面。朱蒂丝回电说:在伦敦地铁一号口等我。你手中拿本我写的书,我胸前配一朵红玫瑰。不过,我不会先认你,你见到我若觉得不适合做你的女友,你可以不认我。布朗在约定时间来到地铁口,距见面时间还有一分钟的时候,一位身姿绰约的绿衣女郎走了过来,布朗的心不禁猛跳起来,可是这位美丽的姑娘没戴玫瑰。怅惘之际,一位戴着红玫瑰的女子慢慢走到他的面前,布朗却吓得瞠目结舌:这是一个因重度烧伤而拄着拐杖又奇丑无比的女人！怎么办？布朗内心掀起了风暴,想到自己在最需要的时候朱蒂丝对他的帮助,想到经历了三年多炮火考验的恋情,布朗心中升腾起神圣的感觉,他快步追上去,微笑着对那位丑女人说:“我是布朗。我们终于见面了,非常高兴!”“不,您错了。五分钟前,刚才过去的那位绿衣姑娘托我戴上这朵玫瑰从你面前走过。她要求我不能先和您打招呼。只有您按照约定,先和我相认,我才能把真相告诉您。祝福您,先生！您成功地经历了一场或许比战争还要严酷的考验。朱蒂丝姑娘正在对面的餐馆里等您。”这个故事令人感动,使人高尚。1996 年 5 月 3 日,布朗老人去世了,两天后,他的妻子朱蒂丝也阖然长逝。但在英国,在欧洲,在所有心中还有爱意的人们之中,这个动人的故事永存,故事主人公的美丽心灵永存。

呵！爱情考验,何止是考验爱情,说到底,考验的是人格、人品!

守　住

试想一下，当夜静更深，一个青年男子闯进一个美艳女子私房里去，会是怎样的情形呢？眼下，《笑面人》的主人公关伯伦正经历着这种艳遇。穿过一间间屋子，走过一条条走廊，迎向他的，可不是一般的闺房，而是泉水叮咚响的宫殿；而且，当他撩开帐幔，发现仰卧在沙发床上的裸体女人，也不是一般的美女，而是女王陛下的妹妹，伦敦最美丽也最高傲的郁茜安娜公爵小姐，显然在等他上床。关伯伦一阵晕眩，浑身直打哆嗦。肉体、生命、恐怖、性欲、令人窒息的陶醉以及难以救赎的罪恶，几乎要把这个伟岸的男子摧毁了！更让他难以抵挡的，是这个狄安娜或维纳斯，醒了，敞开她那充满旷野呼声的胸膛，猛烈地吻他，紧紧地搂住他，疯狂地要求他："占有我吧！打我，踢我，像对待一个贱人一样对待我吧，我崇拜你！"——不能否认，关伯伦此时确被公爵小姐的美丽迷住了，占有她的欲望像闪电一样击打着他的心。还好，面对美丽与罪恶的双重深渊，他竭力挣扎，终于挺过来了。用心的读者明白，使他获得非凡定力的，是盲姑娘蒂。关伯伦十岁时从人贩子魔窟里逃生途中，在雪地里救下的那个女婴，出落成美丽的姑娘后就与他相亲相恋，视他为自己的太阳和一生的幸福。关伯伦就是因为寻找蒂才误入公爵小姐行宫的，哪怕在最难以自持的时候，他也能看到蒂的影子在阴暗里的挣扎，也能听到她轻轻地悲鸣。

1969 年那个积雪盈尺的冬天，我因冻坏了一条腿而月余不能下床。探望的同学带来《笑面人》给我看。自那以后，关伯伦既抵挡公爵小姐的美丽进攻，又击退体内魔兽汹涌发力的情景，时时在我脑海中浮现。与此相辉映的，是我更早些时，在《钢铁是怎样炼成的》读到的一个故事：保尔被抓进囚牢里 7 天了，傍晚一个扎着花头巾的大眼睛少女也被关进这间牢房。保尔因革命而被捕，这个叫作赫丽丝金娜的少女却是因为长得好看，又不屈从城防司令官的占有而被关进来的。少女知道保尔明天就要被枪毙，而自己也将不会是处女，她在黑暗中哭诉完自己的不幸后，突然张开双臂紧紧搂住保尔，说："明天我无论如何是要失身了。我把我这姑娘家的身子给你吧，亲爱的，我给你吧，我不让那个畜生来破坏我的女儿身。"面对这一突发事件，十六岁的保尔怎样了呢？他感到了赫丽丝金娜嘴唇的温暖而且丰满，听明白了这个少女简单而又温柔的话语。所有的苦痛全消逝了，一瞬间只剩下了温暖的嘴唇和眼泪浸湿的脸庞……然而，保尔想起了冬妮娅，心中已有的爱人给了他挣脱的力量。于是他像个醉汉似的，摇摇晃晃站起来，忍痛拒绝了这个美丽而可怜的姑娘。与关伯伦不同，保尔若依从姑娘的请求，只有天知地知，而且一点危险也没有；然而他又与关伯伦相同，两人都是靠着心上人的力量，守住了自己。

当然，发生在关伯伦和保尔身上的灵与肉的搏战，毕竟只是人生极端状况的文学描写。但其间透发出来的人性意义，却如春雨般滋润着人的心田。至少对我而言，自打十五六岁初读他们的故事起，几十年来不止一次地使我躁动的心灵复归平静，感到内心一些阴郁和黑暗的东西被驱散后的敞亮与安详。

而今鬓已星星矣，检视自己的一路行踪，之所以还没有越位和犯规，真要感谢这两个文学形象的榜样作用。这样说并非是为清教徒推广他们的教义，我甚至认为，你若没有心上人，真的与主动进攻你的美女一夜良宵，说到底又有多大错呢。问题是当下社会太容易让男人犯错了，不负责任的学者与作家们打开了潘多拉魔盒，跑出的那些小妖再也收不回来了。物欲横流，除了某董事长年薪六千余万和贵州某代课老师一年只有三百六十五斤包谷收入的巨大落差外，扎人眼睛的，恐怕就要数一方面位高权重、财大气粗的所谓成功人士，幸福地遭受层出不穷而又半推半就的美色轰炸，甚而二奶举报贪官，已成了中国当下政治社会独特的景观；另一方面则是如蚁般在脚手架上爬上爬下的农民工兄弟，一年半载也难以享受一次法律所保障的床第之欢。他们的性需求如何解决？“老婆能来的，就带进工棚睡，虽然用布帘子遮起来，那声音都听得到”。一位农民工回答记者的采访说。“老婆不在身边的呢？”“能熬就熬，熬不住的就去找小姐。”“你去找过吗？”……“找过，我攥了一百元，在街上走了好几个来回，还是没进去。”“为什么？”“我想想这钱挣得不容易，家里还有儿子女儿……我老婆也不容易，地里活都要她做，半夜还有二流子敲她的窗门！咬咬牙我就没进去，那一百元钱都被手心的汗湿透了。”[①]不久，这个接受采访的四十多岁的汉子，从上面摔下来死了，至死也没盼到妻子的温存。但我却看到他飞升到了天堂，雕像般与关伯伦和保尔屹立在一起，尽管他的身上一点诗意一点风雅都没有。

俗话说，英雄难过美人关，在我看来，过不了美女关的人遑论什么英雄！在这个话题中，关伯伦、保尔，还有我们那位不知姓名的、干着最苦最累最脏最危险活儿的农民工兄弟，才是真正的英雄。在常人难以抵御的情况下，他们都守住了。守住了

① 详见万钢《我的农民工兄弟姐妹》，《新民晚报》2009年2月17日B6版。

什么？一份高贵的人格，一种芬芳的品性，一生对爱和亲人的承诺。在中国几千年男权社会中，“守身如玉”一直黄钟般震响在女子的耳边。今天，该轮到男人们了听一听啦！

倾　听

1775年6月的一个灿烂星空下，在法兰克福近郊的奥恩巴哈，青年歌德依依不舍地把心爱的姑娘丽莎送到了她家的门口。时已夜深，可歌德被丘比特撩拨得更加精神焕发，于是便决定独自散步回城。途中，他坐在路旁一张椅子上，于寂静之中，眺望寥廓的星空。此刻歌德的那颗心，以及周身的感觉神经，异常纤敏起来，以至于五十六年之后，他还能清晰地回忆道："突然，一种难以辨认的声音惊动了我，那不是树叶的扑簌摇曳，也不是小溪的流水潺潺，我耐心地听了一会，才发现那是从泥土中发出来的，大概是地下的小动物在活动的声音。"[①]毫无疑问，是爱，是刻骨铭心而提升精神人格的爱，给了歌德以非凡的听觉。

爱这东西，奇怪。它十有八九会让热恋中的人儿视力模糊乃至于盲目，全然不见对方美丽中的瑕疵；但又使他（她）的听力变得异常敏锐，格外殷勤，令其能听得见草木虫蝶的轻微呼

① ［德］歌德：《诗与真》，李咸菊译，北京：团结出版社，2004年，第473页。

吸，能捕捉到残月于黎明逼近之时的一声叹息，更能谛听到对方心灵深处刹那间的莫名悸动。虽说到了那年的秋天，出于种种原因，二十六岁的歌德与丽莎结束了婚约，但他那一夜辨听地下小动物活动的声音，仍然能够永远佐证爱之于倾听的美妙作用。大文豪一生心智健全，创造力惊人，虽不能断言都是这美妙作用的结果，但至少可以说此结果中有这美妙作用的参与。

然而，并非所有的人都能像歌德那样常被爱神之箭射中，况且，即使能像他那样沉溺于爱的狂热，相对于一生的漫漫征途来说，也毕竟只是短暂的片段而已。在爱情光顾之前，抑或狂热发散之后，我们还能不能够倾听，以及靠什么倾听？

遗憾，四顾当下的现实，尽管科技发达，日新月异，城市林立，五色迷离，可我还是很难搜寻到让人满足的答案。当代小说中倒有些碎片般的征象，如莫言《透明的红萝卜》中小黑孩耳中的奇异世界，迟子建在《日落碗窑》和《逆行精灵》里对山峦、土地、草木、庄稼、菜蔬的听觉感应，很不错。但总体看来，还只是美丽可人的潺潺小溪，汇不成清澈荡漾的瓦尔登湖。

浓郁而回味无穷的倾听境界何处找寻？数十万元的高贵音响中找不见，几千人扎堆成市场般的演唱会无处寻，茫然中，我似听到一阵悠长的回声："唐人。唐诗。"是呀，在华夏民族最有自信也最有进取气象的唐代，不论是徜徉林泉的诗人，还是宦游仕途的儒生，大都有一颗活泼泼的心灵，有一双连通心灵和自然因而善于聆听的耳朵。一部唐诗，有多少倾听天籁的佳篇！琵琶、箜篌、阳关、李龟年就不用说了，单单王维的一首《鸟鸣涧》，便可把我们带入神往的化境："人闲桂花落，夜静春山空。月出惊山鸟，时鸣春涧中。"月出之前诗人即静伫春山，双眼当被漆黑的夜色所彻底遮蔽，那么，他何以知晓细碎的桂花洒落？是听，通过听，沉静闲雅的诗人感受到了桂花窸窸窣窣亲吻土地的声音。还有与王维齐名的孟浩然，他那首无人不知的《春晓》，同样也是作用于听觉的：处处闻啼鸟！一夜春雨本已把山林田园冲洗得纤尘不染，早晨艳阳高照，挺立在草尖上、滚动在绿叶上的水珠儿闪耀着钻石般的光芒，扰起成百上千、四面八方的鸟儿一起欢唱，该是一支多么宏大而动听的春天交响！对这首诗，长期以来人们用眼睛看，看到的，是士大夫的没落和感伤；可我们用耳朵来听，听到的，则是生命的昂扬和奔放！聆听和观看的效果竟如此不同，不知美学家和心理学家有否注意到这个奥妙。当然，唐诗中也不乏舟车劳顿、孤独恓惶的文人，可聆听夜半"咚—嗡—嗡—嗡—"的钟声，便足以祛除凄苦，让他的内心满是温暖。

唐朝诗人多着布衣，居茅屋，行骡马，粗食浊酒，其生活条件自不能与今日同语。但，形成他们纤敏美妙听觉的两个要素，清纯的自然和澄明的心境，却是今天的我们极为匮乏的。古时的水村山郭，千里莺啼，已被"进步"和"发展"糟蹋得永难复现了；唯可救赎的，是我们的这颗心。让我们把歌德体验到的那份爱，推广到每一片绿叶；再用陶、谢、王、孟"疏瀹五脏、澡雪精神"[①]的面世情怀，来滤去我们心中过多的俗尘，或许，曼妙的天籁，还会光临我们的耳畔。

---

① 刘勰著、周振甫注《文心雕龙注释》，北京：人民文学出版社，1981年，第295页。

铁轨中的婴儿、雪中芭蕉及其他

去影院看《太阳照常升起》(以下简称《太阳》),一谢幕就听旁边两位观众嚷嚷。一个说:“在跑得这么快的火车上生下了孩子,她自己还不知道,更奇怪的是那婴儿竟好端端地躺在鲜花盛开的铁道上。”另一个说:“嘿,瞎编乱造呗!”这段对话引起了我的深思。实话说,依这两人的观点,《太阳》瞎编之处还有不少,比如两个女人骑着骆驼在绝无人烟的戈壁行走,一双绣花鱼鞋领着旧军装和黑裤子顺水漂流,被误作流氓追抓而腿被摔断的梁老师事后能肯定地说有四十二个手电筒照着他,等等。然而我们若换个思路,不要把电影中的人、事、物、景,与生活现实一一对应,而同意导演姜文所说,影片是表现他的梦,他的没有被现代理性规约的人生经验,那么,说《太阳》瞎编乱造就有些冤枉了。毕竟,艺术家有想象和表现梦幻的自由。

因《太阳》而引发的这番议论,涉及文艺理论的一个基本命题,即如何看待表现性的艺术和再现性的艺术。前者像神话、童话、抒情诗、武侠故事和当代荒诞小说等,可以不理会生活中的真实模样去虚构、想象,故孙悟空一个跟头十万八千里,杜丽娘死而复活，《聊斋》中的狐狸精们不仅美丽温柔而且洗衣做饭生孩子也样样在行，人们对此从不觉得虚假。抒情作品就更自由了，北宋沈括《梦溪笔谈》卷十七论王维绘画说："'彦远《画评》言：王维画物多不问四时，如画花，往往以桃、李、芙蓉、莲花同画一景'。余家所藏摩诘画《袁安卧雪图》，有雪中芭蕉。此乃得心应手，意到便成，故造理如神，迥得天意，此难可与俗人论也。"其实王维的诗亦如此："人闲桂花落，夜静春山空。月出惊山鸟，时鸣春涧中。"北国春天何来桂花？古诗词中桂花总是与中秋明月连在一起的。大诗人可不这样拘泥，桂花夜里特别香远，月中又有桂树传说，王维借此信手拈来，便赋予《鸟鸣涧》以新奇、宁静、和谐而温馨。

那么，是不是表现艺术都可以天马行空、任意想象呢？也不竟然。此类文学作品也好，影视作品也好，都还要遵循一个原则，即故事情节可以假，场景道具必须"真"，因此孙悟空可以有顺风耳，却不能让他打手机；金庸小说和影视中的大侠们为天书秘籍可以争得刀光剑影，但绝不能让他们用电脑笔记本。

至于再现性艺术，则必须按照生活的本真面貌去叙述、描写，像我们常见到的工笔画、现实主义小说和电影等，里边的人、事、物、景，都得与生活中的样态一致才行。高尔基曾跟文学青年说，他的小说有一个场面，晚上几位革命工人摸黑围在一起开会，一旁的炉火照在他们刚毅的面庞上。托尔斯泰就批评他说，你这个描写不对，背对火炉的人脸上怎能见出刚毅的神色？现实主义大师高尔基终身牢记这一批评。当然，再现艺术也允许文艺家想象虚构，但必须严格遵循现实的样态和生活的逻辑去想象，去虚构。姜文的成名作《阳光灿烂的日子》就是这样的电影，马小军太想与美丽风骚的米兰亲热了，他的本能冲动只能在米兰的房间里进行，若放在《太阳》里的天尽头或梦幻般的山林中，无疑虚假之至。

遗憾的是，现在太多打着现实主义旗号的影视作品，连表现性作品奉行的艺术原则也不要了。请看几部被誉为优秀电视剧的此类“硬伤”吧:《激情燃烧的岁月(三)——国脉》,描写20世纪50年代末“大跃进”以前在青藏高原修建铁路的故事。每当一段铁路建好通车时,便有一列内燃机车在铁路上鸣笛前行。而中国当时在铁路上跑的全是蒸汽机车,内燃机车的出现是三十年后的80年代!另一热播电视剧《雪狼》中的刘栋梁,为给地下党领导人治疗枪伤,到医院取了一箱消炎药,半路上遇警察盘问,打开箱盖,纸盒上“青霉素”三个字赫然在目。这场景发生在1936年,“青霉素”的叫法是新中国成立以后的事,此前应叫“盘尼西林”才是。还有《敌后武工队》中的神枪手击毙汉奸哈巴狗的场面,就更绝了。哈巴狗在前方没命地逃,武工队员在后边几十米或上百米处,眼看追不上了,就开枪射击。照常情,这一枪只能打在哈巴狗的后脑勺才对,可我们的神枪手生生有这样的本事,让子弹追上敌人然后再绕个弯,击中他的脑门……如此粗制滥造,细节失真,才真的是瞎编乱造。

总之,文艺的创作和欣赏,有一个审美规范问题。符合、对应这个规范,我们才能得到缪斯女神的垂青。对以表现人生理想和梦幻的文艺作品,倘也要求与庸常生活中亲眼所见一般模样,不啻用筷子吃西餐,别扭不说,也糟蹋了那鲜嫩的牛排和沙拉。

微评论一束

德德玛：草原夜莺的歌与哭

“草原夜色美/琴曲悠扬笛声脆/晚风吹送天河的星啊/汇入毡房闪银辉/啊哈呵……”每每听到德德玛浑圆醇厚的草原歌唱，心中总会漾起莫名的感动。三十年来都如此，显然，德德玛不是歌坛流行风。那么，草原上的夜莺，是用怎样的魅力，来保持她歌唱艺术的长青？是天籁。

代钦塔拉、锡林郭勒、巴音郭楞、呼伦贝尔、额济纳、阿拉善，不管你到没到过这些地方，聆听德德玛赞美它们的歌，你的面前都会幻现出一幅幅动人的图景：蓝天中飘着的白云，抹上灿烂霞光的草原，倒映着蓝色和绿影的小溪，以及雪白的羊群，奔驰的骏马，还有胡杨、红柳、红艳艳的萨日朗和蓝蓝的马莲花……“住遍了琼楼宇阁/蒙古包里睡的最甜/尝遍了山珍海味/奶茶手把肉最香/我是母亲放飞的雄鹰/永远俯瞰着草原/无论在哪里/我的根在草原”。是的，草野养育了令中国声乐界骄傲的德德玛，她则坚定地将歌唱草原和家乡为其不变的主旋律。于是,在她那醇美的中音里,便有了高原上的风,草原母亲河的水,敖包上的缕缕炊烟,马头琴撩动起来的满天星辉。绿色的自然,将人声化为天籁。

然而,德德玛的歌又不仅仅是天籁,充盈其间的,还有蒙古民族的坚韧、博大、慈祥、纯朴、骄傲和苦痛。作为她宽厚圆润歌唱根底的蒙古族长调,原本就是这个民族历史记忆中艰难忧伤的哭诉,再加上对草原、对阿爸和额吉的感恩,德德玛的歌本质上走向了深沉,带着炊烟般的忧郁,涌出阵阵伤怀之美,而非激昂与欢快。不止一次听内蒙古人说,当初次产羔的母羊因惊恐和烦躁而不愿哺乳羔羊时,额吉或牧羊姑娘便会轻轻地抚摸着母羊,一遍遍唱起劝乳歌,直到这只母羊流下泪,温顺地养育自己的孩子。德德玛歌声的音符里,是否也有这种温馨慈祥的泪,能浸润当今一切向钱看之人的干涸心田,或安顿我们时而躁动时而飘忽的灵魂?

倾听恩雅

真好,我们整天沉浸在歌唱之中。可不知怎地,近年我老是感到,这个世界上越来越多的歌唱只是让人看的,无论是佯装疯狂的伪摇滚乐手,还是顾影自怜的真流行歌星,由于旋律的造作和歌词的虚伪,唱得再惊天动地,充其量也不过是动听,却与心灵无涉。失望几近沮丧之时,我突然发现了恩雅,犹如一下子摆脱了媚俗的纠缠,迎来了圣洁。

恩雅的歌唱显然是那种看不见而只能让心灵倾听的音乐。她在遥远的爱尔兰岛空旷的山谷,寂静的海湾,轻展歌喉,我们便感受到水雾的弥漫,清冽而湿润;感受到微风的絮语,缠绵而深切。作家肖复兴说得好,倾听恩雅,“能让我们被各种膨胀的欲望炙烤的心,稍稍平静一些,如一袭绿荫遮盖一下骄阳的辐射”。

然而,具有脱尘拔俗高雅气质的恩雅,所能给予我们的,还不止于这些。当你在月光夜色下打开音响倾听她的歌唱,无论是《树的回忆》、《水印》,还是《居尔特人》、《牧羊人之月》,伴随着大海波澜般重重叠叠的和声,恩雅的每一支歌,都是柔和甘美的,都能引发你的遐想,把你带到清朗亲切的至美妙境:秋日山岚的雾霭刚刚消散,金色的阳光便把山野、湖泊、草原和村落涂抹得亮丽而精神;而落日沉到鲜花覆盖的山后,那茫茫无际涯的大森林就越发郁郁葱葱了。天空慢慢地升高变成幽蓝,星星们眨着眼睛,欣羡雁阵在云间穿行。月轮越转越高,穹窿和大地一派澄明。远处海浪轻轻拍打着堤岸,呼应着山中小溪淙淙,更衬托出这夜的恬静。一切都睡熟了,生命和岁月也仿佛凝固了起来。只有那胖嘟嘟的小天使扑扇着翅膀飞来飞去,忙着给梦乡中的人们送去爱的幸运……

关于"老鼠爱大米"

刀郎的"第一场雪"漫天飞舞之后,凭着轻俏的旋律、好笑的歌词和网络的巨大传播功能,《老鼠爱大米》迅即蹿红于国内流行乐坛。一时间,年轻人哼哼的、小孩儿嚷的,几乎都是"我爱你,就像老鼠爱大米"。加之词曲作者杨臣刚据说是货卖三家所惹起的版权纠纷愈演愈烈,引得不少成年人也格外关注起来了。

好多事儿,起初明朗单纯,可成年人一掺和就复杂起来了。像这首《老鼠爱大米》的流行,本来是年轻人和小孩子觉得新奇和好玩才传唱开来的,可有的人皱着眉头一听,竟听出了这无厘头之歌的"低俗"和"弱智"来:老鼠爱大米,是一种动物的本能需求,不是付出,而是贪婪地占有。老鼠只是在饥饿时才会惦念大米,并不是对大米怀有美好的感情,硬将这种关系放置在人类的感情上,实在是对爱的莫大亵渎。

这一识见乍看起来正确无比。确切地说,只对那些虽则好心,但动辄警戒布防且面部肌肉僵硬的人来说,才正确无比。

然而，在这里我要试着学学庄子的做法反问一句：子非鼠，焉知鼠对大米没有美好的感情？事实上这只是艺术或游戏方面的比方而已，既然已将人——这万物的灵长，自拟为鼠类，那么将老鼠对大米或者对别的什么香喷喷的好食品的向往，比作人类的爱情，又有多大的原则性错误呢？

或曰：世界上的比喻多的是，为什么偏偏要来句“我爱你，就像老鼠爱大米”呢？是呀，世间比喻人类这一最美好最珍贵感情的事物多得很，像太阳、月亮、星星、白雪、流水、杨柳、桃花等等皆是。但，千百年来人们已千万次地用它们来表白爱情，这首歌若仍用这些比喻，还会如此新鲜和有趣吗？何况，人面桃花的动人故事早已离现代人远去，生活在城市里的年轻人与孩子们，已没有时间也无空间来优游于这些美丽的景致，吸引或迷惑他们的多是麦当劳的广告和米老鼠之类的动漫。得！说到米老鼠，这就多少涉及年轻人喜欢哼哼“我爱你，就像老鼠爱大米”的原委了。

然而，尽管有苛责之嫌，我觉得，上述对“老鼠爱大米”比喻的质问还是有些价值的，那就是循着这个思路，我们可以寻访《老鼠爱大米》大受年轻人和小孩子喜欢的原因。表面上看，这首歌的流行，得力于潇洒的旋律，顺溜的歌词和使人惬意而并不浮浪的音乐效果；可从深层看，老鼠因其极强的生殖力和轻巧敏捷，机警灵活的品性，而获得了中国传统文化和习俗的肯定，从而与婚姻和生育有了密切的联系，由此形成了一种集体无意识，支撑着《老鼠爱大米》其情其调的流行。我们知道，不仅十二生肖鼠为首，而且大江南北，坊间到处流传着老鼠嫁女的故事。鲁迅在《朝花夕拾》回忆道，他幼年时床前还贴着《老鼠成亲》的花纸，“自新郎、新妇以至傧相、宾客、执事，没有一个不是尖腮细腿，像煞读书人的，但穿的都是红衫绿裤”，“却可爱”。周作人《儿童杂事诗》中也有一首《老鼠做亲》：“老鼠今朝也做亲，灯笼火把闹盈门。新娘照例红衣裤，翘起胡须十许根”。两位文化巨擘不约而同地怀着怜爱之情述说鼠类的婚恋故事，实是因其浓郁的人学意蕴。拿老鼠来比附人间的恋爱婚姻，于我华夏民族早已有之，何来“低俗”之有？

当然，我反对《老鼠爱大米》的“低俗”、“弱智”说，并不意味着认同这首歌有多么崇高的境界、多么先进的思想和多么高洁的情操。不，这些统统谈不上，它充其量不过是一首通俗的、使人感到有趣和愉悦的流行歌，哼哼好玩而已，半年几个月后自会飘散。而且，它甚至与当下年轻人真正的爱情无关，除非傻帽，谁会在情书里或相见时以老鼠自况，而把日思夜想的“那一位”比作大米呢？因此我们大可不必把弦绷得太紧。有的艺术陶冶心灵、振奋精神，有的艺术休闲身心、游戏娱乐，二者虽有高下之分，但都有存在之必要。对后者，我们宽容点，好吗？

点评《幸福花儿开》

一个乡下女人瞅了多少天，终于捉住了两个“野鸳鸯”，嚷嚷开后还企图再发生点什么。这事儿本身并不稀奇，曹多勇的《幸福花儿开》却充分发挥了语言艺术的魅力，把它写得引人入胜又发人深省。

这故事发生在淮河边上，时间可是红色恐怖——“文革”刚刚结束，可依然还是有强大惯性的日子。大河湾村两个最漂亮的年轻女人，陶秀和王兰花，前者秉性柔软，可三天两头挨丈夫大树的打骂；王兰花的脾气刚烈些，就成天屋里门外臭骂自己的窝囊男人。像后者这样浅薄、浮躁、嫉妒、使坏和爱嚼舌头的心性，在生活中谁没有或多或少地遭遇到？可作为艺术形象，王兰花却以其鲜活独特的个性，成了“熟悉的陌生人”。作者为新时期小说画廊贡献了一个新的人物形象。说王兰花浅薄、浮躁，是因为当初是把她说给大锯做媳妇的，看到大锯高高大大很有男人模样，当时她就同意了，可第二天就反悔，因为她出身贫农，大锯却是富农的后代，可与大坤结婚后她又心里痒痒地勾搭大锯；说这个女人嫉妒、使坏、爱嚼舌头，是因为她勾搭不成，就坏人家的好事，盯梢多日，吆喝着村人在防震棚里逮着了黏合着的大锯和陶秀。年岁大些的人都知道，在那年月，“一个富农羔子把贫下中农的老婆睡上了”，判刑、批斗、投河、上吊……若出现这样的结局算是常态，这正是王兰花这个女人所期待的。而小说的结尾出乎意料，什么也没发生，甚至“到下午里，村里的男人女人开始拿愤怒的眼神注视王兰花了”。不甘心的王兰花到大队部（也就是现在的村委会）去告，“大队干部回话回得更干脆，说你要是看不惯，自己也找个野男人搞一搞”。这一顿抢白真令我们读者心里痛快。在这里，曹多勇似于不经意间把笔触深入民族的“集体无意识”之中，那就是村民们极易被男女之事所激动，他们甚至幸灾乐祸，但决不允许害人之心得逞。

《幸福花儿开》是中国 2000 年以来少有的短篇佳作，故在《中国作家》2005 年第 1 期发表后，《小说选刊》同年 3 期选发，还入选了《2005 年年度短篇小说》（漓江出版社）；《2005 年中国短篇小说精选》（长江文艺出版社）；《中国文学最新作品排行榜》（文化艺术出版社）。在这里，笔者谨向笔耕不辍的作家致以诚挚的祝贺。

红柳絮与白柳叶

“柳絮飞来片片红”，是一段有趣的文坛轶闻，仔细想想，很值得玩味。众所周知，柳絮是白色的，人喻“杨花似雪”之谓也。可是，处于“夕阳方照桃花坞”的特定环境里，在火红的霞光和艳丽的桃花的映照下，那飞来飘去的片片柳絮，在视觉上就会给人以“红”的印象，即席而赋这一诗句对自然现象观察是多么精确！

在艺术史上，像这类值得玩索的事例，中国有，外国也有。莎士比亚就曾在他的不朽名剧《哈姆雷特》中，通过王后的嘴，说柳叶儿是银白色的!《哈姆雷特》第四幕末王后叙述莪菲丽娅淹死的情形,开头就说:“一道溪坎上斜长着一棵杨柳树……银叶子照在像玻璃一样的溪水里。”柳叶儿青绿色,莎翁何故要把它写成白色?关键在阳光作用下的“映”和“亮晶晶”几个字眼上,加上柳叶正面青色、背面泛白,晶莹的波光折射到飞扬着的细叶背面,就会熠熠闪现出银白色来。与“夕阳方照桃花坞”中的红柳絮一样,这白柳叶也是自然造化的特殊现象,是生活中高度的细节真实。莎翁的创作从不落入窠臼,而富于“属于所有时代”的艺术魅力,与他能抓住这样的真实并准确表现出来,有很大关系。

红柳絮和白柳叶,它的要义在于道出了文艺创作的真谛:要创作为人喜闻乐见又有价值的作品,就不能满足于只对生活的泛泛了解,而应该深入生活,像熟悉自己的掌心手背一样地熟悉生活,并掌握住彼事彼物的细微差别和变化。

红雪山与黑太阳

这几年所看到的华语电影中,最让我感动的是《云水谣》。这部堪称精致的影片,有一个易被疏忽可一旦关注就永难忘怀的场景:已成著名画家的王碧云,一次次提笔创作此生唯一恋人殉难的雪山图,却无不以失败而告终。直到垂暮之年,观光到西藏的侄女,通过网络把一脸络腮胡子的拉萨羊八井镇医院院长陈昆仑——陈秋水与另一个王碧云所生的儿子——的视频传到台北,传到王碧云眼前的时候,煎熬了她六十年的相思之痛,才火山喷涌似的来了个总爆发。大哭一场之后,坐在轮椅上的老人挥笔画出了一帧红色的雪山图。是的,红色,除了大山的褶皱涂以深浅不等的黑青色外,整个雪山,还有笼罩雪山的整个天空,都因染上了最爱的鲜血而变得一片猩红,猩红中透发出令人心悸的悲伤与沉重。

这帧布满了整个银幕的红色雪山图,极大地震撼了我。泪眼迷濛中，我恍惚从这帧骇怪的雪山图里，看到了流淌在青山秀水的西螺乡村和豪华温馨的台北公馆之间的浓浓恋情，看到了徐秋云艰难搀扶着王碧云（金娣）遭遇撼天动地大雪崩的恐怖场景，还看到了王碧云六十年刻骨铭心的爱，以及由这爱带来的无尽的思念和无望的坚守。人世间的痴情、惨痛，当然还有高尚、经典，都凝聚到这红色的雪山中了！

几个月来，我稍一分神，这红色的雪山图就在眼前晃动。今日，我在思索影片中的一幅画何以有如此艺术魔力的时候，忽然想到肖洛霍夫在《静静的顿河》里的一段描写：主人公葛里高利抱着他心爱的阿克西尼娅的尸体时，抬头看到的是一轮黑色的太阳。现在我相信了，金色明亮的太阳，在一个因极度悲痛与绝望而接近发狂之人的眼里，只能是黑色的；正如因坚贞而倍显稀缺和高贵的王碧云，一生情思所系，只能是这红雪山。情感逻辑有时不理会常识，强烈而巨大的情感，往往能撞击人的感觉，使之产生形、色、味诸方面的变异，而变异后的感觉会更纤敏、更深刻。诗人和艺术家超出常人之处，可能就在这里；文学、绘画、电影等艺术之所以比日常生活精彩和感人，原因之一也可能在这里。所以我相信，比之皑皑白雪，《云水谣》里的红雪山，更真实。

文学的责任

比起休闲娱乐、颐养情性来说，文学作为审美文化，更大的力量和魅力，是在于通过具体生动的形象，一方面打动人心，塑造灵魂，提高民族的文化素质和精神文明；另一方面干预生活，创造生活，对假丑恶现象及其根源，对阻碍历史进程、破坏人民幸福的制度、观念和习俗，进行彻底的揭露和批判，从而推动人类社会健康有序发展。这是文学的根本责任，是古今中外有着深厚人文关怀的作家出色践行着的伟大担当。

履行文学的上述责任，发挥文学的社会作用，就中国而言，须有一个立足点，那就是孔、孟思想的仁学核心，即“仁者爱人”的博大襟怀与“民贵君轻”的伦理政治观念。其实，在中国古代文化中，不惟儒家，包括道家、墨家以及《左传》、《国语》、《战国策》和《管子》等著述中，都程度不等地蕴含着仁爱情怀与“民为邦本”思想，与儒家思想形成互补。譬如墨子的尚同论，主张选“贤可者”担任各级“政长”，甚至帝王也应当由这个途径选出。在此前提下，下级服从上级且以上级的是非为是非，如此国家就会纲举目张，治理有条了。虽说墨子的这一主张过于理想化了，但又分明与孟子的“民贵君轻”观念，甚至与后来的西方人权理论相得益彰，其社会进步意义与思想价值，即使放在21世纪的今天也不容低估。

以仁爱为根基的民本思想，是中国古代灿烂文化中的优良传统，当然也就成了中国文学的主旋律。尤其是在社会战乱民不聊生之际，体现着深切人文关怀的忧国忧民之作，更是光照日月，感动千古。像辛弃疾的《水龙吟》(楚天千里清秋)借景抒情也好，用典抒情也好，凸显出来的中心意旨，都是“无人会，登临意”，即词人报国救民的雄心与无路请缨的激愤。现代诗人穆旦一边投身火热而艰苦的抗战最前线，一边放开歌喉，深情赞美祖国，赞美祖国的土地，赞美土地上的人民。然而声声赞美中，又交织着痛苦、悲悯、忧患、爱情、耻辱、恐惧、负疚、幸福等极为深沉丰富的感情。《赞美》中反复咏唱的“一个民族已经起来”，显然比古代仁人志士的“换取红巾翠袖，揾英雄泪”的沉郁要高昂得多，也果敢和自信得多。如果说，《水龙吟》(楚天千里清秋)和《赞美》所表达的爱心与民本思想是熊熊烈火的话，那么，对底层人民表达温情与善意的《亲亲土豆》，则宛如温润柔软的汩汩清流，又似寒夜尽头的缕缕晨曦，无处不在地给人以温暖与光明。从这篇小说中，我们感受到了当代中国作家的深情与良知。

有良知和强烈责任感的作家，对人民大众爱之愈深，对摧残人性破坏人生的恶就痛之愈切。《菉竹山房》写“冥婚”，写半夜“女鬼”的偷窥，其意不在猎奇和悬疑，而是通过一对沾濡着现代文明的新婚夫妻的所闻所见，来表现一个乡下女性悲苦凄凉的人生历程与枯寂扭曲的心灵，以此控诉封建礼教、迷信思想和落后习俗对人性的压抑和摧残。小说的深刻之处，在于发扬了鲁迅先生掘封建社会祖坟的彻底战斗精神，令人惊心动魄地表现了在长期孤独无爱一如古墓般的生活的销蚀下，年轻时还敢于追求自由爱情的女主人公，逐渐麻木到视伤害她的东西为喜爱的东西，把外在的精神奴役演变成了内在的精神自我奴化。小说出乎意料又在情理之中的结尾尤为出彩，表现了作家深切的人道主义同情，以及对自然人性的恳认与赞美。

诗意地栖居

德国诗人荷尔德林的名句“人诗意地栖居在大地上”，经他的同胞、20 世纪哲学大师海德格尔引用和阐发之后，俨然已成为许多现代人的精神追求和人生目标了。饶有兴味的是，“诗意地栖居”这一人生命题虽来自西哲，却由中华民族从古至今的志洁行芳者，通过自己的精神创造和生活态度，给出了丰盈而多彩的答案。

在中国文化里，诗意首先是指人沉浸在莺飞草长、桃红柳绿、山高海阔、月明风清诸般美景中所产生的喜悦与感动。不管是置身于自然还是面对着艺术，拥有这种感觉的人，也便拥有了幸福。说到底，诗意即对人的心灵的滋养。明乎此，我们才能知晓古人何以从衣食住行到精神意境，都发展为如此精致而高雅的人生艺术。从更广阔的范围来说，诗意又是指个体生命于天地间一无羁勒地舒展，是自由人生最大化实现、浪漫想象最大幅度打开后所呈现的大气象。庄子藐视“王巾笥而藏之庙堂之上”的神龟，耻笑紧抱腐鼠而仰吓鹓鸰的鸱鹰，汪洋恣肆，逍遥人生，就因为他能站在九天云外看世界，发现四海似罍空、中国似稊米、人类似毫末，人的认识“拘于虚”、“笃于时”且“束于教”，而宇宙却是无可限量的。生命格局如此宏阔，难怪几千年来，那些气定神闲的清流高士，那些“以追光摄影之笔，写通天尽人之怀”[①]的诗词文赋，或多或少都流贯着庄子的气息。而充盈在生命大格局中的诗意，又必然会带着对人生终极价值的追问，对普世之人的大爱与同情。譬如《春江花月夜》，于月华朗照的浩渺天地之间，揭示出人生短暂与宇宙永恒的矛盾，亲情难舍而人常离别的矛盾，真可谓一笔写尽古往今来所有人都难以逃脱的宿命。诗篇因之不无感伤，然而诗人对“人生代代无穷已”的欣慰，对游子思妇渴盼重逢的祈愿，虽柔婉如水，恬然澄明，却又显示了生命的亮色。张若虚这首诗之所以被誉为“诗中的诗”、“顶峰上的顶峰”，而且读来永远都那么亲切，底蕴就在于有此深切的人文关怀。

然而人生的真实状况，往往却是不如意者十之八九的。那些名缰利锁、权力权势以至于理念传统、规约习俗等，都或隐或显地侵害着人的自由，销蚀着人生的诗意。陶渊明的《饮酒》(其五)则宣示了对上述侵害和销蚀的成功对抗。其诗的题旨并不止于表现诗人归隐田园的喜悦之情，而深意和关键倒在于“心远”二字。诗人生活“在人境”，“而无车马喧”，地不偏心却远，足见他超世俗、悖传统的精神境界，已达到了“大隐隐于市”的程度。“心远”助陶渊明置功名利禄、权势富贵于度外，从而在委运自然中实现了审美化个体人生的精神自由；“心远”使“五四”退潮后的俞平伯于前途迷茫心绪黯淡中，通过对陶然亭雪景的描绘，重温儿时的甜酒，俯视以往的温馨梦痕，来抚慰他飘零的心灵，释放他深邃的哲思；同样，“心远”也使韩少功清醒地认识到工业文明和现代化进程的弊端，在城市里熬过了漫长的浮躁、骚动和身心疲惫后，他毅然归耕当年劳作过的山村，于

① 王船山语，转引自宗白华:《美学散步》，上海:上海人民出版社，1981 年，第 71 页。

是又看到了当年陶渊明、张若虚、李白、王维和苏东坡看到过的那轮月亮。韩氏《月夜》给我们的启示是，罹患文明病或处于亚健康状态的21世纪中人，只要“心远”，一样可以邂逅诗意。

形式的意味

在相当长的时间里，我国的文艺理论将文学作品人为地二分为内容与形式，并主张内容为主，形式为辅，内容决定形式。这一片面并违背文学常识的观念，在文学教学中的恶劣影响，便是机械而生硬地解读文学作品：先是分析时代背景、段落大意、故事情节、人物性格，继而归纳主题思想，最后再顺带几条艺术特点，等等。结果将活生生充满灵性的文学肢解得七零八碎，美感尽失。实际上，任何一部文学作品，无论短短几句的小诗，还是洋洋百万言的长篇小说，都是内容与形式合二为一的艺术整体。黑格尔说得好：“内容非他，即形式之转化为内容；形式非他，即内容之转化为形式。”[①]故题材情节、主题思想、情感评价等内容要素正是通过这种转化，融入语言及其结构形式之中才得以表现出来，同时赋予后者以文学意义。英国文艺理论家、艺术家克莱夫·贝尔著名的“有意味的形式”的艺术命题，也启发我们完全可以肯认文学中的形式即内容，内容即形式。

汉乐府《陌上桑》告诉我们，“有意味的形式”之“意味”，是积淀在诗歌语言形式中的民间文化与民情风俗。读出了这首民歌里交织着的“赞美女”、“桑林戏”和“夸夫婿”三大母题的变奏，我们就可以突破关于统治者荒淫无耻、压迫欺凌百姓和劳动人民勇于反抗斗争等褊狭的理解，以开阔的视野发现《陌上桑》实则是一首关于蚕桑美女的赞歌，是对爱美之心人皆有之的宽容与理解，是对男女性爱问题发乎情止乎礼的道德坚守。

“有意味的形式”要求内容与形式的转化要相互和谐与适

① ［德］黑格尔：《小逻辑》，贺麟译，北京：商务印书馆，1980年，第278页。

应。文学史上汉大赋和骈文之所以长期为人诟病，就在于“文胜于质”，华美辞藻掩饰不住思情的呆板和空洞了。而张衡的《归田赋》，却以自然清新的语言，描绘春天的盎然生机，表达内心的情感意趣，从而克服了汉赋和四六文“意不称物、文不逮意”的毛病，成为古代精美抒情小赋的滥觞。由此可知，真情实感，再辅以骈赋讲求对仗、四六句式、借用典故和注重藻饰的形式特点，可使抒情小赋的艺术魅力越千年而不减。

“有意味的形式”，需要付出炼字炼意的艰苦努力才能实现。杜甫一反常规地写下“香稻啄余鹦鹉粒，碧梧栖老凤凰枝”，长期以来，引发了不解、困惑、惊奇、叫好等纷杂而强烈的接受反应，本身就表明“更动了文字，就同时更动了思想感情，内容和形式是相随而变的”[①]。同理，“有意味的形式”，只有投注时代的眼光和新鲜深邃的思考才能发展。晚明张岱的《西湖七月半》和当代余秋雨的《都江堰》，便以此把游记这一散文形式推向了一个更高的境界。张氏短小洁净的文字中，洋溢着唐宋八大家绝少的人间烟火气即近俗倾向；而余氏在其散文创作中，所运用的艺术的抒情逻辑，以及将现实人生和历史文化的思考熔铸于多方面、多层次的文学表现之中，尤其富于形式创新意义。

中国武侠小说渊远流长，现代以来尤其繁荣。然而在这同一艺术形式中，我们却能读出大相径庭的不同“意味”：有的让人沉迷于刀光剑影天马行空之中，而一回到现实中却什么感觉也没有了；有的使人无端骄傲，错以为中华武术可以打遍天下无敌手，仅凭武功即可富民强国；有的却对老祖宗传下来的“绝活”表示了质疑……老舍将中国传统文化遭遇西方现代文明的尴尬命运融入《断魂枪》的叙述中，从而使武侠题材的通俗小说开始承载凝重而深刻的历史文化反思。这表明，不仅不同的体

---

① 朱光潜：《朱光潜全集》第 4 卷，合肥：安徽教育出版社，1988 年，第 216 页。

裁和语言形式表达同一题材会产生不同的效果(如同是写张生崔莺莺的爱情故事,元稹的传奇《莺莺传》、董解元的诸宫调《西厢记》和王实甫的杂剧《西厢记》就有很大不同)。就是同一体裁和语言形式表达相同题材也会产生不同的“意味”。这里的关键是作家的境界和眼光。

第八编

民间情怀

“平庸的恶”

20世纪八九十年代，外地人进上海，出了火车站或在外滩溜达，往往就会有戴着袖章的老伯或阿婆尾随其后，只要你“噗”的一声吐口痰，他们就“嚓”的一下撕张票，罚款。有个同学告诉我，一位老奶奶跟了百把米，终于逮着了他把雪糕棒扔在地下，罚了五角钱之后，老人家才心满意足地走开。随地吐痰扔纸屑，不文明，该罚款；可如此热情而主动地等着人们犯错的心理与行为，能算得上文明吗？多年没去上海了，不知这些仅从尽职方面看才可敬的老人们，是否还活跃在车站码头？类似情形，我也“历险”过一回：1988年6月中旬，妻出差北京，刚上小学一年级的儿子，由外公外婆照看着。我想她一人在家既要工作又要管孩子真辛苦，便约她办完公事后直接从京抵沪，翌日陪她游览杭州西湖。彼时室友们都去芜湖参加文艺理论年会去了，晚上这宿舍自然当作了我们临时的“家”，不料半夜一阵咚咚急促敲门声，宿管科查房来了。一开门看那阵式，七八个人有的照着电筒，有的提着警棍，想来是“抓奸”的，这在当时正常，没什么。可他们检查完我们的身份证之后，一人竟掩饰不住遗憾地说:“咦,他们怎么是夫妻?”咄咄怪事,我们凭什么不能是夫妻?这拨人把我俩预设成什么了?故多年过去了,今走笔至此,我还止不住气恼。

由此想起汉娜·阿伦特在20世纪60年代发表的《艾克曼在耶路撒冷:一篇关于平庸的恶魔的报告》中提出的一个重要概念:“平庸的恶”。艾克曼是个组织实施大屠杀的纳粹军官,仅1944年3月至6月,他就把七十多万犹太人送进死亡营。审判时,这个恶魔却为自己辩护说,作为一名公民,他所做的都是当时国家法律所允许的;作为一名军人,他只是服从和执行上级的命令,总之,他个人无罪过。对此,阿伦特指出,艾克曼的行为正是现代社会广泛存在的一种恶,这种恶不思考人,不思考社会,却默认并实践体制本身隐含的不道德甚至反道德的行为,虽然有时良心不安,但依然可以凭借体制来给自己的冷漠行为提供非关道德问题的辩护,从而解除个人道德上的过错。因为你我常人都可能堕入其中,所以这是一种“平庸的恶”。照我看来,一向锐利的阿伦特这次对艾克曼却有点宽容了:这个恶魔及其为之效力的国家体制,所犯的是大恶,是反人类的罪,以“平庸”言之,太便宜他们了!

然而,我又不能不佩服阿伦特在分析“平庸的恶”时,所表现出来的深邃思想。不从人本出发,践行体制本身隐含的不合理不道德的行为,在今天不是屡屡发生吗?而且,以“国家”、“发展”、“文明”、“政策规定”和“城市形象”诸多名义而施恶的人和事,不是举目可见吗?当然,活跃上海街头的老人们的问题没这么严重,但也不能否认其行为难逃居心不良的干系:如此罚款视当事人的尊严和心情何在?为什么不把精力放在宣传乃至劝阻上来呢?“挽救”无果后再罚款也来得及呀。至于近年各大中城市尤以京、沪和广州、沈阳、郑州、西安等省会城市为甚的“城管”与“小民”频繁发生的冲突事件,那一幕幕打着文明的旗号而大搞打砸抢的场面,打着发展的旗号强拆民居甚至文物保护建筑的场面，其间有多少漠视人性和人情的"平庸的恶"，我说不清；但，当看到飘雪的夜晚高架桥下老人的蜷缩身影，看到被赶出地铁不许卖报的下岗工人因孩子学费无着而生的满脸愁苦，看到被城管砸了全部家当而站在路边久久不愿离去的小夫妻的凄惶潸然，看到被巡防队员从五米高的天桥推下地面的女商贩的浑身鲜血……的时候，城市的规划者、领导者、管理者们呀，你若不动一点恻隐之心，我则有一千条理由断定你至少是"平庸的恶"！

或曰，有些人在执法中态度粗暴了些，可都是公事公办，别深究了吧。但是体制也好，公事也好，说到底都是由一个一个具体的人来承担的，故所谓"公事公办"也无法掩盖那些平庸的恶者内心的冷漠、德性的缺失与素质的低下。何况有些"公事"本身是属人的，没问题的，之所以在执行过程中出了问题，恰恰就是让这些缺良心少德性的人"制造"出来的！此即老百姓所说"经是好经，叫和尚念歪了"。请看此例：2006 年 7 月 27 日，浙江大学一女生，专程从杭州赶到上海财经大学参加 GRE 作文机考，不料一监考女教师却以她学生证上照片的钢印看不清为由，拒绝她进考场，此前这女孩已凭此证参加了托福和雅思考试，尽管她拿出了身份证和浙大专用的信用卡，上面的照片信息和学生证一致，又表示可以请同学开好证明马上送来，但还是遭到了无情的拒绝。女孩哭了，但她的眼泪并没能打动这个女人。为了这场考试，哭泣的女孩从寒假就开始了准备，此前的考试全都白考了，一千五百元的报名费也打了水漂……从媒体上得知这消息两个多月了，此刻提及，我还是难掩对这个身为人师却毫无人味的女人的愤怒。仅仅凭怀疑，就草率地剥夺了人家一年才有一次的考试机会，谁给了你这样的权力？网上有每个考生的资料，上网查一下，或打个电话去浙大问一下，或让她先考着，考完后再留下处理……都可解决问题，举手之劳便可成人之美，可这女人就是不愿做，或不会做，生生以严格考试纪律的名义，“公事公办”地葬送了这女孩人生发展的一个重要契机。其冷漠行径令人发指，倘奁缘时会，这女人会不会是又一个艾克曼？

实现社会公平正义，关照个体人生幸福，离不开人道情怀。祈愿天下所有执行公务者，常怀与人为善之心，时刻警惕“平庸的恶”，对人特别是对低层无助之人，多些同情和爱心。

屁股指挥脑袋

《西游记》第五十一回写金兜洞兕怪把唐僧拿到洞里，不日就要蒸煮，悟空上门解救，却被那兕怪打得大败，连金箍棒也被抢去了。无奈之下，当年骂玉帝、偷蟠桃、闹天宫的美猴王，不得不再上天庭，谦恭地请求过去压根儿不放在眼里的“玉帝老儿”：“伏乞天尊垂慈洞鉴，降旨查勘凶星，发兵收剿妖魔，老孙不胜战栗屏营之至。”一旁的葛仙翁取笑他说：“猴子是何前倨后恭？”行者道：“不敢不敢，不是甚前倨后恭，老孙于今是没棒弄了。”没棒弄了，本事齐天的大圣也就没脾气了。

市委书记张思远（王蒙《蝴蝶》中的主人公），“文革”中受到迫害，被发配到山村与农民一道背粪筐，握锄把，变成了老张头，在地头与歇憩的农民、农妇们说笑话，傍晚在热烘烘的锅灶旁边，端着粗瓷大海碗，就着老咸菜，大口大口地喝着包谷糁子粥，从里到外，他都是一个老农模样了。1975 年老张头官复原职，粉碎“四人帮”后又升至国务院一个部的副部长。张副部长在会议上发言，与老张头和农民农妇说笑话的口吻完全不同了，往往要拉长了“啊——啊——啊”的声音，还觉得为了让听张副部长指示的人有领会、温习、思索、消化的时间，拉长声音是必要的也是自然的。小说感叹，是庄周梦蝶还是蝶变庄周？老张头和张副部长之间哪一个是更真实的人生？好在这个张副部长记住了乡亲们的嘱托："多作好事，不作坏事。"

或曰：以上两例都是文学描写，生活中哪有这样的事？我倒想说，生活中此类事不仅有，而且多，兹举两例。其一，高尔泰先生回忆说，他在敦煌研究所时，有一炊事员，干净利落，饭菜做得好吃，很受欢迎。"不过，我们被揪斗以后，他常克扣欺侮我们，还要问是不是我们对党的粮食政策不满。"后来这炊事员也被揪斗了，结果呢，对人包括像高尔泰这样的牛鬼蛇神们的态度"又变好了"[①]。其二，我家乡的一位同学，当中学教师时严于律己更常盯着领导，经常端出为民请命的架势，终于当上了校长，"开始年把还可以，后来就没有样子喽，调子越唱越高，对我们老师却越来越抠"。他的部下，同样也是我的同学某某气愤地说："按今年教工代会计划，暑假全体老师去九华山旅游，放假前他突然宣布学校没钱了，活动取消。唉，谁想到前两天他却带了两个人去俄罗斯和乌克兰'考察'去了，不是说没钱了吗？难道他是自费！"我听罢直摇头，真个是"一阔脸就变，考察钱就多"哇。

若再举例，我就得把自个儿拽出来了：在珠海教育学院上班期间，单位大门口就是斑马线，有好几次烈日直射酷热难挡，正要走到马路那边时，小轿车就冲过来，只得等着车过，挨着日晒。我曾眼睁睁看着一个开宝马的时尚女郎，老远就发现我正要上斑马线，就猛踩油门，吓得我又慌忙退了回去，一身大汗的我恨得牙痒：你在空调车厢里坐着，为何不能让一秒两秒？及至自己也买了小车——当然没有宝马高档，但舒适的座位和清凉的空调还是有的——有好几次却抱怨斑马线上行人磨磨蹭

---

① 详见《随笔》2005年6期邵燕祥文《读高尔泰二则》。

蹭太误时间了。我有时扪心自问，倘若自己一夜暴富或作了高官，被“双规”或“进去”的可能性难保不会高于二分之一，混到今日你还有个人样，并不足以成为你有多么高尚的证据，应该庆幸的，很可能是你没有“机遇”呵！

以上几例，都表明一个人的情况和地位发生变化，人性人情人味儿也就跟着变化而变化，总之是倨恭有据，得势便坏，争势便媚，失势便好。这种状况，近年坊间有句话概括得精当，曰：“屁股指挥脑袋。”

孙大圣谦恭求玉帝，图的是救师父、丝毫不干个人私利，故没棒弄了的他依然率真、可爱；张副部长，能主动反思自己的官腔官调，不会忘本，是位“权为民所用，情为民所系”的好干部；那个考察俄罗斯、乌克兰的校长，如此利己又犯众怒，名声已臭，下场可知；至于我自己，囿于条件所限，估计此生坏不到哪儿去了，但要一辈子做个好人，还得在心里布个防，时不时提醒一下自己。

怀想生宝买稻种

“一杯酒一头牛，一顿饭一座楼，有这么贵?”朋友看罢拙文《“弃饼”事件三思》，打来电话质问我。我请他读《新民晚报》2005 年 9 月 23 日《广州数万元一桌豪宴引发食物中毒》。这则消息说，9 月 2 日，广州五百多位社会名流应邀出席在花园酒店举行的“广州有史以来最高级、规模最大盛宴”的“高峰汇”，豪宴结束后，近三百名流竟出现了中毒症状，统统得了急性肠胃炎。说实话，初读报道时我心底不由得涌出一股“恶毒的快感”，觉得上帝这次玩笑开得真不错，西装笔挺的先生们捂着肚子在地下打滚，甚或被冷汗浸湿了拖地长裙的名媛们仍咬着牙保持庄重的样子不是很好玩吗？此刻我却认真跟朋友算起了这顿豪宴的开销：人均三千八百八十元，按五百五十人算，就是两百多万元，咱乡下一个村庄家家户户都盖小洋楼也用不了这么多！或曰，这事发生在大都会，其他地方该不会这么奢侈的。不！就在广州不远的贫困地清新县，也是 2005 年，时间提前到了夏季，教育局领导招待几位寻访贫困大学生的志愿者，不也大摆宴席，喝人头马？客人得知这一桌菜，竟是一个大学生好几个月的花销时，难过得潸然泪下。试想，在广州“高峰汇”排筵或清新人头马开启之机，全国有多少豪宴在摆设，有多少佳酿在开瓶，有多少高官富豪在入席，有多少贵妇名媛在搔首，他们文质彬彬，满面春风，觥筹交错，大快朵颐，可有一人勃然正色、拂袖而去？抑或潸然泪下、不忍下咽么？

也许有人说，豪宴者不如此，难以体现地位之尊、气派之大、名声之响。可我不这么看。你地位之高能高过国务院总理么？温家宝总理对自己的接待餐提出了“三标准”：一，不让任何人陪吃；二，饭菜够吃即可，不得剩下；三，饭菜清清淡淡，热热乎乎。比较起来，你有何理由超过这标准的十倍百倍？其次，你财富之巨能超过李嘉诚么？世界华人首富几十年烟酒不嗜，俭朴度日，何曾听说他弄过“黄金宴”、“美体宴”的名堂？还有，你名气之大，能大过成龙么？近年成龙带着香港的演艺朋友们四处举办慈善义演，只为一张门票两百元可以解决祖国西北一个贫困学生一年的学习费用。饕餮之徒们，若看到成龙为自己的努力有得而露出孩子般的笑容时，你能不脸红么？

也许还会有人说，现在又不是困难时期，大家都有钱了，铺张一点没啥。这更是糊涂观点。俭朴是我中华民族恒久的美德，绝不仅仅只是出纰漏时的救济补丁。倘不说眼下还有许许多多的国家“主人”——农民、下岗工人还在为生计发愁，只说那些“公仆”——各级官员们吃请或请吃所花都是公款，绝少个人掏腰包的，他们当然大方；而那些国有公司和私企，如把三百名流整出肠胃炎的轩尼诗洋酒公司，之所以一掷千金，傻子也知道图的是收进万两。退一步说，真的民富国强了，就该奢靡腐败吗？德、日、英、法，富裕程度皆超过我们，可他们看到我国的吃请接待不也咋舌？世界竞争力排名第一的芬兰，上至总统出行，下到黎民出差，主方接待每顿饭均一菜一饭一汤，且通过电脑网络接受主管部门和媒体的核查监督，这看似不近人情的规定，却彻底杜绝了公款大吃大喝。什么时候我们能像引进诺基亚品牌那样引进芬兰的这个制度性措施，三十年来我国千规万律管不住一张嘴之怪现状，则有望结束矣。

走笔至此，我特别怀想一个人，《创业史》的主人公梁生宝。傍晚，顶着春雨，这个陕西后生，来到一家小饭馆，要了碗不花钱的面汤，在众人的鄙夷下，坦然地吃下自己带来的冷馍，而后走到火车站候车室，寻个僻静处，铺下麻袋睡了一觉，第二天下郭县买稻种去了。生宝兜里有钱，那是互助组的穷兄弟凑来买优良稻种的钱，他可以也完全应该用这钱吃碗羊肉面，睡进小旅店。然而他深知农民的钱来得太不容易了，为了给乡亲多买一把稻种，他心甘情愿苦自己。今天我们当然不需要这般俭省了，但梁生宝不花大家一分钱的“穷汉”精神仍熠熠生辉，朗照我们今天这颗极易灰暗和潮湿的心。闹肚子的名流们，就人格精神和心灵境界来说，这个土得掉渣的后生，不是我们学习的榜样么？

顽 症

2007年秋天患上了过敏性鼻炎，打那起鼻痒、喷嚏、清水鼻涕时不时如鬼附体，整得我苦不堪言。夜里也常发作，鼻子抽个不停，头一次被扰醒的妻子还以为我有什么伤心事夜半哭泣呢；与亲友同事通电话，十有八九也对我患了“感冒”深表同情和安慰。令人着恼的是，当我对这毛病正恨恨不已或一筹莫展的时候，它却倏忽间鬼影儿也不见了，可刚刚暗自庆幸瘟神远遁，喷嚏又震天介响起来。起初还去看医生，药吃了好多种，滴剂用去好几瓶，均不抵事，倒是对诊所墙上招贴画关于中国每五人中就有两人染上此病，而且每年还要有三千万人加入进来的说法，恐怖至极。常见媒体广告说，某某医院有新疗法，或冷冻或电烙或切除鼻神经。又说若不医治，还会发展到嗅觉减退、记忆失去的地步，等等。我一咬牙，准备去“受刑”，可听从“刑场”下来的人说，只不过奏效一时，难断根的，于是就打了退堂鼓。但又郁闷：这该杀千刀的顽症，难道非要纠缠我整个后半辈子不成？

有一天上午，连着七八个喷嚏，搞得我萎靡不振，于是上床歇着。翻开2006年第七期《读书》，封二《周期律》一文，虽只有短短两三百字，配着王小丫“好，请听题”漫画，读来却使“我心有戚戚焉”。陈四益的这则短文说，历史好像有周期律，譬如新中国成立以来，党政机构的精简，就过了好几个周期，但结果无一不是“精简一次，增肥一回”。前几年，又曾大刀阔斧地精简过一次，说是机构不精简，职能难转变。但自那以后，政府机构似乎只见膨胀，具体数字虽未公布，可各级政府的办公大楼一年大似一年，仍旧十分拥挤，便可见出一斑。由此想起1983年我亲历过的那次“五十五岁老干部一刀切”的皖省机构改革，结果使我至今愕然：精简过后机构反而新增了许多，人员也几乎翻了一番。今年暑期再回家乡，又见多幢气派的机关大楼高高矗立，车儿人儿忙不迭地进进出出——看来近期的“增肥”远非1983年那次所能比了。无怪乎“吃饭财政”这词儿虽不怎么新鲜了，但在很多地方还是吆喝得欢。

倘把我们这个社会看成一个有机体，那么这“精简一次，增肥一回”的周期律，显然如同骚扰我的过敏性鼻炎一样，也是顽症。不同的是，过敏性鼻炎虽顽却小，而上述“周期律”对社会肌体的伤害，对我党执政能力的动摇，对现代化建设的阻滞，对构建和谐社会的危殆，则严重到不知多少倍的程度了！医学上说，人过度肥胖，易引起高血压、心脏病、脑梗塞等一系列大病；而机构臃肿，不仅在于无价值地耗费纳税人的血汗，更要命的，它还是滋生官僚主义、自私冷漠直至贪污腐败的温床。想到这，我这只爱打喷嚏的鼻子冷汗涔涔。

对中老年人而言，过敏性鼻炎不是突兀个别的顽症；同理，机构的“精简一次，增肥一回”，也绝非当今社会生活及其体制中的孤症。不用问秋风，不用问斜阳，只要我们的心别麻木，只要我们的心还跳动在正常位置上，就都不难发现，类似的顽症几乎遍布上下左右四面八方。譬如新中国成立后有五百多个红头文件管干部吃喝，但至今也管不住这张嘴，不也是一种周期律？再如我厕身的教育界，顽症同样不少见。仅举一例："减负"。20世纪70年代我初为人师时就听到这词儿了，四十年来，减负的口号好像没停过，2000年春更是举国上下掀起了减负风暴：教育部和各级教育主管部门都下发了文件，连国家主席也发了话，于是乎层层开会，校校动员，一时间有关这方面的报导铺天盖地。结果呢，依然难逃周期律的怪圈。近日读报，说现在小学低年级学生的书包，平均重达五公斤，以至于出现了爷爷、奶奶级的代背书包一族，出现了拉竿箱式带滑轮可以拖着走的小学生书包。新华社2006年10月4日电，福建黄金周里忙补课，百分之六十中小学生挺郁闷。别的省呢，可想而知。呜呼，"减负"！

医生和朋友都告诉我，过敏性鼻炎其实有得治，慢慢找出过敏源就能根除，身体锻炼强健了也可能痊愈，这使我对未来充满了信心和期待。欣闻中共中央和国务院正在酝酿从法律和制度建设入手（譬如机构改革，立法规定职权、职数和任职期限等），来解决体制沉疴，实现社会的公平与正义。窃以为如此则抓住了顽症之结。如是，这误国耽政坑民害人的"周期律"，则有望祛除矣。

你看你看诺瓦克的脸

美国女宇航员莉萨·诺瓦克因千里"追杀"情敌而被除名的图文报道，满世界沸腾了一阵后，现在似乎没动静了。可她那两幅反差极为强烈的对比照片，在我心中引起的震撼与思考，却久久难以平息。

一幅是 2006 年 7 月 17 日完成太空遨游后的莉萨·诺瓦克在肯尼迪航天中心出席记者招待会的头像，此时她已四十二岁，却依然显得年轻美丽，棕发柔顺而蓬松地拂在她的额上，浓眉下一双大而蓝的眼睛闪烁着喜悦和自信，象牙雕刻般高挺的鼻梁，红润饱满的面颊，微笑中露出洁白而平整的牙齿，柔和优美的下巴……总之，你若想读懂什么叫春风得意，什么叫魅力无限，看看她的脸，就会明白。另一幅是她 2007 年 2 月 5 日在佛罗里达州被捕后的照片。仅仅过了半年，这位健康美丽充满女性魅力的宇航员竟变得如此恐怖：完全失去光泽的头发，像沙漠里一蓬干枯而凌乱的草；原先光洁而好看的额头，爬出了道道又粗又深的皱纹；再也笑不出来的嘴巴紧抿着，更显得鼻翼下垂，脸颊深陷，下巴尖尖；眼睛仍旧很大，可布满了凄楚、哀怨……若不介绍背景，说这幅照片中人是前述照片中人的母亲，恐怕地球人都相信。

是情感问题，在短短的半年间，就把这个闪耀着女性光彩和健旺生命力的航天英雄，摧残成这般准老太婆模样的犯罪嫌疑人。从法院披露出来的材料说，这个已婚且有了三个孩子的女人，2004 年起和另一名宇航员威廉·厄夫莱恩发生了婚外恋，可这位威廉后来又私下与另一女子约会，为挽回濒临破裂的感情，或许还为了报复，丧失理智的莉萨·诺瓦克驱车一千四百多公里，去向她的情敌喷洒胡椒粉。结果她面临着可能终身监禁的重罪审判，美国宇航局趁机又扔下块大石头：将她开除。媒体和公众大都认为莉萨·诺瓦克罪有应得，国人的习惯说法是，审判未开始，这个女人已被舆论搞臭了。

然而，兴许是这两幅照片对我的刺激颇大的原因吧，我却对这个大荣大辱、害人不成倒被很多人所害的女人，深表同情。在为害她的人之中，害她最甚的，正是她自己！为情所困，不能自已，驱使她不觉间走向了爱的专制：除了她，他不能拥有任何人；除了她，任何人都不能拥有他。这个身心受过特殊训练又在太空瞭望过世界的女人，却看不出专制的爱只能产生爱的暴君，它不是对于爱的呵护，而恰恰是对于爱的毁灭，不仅如此，同时还要毁灭她的锦绣前程和正常人生。害她最力的第二人应是威廉·厄夫莱恩。这个与莉萨·诺瓦克柔情三载，不做了断又与别的女人有染，不等于在莉萨的心中插刀子吗？奇怪的是，迄今不见对这人的丁点儿谴责。我倒想对他说，你若还是个男人，就应该站出来，去承担自己的责任，尽力为曾心爱过的女人减轻罪责。至于伤害莉萨·诺瓦克的第三者，没证据说是受到胡椒粉攻击因而同样受害的科琳·希普曼。我看倒是千千万万幸灾乐祸的新"看客"。拿别人的不幸作为自己开心的资料，这是厚道人应该干的事么？从什么时候开始我们如此匮乏同情与怜悯？而不能辞其咎的，首先就是媒体！这么一个伤情伤心又伤身的罪案，竟放在娱乐版作为八卦新闻来报道，还轻飘飘、笑嘻嘻地说是什么“闹剧”（英国独立电视公司在美国的制作机构已宣称，要把莉萨·诺瓦克的故事拍成电影）。如此没肝没肺的猎奇心态，再好不过地证明了传播学家尼尔·波兹曼教授的判断是多么一针见血：后现代社会，尤其是在美国，已确实变成了一个“娱乐至死”的社会。

从“宰予昼寝”说起

端详历代流传的造象，以及想象《论语》文字中透发出来的音容笑貌，怎么看我们的孔子都是一位笑眯眯的蔼然长者。可这个“基本面”上绝对好脾气的老先生，有一次竟在讲课中大动肝火。《论语·公冶长第五》记载：“宰予昼寝。子曰：‘朽木不可雕也，粪土之墙不可杇也。于予与何诛？”用今天的话说，这段的大意是：宰予白天睡觉。孔子说：“腐朽的木头不能再雕刻什么了，粪土垒成的墙壁不必再粉刷了。对宰予这样不可救药的人，还谴责什么呢？”也许是师生矛盾自古有之的缘故吧，这个故事历来引人注目，有为宰予抱屈的，有为孔子辩护的，争争吵吵，不一而足。

实际上，孔圣人给学生的自由一直是很大的，授课时他喜欢弟子提问、辩驳，有次讨论会上他甚至赞许曾皙在一旁铿尔鼓瑟。那么，宰予睡会儿觉，又不妨碍任何人，他老人家何至于如此震怒？我觉得宰予该不是大白天睡觉，而是在课堂上画画。汉字简化前的“昼”为“晝”，画为“畫”，两字极为相像，彼此仅差一笔，很可能是后人书写或刻印时搞混了。若此判断成立，引起老夫子大发雷霆的，极有可能是宰予所画的内容了：公然画那男女睡觉之事。这就难怪奉礼义廉耻为圭臬的孔子跳起来骂他是废料一个了——不过此说只是猜想而已，在考古发现证实之前，当不了真的。

然而，尽管不能当真，比照今之高校师生关系，乃至高校整个教育现状，我觉得这“宰予昼寝”故事，还是此中有深意，欲辩当千言的。

首先，它告诉人们，学生违纪、不听课乃至不可救药之事，古已有之，今亦有之。倘一个宰予不足凭，唐代抱抢杜甫破漏之屋茅草的群童可佐证，太学生顶撞韩愈“头童齿豁，竟死何裨？不知虑此，而反教人为？”亦可为证。若有人还不信，那就请他去看看今日国中皆有的少管所或戒毒所，要不然索性与“马加爵”们共“寝”几天？一段时间，“只有教不好的老师，没有学不好的学生”之高论，或成为报刊大标题，或成了局长校长的口头禅——这些口口声声弘扬传统文化的“大人”们啊，你荒唐鼓噪这些毫无理据的谬论，就不怕孔子、韩愈们气得在棺材里打滚？作为教师，我从不不讳言确有教不好或不认真教的老师，但绝对只是少数，而厌学或不学好的学生却比比皆是，包括最高学府北大、清华也难以绝迹。把他们的过错全都推到老师身上，居心何在呢？

其次，可能是扩招所致，也可能是社会浮躁之风流弊所及，总之当今大学校园里的“宰予”们，已潇洒地将所有课程只列为两种：“必翘课”和“选翘课”。一学期快过完了，还有不知道老师什么模样、教室在哪儿地方的。有一学期我在某高校开讲唐诗宋词选修课，第一节课就有八个学生（接近十分之一的比例了）像个小老板似的，只握了个手机晃晃进了教室。在聆听观看国家最高水平的诗歌朗诵视频时，他们手里拿着手机，耳朵里塞着耳麦，不时讨论网游升了多少级，哪管你李白、杜甫、白居易！想到家长们冒着烈日、顶着寒风、受苦受累甚至卖血积攒了钱交到学校，他们的孩子竟如此浑浑噩噩，有良知的老师莫不心在流血。

第三，客观地说，力主“循循然善诱人”的孔子痛骂宰予，过分了，不对。可事后他们依然保持着良好的师生关系，孔子死后，宰予参与《论语》的编撰并同意把老师骂他的一段写进去，便可为证。今天呢？今天高校老师中有多少人敢管学生？传道解惑，不是和授业一样都是教师的基本职责吗？我理解不敢管的老师，要评职称，还要好名分，得罪了学生网上给你打低分本已难堪，若再给个恶意报复谁受得了？在教室，在讲台上，毒打、恶骂以至于用菜刀血刃教师的案例发生不止数次了。仗着除了光荣退休已别无所求，近年我在认真教书的同时大胆管理，绝大多数同学能理解、支持，可匿名给我下战书和发邮件谩骂的，以及恐吓教学反馈给我打零分的却也时有发生……

纯洁美好的师生关系何以变得如此糟糕？莫非孔子和他的弟子们互信尊重皆因敬畏“义”，而今天的我们只剩下了一个“利”？

伯仁的高风亮节与性格缺陷

《资治通鉴》卷九十二载，晋永昌元年戊辰，大将军王敦举兵谋反，其堂弟“司空导帅从弟中领军邃、左卫军廙、侍中侃、彬及宗族二十余人，每旦诣台待罪”。一日仆射周顗（字伯仁）入朝，王导见之喊道：“伯仁啊，我把王家一百多口人的性命托付给您！”周顗却头也不回直接进去了，“既见帝，言导忠诚，申救甚至”，元帝采纳了周顗的进谏，还留下他一起饮酒，当他醉醺醺出来时，等待皇帝治罪的王姓一族还立在门外，王导又喊救命，周顗还是不理他，环顾左右，说了句让王导冷透心的话：“今年杀掉这些乱臣贼子，弄个斗大的金印系在肘后！”回到家里，大概是酒醒了吧，又上表给皇帝，“言甚切至”地申辩王导无罪。然而，颈后已感刃凉的王导全然不知这些，故对老朋友的不理睬，“甚恨之”。

后来元帝战败，王敦总揽朝政，暴乱滋甚，杀戮贤良。不过，王敦在杀害享有天下高名的周顗、戴渊之前，还是有些犹豫的，曾三次征求王导的意见，王导都沉默不语。周顗死后王导翻检朝廷档案，“乃见顗救己之表，执之流涕曰：‘吾虽不杀伯仁,伯仁由我而死,幽冥之中,负此良友!'”

《通鉴》、《晋书》和《世说新语》都对周伯仁不吝赞词,2012高考辽宁卷文言文阅读题就是《周顗传》,可见在中国文化语境中,伯仁无疑是高风亮节之士。的确,除了因贪杯闹出些笑话外,他一生风德雅重,傲骨铮铮。他官拜太子少傅,觉得自己“名位过量”,上疏辞让,由于“帝诏不许”,才在朝廷做了大官。一次元帝大宴群臣,兴头上以尧、舜自许,唯有他当堂厉声反对,被下狱论死也不足惜。试看三千年中国官场,敢如此逆龙鳞又看淡乌纱者有几?既至王敦专权,有人劝他逃命,他却表示朝廷丧败,身为大臣宁死也不愿求活于草间。“俄而被收,经太庙,大言骂贼不绝,祈速杀敦,语未终,人以戟伤其口,血流至踵,颜色不变,容止自若,观者皆为流涕”。遇害后,连王敦的从弟、侍中王彬都前往哭拜,并辞气慷慨,声泪俱下地面斥堂兄杀戮忠良的罪行。不仅如此,周顗对朋友的真诚相救也显示出了大德高义。李伟明《伯仁这样的朋友》评赞得好:“伯仁这样的朋友,是那种不会把胸膛拍得嘭嘭响,却会尽心为朋友办事的人”;“替人出了力也不会邀功示好,而是当做没事一般”;“能做到成人之美而完全不图回报”。[①] 这种为友之道的高尚境界,周顗身体力行达到了,王导的痛悔和流涕也为他证明了。

然而,览读伯仁故事,感动之余,总觉得哪儿有些不对劲。想了几天,似悟出了肯綮:五十四岁正值壮年就被恶贼杀害,这不能不说是周顗的人生悲剧。在生死关头,向来宅心仁厚的王导不出言相救,自是造成这悲剧的一大原因,而琢磨这原因之后的原因,周顗就难脱干系了。你伯仁和王导是什么关系?忘了你二人曾偎依山林,学嵇、阮啸咏之事了吗?想当年,身为望族之首、位居丞相之位的王导,枕在你伯仁膝上,拍着你的肚皮,笑问“这里面有什么呢?”你戏谑他说:“这里空洞无物,但是

① 《杂文报》2012年8月3日7版。

像你这样的人，能装他几百个。”朋友间亲密如此，何以在他最危难最惶恐的时候，不理不睬呢？哪怕客观说句套话，也可暖暖老友的心，以你的个性，本就不是怕沾染是非的人，安慰几句，应承下来，这是人之常情；元帝答应了你的请求，你把皇上的隆恩转告一声，也不算泄密，为何如此举止乖张，不以实情告之，反而硬给老友一个不帮忙似加害的模样呢？

中国传统文化极重朋友之谊，高山流水，管鲍之交，历来传为佳话。其中要义，就是朋友间肝胆相照。用今天的话来说，就是表达沟通无障碍，心心相印友情在。伯仁把他那颗救友之心，裹得跟无缝钢管似的，一点不“照”给处于“幽冥之中”的朋友，是他没能避祸的根本原因。当然，我们不宜用今天的标准苛求古人，但要注意，在倡扬周颉高风亮节的同时，别一股脑儿把他的这一性格缺陷也顶礼膜拜了。

不识女生名的N个原因

有个老毛病，直到退休我也没改好，那就是很难记住女学生的名字。十几年前一直在北方任教，女学生怕羞，遇见老师多是低头，抿嘴轻轻一笑走开；珠海不同，她们大多会用好看的眼睛盯着你说，老师，不知道我是谁了么？或问：老师，你又把我的名字忘了？嗨，四十年教学经历中我所遇尴尬事多多，叫不响女生名字是头一个。

是"文革"中我所带的那个班三十九个女生中有三十八个学着黄帅反潮流，联名写我大字报所致？不是。当时我当中学教师不足两年，没见过这场面，为争取宽大处理，主动向革委会主任（校长）检讨，主任却笑呵呵地说：好！今后注意方法，对你我放心了。两年后的九月，当校团委副书记的某年轻男教师与团干女生在学校临时设置的毛主席灵堂里干那事儿被发现后，我才明白啥叫"放心"。

是结婚那年，我向妻子诉说这个苦恼时，自此听从了她带有鼓励性质的宽慰所致？也不是。坦白地说，三十多年来，在听老婆话方面，我表现得不咋样。

是因我记忆低能？不像。小时学的古诗文还能背出来，现在的男同学也大都记得，至今我还得记得三十八年前仅见过一面的好几位学生家长的姓名和职业，怎能冤枉记忆有问题呢？

是因我现在所教的学生太多了？也不像。虽说大学扩招后，每年听我课的学生都在五百甚至八百人以上，这么多学生一一记住谁都困难；但2007年我亲手创办的首届文秘班只有二十七人，陈璐思、卢健秋、刘艳婷、刘玉萍、杨美玲、苏金英、曾莹莹……费了牛劲硬记，终于把其中的二十六个女生名字记下了，可不到两年，为何又忘了三分之二？当初上完课和我分别时她们还哭鼻子，真是感谢错了人呐！

兴许是缘于我读中学时受过的一次刺激？那是1968年秋，在社会上晃悠两年之后，我们"复课闹革命"了。语文课上，老师一个劲盯着班级最漂亮的女生陈相英看。放学路上，个儿最高身体最棒的同学庄说：他妈的姓徐的眼睛长到陈相英身上啦，明天他还这样看，我揍他！同学田说：老庄，老师你也敢揍？庄伸出隆起块块肌肉的胳膊往空中一挥，狠狠地说，照样揍，陈相英是我的，谁看她我揍谁！听到这我心中不禁一阵哆嗦：小学五年级起陈就和我同班，而且就坐在我前排，我偷偷看了这个副矿长的女儿快三年了，庄要知道还不两拳把我这个瘦鬼打死！为了保命，更是为了思想健康（当时的革命形势是心想异性就是流氓），打那以后我不敢看了，可心里又忍不住，就这样煎熬到了1970年初中毕业，陈进部队兵团汽车厂，庄插队下了乡，而今过了两个二十年了，大家都未再能相会。但追求思想健康和想看漂亮女子的内心冲突，梦魇般地又缠绕了我好多年。80年代美学热时，我才解开了这把心锁：与异性保持距离，欣赏美色，天经地义。"少年见罗敷，脱帽著帩头"，于我而言，已非少年，也无著帩头的需要了，那就做个"下担捋髭须"的行者吧。

所以，我想跟所有记不住名字的女学生说，老师叫不响你的名字，缘由只有一个，那就是因为你的美丽！

第九编

母语习得

“望”的殷忧

有一年秋季，我承担了某高职学院商务英语专业的文秘管理与写作课程。为测试同学们的应用写作能力，一开始我就布置他们写请假条。孰料收上来一看，这些请假条除多数行文不合规范之外，还暴露了一个用语不当的大问题：一百二十二份作业中，竟有五十七位同学在陈述了请假事由后写道：“望批准”，或“望老师批准”。接着几年，我都做这种测试，遗憾的是，结果依然，且呈愈来愈严重的态势。

一个“望”字，在汉民族文化语境中颇有讲究。就人与自然的关联而言，是指看高远或阔大的事物，故“望”的主体小，被“望”者大，譬如“望海楼”、“望天门山”、“望洋兴叹”等等；然而，就人际关系而言，其用法却倒了过来，往往是长辈“望”晚辈，上级“望”下级，老师“望”学生，以表希望、嘱托、期待之意，“望子成龙”即是显例。这些十八九岁的学生对我这个五十开外的老师用“望”，显然是表达错了，虽无装老充大之意，但给人的感觉不舒服。

多年过去了，我还在此叨叨，非因气量狭小，实是出于对当今高校这些骄子们的语言表达能力以及这种能力后边的文化气质修养，存有深深的忧虑。用词不当，思维不清，高下不明，长幼不分的情况，在眼下的大学生或毕业生中不仅普遍而且严重。在一次交流中，有位学生诚恳地跟我说："老师，我不耻下问地请教您"，我只好笑笑，看来这位文科同学，一点不知这个成语意思和出处。原《人民日报》总编辑范敬宜先生曾收到一封来信，开头写道："敬宜愚兄：您好！"写信者不懂写信称谓的用法，不知道"愚兄"只能是写信人的谦称，若用到收信者的身上，简直就等于骂对方是"笨蛋"了。还有更绝的，某医学硕士所开出的病情诊断书，竟有"左前腿擦伤"的字样，看来这位仁兄是认定患者还有"左后腿"的了。从人才市场和用人单位传来的消息也不容乐观，"说来也是名牌大学的学生，怎么连封信都写不来？通知，会议纪要也写得不堪入目"。"硕士论文错别字、语病通篇皆是，都是长句子，连逗号句号也没有，让人读得喘不过来气"。"英语六级，汉语怎么是初级？"这些话可都是来自京城和沪上的抱怨，其他地方如何呢？我想也不会好到哪里去。

什么原因造成了一些大学生语文能力乃至思想修养如此缺失？我们当然可以说，下游河水污染了，是上游没搞好环保，大学生语文现状堪忧，都怪中小学语文应试教育的失败；也可指责当下社会需求的畸形，太多的招聘单位看重外语、计算机和专业方面的能力，至于母语修养和语文学习成绩好坏则无关紧要。但在我看来，近年我国的高等教育理念出了严重偏差才是祸根。教育官员和大学校长们两眼直勾勾地盯着市场，唯市场马首是瞻，全然不顾育人的根本，第一步就在于要打好做一个全面发展之人的基础。既要学好专业技能，也要学会表达沟通，更要注意人格雕塑。可眼下，十有八九的学生花在外语学习上的时间远远超过用在母语上的时间，考英语四六级和高级翻译的大有人在，而像《大学语文》、《写作》等课程，不少高校已被安排选修了，这就意味着许多大学生一旦高中毕业就和母语文化学习说“拜拜”了。如此“偏食”，怎能不大量批发汉语蹩脚之徒！两百年前歌德在其自传《诗与真》中说，在学校里，忽略语言训练与真正的预备知识的基础教育，而把时间和注意力都用在所谓实用科学方面，不仅不能塑造人格，反而只会令人混乱。希望高校领导和老师们琢磨一下这位大师的告诫，以作为改变这糟糕局面的起点。

互名的意味

近代以降，国人起洋名，喜洋货，虽历经运动清剿，千夫诟病，但每每“野火烧不尽，春风吹又生”，如今更见蔓延之势。虽说户籍上已少见“张乔治”、“陈约翰”的字眼儿，但亲友、同事甚或喜爱的宠物中，“玛丽”、“妮娜”、“杰克”、“琼斯”之类的称呼，却是屡听不绝的。撇开外加的意识形态因素不谈，“丽莎”倒也比“傻妮”好听得多，“彼德”当然也比“狗蛋”雅致一些。至于洋品牌，什么“本茨”、“阿迪达斯”、“iPhone”、“皮尔卡丹”、“YAMAHA”、“劳力士”、“HP”、“人头马”……在广告的强大攻势下，国人更是绝少不心生涟漪甚至心旌摇荡的。这情况，我认为，除了买了个杜蕾丝底裤也要逢人夸耀的病态者外，余皆正常。说心里话，改革开放的这三十多年里，本人对这些洋玩意儿，也一样是不能购之亦心向往之，说到底只因这些洋品牌技术先进，质量好，美观耐用，与什么爱国卖国、崇洋媚外之类并无关联。在世界经济一体化的今天，可以允许有人以民族自尊的名义拒绝洋名洋货(我对真心如此者诚愿立正敬礼)，也应允许有人为了生活和感觉的惬意而用洋名、买洋货。两种人互不干涉，互相尊重，友好宽松以待，不正是构建和谐社会的题中之意么！这方面如果有些不妥的话，我觉得只有当今房地产商有些讨厌，明明是在中国本土造楼盘，偏偏都起些匪夷所思的外地名儿，什么“威尼斯”、“约克郡”、“伊顿山”、“巴伦西亚”、“里维埃拉”……有媚外嫌疑不说，这样子起名，该会给居民带来多大麻烦。“您老住哪儿？”“威尼斯。您呢？”“巴伦西亚，离您老不远。”——像话吗？

以此心态看世界，我倒发现了一个令人可喜的现象：许多老外，包括那些有头有脸有权有势的洋人，乐于起我们中国名字：德国麦德龙集团董事长曰柯博涵，瑞士诺华公司董事长叫魏思乐，英美烟草公司董事长名杜立石，美国国际集团总裁称苏立文，杜邦公司董事长兼 CEO 叫贺利得，瑞士罗氏制药公司董事长叫胡沫……多么响亮而有韵味的名字呵！或问：这些国际巨鳄们是为了讨好我们以赚大钱才起中国名的吧？窃以为不竟然，对中国的历史文化和当代的经济政治发生好感与尊重，才应是他们竞取华人姓名的原因。因为，西方许多大学者、大作家也起中国名字，像美国著名历史学家、耶鲁大学 Jonthan D. Spence 教授，因仰慕中国文化，敬佩司马迁而起个中国名字叫史景迁；当代唐诗研究成果颇丰者哈佛大学 Stephen. Owen 教授，因心系汉学和唐诗遂起名宇文所安；还有那位满怀“另一种乡愁”的中国女婿、瑞典学院院士、诺贝尔文学奖评委马悦然……多得不胜枚举。退一步说，上述排在世界五百强前列的“列强”们，哪怕就是单单为挣钱讨我们的好而取中国名字，也未必不是美事。想想看，当年我们华夏黑暗贫弱，国民伛偻而政府匍匐的时候，你甭指望查理·义律、巴夏里、瓦德西乃至冈村宁次这些历史混球们起中国名字！而今正值中国屹立于世界民族之林，日见强盛之际，那些无敌舰队和八国联军的后裔们，竞相起中国名字，和我们套近乎，这一天壤之别，朋友，能不在你我的心中引发民族自豪感吗？

自豪，可别盲目。譬如对洋品牌，我们还得留个心眼。像三菱、索尼都是跨国巨企，所生产的，皆系驰名寰宇的大品牌，但前者曾有数十万辆 SUV 在技术和制造方面存在要命的硬伤，后者的几款数码相机温湿度发生变化竟连成象都成了问题，若一味迷信名牌而购买，就吃大亏。其实，负责任、有远见的国外大公司，倒是把他们的拳头产品冠以中国名称来生产和销售，像“施贵宝”、“庄臣”、“三星”、“骐达”等等，这不仅在经济上，而且在文化和社会心理上也实现了公平而美好的合作，值得接受和推广。而另一面，境内外不法商人、投机分子却利用国人倾慕洋品牌的心理，盗用品牌商标乃至于在产品上糊涂乱抹洋字码儿的行径，却屡禁不绝。所出品的，当然是假冒伪劣；那洋字码儿，也极有可能是骂人的脏话。有人惊呼，用英文骂人的低俗文化已在国内泛滥成灾。君不见世界跳水冠军伏明霞穿着写满英文脏话的裤子招摇过市，著名歌星孙悦套上印有英文骂人单词“BITCH”（母狗、婊子）的裙子翩翩起舞，刚做新娘的、王牌节目主持人李湘，新衣右上角竟配饰着“VAMP”（荡妇）字样走入北京电视台《梦想星空》栏目……名人尚且屡屡出错丢丑，在大街上率性而行的 GG、MM 们，可得小心喽！

“明日”、“扶正”及其他

“明日黄花”——十多年前我曾在一篇短文里用了这个成语，以表达今不如昔或美人迟暮的意思。孰料文章刊出时，好心的报纸编辑却将“明日”改成了“昨日”，大意当然不错，似乎还更准确些，但读来总感觉不够味。一查资料，“明日黄花”是个成语，原意是指重阳节后的九月初十，到了这一天，菊花的美艳度就低了。就是望文生义，我们视“明日”非时间名词，而是指明亮的太阳，骄阳把鲜嫩的菊花照射得快要枯萎了，其画面感和惋惜意味，不是比匆匆而过的“昨日”也要丰沛得多吗？故东坡居士亦不无伤感地吟哦：“相逢不用忙归去，明日黄花蝶也愁。”可惜我们当代人还是喜欢“点金成铁”，譬如近年我就两次在公开刊物上又邂逅了“昨日黄花”。

语言是思想感情的外现，词语中有历史文化的积淀，故人品的高尚和猥琐，格调的高雅和低俗，学识的渊深和浅薄，乃至民族的性格和特点，皆能从说话写文章用何词语上见出个大概。宝玉行酒令：“女儿悲，青春已大守空闺。女儿愁，悔教夫婿觅封侯。”薛蟠则道：“女儿悲，嫁了个男人是乌龟。女儿愁，绣房蹿出个大马猴。”一听就知道，前者为文雅公子，后者是粗野痞子。今人好像更麻烦些，不管你多体面多有地位，步入词语的密林，不明就里即人云亦云，就有可能丢人现眼。譬如官场有一个词在到处流布：扶正。副科长提拔为科长，副处熬成了正处，满脸幸福地宣称"我扶正了"的，大有人在。笔者向来少有与科级以上领导亲密接触的福分，但也曾在聚会中和述职大会上亲耳听到有人"扶正扶正"地说个不休。中国数千年妾媵制度中的专门用语，竟泛滥到了21世纪的官场上，岂不荒谬到顶了吗！被扶正者谁？北方叫婆姨，南方名二奶，古书曰妾，坊间称小老婆是也。你堂堂一个七尺男儿，早已用轿车、电脑、手机和掌中宝实现了全身现代化的赫赫领导，何以屈尊成这么一个流俗也看不起的角色？不错，自屈原以降，中国的文人政治家是有"香草美人以配坚贞"的传统，可他们企恋人主和权位的同时，还更热烈地想着"天下兴亡，匹夫有责"且身体力行，相比较，今之扶正者那副得志便发飙的小样儿，成色就差得多喽！或曰：搞错了，我根本没这想法，也不知扶正是小老婆提到大老婆地位的意思。然而，《现代汉语词典》等多部词典都有解释，"不知"之前为何不翻翻呢？故有心为之也好，无意成之也好，这回儿，丑，出定了！

早在二十年前，党和国家就号召过干部要知识化，那时大专以上学历成了能否被提拔的硬件。如今看来这一条似乎已不成问题，做领导的无论大小，谁没有大专以上学历呢？而且随着官阶的高升，文凭也与时俱进地由专科而本科而硕士以至于博士了。所以，今天做报告者高声朗读"括号，接下页"或"括号，此处估计有掌声，请停顿片刻"的事儿绝少出现了，但置《国家通用语言文字法》于脑后，有损祖国语言纯洁性且玷污民众听觉器官的现象仍时有发生。某高官在电视里大声说"束搏（缚 fù）思想"，某市教育局长一年之内两三次说"造纸（诣 yì）很深"，就令我们这些做语文教师的既尴尬莫名又无所适从了。看来，各级领导加强语言文化的学习，仍与学习时政、经济和科技一样重要。不然，"有理想、有责任、有能力、形象好"中的"形象好"，恐怕你就做不到，那"三有"也不知会跑向哪里去。

“玉米”“粉丝”“PK”汉语规范

本文标题中的前三个词，由于娱乐圈、网络和媒体的同谋，风行得连太太们牵的巴儿狗也知道个大概了。只要不是蹲在苞谷地里或坐在餐桌旁边，谁不知“玉米”、“粉丝”，还有“盒饭”、“笔迷”、“荔枝”等，均为那年夏天突然从荧屏里冒出的“超女”的拥趸？从短信选票上看，“超女”迷们竟多达千万！无数“玉米”、“粉丝”雀跃于新词助长下的狂欢之中，其规模之巨，甚至超过了湖南卫视那拨肇始者的想象。不仅如此，“超女”大赛还衍生出一个频率更高的词儿：“PK”。不管蓝眼睛高鼻梁怎么茫然，也不管语言工作者如何蹙眉，反正人们特别是年轻人觉得这“PK”就是比“打擂”、“对决”、“比试”、“单挑”、“搞定”、“放倒”等等在含义上要来劲得多，也有味道得多。“追女孩要跟情敌 PK”，“布什跟拉登用炸弹 PK”，“姚明 PK 伊朗小巨人”，“各国特色火锅 PK 大赛”，“《亮剑》PK《大长今》”，“全运会广东 PK 山东争夺榜眼”……面对传媒铺天盖地的“PK”现实，你不接受，不就被“PK”了？

然而还是有人忧心忡忡，担心如此乱造生词，有违祖国语言的纯正和规范，有人甚至悲壮地提出要来一场保卫战什么的。而我却对这貌似混乱实则盎然的语言现象持看好态度。一则是因《国家通用语言文字法》并无限制在娱乐和私下交往场合说这些词儿的条文，换句话说，生造或曰乱造这些词儿不违法，只要暂时不拿到正规场合和教学中去就成。二是千万歌迷们就像激赏“超女”、“快男”想唱就唱的潇洒一样，毫无羁绊地想用什么词儿表达自己的态度、立场就用什么词儿，岂不表明了大众民主意识的高扬，自由心灵的舒张。第三，透过“玉米”、“粉丝”、“盒饭”们乐陶陶的模样，不难看出当今社会的日趋宽松与和谐，试想在思想专制的年代，谁敢置一词！故群众自发地“乱”造新词，没准儿就是精神自由、思想解放的表征。

不可否认，电视、广播和报纸等传统媒体和网络所涌现的新词中，确有一些不宜的词汇。不过对此也别过虑，可由汉语强大的“自洁功能”来自行处理。近代以降，语言变迁的事实已反复证明，汉语词汇生成规律自会决定流行话语的去留。如今谁还会说“德律风”（电话）、“水门汀”（水泥）、“梵婀玲”（小提琴）？就连“文革”年月九亿人民齐声吼的“兴无灭资”、“斗私批修”、“一打三反”、“三忠于四无限”、“工农兵学员上管改”和后来的“清污”，今儿不也彻底干净地进了垃圾箱？何况当今生活节奏的加快，特别是网络、传媒的先进，流行词汇被淘汰的速率更迅捷了。君不见两三年前风头正劲的“帅呆了”、“酷毙了”，今天已成了明日黄花；就连一时间“e”举成名的“芙蓉姐姐”、“竹影青瞳”、“流氓燕”、“红衣主教”，而今也因网络“先锋”们怕担落后之名羞于提及而被人们忘得差不多了，真个是江山代有新词出，各领风骚三四天！当然，如同少数优秀的流行歌曲可成为传世经典一样，大量的“玉米”类词汇，也只有少量含义美好、表达亲切的，有望进入正规场合，进入词典与课堂。“美眉”算是一个，而“盒饭”肯定淘汰，“粉丝”、“玉米”、“PK”则有待考验。对此，咱们宽容一点，不妨等着瞧。

短信之痒

21 世纪的第一个十年，中国人拜年的方式，可能短信居首。像我这样疏懒的人，一个除夕，竟也收到了几百条。据说 2006 年春节，通讯公司仅短信收入就高达十亿元，随后几年没注意所披露的统计数字，看运营商们笑歪了嘴的模样，大致只会高不会低的。

短信这些东西是好。正常的联络功能就不说了，单单逢年遇节，天各一方的亲友按按手指，瞬间就可把祝福、问候、思念等传达到对方眼前，其便捷神奇和经济实惠，连电话和年轻人热衷的 QQ 也比不上。它使烽火戏诸侯和柳毅传书的故事成了绝版，而且也快要把人们习以为常的写信寄信变为往事。

可我在年前想着收发短信的时候，心情却有点儿复杂。一怕发出的问候没人接收，还在中年，可每年都有一二师友永逝，再也难知远在海边的我对他的真诚祝愿了，思之难免些许人生无常的伤感；二怕发出的祝福不回复，尤其是壮胆给头儿发个纯粹的问候短信，若石沉大海，不更增加我因在密切联系领导方面的无能而生的自卑么？三怕众多发来的短信不署名，年年都有好几十条虽有号码但一时怎么也搞不清哪位仁兄小妹的短信，没回，结果生生被这些马大哈们逼成了个不讲礼仪之人；四怕又是转发、群发的俗套短信飞蝗般涌来，恰似身穿华丽美服的肮脏瘪三争相与我拥抱。嗨！便利快捷的短信，怎么惹来一大堆麻烦？

许是语文教师的职业缘故，我对转发、群发的成套短信特别反感。拜年短信百分之九十五以上是从网上下载或从他人转发而来的。五人以上发来的同一短信有“愿你每天用大海的胸怀面对，用小猪的感觉熟睡，用南非的阳光晒背……”，“脑袋摇摇，大路条条；耳朵扇扇，阳光灿灿；屁股拱拱，幸福统统；尾巴翘翘，开心笑笑”；两人以上发来的同一短信则更多了：“金猪年，喜连连，宏图大展事事圆；迎新春，开新运，荣华富贵一路顺；体康健，福禄全，幸福生活万万年。祝您和您全家新年快乐，万事如意！×××恭贺！”顺口、形象、生动、颇有点机智和意趣，是这些短信的优点；但问题在于，这一套套的顺口溜，并非发送者心底流淌出来的，故缺乏真情，语言炫技而已！乍看尚可会心一笑，多了怎不使人头大心烦？更等而下之的是，国人乐此不疲地彼此炫技，害人不浅的夸饰、浮华之风便乘机而上！请看这条：“聚珠穆朗玛之阳光，拢天涯海角之清风，竭冈底斯山之祝福，吸比尔盖茨之财气……”都扯到哪儿去了？典型的一个假大空，珠穆朗玛之阳光寒冷难耐，而冈底斯山可是天葬之地哦！比尔盖茨的财气？吹大了吧，我觉得能比上路边卖烤红薯老汉的财气就不错了。“全国山河一片红”的年月，这样的语气和文风多了去了，像什么“蓝天作纸，大海为墨，高山作笔，也写不尽对您的热爱和忠诚”等等，区别仅仅在于，那时是亿万人真诚地对一个人进行语言夸饰，而今却是亿万人轻松地相互间进行感情调侃。

有人担心这样的短信拜年，会使“新春的祝福不仅变了味，也有发展成‘精神垃圾’的危险”。这担心有理由，可也不必过虑。有道是物极必反，你抄我抄（有人发给好友一条短信，转了一大圈，又由第三位发给他了，而且短信末尾的署名和手机号都还是“原装”的）抄烦了，大家就不会如此玩耍了。况且，让文化程度低的打工仔、打工妹先玩玩这些，没准可以提高点语言能力；有学识的人对精神垃圾自会警觉的，譬如年年有几十位教授、作家与我短信拜年，皆是即时写作的真情问候。念此，我对当前流行的“短信拜年”，也就不那么“感冒”了。

说 “忙”

认得“忙”这个字，该有五十年了；评价自己近四十年的工作状态，向来也以忙自诩，即“没有功劳也有苦劳”是也。读台湾美学家蒋勋的讲演《衣食住行中的美》，始才敢说对这个字有了些真切体认。他说：“每个人都在拼命追求物质的东西，忙到没时间去感受周遭的事物……汉语当中的‘忙’字是多么惊人的警告。因为‘忙’就是‘心亡’，心灵死亡，对周遭没感觉了。这时候你有再多的钱，再多的物质，带来的空虚感也会越大。”[①]我初读这段话产生的惊悚一个多月都不能释怀：心灵死亡了，或者说心跑没了，人之异于禽兽几何？

为什么对周遭没有感觉，心灵就死亡了？蒋勋没细说，我猜想道理如下：人与世界的联系，无不通过眼、耳、鼻、舌、身五个感官通道，构成色、声、香、味、触五种感觉，作用于心灵，产生喜欢或不喜欢、美或不美的判断和选择。美学家的忠告和懂得

① 蒋勋：《衣食住行中的美》，载王鲁湘主持“世纪大讲堂”《从富强到文雅》，南京：江苏文艺出版社，2010年，第78页。

生活的人的经历启示我们，感官的发达与感觉的敏锐，要与自然万物亲近，要有足够的时光来实现这亲近，你才觉得充实、宁静而美好，你的精气神才会倍儿棒，你才感到越活越有味儿，这叫内心的快乐和满足；否则，不与自然亲近，不花些时光来欣赏美，你的感官就会钝化、麻木。台湾20世纪七八十年代经济起飞时附加给人们这一普遍的精神症候，近三十年来，星火燎原般在内地蔓延开来了，真个是物欲横流，方显出人性本色：那么多的人为追逐权、利、名，一不怕死二不怕苦，屁颠颠从A点直奔B点，忙得天昏地暗无论魏晋。果真到达了B点，又觉得高处不胜寒，有些人便需要寻轩尼诗和红嘴唇来取暖，孰料纸醉金迷后是更大的空虚。《康熙字典》释得好：忙，心迫也，怖也。你有再多的钱和权，忙到栖栖惶惶，只见孔方，仍旧是了无生趣。

儿时就知有句口头禅："穷忙"，是说心身都投向工作和所谓事业的碌碌者。虽与上述欲壑难填者有别，但从A点直奔B点的状态无异，依然是对明月、清风、湖光、山色关闭了感官系统。我这几十年的经历可为佐证："文革"十年，一腔圣洁的热血都倒进了龙须沟里，现在常想，当初不掺和，躲到一边去静静读书，且游走山林，不仅于国于民有利，自个儿也许不会是半桶水老是晃荡了。以教书读书为业，爱这一行当然愉悦。可坦白地说，几乎把所有的晚上、周日都给了书本和老师，甚至多年来让妻儿回娘家过年，自己备些吃食一连几天不出门炮制文章，动机并非都是心灵所需，多半是图谋多发表论文早评上职称以增加工资分上大房。几十年来在同行亲友间博了个能吃苦坐得住冷板凳的虚名，付出的可是大大减少自然之美、亲子之乐和床第之欢的代价，不值。

一张一弛为之道，老是忙绷得紧是要生病而且减寿的。君不见"9·11"时，布什总统正在戴维营休假，普京也常在拳道馆现身，近日还开上了赛车，前总理李鹏某年酷暑间曾在北戴河游泳月余，穿裤衩挺肚腩的照片还登上了《人民日报》头版。我等布衣再也不要受什么“白加黑”、“五加二”大干快上的蛊惑了。工作时间尽责做，余下时光让感官开放于千里莺啼绿映红，亲友拥坐喜融融吧。今后我将心随绯红的朝阳和灿烂的晚霞，回眸家园的一角和爱人的倩影，流连经典的意境与哲思，倾听风雨蛙鸣，呆望星月梅兰，谛视花儿的绽放，以及雨后顶在草尖上的水珠儿钻石般闪耀……

有感于“青歌赛”的一分钟讲述

若说某中学业余篮球队打败了国家队，或不到一年驾龄的某某开着奇瑞 QQ 战胜了 F1 的舒马赫，你肯定会说这是瞎掰，不可能。然而，类似这种不可能的事儿，竟在 CCTV 第十二届青歌大赛上发生了：半决赛中，选手们唱过后人人都要来一段“一分钟讲述”，通过深切感触的述说，来表达自己对人生和艺术的认识。应该说，大赛新设这个环节是很不错的，歌手可以借此机会充分展示自己的才华和素质。遗憾的是，绝大多数有着大学甚至研究生学历背景的二十名民族歌手，只有个别的讲述差强人意，其余皆磕磕巴巴，苍白乏味。水平之低，不仅令万千观众咋舌，连文化素质评委余秋雨先生也每每哭笑不得，难以点评，以至于慨叹这些歌手文化素质之差，已到了令人吃惊的地步。大赛落幕多日了，我之所以仍盯住这事儿不放，实是因为这“一分钟讲述”是个开放题，选手们事先早都知道并做了充分准备（可以想见还有名师和高手的指导），可一登台竟然还是那么笨嘴拙舌——通过电视直播，他们把丑丢到全世界去了。

然而，与这些学院精英、专业宝贝们形成强烈反差的是，那些从大山沟里、水田边上和茫茫原野走来的原生态歌手们，多无什么学历和文化，可大都讲得生动感人，充满灵气。像那位羌族兄弟第一次比赛有点害怕，就借酒壮胆，喝得晕晕乎乎上了场，得了奖回到山寨，乡亲们又把他灌倒在地，他风趣而有声有色的讲述，赢得了满堂喝彩；藏族的那位姑娘讲，她的爸爸妈妈是家乡有名的歌手，因为羡慕，妈妈才嫁给了爸爸。可她两岁的时候，爸爸去世，妈妈从此再也没唱过一支歌，直到她长大了也成了歌手，第一次获得团体比赛奖后，妈妈才激动地在女儿面前重展歌喉，这小姑娘的真情述说，令现场很多人眼里饱含泪水；还有阿拉滕乌拉那位蒙古族小伙说，妈妈担心他唱歌养活不了自己，劝阻他别走这条路，他一拗劲骑上摩托车就走了，许久才回头，看见妈妈还站在蒙古包旁望着他……大草原上，妈妈久久深情凝望儿子的情景，使余秋雨深受感动并大加赞赏。这些成长在深山老林草原的原生态歌手，用自然、质朴、真情弥补了历练和学养的不足，与纯净的歌声一样，其感人的讲述，也表明了他们内心世界的充实和美丽。

再回头看看这些受过高等教育的选手们吧，羞赧之际，真应该为这些病猫们把把脉。著名作家、音乐评论家肖复兴先生说得好，“一分钟讲述”，是检验歌手文化素质与心灵真诚的一张 PH 试纸，如此之多的民歌选手在这张试纸面前丢人现眼，正表明了他们文化和真诚的双重缺失。他们只有小学生作文水平的假大空讲述，不仅表明了文化知识的贫乏，语言表达的低能，更反映出思想内涵的空虚和精神境界的低下。有位女歌手说，在考研究生时正赶上父亲脑出血病重，面临为个人前途和为父亲尽孝的选择中，她选择了考研，这样的价值选择不是有些自私和绝情吗！如此偏颇的思想和背离传统道德的选择，竟也拿到青歌赛上开讲，稍有良心的人谁能接受得了？

文化是艺术之根，深情与真诚是音乐之魂。青歌赛选手们讲述表现出来的问题，恰恰就在于无根和没魂。其实他们的演唱，多数都追求技术去了，观众抱怨不好听，也是因为缺少这个根和这缕魂。受教育十几年甚至二十年的高学历歌手，都是选送单位或地区的佼佼者，其表现如此糟糕，这，不由得不逼着人们反思：中国的艺术教育，中国的高等教育，到底怎么了？

从王蒙外孙的忧虑谈起

妻子是小学教师，一段时间喜欢拿学生出给她的“脑筋急转弯”题目来考我。什么“鸭和鹅放到冰箱里，鸭子冻死了，鹅没死，为什么？”“偷什么不会受到惩罚？”等等等等，而我每次都是思维短路，迄今连一题也答不出。她只好用一句玩笑结束了对我的折磨，吓唬说：“你这样笨，老来要是得了痴呆症，我可不管你了哟！”我很郁闷，眼前还真地浮现出一幕幕凄凉场景，比如进了家门还嚷着回家，比如点起打火机烧焦了鼻头也不知叼起香烟，以及面对老妻努力回想也不识这人是谁，等等。直到拉了一位大人物来垫背，我的心里的天空才放了晴。

这位大人物是王蒙。其夫人介绍说，外孙打电话来考姥爷的“脑筋急转弯”，考得王蒙也是一头雾水二眉紧锁。外孙忧心忡忡：“姥爷，亏你还是个作家呢，这样笨，以后怎么办呀！”王蒙是谁？鼎鼎大名的中国当代大作家是也。其长篇小说短篇文集年年问世，理论研讨每每语惊四座，大学讲坛肯定妙语连珠，这样一位高智商的学者型作家，文人圈里的阿凡提，脑筋一急竟也转不过弯来，我等俗辈还何虑之有？由此可见，急转弯之类，跟孩子一块玩玩罢了，赵本山等忽悠搞笑亦可，在其他场合下，是不能当真的。

可是有人却偏偏要当真，竟把它作为人才招聘的面试题目，堂而皇之地出现在求职者眼前！譬如报载杭州就有公司出题道："米的妈妈是谁？""米的爸爸是谁？""米的外婆是谁？"据说标准答案是，米的妈妈是花，因为"花生米"；米的爸爸是蝶，因为"蝶恋花"；而米的外婆竟是什么"妙笔"，因为"妙笔生花"！请问，这种"脑筋急转弯"与人才招聘有什么必然关联？难道答上来的就是你需要的人才，答不出的就不具备你所需要的才能？如此荒诞不经的试题，当然绝杀了我们学有所成的大学生和研究生。我揣摩出题者兴许是有意为之，以此把所有英才挡在门外，好让他的小舅子来沐猴而冠！

我不讳言我的猜测带有情绪化色彩，一想到我们的大学生研究生寒窗苦读十几年，带着父老乡亲的殷切期望，带着报国兴业的一腔热情，初登职场就遭到这一记不怀好意的闷棍，我就难掩不平之气。有论者说得好，出"脑筋急转弯"的题目来考应聘者，其实是用人单位狂妄和霸道的表现，"说你行，你就行，不行也行；说你不行，你就不行，行也不行"。在构建和谐社会的今天，此类劣迹丑行理当棒喝，否则还谈什么公平和正义、健康和发展！好在这一次我们的媒体表现出了可贵的良心与勇气，多家网站及《中国青年报》等都及时撰文予以揭露和抨击。我虽愚钝，也极愿和大家一起把这拨出题者装入他们自设的瓮里，然后问："世界上什么蛋不能吃？"当他们瞠目结舌的时候就告诉说："就是你们这帮蠢蛋！"

后　记

此书的面世有些偶然。2011 年岁末，新任珠海城市职业学院学术委员会主任的华本良教授，在转交吉林大学中文系郝长海教授赠我的专著《现代文学论稿》时，希望我也出能一本。这使我想起曾做过大学校长兼党委书记的岳父，他生前也多次鼓励我做这件事，何况我洛涧方氏"惟诗书常用裕后"的家风一直吹拂在我的心中。故虽知当下出版学术著作殊非易事，我还是抱着试试看的态度，确定了该书框架和具体篇目，自荐给中国社会科学出版社和北京师范大学出版集团安徽大学出版社，没想到都获得了肯认。考虑到后者把我这本书列入出版业颇有影响的《博学文库》，我就辞谢了中国社科出版社的美意，把书稿给了安徽大学出版社。故提笔写这篇后记的时候，我首先要表达的，是对中国社会科学出版社及陈彪编辑的深深感谢，对安徽大学出版社及卢坡编辑的由衷谢忱。

书名《文艺学与民间情怀》，实为我的志业所向、兴趣所在和身份定位。说来惭愧，由于学养不逮，几十年来我虽心向往之却没有能力构建一个理论体系。编撰这本书稿时，我从近八十篇理论批评文字中筛选出三十七篇，从三百余篇文艺随笔中，挑出三十五篇，除特区文评一编外，其他各编都力求内在理路的一致性。对我国20世纪80年代兴起的新潮文论的钻研，自以为还是用了心的；对中外文学名著与新时期以来文学现象的解读，还是听命于内心感觉的；对由对象之美所规定的研究语言的追求，还是尽力朴素、简洁和流畅的。《文艺报》、《中国文学年鉴》、《长篇小说选刊》、《安徽日报》、《东方论坛》、《安徽教育学院学报》、《珠海特区报》、《中国现代当代文学研究》（人大复印资料）、《影视艺术研究》（人大复印资料）和《中国新时期文学研究资料汇编》、《中日女作家新作大系》、《中国作家档案书系》、《中国新锐批评家文丛》、《20世纪末的中国文学论稿》（阎纯德著）、《迟子建艺术世界中的关键词》（管怀国著）等专书，中国文学网、新华网、中国出版总署官网等网站，以及广东省作协、珠海市作协，还有网上排行榜什么的，都曾给了我受之有愧的评述、转载和奖励，这成了我坚执读书写作的动力。在华东师范大学读研期间，夏中义师嘱我："你的艺术感觉尚好，发挥所长，多在名著和文艺现象的解读方面下功夫吧。"张德林师也一再勉励我读书治学要"求实"、"细读"。老师的耳提面命，我一直萦系心头，今天学生把这本小书当成作业来提交的时候，还是有些惴惴然，不知达到了恩师的要求否？对于错爱我这本书的读者诸君，我也有类似的心情，若不是专治文艺学者，干脆甭看那万字左右的大块头了，我那些两千字左右的随笔杂谈，贴近现实与心灵，可读性兴许会好一些。

校阅这部书稿的时候，我产生了一种既感恩又慨世的念头，当今学人，除非名家，要发表论文尤其是文艺美学论文，难矣！肘关节和膝关节不停儿打弯求人就不说了，还要支付不菲的版面费。而20世纪八九十年代，学术文艺，还都是圣洁之物；薪火相传，皆出于师生之情。我至今记得，夏中义师亲自联系《中文自学指导》要来十几篇稿约，满足同学们的发表欲望，稿成他又字斟句酌，一一修改推荐发表；张德林师、陈勤建师推荐发表我的课程作业时还不认识我；我这个没名气的小卒，给一点儿关系也没有的《小说评论》、《文艺评论》、《当代文坛》、

《钟山》、《钦州学院学报》等有品位和影响力的期刊投稿，也能承蒙发表。我的亲身经历表明，彼时师生之间、作者和编辑之间，还少有“利”的考量。比较看来，当今党风官风不正，流弊所及，学界也病得不轻。

说到感恩，我真想把这篇后记写成感谢信了。我出生于父母亲都是文盲的工人家庭，幼时家贫，几无书读，“文革”十年虚度时光，工作后又误入政途五年，终究还能成为一个教书和码字的人，幸亏师长的提携和朋友的帮助。除夏、张二师，华东师大邓乔彬、楼昔勇、黄世瑜、赵山林、陈勤建教授、萧华荣，上海师大王纪人教授、上海社科院花建诸师也有恩于我，大学期间王明居、许华斌、孙慧芬、李开湘、杨春鼎诸师，中学和师范期间秦鹏飞、马琴章、纪宗宝、卢彦昌、吴宁、王德元老师，小学金毓芳、查富学、周善庭、唐仁秀等老师，都是引我向善向学的贵人。安徽才俊刘锋杰、路文彬、凤群、黄书泉、陈宪年、何旺生诸教授；还有白烨研究员、李锡龙教授、罗振亚教授、姚晓南教授、童山东教授、江冰教授、田忠辉教授、李一安编审、卢明德研究员；学友武跃速、方向真、周士元、张跃生、黄光伟、田佩忠、张新书、王海玲、李更、余静海等，都在我求学路上，真诚而有效地帮助过我。我原单位领导尤其是刘立其、张国强两位老院长，一直关注着我的学术进取，同事熊俊超、赵国宏、刘继红积极支持我这本小书的出版；现单位的领导同事特别是陈坤林教授，亦给我很大支持，在此一并感谢。

感谢的还有上苍。承蒙苍天眷顾，赐给我四十年来一直理解并支持我坐冷板凳的妻子，给了我一度厌学偏科终靠自己的努力也成为文学硕士并在高校任教的儿子。我觉得个人职业和志趣的一致性，家人兴趣和爱好的共同性，是人生莫大的福气。庆幸这两大福分我都有了。需要说明的是，本书有两篇文字是我指导儿子的习作，现在还没到他出名的时候，故暂且挂到我的名下。

2013 年 3 月 28 日于珠海美丽湾如一斋